# 무덤으로 향하다

# 무덤으로 향하다

로렌스 블록 | 박산호 옮김

# A WALK AMONG
# THE TOMBSTONES
by Lawrence Block

Copyright © 1992 by Lawrence Block
All rights reserved.

Korean Translation Copyright © 2008 by Goldenbough

Korean edition is published by arrangement with Lawrence Block c/o
BAROR INTERNATIONAL, INC., Armonk, New York, U.S.A through
Duran Kim Agency.

이 책의 한국어판 저작권은 듀란킴 에이전시를 통해
BAROR INTERNATIONAL, INC.와 독점 계약한 ㈜황금가지에 있습니다.
저작권법에 의해 한국 내에서 보호를 받는 저작물이므로
무단 전재와 무단 복제를 금합니다.

린을 위해

## 감사의 말

 이 작품을 쓰기 까지 상당한 예비 조사를 할 수 있게 지원해 준 '작가의 방'에 감사를 드리며 작품이 태어난 곳인 레그데일 파운데이션에도 감사를 드립니다. 조지 카바나스와 에디 라마 그리고 잭 히트와 콩 브라더스에게 날 소개해 준 폴 터프에게도 감사드립니다. 마지막으로 이 책에 이름을 넣을 수 있다면 무슨 짓이라도 하겠다고 맹세한 사라 엘리자베스 마일스 양에게도 감사를 표합니다.

아이야, 아이야, 말썽장이 아이야
쉿, 요 찡찡이 아이야
지금은 조용히, 조용히 있어라,
보나파르트 장군이 올 거야

아이야, 아이야, 장군은 거인이야
매머드의 뿔처럼 크고 무시무시하지
장군은 말썽쟁이들을 매일 매일
잡아먹는단다

아이야, 아이야, 장군이 네 소리 들으면
힘차게 말달려 지나가다 들으면
너의 사지를 단숨에 찢어 버린단다
고양이가 생쥐를 찢어 버리듯

그리고 너를 마구, 마구, 마구 팰 거야
곤죽이 될 때까지 팰 거야
그리고 너를 잡아먹는단다
한 입 한 입 또 한 입!

영국의 자장가

# 1

 3월 마지막 주 목요일, 오전 10시 30분에서 11시 사이에 프랜신 코리는 남편에게 장을 보러 다녀오겠다고 했다.
 "내 차를 가져가. 난 나갈 일이 없으니까."
 남편이 말했다.
 "부담스러워."
 코리가 말했다.
 "지난번에 몰아 보니까 보트를 조종하는 것 같았어."
 "맘대로 해."
 그가 말했다.
 남편의 차 뷰익 파크 애비뉴와 그녀의 도요타 캠리는 집 뒤의 차고에 있었다. 브루클린의 베이 리지 지구에 있는 78번가와 79번가 사이의 콜로니얼 로드에 목재와 치장 벽토를 절반씩 쓴 튜더 양식 집이었다. 코리는 캠리의 시동을 걸고 후진해서 차고를 빠져 나와 리모컨으로 차고 문을 닫은 후 계속 후진해서 도로로 나왔다. 빨간 불에서 그녀는 카세트 플레이어에 클래식 테이프를 집어넣었다. 베토벤의 후기 현악 4중주 중 한 곡이었다. 집에서는 남편 캐넌이 좋아하는 재즈를 즐겨 듣지만 운전할 때는 클래식 실내악을 주로 들었다.

코리는 167센티미터의 키에 56킬로그램으로 풍만한 상체와 잘록한 허리, 날씬한 엉덩이가 조화를 이룬 매력적인 여자였다. 윤기가 흐르는 곱슬곱슬한 갈색 머리를 뒤로 빗어 넘기고 갈색 눈동자와 오똑한 코에 입술이 도톰한 미인이었다.

사진 속의 그녀는 항상 입을 다물고 있었다. 앞니가 약간 튀어나와서 아래 이빨을 덮는 치열 때문에 좀체 활짝 웃지 않았던 것 같다. 결혼 사진에서 본 그녀는 눈부실 정도로 아름다웠지만 역시 입은 다물고 있었다.

올리브 색 피부는 살짝 그을려 있었는데 쉽게 타는 편이었다. 이미 거뭇하게 여름 햇살을 받은 흔적이 나타나 있었다. 그녀는 남편과 함께 자메이카의 네그릴 해변에서 2월 마지막 주를 휴가로 보냈다. 남편은 그녀에게 햇빛 아래 너무 오래 있지 말고 꼭 자외선 차단제를 바르라고 주의시켰다.

"피부에 안 좋아."

남편이 말했다.

"시커먼 여자는 매력 없어. 햇빛을 받으면 자두도 버석버석 말라버려."

뜬금없이 자두 타령은. 그녀는 의아해했다.

"탐스럽고 육감적이잖아."

남편이 대꾸했다.

집에서 반 블록 정도 떨어진 78번가와 콜로니얼 로드 사이를 그녀가 지나가고 있을 때 파란색 트럭의 기사가 시동을 걸었다. 코리가 반 블록 정도 앞서가게 한 후 커브 길에서 나와 그녀를 따라가기 시작했다.

코리는 베이 리지 애비뉴에서 우회전 한 후 다시 4번 애비뉴에서 좌회전을 해서 북쪽으로 향했다. 63번가의 모퉁이에 있는 다고스티노 슈퍼마켓에 도착하자 속도를 줄여서 반 블록 떨어진 주차장에 캄리를 세웠다.

파란색 트럭은 캄리를 지나쳐서 그 블록을 한 바퀴 돈 후 슈퍼마켓 앞에 있는 소화전 앞에 주차했다.

프랜신 코리가 외출했을 때 나는 아직도 아침을 먹고 있었다.

간밤에 늦게야 잠자리에 들었다. 일레인과 나는 동부 6번가에 있는 인도 레스토랑에서 저녁을 먹고 라파예트 국립 극장에서 재공연되고 있는 「억척 어멈」(30년 전쟁을 배경으로 한 브레히트의 서사극──옮긴이)을 봤는데 자리가 좋지 않아서 배우들의 목소리가 통 들리지 않았다. 보통 때 같으면 중간에 쉬는 시간에 나와 버렸겠지만 배우 중 한 명이 일레인 이웃 여자의 애인이었던 것이다. 그래서 막을 내릴 때까지 기다렸다 무대 뒤로 가서 연기가 좋았다고 입에 발린 소리를 해야 했다. 그러다 어이없게도 사람들로 붐비는 구석진 술집에서 벌어진 배우들의 뒤풀이에 합류하고 말았다.

"무슨 이런 경우가 있어."

술집을 나와서 내가 말했다.

"처음 세 시간은 무대에서 뭐라 그러는지 모르겠더니만, 그 다음 30분은 테이블 맞은편에서 떠드는 소리도 못 알아듣겠더군. 그 친구 도대체 목소리가 나오긴 한 거야."

"세 시간짜리 연극은 아니었어. 두 시간 반이었지."

일레인이 말했다.

"세 시간처럼 느껴졌어."

"하긴 다섯 시간 같았지."

그녀가 말했다.

"이제 집에 가자."

우리는 일레인의 집으로 갔다. 나는 커피를 마시고 일레인은 차를 마시면서 CNN을 보다가 광고가 나오는 중간 중간 30분 정도 이야기를 했다. 그러다 잠자리에 들었다. 한 시간 정도 지난 후 나는 일어나 어두운 데서 옷을 입었다. 침실을 막 나가려는데 일레인이 어디 가는지 물었다.

"미안."

내가 말했다.

"깨우려던 게 아닌데."

"괜찮아, 잠이 안 와?"

"응, 왜 그런지 모르겠지만 신경이 날카로워졌어."

"거실에서 뭐라도 읽어, 아님 텔레비전을 켜든지. 난 신경 쓰지 말고."

"이대론 진정될 것 같지 않아. 시내를 한 바퀴 돌면 괜찮을 거야."

일레인의 아파트는 1번가와 2번가 사이의 51번지이다. 내가 사는 노스웨스턴 호텔은 8번가와 9번가 사이 57번지이다. 밖에 나오자 상당히 쌀쌀해서 택시를 탈까 했지만 한 블록 정도 걷자 더 이상 춥지 않았다.

신호가 바뀌기를 기다리면서 나는 무심코 키 큰 빌딩들 사이에 뜬 달을 보았다. 보름달이었지만 새삼 놀랍지는 않았다. 그날 밤은 핏속에서 파도가 일렁이는 것 같이, 보름달이 뜬 날만 느낄 수 있는 그런 야릇한 분위기를 풍기고 있었다. 뭔가 하고 싶었지만 막상 그게 뭔지 알 수 없었다.

믹 밸류가 시내에 있었다면 그의 술집에 놀러갔겠지만 그는 외국에 있었고 이런 기분으로 술집에 가고 싶지 않았다. 난 집으로 가서 책을 한 권 읽다가 새벽 4시쯤 불을 끄고 잤다.

10시경 나는 플레임에 있었다. 아침을 가볍게 먹고 신문을 보면서 지역 범죄 기사와 스포츠 기사를 찬찬히 읽던 중이었다. 위기의 연속인 시대에 살고 있어선지 대형 사건에는 별 관심이 쏠리지 않았다. 바로 눈앞에서 큰 사건이 터져 혼란스런 상황이 닥치지 않는 한 국가적이거나 세계적인 이슈는 딴 세상의 일처럼 느껴져서 좀처럼 실감이 나지 않았다.

자잘한 뉴스에 구인 광고, 법률적 분쟁을 다룬 기사까지 읽을 시간은 충분했다. 지난주엔 플래티론 빌딩에 있는 제법 큰 중견 사설탐정 회사의 소개로 3일 정도 일을 했지만 그 이후론 연락이 끊겼고, 개인적으로 의뢰를 받은 것도 오래 전이었다. 돈이 아쉬워서 절박하게 일을 해야 하는 처지도 아니고 그럭저럭 시간을 때우고 있긴 했지만 뭔가 할 일이 있다면 좋았을 것이다. 간밤에 느꼈던 그 정체를 알 수 없는 초조함은 날이 새도 사라지지 않았다.

15

아직 그 자리, 핏속에 미열로 남아 손이 닿지 않는 피부 속 어딘가가 간질거렸다.

프랜신 코리는 다고스티노 슈퍼마켓에서 30분 정도 쇼핑을 했다. 계산은 현금으로 치렀다. 슈퍼마켓 직원이 쇼핑백 세 개를 쇼핑 카트에 담아서 주차해 둔 차까지 따라왔다.

파란색 트럭은 여전히 소화전 앞에 주차해 있었다. 차 뒷문이 열려 있었고, 남자 두 명이 차에서 나와 인도를 걸어 다니고 있었는데 한 남자는 손에 쥐고 있는 클립보드를 보고 있는 것 같았다. 프랜신이 가게 점원과 함께 옆을 지나가자, 그 남자들이 그녀가 지나간 쪽을 봤다. 프랜신이 차의 트렁크를 열었을 때 그들은 이미 차로 돌아와서 문을 닫고 있었다.

점원이 트렁크에 쇼핑백을 넣었다. 프랜신은 팁으로 2달러를 줬는데 손님들이 대부분 팁을 주지 않거나 1달러 정도 주는 것에 비하면 많은 편이었다. 남편은 그녀에게 인색하게 굴지 말고 후하게 팁을 주라고 했다.

"그 정도 여유는 있잖아."

그는 말하곤 했다.

점원은 카트를 밀면서 가게로 돌아갔다. 프랜신은 시동을 걸고 4번 애비뉴를 향해 북쪽으로 출발했다.

파란색 트럭은 반 블록 뒤에서 따라왔다.

난 프랜신이 다고스티노 슈퍼마켓에서 애틀랜틱 애비뉴에 있는 수입 식품점까지 정확히 어떤 도로로 갔는지 알 길이 없었다. 그녀는 계속 4번 애비뉴를 타고 애틀랜틱 애비뉴까지 갔을 수도 있고, 고와너스 고속도로를 타고 사우스 브루클린으로 갔을 수도 있다. 물론 그건 중요한 게 아니었다. 어떤 길로 갔든지 그녀는 캄리를 타고 애틀랜틱 애비뉴와 클린턴 가 사이의 모퉁이로 갔다. 그 남서쪽 모퉁이에 '알레포'라는 이름의 시리아 레스토랑이 있고 바로 그 옆 애틀랜틱 애비뉴에 식료품 시장이 있다. 이곳은 '아라비안 미식가'라는 이름의 대형 정육점이다. (프랜신은 한 번도 그 이름으로 부른 적이 없었다. 다른 단골들처럼 그녀도 10년 전 그 가게를 팔고 샌디에이고로 이사한 전 주인의 이름을 따서 아욥네 가게라고 불렀다.)

프랜신은 아라비안 미식가 건너편에 있는 애틀랜틱 애비뉴의 북쪽 도로변 미터 주차기에 캄리를 주차시켰다. 그리고 길가로 걸어가서 신호가 바뀌기를 기다린 후 길을 건넜다. 정육점에 프랜신이 들어가자 파란색 트럭은 아라비안 미식가 옆에 있는 알레포 레스토랑 앞 물건을 싣는 곳에 주차했다.

그녀는 금방 나왔다. 이번엔 얼마 안 사서 점원이 도와줄 필요도 없었다. 쇼핑은 12시 20분경 끝났다. 프랜신은 짙은 회색 바지에 초콜릿 색 터틀넥과 느슨하게 짠 베이지 색 카디건을 입고 그 위에 짧은 낙타 털 코트를 걸치고 있었다. 어깨에는 작은 핸드백을 메고 한 손에는 비닐 쇼핑백을 들고 다른 손에는 차 열쇠를 쥐고 있었다.

파란색 트럭의 뒷문이 열리고 먼저 나와 있던 두 명의 남자가 보도로 올라왔다. 프랜신이 가게에서 나오자 그들은 그녀의 양쪽에 따라붙었다. 동시에 트럭을 운전하고 있었던 세 번째 남자가 시동을 걸었다.

17

두 남자 중 하나가 말했다.

"코리 부인이시죠?"

그녀가 돌아보자 그는 지갑을 재빨리 열었다 닫으면서 배지를 슬쩍 보였지만 워낙 빨리 움직여서 제대로 볼 새가 없었다. 또 다른 남자가 말했다.

"같이 좀 가셔야겠습니다."

"당신들은 누구죠?"

그녀가 말했다.

"무슨 일이에요, 원하는 게 뭐죠?"

남자들이 그녀의 양쪽 팔을 잡았다. 무슨 일이 벌어지고 있는지 알아차릴 새도 없이 그녀를 끌고 급히 보도를 건너서 트럭 뒤편으로 갔다. 순식간에 그들은 그녀와 함께 트럭에 올라타고 모퉁이에서 빠져 나와 차의 물결 속으로 사라지고 말았다.

대낮에 번잡한 대로 한복판에서 여자가 납치됐지만 알아차린 사람은 없었다. 몇 명 안 되는 목격자도 그 상황을 이해하지 못했다. 모든 것이 순식간에 일어났다.

만약 프랜신이 뒤로 물러서서 그들이 처음 다가왔을 때 비명이라도 질렀다면…….

하지만 그녀는 그렇게 하지 않았다. 미처 손을 써 보지도 못하고 그들과 함께 트럭을 타고 말았다. 그때 가서야 비명을 지르거나, 몸부림을 치거나 그랬을 것이다. 그땐 너무 늦었다.

그녀가 납치됐을 때 내가 어디에 있었는지 난 정확하게 알고 있다. 나는 서쪽 63번가에 있는 YMCA 건물에서 주중에는 오후 12시

30분부터 1시 30분까지 진행되는 파이어사이드 그룹의 정오 모임에 갔었다. 그 두 남자가 프랜신을 강제로 끌고 보도를 빠져 나와 파란색 트럭 뒤쪽에 탔을 무렵에는 모임 시간보다 일찍 도착해서 커피를 한 잔 마시고 있었을 것이다.

그 모임에 대해 기억나는 건 별로 없었다. 몇 년 동안 나는 꽤 규칙적으로 알코올 중독자 치료 모임에 나가고 있다. 처음 술을 끊었을 당시만큼 자주 가지는 않지만 아직도 일주일에 다섯 번 정도는 꼬박꼬박 나가고 있다. 그날의 모임 역시 평상시처럼 진행됐다. 먼저 그 날의 연사가 10분이나 15분 정도 개인적인 이야기를 한 후 나머지 시간은 집단 토론을 한다. 토론 시간에 내가 의견을 발표했던 적은 없었던 것 같다. 만약 그랬다면 기억이 났을 것이다. 토론에는 흥미로운 이야기도, 웃긴 이야기도 있었다. 항상 그런 이야기가 나오곤 했지만 구체적으로 생각나는 에피소드는 없다.

모임이 끝난 후 난 어딘가에서 점심을 먹고 나서 일레인에게 전화를 걸었다. 전화 응답기가 전화를 받았는데 그건 그녀가 외출했다거나 손님과 같이 있다는 뜻이었다. 일레인은 창녀다. 남자를 받는 것이 그녀의 직업이다.

내가 일레인을 만난 것은 아주 오래 전이었는데 당시 나는 막 진급한 술고래 경찰로 두 아들이 딸린 유부남이었고 롱아일랜드에서 살고 있었다. 우리는 2년 정도 만났다. 경찰이라는 직업상 난 그녀의 뒤를 봐주면서 어려운 일이 생기면 도와줬다. 한번은 연락을 받고 가서 그녀의 침대에 누워 있던 시체를 금융가의 한 뒷골목에 버려 준 적도 있다. 그녀는 모든 남자가 꿈꾸는 이상적인 정

19

부였다. 아름답고 똑똑하고 유머 감각도 풍부한데다 남자의 비위를 맞출 줄 알면서 별로 바라는 것도 없었다. 창녀의 모든 자질을 갖추고 있던 셈이었다. 여기서 뭘 더 바라겠는가?

내가 집을 나와 이혼을 하고 실직한 후 일레인과도 연락이 끊어졌다. 그러다 과거에 알게 된 악당이 우리 둘을 같이 협박하는 일이 생기면서 우리는 우연히 다시 만나게 됐다. 그리고 그 이후로 다시 이렇게 만나고 있다.

일레인은 아파트에 살고 나는 호텔에 산다. 일주일에 이틀에서 사흘, 때로는 나흘 정도 만났다. 보통 그럴 때면 그녀의 아파트에서 밤을 지내고 가끔 도시를 떠나 주말 혹은 한 주 내내 휴가를 즐기곤 했다. 만나지 않을 땐 통화를 하는데 하루에 두 번 할 때도 있었다.

순결 서약 같은 건 한 적은 없었지만 사실 우리에겐 둘뿐이었다. 난 그녀에게 충실했고 일레인도 고객들을 제외하곤 나만 만났다. 직업상 정기적으로 그녀는 호텔방으로 누군가를 찾아 가거나 아파트로 불러 들였다. 우리가 처음 만났을 때는 이런 점에 신경 쓰지 않았다. 아마, 솔직히 말하면 그것 때문에 끌렸던 것도 있다. 그러니 이제 와서 신경 쓰일 리 없다.

만약 정말로 신경이 거슬린다면 언제라도 그만두라고 할 수 있었다. 그녀는 그 동안 돈을 많이 벌어서 대부분 저축했고 부동산 투자에도 성공했다. 우아하게 사는 현재의 생활 방식을 바꿀 필요 없이 언제던 매춘을 그만둘 수 있다.

하지만 왠지 난 그녀에게 그만두라는 말을 할 수 없었다. 아마도 그녀의 직업에 신경 쓰고 있다는 것을 그녀나 나 자신에게 인정한다는 것이 내키지 않았던 것 같다. 어떤 식으로든 우리 관계를 바꾸고 싶지 않다, 고장 나기 전까지는 아무 것도 손대지 말자는 심리였을 것이다.

하지만 모든 건 변하기 마련이다. 변하지 않을 수 없다. 만약 아무것도 변하지 않는다면 변하지 않는다는 바로 그 사실 때문에 변하게 된다.

사랑이라는 단어는 우리 사이에 금기였다. 우리가 서로에게 느끼는 감정이 분명 사랑이긴 했지만, 두 명 모두 결혼이나 동거에 대해 분명히 생각해 봤겠지만 의논해 본 적은 없다. 사실 말을 꺼낸 적도 없다. 사랑이란 감정이나 그녀의 직업에 대해 언급하지 않는 것처럼 결혼이나 동거에 대해서도 우리는 굳게 입을 다물었다.

물론 언젠가는 이 문제들에 대해 생각하고 의논하고 정면으로 부딪쳐야 한다. 하지만 지금까지는 한 번에 하나씩 서서히 대처해 왔다. 그것이 내가 미친 듯이 마셔대던 술을 끊으면서 인생에서 배운 교훈이었다. 사람들이 말했듯이 큰일도 그렇게 한 번에 하나씩 처리해 나가는 게 좋을 것이다. 세상사는 그렇게 돌아간다.

그 목요일 오후 3시 45분에 콜로니얼 로드에 있는 코리의 집에 전화벨이 울렸다. 캐넌 코리가 전화를 받자 남자 목소리가 들렸다.

"안녕하신가, 코리. 마누라가 집에 안 왔지? 그렇지?"

"누구세요?"

"내가 누군지는 알 것 없고. 네 마누라는 우리가 데리고 있어. 아랍 계집 말이야. 마누라를 찾고 싶나?"

"그녀는 어디 있어? 바꿔 줘."

"지랄하네."
그 남자가 전화를 끊었다.
캐넌은 한동안 그 자리에 서서 끊긴 전화기에 대고 계속 "여보세요." 하고 외치다가 어떻게 해야 할지 생각했다. 그는 차고로 달려가서 프랜신의 캠리가 없다는 걸 확인했다. 그는 진입로를 따라서 달려 나와 사방을 둘러보다 다시 집으로 돌아와 수화기를 들었다. 신호음이 울리는 것을 들으면서 누구에게 전화해야 할지 생각했다.
"빌어먹을!"
그는 수화기를 내려놓고 고함을 질렀다.
"프랜시!"
그는 아래층으로 달려 내려가서 침실 문을 박차고 들어가며 그녀의 이름을 불렀다. 물론 그녀는 거기 없었지만 그는 모든 방을 다 확인해야 했다. 그 큰 집에서 부인의 이름을 부르며 방마다 들어갔다 나왔다 하는 동안 그는 자신이 겁에 질렸다는 걸 깨달았다. 마침내 거실로 돌아오자 수화기가 잘못 놓인 것을 발견했다. 잘한 짓이다. 놈들이 다시 전화를 하려고 했더라도 통화가 안 됐을 것 아닌가. 그가 수화기를 제자리에 놓고 전화벨이 울리기를 기다리고 있는데 곧바로 전화가 왔다.
이번에는 한결 침착하고 세련된 다른 남자의 목소리가 들렸다.
"코리 씨, 계속 전화했는데 통화 중이더군요. 누구와 통화하던 중이었소?"
"아니요, 수화기를 잘못 놓은 거요."
"경찰에는 전화하지 않았으리라 믿어요."

"아무에게도 전화하지 않았소. 내가 실수한 거요, 수화기를 제대로 놨다고 생각했는데 삐딱하게 놔뒀소. 내 아내는 어디 있는 거요? 통화하게 해 줘요."

"수화기를 똑바로 둬요. 그리고 아무한테도 전화하지 마시오."

"전화하지 않았다니까."

"물론 경찰도 전화해선 안 되고."

"원하는 게 뭐요?"

"당신이 부인을 찾을 수 있도록 도와주고 싶소. 부인이 돌아오길 바란다면. 그러길 원해요?"

"제기랄, 도대체……."

"질문에 대답하시오, 코리 씨."

"그렇소, 돌아오길 바라오. 당연히 그렇지."

"나도 당신을 돕고 싶소. 그러니 전화는 쓰지 말아요. 다시 연락하겠소."

"여보세요? 여보세요?"

전화가 끊겼다.

10분 동안 그는 바닥을 내려다보면서 전화벨이 울리길 기다리다 차츰 냉정해지면서 진정하기 시작했다. 그는 거실을 왔다 갔다 걸어 다니는 것을 멈추고 전화기 옆에 있는 의자에 앉았다. 벨이 다시 울렸을 때 전화를 받았지만 그는 아무 말도 하지 않았다.

"코리?"

이번에는 다시 그 터프한 남자였다.

"원하는 게 뭐지?"

"원하는 게 뭐냐고? 씨발, 도대체 뭘 원한다고 생각해?"

캐넌은 대답하지 않았다.
"돈."
그 남자가 조금 있다 대답했다.
"돈을 원해."
"얼마나?"
"이런, 빌어먹을 깜둥이 새끼, 그런 멍청한 질문이 어디 있어? 그걸 꼭 말로 해야 해?"
캐넌은 차분히 기다렸다.
"100만 달러. 어때, 이 멍청아?"
"터무니없군."
코리가 말했다.
"이봐, 당신과는 말이 안 통하는군. 친구보고 전화하라고 해, 그 친구랑 얘기를 해 보지."
"이 쌍놈의 새끼, 무슨 개지랄이야."
이번에는 코리가 전화를 끊었다.

캐넌이 보기에 이런 상황에서는 누가 주도권을 잡느냐가 관건이었다. 하지만 이런 상황에서 주도권을 잡으려다가는 큰코 다치는 수가 있다. 상대방이 모든 패를 가지고 있는 판을 장악하기란 불가능하기 때문이다.

하지만 주도권을 잡으려는 마음을 먹지 않으면 상대편의 장단에 맞춰 불가리아 서커스 곰처럼 우스꽝스럽게 놀아나지 않아도 된다.

그는 부엌으로 가서 긴 손잡이가 달린 놋쇠 주전자로 달고 진한 커피를 끓였다. 커피가 식을 동안 냉장고에서 보드카 한 병을 꺼내서 2온스 정도 따라 단숨에 마시자 얼음과 같은 냉정함이 돌아왔다. 커피를 다 마셔갈 때쯤 전화벨이 울렸다.

그 세련된 남자였다.

"내 파트너의 성질을 건드렸군요. 코리 씨. 그 친구 한 성질 하는데."

"이제부터는 당신이 전화를 하는 게 낫겠소."

"그럴 필요가?"

"그래야만 드라마를 찍지 않고 해결할 수 있을 것이오."

캐넌이 말했다.

"당신 친구가 100만 달러라고 하던데. 그건 불가능해요."

"부인이 그만한 가치가 없단 말인가요?"

"그녀의 가치는 돈으로 따질 수 없소. 하지만……."

"부인 몸무게가 얼마나 나가죠? 55에서 60, 그 사이죠?"

눈썰미가 있군.

"50킬로그램에 2만 달러를 곱하면, 계산 한 번 해 봐요. 100만 정도 되죠?"

"무슨 말을 하고 싶은 거요?"

"내 말은 이게 마약이었다면 당신은 100만 달러를 치렀을 거라는 거지, 코리 씨. 마약에는 100만 달러를 쓰면서 살아 있는 인간으로서의 부인은 별로 값어치가 없나 보지?"

"없는 돈을 줄 수는 없지 않소."

"당신에겐 그만한 돈이 있잖아."

"100만 달러는 없소."

"얼마나 있지?"

그는 미리 생각해 둔 액수가 있었다.

"40. 40만 달러."

"그건 절반도 안 되잖아."

"가진 건 40만 달러뿐이오."

코리가 말했다.

"적지도 많지도 않은 돈이오. 그게 내가 가진 전부요."

"나머지도 채울 수 있을 텐데."

"글쎄. 여기저기 빌려서 조금 더 만들 수는 있겠지만 많진 않을 거요. 시간도 걸릴 것이고, 아마 일주일 이상 걸릴 거요."

"우리가 서두르고 있는 것 같소?"

"급한 건 나요. 아내를 당장 찾고 당신들이 내 인생에서 사라져 줬음 싶소. 그러니 서두를 수밖에."

"50만 달러."

이것 봐. 결국 그가 주도권을 잡을 수 있는 부분이 남아있는 셈이었다.

"안 돼. 내 아내의 목숨을 걸고 흥정을 할 수 없소. 난 최고 액수를 제시했소. 40만."

정적이 흐르고 난 후 그가 한숨을 쉬었다.

"아, 그렇지. 돈이 왔다 갔다 하는 일에 당신 같은 인종을 이길 수 있다고 생각한 게 어리석었지. 당신은 베테랑이잖아. 그렇지? 당신은 유대인들만큼이나 악질이야."

그는 어떻게 대답을 해야 좋을지 몰라서 대꾸하지 않았다.

"40이라 이거지."

그 남자가 말했다.
"준비하려면 얼마나 걸리겠소?"
15분이면 충분하지. 그는 생각했다.
"두 시간 정도."
"오늘 밤에 합시다."
"좋소."
"준비해요. 아무에게도 전화하지 마시오."
"누구에게 하겠소?"

30분이 지난 후 그는 부엌 테이블 옆에 앉아 40만 달러를 보고 있었다. 그의 집 지하실에는 1톤이 넘는 크고 오래된 모슬러 금고가 벽에 설치돼 있다. 소나무 판자로 가리고 자물쇠로 잠근 후 옆에 도난 경보기를 설치해 놨다. 지폐는 모두 100달러짜리로, 50장씩 한 묶음으로 해서 팔십 묶음을 준비했다. 돈을 모두 세서 한 번에 서너 뭉치를 프랜신이 빨래할 때 쓰던 플라스틱 바구니에 던져 넣었다.
아내는 손수 빨래를 할 필요가 없었다. 가정부를 부르라고 그가 거듭 말했지만 그녀는 살림하는 것을 좋아하는 가정적인 여자였다.
그는 수화기를 들고 잠시 서 있다가 다시 내려놨다. 아무에게도 전화하지 말라고 그 남자가 말했다. 누구에게 전화를 걸 수 있단 말인가? 그는 자문했다.
누가 그에게 이런 짓을 저질렀을까? 아내를 채 간 후 그를 협박하다니. 누가 이런 짓을 할 수 있을까?
후보는 많다. 무사히 빠져나갈 수만 있다면 누구든 그렇게 할 것이다.

그는 다시 수화기를 들었다. 도청이 되지 않는 전화기다. 그런 면에선 집 전체가 깨끗했다. 거액을 들여서 최신식 보안 장치를 두 개 들여 놓았는데 성능이 끝내줬다. 전화기에 도청 장치가 설치되면 알려주는 기기가 그중 하나이다. 전압이나 전기 저항, 전기 용량 중 하나라도 달라지면 즉각 알 수 있었다. 다른 장치는 숨겨진 마이크를 자동적으로 찾아내는 트랙락이다. 이 기기들을 사느라고 자그마치 오륙천 달러에 달하는 돈을 썼지만 도청만 당하지 않는다면 괜찮은 가격이었다.

지난 두 시간 동안 했던 통화 내용을 경찰이 듣지 못했다는 것이 안타깝긴 했다. 경찰이라면 전화를 추적해서 납치범들을 잡고 프랜시를 집으로 보내줄 수 있을 텐데.

아니, 절대로 그런 일이 일어나선 안 된다. 경찰은 만사를 엉망으로 망쳐 버릴 게 뻔하다. 그에겐 돈이 있으니 돈을 지불하고 그녀를 되찾거나 그럴 수 없거나 둘 중 하나다. 그가 통제할 수 있는 일이 있고 없는 일이 있다. 돈을 주거나 액수를 조정할 수는 있지만 그 다음에 일어나는 일은 그의 능력 밖에 있는 일이다.

'아무에게도 전화하지 마시오.'

'누구에게 하겠소?'

그는 다시 수화기를 들어서 기억하고 있는 번호를 눌렀다. 신호음이 세 번째 울렸을 때 형이 받았다. 그가 말했다.

"피터 형, 지금 좀 와 줘야겠어. 택시 타, 차비는 내가 줄게. 당장 와야 해, 알았어, 형?"

아무런 반응이 없었다. 그러다 형이 말을 했다.

"애야, 너도 알겠지만 난 널 위해서라면 무슨 짓이든 할 수 있어. 하지만……."

"그러니까 빨리 택시 타고 오라잖아!"

"하지만 네 일에는 끼고 싶지 않아. 그럴 수 없다."

"일 문제가 아니야."

"그럼 뭐야?"

"프랜신 일이야."

"이런, 무슨 일이야? 됐다, 거기 가면 알 수 있겠지. 지금 집에 있지?"

"응, 집이야."

"택시 잡을게. 금방 도착할거다."

피터 코리가 브루클린에 있는 동생 집으로 갈 택시를 잡는 동안 나는 ESPN 채널에서 기자들이 야구 선수들의 연봉 인상에 한계를 두자고 토론하는 것을 보고 있었다. 그 때 전화벨이 울렸다. 전화는 마요 주의 캐슬바라는 마을에서 믹 밸류가 한 것이었다. 감이 아주 좋았다. 그로간네 가게 밀실에서 전화를 하고 있는 것 같았다.

믹이 말했다.

"여긴 정말 끝내줘. 뉴욕에 사는 아일랜드 인들이 돌았다고 생각되면 여기 본토에 있는 아일랜드 인들을 한번 봐야 해. 한 집 건너 술집이고 문 닫을 때까지 밖으로 기어 나오는 인간이 없군."

"거긴 빨리 닫지, 안 그래?"

"우라지게 빨리 닫아. 하지만 호텔이라면 또 이야기가 다르지.

투숙객이 원하면 몇 시가 됐건 술을 팔아. 바로 그게 문명국가라는 거야. 그렇게 생각하지 않아?"
"그럼, 그럼."
"그런데 담배 하나는 정말 지독하게 피워 대는군. 줄담배를 피면서 또 남에게 피우라고 권해요. 그런 면에선 프랑스인들이 한술 더 뜨지만. 프랑스에 사는 친척들을 보러 갔더니 그 인간들이 내가 담배를 안 핀다고 삐치지 뭐야. 내 생각에 담배를 끊기로 결심한 제대로 된 인간은 미국인 하나뿐이야."
"미국에도 담배를 피우는 사람은 많아, 믹."
"그럼 그 사람들에게 행운을 빌어 줘야지. 비행기를 타든 극장을 가든 어딜 가나 금연 때문에 고생이 막심하잖아."
그는 며칠 전에 만난 한 쌍의 남녀에 대해 길게 이야기를 늘어놓았다. 익살스런 그의 허풍에 웃다가 그가 내 안부를 물어서 잘 지낸다고 대답했다.
"잘 지낸다면 다행이고."
그가 말했다.
"조금 신경이 날카로워진 것 같아. 요즘 좀 한가했거든. 보름달도 뜨고."
"그랬군. 여기도 그래."
"우연의 일치네."
"하지만 여긴 시도 때도 없이 보름달이 뜨는 것 같아. 다행히 매일 비가 오니 보름달을 볼 필요는 없지. 매튜, 좋은 생각이 떠올랐어. 이쪽으로 날아 와."
"뭐?"

"아일랜드엔 한 번도 와 본 적 없잖아."

"외국엔 가 본 적이 없지. 잠깐, 아니구나. 캐나다에 한두 번 그리고 멕시코에 가 본 적 있어, 하지만."

"유럽에는 온 적이 없지?"

"없어."

"그러니깐 비행기 타고 오라고. 원하면 일레인을 데려오든가. 로젠스타인하고 이야기 했는데, 당분간 미국에는 오지 말라는 거야. 빌어먹을 연방 수사대가 설치고 있을 동안 그가 다 뒷정리를 해 놓을 테니까 안전해질 때까지 미국 땅은 밟을 생각도 하지 말라는군. 이 지저분한 동네에서 한두 달 더 있게 생겼어. 뭐가 그렇게 웃겨?"

"좋다고 한 게 언젠데, 벌써 냄새나는 동네가 된 거야?"

"어디든 벗이 옆에 없으면 지겨워지는 거야. 오라고, 친구야. 대답해 봐."

피터 코리는 캐년이 납치범 중 훨씬 더 유순한 남자와 다시 통화를 한 직후 도착했다. 그 남자는 전처럼 부드럽지 않았고 통화가 끝나 갈 때쯤 코리가 프랜신이 살아 있다는 증거를 대라고 요구하자 더 사나워졌다. 둘 사이의 대화는 대충 이런 식이었다.

코리: 아내와 통화하고 싶소.
납치범: 그럴 수 없소. 부인은 지금 안전한 곳에 있어요. 난 지금 공중 전화에 있고.
코리: 아내가 괜찮다는 걸 내가 어떻게 알겠소?

납치범: 부인은 우리에게 중요한 사람이오. 몸값이 얼마인데, 안 그렇소.

코리: 빌어먹을, 당신들이 정말로 내 아내와 같이 있는지조차 난 확인할 수 없잖소.

납치범: 부인의 젖가슴을 알아볼 수 있소?

코리: 뭐라고요?

납치범: 젖가슴을 알아볼 수 있는지 물었소. 그게 가장 간단한 방법이니까. 내가 젖가슴 하나를 도려내서 그걸 당신 집 문 앞에 놔두면 그걸 보고 안심할 거 아니오.

코리: 이런, 그런 말 하지 말아요. 입 밖에도 내지 말아요.

납치범: 그럼 이제 증거는 잊어요. 알아들어요? 서로 믿어야 해요. 코리 씨. 날 믿어요, 이 일에선 신뢰가 우선이오.

"그게 다야."

캐넌이 피터에게 말했다.

"그 납치범들을 믿어야 한다지만 어떻게 그럴 수 있겠어? 그들이 누구인지도 모르는데. 누구에게 전화를 해야 할지 생각해 봤어. 형도 알잖아, 나랑 같은 업종에 있는 사람. 날 지원해 주고 힘이 돼 줄 사람. 하지만 거꾸로 그놈이 가담했을 가능성이 있잖아. 누구든 예외가 아냐. 누군가 이 일을 꾸민 거야."

"어떻게."

"나도 몰라. 아무 것도 모르겠어. 피터. 지금 내가 뭘 하고 있는지도 모르겠고, 이런 빌어먹을 일은 처음이야."

"넌 마약 거래상이잖아."

"마약 거래는 이것과 완전히 달라. 철저하게 계획해서 안전하게 끝낼 수 있다고. 하지만 이건······."

"마약을 거래하다 사람들이 죽는 것도 다반사야."

"그래, 하지만 그럴 때는 다 이유가 있어. 첫 번째, 잘 모르는 사람과 거래하는 거야. 그게 취약이지. 언뜻 보기엔 남는 장사 같지만 사실 바가지 쓰는 거지. 두 번째, 혹은 1.5번째라고 할 수 있는데, 이 경우는 잘 아는 사람이라고 생각하지만 사실은 모르는 사람과 거래하는 거야. 그리고 이건 몇 번째라고 해야 할지 모르겠지만 사기 치려고 하다가 일을 말아먹지. 이런 놈들은 자본도 없이 거래를 하려고 해, 나중에 갚을 수 있다고 생각해서 그런 거지. 감당하지 못할 일을 벌여 놓고 운 좋으면 무사히 넘어가지만 그 다음 번엔 된통 당할 수도 있고. 왜 그런 일이 생기는 지 알아? 십중팔구 지가 파는 약에 중독된 거야. 판단력이라곤 똥통에 흘려버린 놈들이야."

"아니면 모든 일을 정석대로 처리했는데도 갑자기 자메이카 놈들 여섯 명이 문을 박차고 들어와서 다 총으로 갈겨 버리던지."

"음, 그런 일도 있지."

캐넌이 말했다.

"자메이카 갱들이란 법은 없지만. 지난번에 신문을 보니까 샌프란시스코에서 라틴 놈들이 그랬더군. 매주 새로운 인종이 튀어나와서 목숨을 노리지."

그는 머리를 흔들었다.

"요는 정상적인 마약 거래라면 뭔가 찜찜하면 언제든지 그냥 나와도 된다는 거야. 꼭 거래를 하지 않아도 돼. 물건이 있으면 누구에게든 팔 수 있어. 지원군도 준비하고 안전장치도 설치해서 분위기를 봐가면서 상대방을 믿어야 할지, 말아야 할지 판단해 가면서 거래를 할 수 있는 거야."

"하지만 이번엔……."

"이번엔 그럴 수 없어. 완전 똥 밟았어. 돈을 줄 테니 아내를 데려 오라고 했더니 안 된다는군. 그런 식으로 일을 하지 않는다는 거야. 내가 뭐라고 하겠어? 그럼 마누라는 네가 가져라, 내 방식이 맘에 안 들면 아무한테나 마누라를 팔아 치우라고 해? 그럴 수는 없잖아."

"그렇지."

"한 가지만 빼고. 그 놈이 100만을 달라 길래 40만 준다고 했어. 엿 먹으라고 했지. 40만밖에 없으니까 알아서 하라고. 그 자식이 믿더군. 내가 만약……."

전화벨이 울렸다. 캐넌은 몇 분 정도 이야기하면서 메모지에 뭔가를 적었다. 통화를 하다가 캐넌이 말했다.

"난 혼자가 아니오, 형과 같이 가겠소. 이의를 달지 마시오."

그는 조금 더 듣고 나서 뭔가 더 말하려고 했지만 그 순간 전화가 끊겼다.

"출발해야겠어."

그가 말했다.

"돈을 쓰레기봉투 두 개에 나눠서 가져오라는군. 그거야 쉽지. 그런데 왜 두 개야? 궁금하게. 40만 달러가 얼마나 되는지 모르는 거 아냐? 얼마나 공간을 차지하는 지 모르나 봐."

"의사가 무거운 건 들지 말라고 했나 보지."

"아마도. 오션 애비뉴와 패러것 로드 모퉁이로 오라는군."

"플랫부시 로드군, 그렇지?"

"그럴 거야."

"알았어, 패러것 로드라면 브루클린 대학에서 두 블록 가면 돼. 거기에 뭐가 있는데?"

"공중전화."

돈을 나눠서 쓰레기봉투에 담고 나서 캐넌은 피터에게 9미리 자동 권총을 줬다.

"가져가."

그가 고집했다.

"이런 일에 맨몸으로 갈 수는 없잖아."

"이런 일은 애당초 시작도 하기 싫어. 권총을 가져가도 무슨 소용이 있겠어?"

"나도 몰라, 일단 가져가 봐."

밖으로 나가면서 피터는 동생의 팔을 잡았다.

"경보 장치 켜는 걸 잊어버렸잖아."

"그래서? 놈들이 프랜시를 잡고 있고 돈은 우리가 가지고 있어. 훔쳐갈 게 뭐가 있어?"

"경보 장치가 있으면 켜두는 게 좋아. 이 염병할 권총이나 경보 장치나 따지고 보면 똑같은 거 아냐."

"듣고 보니 그렇군."

그가 집으로 들어갔다. 밖으로 나와서 그가 말했다.

"최첨단 보안 시스템이야. 아무도 들어올 수 없고, 전화선을 도청하거나 집에 도청 장치를 숨겨 놓을 수도 없어. 할 수 있는 거라

곧 마누라를 납치해서 내가 돈이 가득 찬 쓰레기봉투를 들고 방울 소리 나게 시내를 뛰어다니게 하는 거 밖에 없지."

"어느 길로 가는 게 좋을까? 내 생각엔 베이 리지 파크웨이로 간 다음에 킹스 하이웨이를 타고 오션으로 빠지는 게 좋을 것 같은데."

"그러지. 가는 길이야 수십 가지지만 어디든 어때. 형이 운전할래?"

"내가 하는 게 낫겠어?"

"응. 지금 내 꼴로 봐선 경찰차를 박거나 지나가는 수녀라도 칠 것 같은 기분이야."

둘은 8시 반까지 패러것 로드에 있는 공중전화에 도착해야 했다. 그들은 30분 일찍 도착했다. 캐넌이 공중전화에 가서 기다리는 동안 피터는 차에 있었다. 그는 벨트 뒤에 찔러 넣었던 권총의 무게를 운전하는 내내 의식하고 있다가 이제 꺼내서 무릎 위에 놓았다.

전화벨이 울리자 캐넌이 받았다. 시계를 보니 8시 30분이었다. 놈들은 정확히 스케줄대로 움직이는 걸까? 상황을 지켜보면서 길 건너편 주택가에 있는 어느 집 유리창으로 누군가가 감시하고 있는 건 아닐까?

캐넌은 재빨리 차로 돌아와서 의자에 기대어 앉았다.

"베테랑 애비뉴로 가."

그가 말했다.

"들어본 적이 없는 곳인데."

"플랫 랜드와 밀 베이슨 사이에 있는 곳이야. 그 놈이 가르쳐 줬어. 패러컷에서 플랫부시로 가서 거기에서 애비뉴 N으로 가면 곧장 베테랑 애비뉴로 가는 길이 나온다더군."

"거기 가서 또 뭘 해야 하는데?"

"베테랑과 동쪽 66번가 사이에 공중전화가 또 있다는데."

"왜 이렇게 뺑뺑이를 돌리는 거야. 왜 그런지 알아?"

"똥개 훈련시키는 거지. 지원군을 데리고 오지 못하게. 나도 몰라, 형. 아마 그냥 진을 빼려고 하는 건지도."

"효과가 있군."

캐넌은 조수석으로 가서 탔다. 피터가 말했다.

"패러컷에서 플랫부시, 플랫부시에서 N. 플랫부시에서 우회전, N에서 좌회전?"

"맞아, 플랫부시에서 우회전, N에서 좌회전."

"시간이 좀 남았어?"

"이야기 안 했어. 시간은 말 안 한 것 같아. 그냥 빨리 가라고 했어."

"그럼 중간에 잠깐 커피 마실 시간도 없겠군."

"응. 그럴 시간 없어."

베테랑과 66번가에서도 상황은 같았다. 피터는 차에서 기다렸다. 캐넌이 공중전화 박스로 간 후 곧바로 벨이 울렸다.

납치범이 말했다.

"좋아요. 금방 도착했군요."

"이젠 어쩔 셈이오?"

"돈은 어디 있죠?"

"뒷좌석에. 쓰레기봉투 두 개에 담아서. 하란 대로 했소."
"좋아요, 이제 66번가를 걸어 올라가서 애비뉴 M으로 가시오."
"거길 걸어가라고?"
"그래요."
"돈을 가지고?"
"아니오, 돈은 그냥 놔둬요."
"차 뒷좌석에?"
"그래요, 차 문은 잠그지 말고."
"열어놓은 차에 돈을 두고 한 블록 걸어가라는 거요?"
"사실 두 블록이오."
"그러고 나선 어쩌라고?"
"애비뉴 M에 있는 코너에서 5분간 기다리시오. 그 다음에 차 타고 집으로 가시오."
"내 아내는 어쩌고?"
"부인은 무사해요."
"어떻게 알아."
"부인은 차에서 당신을 기다리고 있을 거예요."
"안 그랬단 봐라."
"뭐라고 했죠?"
"아무것도 아니오, 이봐요. 맘에 걸리는 게 있는데, 차 문을 잠그지도 않고 돈을 놔두고 가라니. 당신이 가져가기 전에 누군가 와서 훔쳐 가면 어쩌려고."
"걱정 말아요."
그 남자가 말했다.

"여긴 좋은 동네요."

그들은 차 문을 잠그지 않고, 돈을 놔둔 채, 짧은 블록 한 개와 긴 블록 하나를 지나서 애비뉴 M에 도착했다. 5분 정도 기다리다 다시 차로 돌아갔다.

이 두 형제가 어떻게 생겼는지 아직까지 설명하지 않은 것 같은데, 했나? 캐넌과 피터, 둘은 닮았다. 캐넌은 키가 175센티미터 정도로 형보다 약간 컸다. 둘 다 몸집도 적당했는데 피터는 약간 허리가 굵어지기 시작했다. 모두 올리브 색 피부에 갈색 머리카락을 단정히 빗어 넘겼다. 서른세 살의 캐넌은 조금씩 머리가 빠지면서 이마가 넓어지고 있었다. 피터는 두 살 더 많았는데 아직 대머리가 될 징후는 보이지 않았.

둘 다 길고 오뚝한 코와 튀어나온 눈썹 밑에 깊은 눈을 가진 미남들이었다. 피터는 단정하게 다듬은 콧수염을 기르고 있었고 캐넌은 깔끔하게 면도를 했다.

외모로만 판단해서 둘 중 하나를 쳐야 한다면 나라면 캐넌을 피할 것이다. 최소한 노력은 할 것이다. 캐넌에게는 피터보다 뭔가 위험스런 분위기가 풍겼고 어떤 상황에서도 즉각적이고 확실하게 반응할 것이라는 감이 왔다.

두 형제는 적당히 빠르게 걸어서 캐넌의 차가 주차된 곳으로 돌아왔다. 차는 아직 그 자리에 있었고 문은 잠겨 있지 않았다. 뒷좌석에 있던 돈은 사라졌다. 프랜신 코리도 보이지 않았다.

캐넌이 말했다.

"빌어먹을."

"트렁크는?"

그는 자동차 도구함 속에 있는 트렁크 개폐 버튼을 눌렀다. 트렁크에는 예비 타이어와 잭만 있었을 뿐 다른 것은 없었다. 막 트렁크를 닫았을 때 십몇 미터 떨어져 있는 공중전화가 울렸다.

그는 달려가서 수화기를 집었다.

"집으로 돌아가시오. 당신이 도착하기 전에 부인이 도착해 있을 거요."

나는 여느 때처럼 호텔 근처의 성 바오로 교회에서 하는 저녁 모임에 갔다가 휴식 시간에 나왔다. 호텔로 돌아와 일레인에게 전화를 해서 믹과 한 이야기를 들려줬다.

"가지 그래. 괜찮은 생각이야."

그녀가 말했다.

"같이 가지 않을래?"

"글쎄. 모르겠어. 매튜. 그렇게 하려면 수업을 빠져야 하는데."

일레인은 헌터에서 매주 목요일 저녁에 강의를 하나 듣고 있는데 오늘도 강의를 듣고 온 참이었다.

'무굴 제국의 인도 예술과 건축' 이라는 강의였다.

"일주일에서 열흘 정도 있을 거야. 수업을 한 번 빠져야 돼."

내가 말했다.

"수업 하나 땡땡이치는 건 일도 아니지."

"내 말이 그 말이야."

"사실은 가고 싶지 않아. 가 봤자 방해만 될 거야, 안 그래? 자기랑 믹이 만나면 천지를 누비고 다니면서 아일랜드 사람들에게 사고란 이렇게 치는 거다 하고 시범을 보이고 다닐 텐데."
 "상상력도 풍부하군."
 "내가 하고 싶은 말은, 그건 남자들만의 시간이라는 거야. 누가 이럴 때 여자랑 다니고 싶겠어? 정말이야. 난 가고 싶지도 않고, 요즘 자기가 초조해하는 것도 알아. 그러니 이럴 때 기분 전환 삼아 가는 게 좋을 것 같아. 유럽엔 가 본 적 없지?"
 "없지."
 "믹이 거기서 얼마나 있었지? 한 달?"
 "그 정도."
 "가 봐."
 "그럴까."
 내가 말했다.
 "생각해 보지."

 그녀는 없었다. 집 어디에서도 그녀의 모습은 보이지 않았다. 캐넌은 경보 장치가 켜진 상태에선 그녀가 집에 들어올 수 없다는 것을 알면서도 괜히 이 방 저 방 찾아 다녔다. 방에서 뛰어나온 캐넌은 다시 피터가 커피를 끓이고 있는 부엌으로 돌아왔다.
 "미치겠어."
 "나도 그래."
 "커피 타는 거야? 난 마실 기분이 아닌데. 술 한 잔 해도 괜찮아?"
 "난 안 되지만 너야 어떠냐. 마셔라."
 "내 생각엔…… 아냐. 술 생각도 안 나."
 "그게 바로 너와 나의 차이점이지."

"아, 그럴지도."

그는 빙빙 돌았다.

"왜 이렇게 골탕을 먹이는 거지, 형? 차에 있을 거라고 해 놓곤 차에 없었지, 집에 있을 거라더니 집에도 없어. 도대체 염병할, 어떻게 돼가는 거야?"

"차가 막히나 보지."

"제길, 이제 어떻게 되는 거야? 그냥 죽치고 앉아서 기다려? 도대체 이제 뭘 기다려야 하는지도 모르겠어. 놈들은 돈을 챙겼는데 우린 뭐야? 제대로 엿 먹은 거야. 난 그놈들이 누군지도 모르고 어디 있는지도 몰라. 아무것도 아는 게 없으니, 형, 어쩌면 좋아?"

"나도 모르겠다."

"내 생각에 프랜신은 죽은 것 같아."

피터는 아무 말도 하지 않았다.

"왜 안 죽이겠어. 프랜신은 놈들 얼굴을 봤으니 알아볼 수 있잖아. 그냥 돌려보내는 것 보다 죽이는 게 안전해. 죽여서 묻어 버리면 끝나는 거지. 그걸로 쫑 나는 거야. 나라면 그렇게 하겠어, 내가 그 놈들이라면."

"아니, 넌 그러지 않아."

"'내가 그 놈들이라면.' 이라고 말했잖아. 난 당연히 안 그러지. 애초에 여자를 납치하는 일도 없을 거고. 한 번도 남에게 해를 입힌 적도 없고 나쁜 마음을 먹어본 적도 없는 연약한 여자를······."

"진정해라."

둘은 묵묵히 앉아 있다가 다시 이야기를 나누기 시작했다. 그 밖에 달리 할 수 있는 일이 또 없지 않는가? 이런 식으로 30분이 흐른 후 전화벨이 울리자 캐넌이 튀어나듯 일어나 받았다.
"코리 씨."
"내 아내는 어디에 있어?"
"미안합니다. 계획이 약간 변경됐어요."
"어디 있어?"
"당신 집 근처, 79번가. 서쪽 방면으로 모퉁이에서 서너 번째 집 근처에."
"뭐야?"
"거기 소화전 옆에 불법으로 주차된 차가 한 대 있어요. 회색 포드 템포죠. 부인은 그 차에 있어요."
"차에 있다고?"
"트렁크에."
"아내를 트렁크에 넣었단 말이야?"
"숨 쉴 공기는 충분해요. 하지만 오늘 밤은 바람이 차니까 가능한 빨리 부인을 꺼내 주는 게 좋을 거요."
"거기 열쇠가 있소? 어떻게?"
"자물쇠가 부러져 있으니까 열쇠는 필요 없어요."
거리를 달려 나가서 모퉁이를 돌면서 그는 피터에게 말했다.
"무슨 뜻이지, 자물쇠가 부러졌다니? 트렁크가 잠겨 있지 않다면 왜 프랜신이 나오지 않는 거야? 그 자식이 도대체 무슨 소리를 하는 거지?"
"나도 모르겠다."
"아마 묶여 있나 봐. 테이프나 수갑 같은 걸로, 그래서 움직일 수가 없나 봐."

"그런가 보지."

"아, 제발."

차는 그들이 말했던 장소에 있었다. 몇 년 묵은 망가진 템포로 앞 유리는 박살이 나 있었고 조수석 문은 심하게 찌그러져 있었다. 트렁크 자물쇠는 보이지도 않았다. 캐넌은 트렁크 뚜껑을 확 열어젖혔다.

거기에는 아무것도 없었다. 꾸러미만 몇 개 있었다. 다양한 크기의 꾸러미가 검은색 비닐로 싸여서 테이프로 봉해져 있었다.

"안 돼."

캐넌이 말했다.

"안 돼, 이럴 순 없어, 이럴 순 없다고."

잠시 후 피터는 트렁크에 있는 꾸러미를 한 개 꺼내서 주머니에서 잭나이프를 꺼내 테이프를 자르고 검은색 비닐 봉투를 풀었다. 그 비닐은 돈을 넣었던 그 쓰레기봉투와 같은 것이었다. 봉투를 풀자 발목에서 몇 인치 올라간 곳에서 잘린 사람의 발이 하나 나왔다. 발톱 세 개에 동그랗게 빨간 매니큐어가 칠해져 있었다. 발가락 두 개는 보이지 않았다.

캐넌은 머리를 뒤로 젖히고 끔찍한 비명을 질렀다.

2

 그 날은 목요일이었다. 월요일에 점심을 먹고 돌아오자 호텔 데스크에 메시지가 하나 도착해 있었다. 피터 커리에게 전화를 달라는 메모와 함께 전화번호가 적혀 있었다. 718 지역 번호가 있는 걸로 보아 브루클린이나 퀸즈에서 온 전화였다. 브루클린이나 퀸즈에 사는 피터 커리란 사람은 알지도 못했고, 그런 식으로 말하자면 거기엔 아는 사람이 하나도 없었다. 하지만 모르는 사람에게서 전화를 받는 게 이번이 처음은 아니었다. 방으로 올라가서 메모지에 적힌 번호로 전화를 걸자 한 남자가 받았다.
 "커리 씨인가요?"
 "네?"
 "전 매튜 스커더라고 합니다. 전화 달라는 메시지를 받았는데요."
 "저에게 전화하라는 메시지를 받았다고요?"
 "맞아요. 여기 보니까 12시 15분에 전화하신 걸로 돼 있군요."

"성함이 뭐라고 하셨죠?"

내가 그에게 다시 이름을 말해 주자 그가 대답했다.

"아, 잠깐 기다리세요, 탐정이시죠? 제 형이 전화를 드렸습니다. 피터요."

"종이에 피터 커리라고 적혀 있군요."

"잠깐 기다리세요."

얼마 있다가 다른 목소리의 남자가 전화를 받았다. 아까 받은 목소리와 비슷했지만 조금 더 깊고 부드러운 목소리였다.

"안녕하세요, 피터입니다."

"안녕하세요. 저를 아시나요, 피터 씨?"

내가 말했다.

"네, 우린 구면이에요. 하지만 스커더 씨는 제 이름은 잘 모르실 겁니다. 전 성 바오로 모임에 꽤 정기적으로 나갑니다. 5주인가 6주 전에 제가 연사였죠."

"피터 커리라."

내가 말했다.

"코리입니다. 난 레바논 계죠. 제 소개를 하겠습니다. 전 술을 끊은 지 1년 반 됐고 55번가 서쪽의 하숙집에서 살며, 지금은 심부름꾼이나 배달 일을 하고 있지만 원래 직업은 영화 편집이었어요. 언제 다시 복귀할지는 모르겠지만."

"마약도 꽤 했다고 했죠, 과거에."

"맞아요, 하지만 결국 술 때문에 신세 망쳤죠. 이제 기억나나요?"

"네, 당신이 발표하던 밤에 나도 있었어요. 성은 몰랐지만."

"모임의 성격상 비밀이니까."

"뭘 도와 드릴까요, 피터?"

"여기 와서 나랑 내 동생이랑 이야기를 좀 할 수 있나요? 탐정의 도움이 필요해요."

"어떤 일에 관한 것인지 좀 말해 줄 수 있나요?"

"그게……."

"전화로는 말하기 곤란한가요?"

"그래요, 매튜. 탐정이 필요한 중요한 일입니다. 보수도 원하는 만큼 주겠어요."

"글쎄요."

내가 말했다.

"지금 일을 맡을 수 있을지 모르겠어요, 피터. 사실 여행을 계획하는 중이라, 이번 주말에 해외에 갈 생각이었소."

"어디로요?"

"아일랜드."

"멋지네요. 하지만 매튜, 일단 여기로 와서 우리 이야기를 좀 들어봐 주지 않겠소? 듣고 나서도 해 줄 수 있는 게 없다면 그걸로 만족해요. 수고비와 왕복 택시비는 지불할게요."

전화기 저편에서 그 동생이 내가 알아들을 수 없는 말을 하자 피터가 말했다.

"내가 말할게. 매튜. 캐넌은 우리가 당신을 태우러 갈 수도 있다고 그러네요. 하지만 그러면 다시 집으로 와야 하니 번거롭잖소. 당신이 그냥 택시를 타고 오는 게 더 빠를 것 같은데."

심부름이나 배달 일을 하는 사람이 택시 운운하는 소리를 듣자니 기분이 좀 이상해졌지만, 순간 그 남동생의 이름에서 뭔가 떠오르는 게 있었다. 내가 물었다.

"동생이 하나 더 있나요, 피터?"

"하나뿐이오."

"당신이 지난번에 동생에 대해 말한 것 같은데요, 동생 직업에 관해서."

침묵이 흘렀다. 그리고 그가 말했다.

"매튜, 내 부탁은 여기 와서 우리 이야기를 들어 달라는 것뿐이오."

"거기가 어디죠?"

"브루클린을 잘 알아요?"

"그러려면 내가 죽어야겠죠."

"그게 무슨 말이죠?"

"아니요, 그냥 혼잣말이었소. 유명한 이야기가 하나 있는데. '오로지 죽은 자만이 브루클린을 알고 있다.'고. 그 바닥은 훤해요. 브루클린 어디죠?"

"베이 리지. 콜로니얼 로드."

"거긴 잘 알죠."

그가 불러주는 주소를 받아 적었다.

뉴욕의 브로드웨이 완행열차라는 이름으로도 알려진 R기차(뉴욕 지하철 R 라인을 의미. 뉴욕의 지하철은 1~7호선 외에 A, B, C, D, M, N, Q, R 등 알파벳 이름을 가진 노선들이 있다.—옮긴이)는 자메이카에 있는 179번가로부터 브루클린의 남서쪽 모퉁이에 있는 베라자노 다리에서 몇 블록 떨어진 곳까지 운행되고 있다. 나는 57번가와 7번가 사이에서 기차를 타서 종점에서 두 정거장 전에 내렸다.

일단 맨해튼을 떠나면 시내를 벗어난 것이라고 말하는 사람들이 있다. 그 말은 틀렸다. 다만 여기도 시내이긴 하지만 확실히 분위기가 다르다. 눈을 감고서도 차이를 느낄 수 있을 정도다. 시내만큼 에너지가 넘치지는 않는, 느슨하고 여유 있는 공기가 흐르고 있었다.

나는 4번 애비뉴에서 한 블록 걸어서 중국 음식점을 지나 한국인이 하는 야채 가게를 거쳐 장외 경마 도박장을 지나고, 아일랜드 인들이 하는 술집을 두어 군데 지나쳐서 콜로니얼 로드로 들어와서 캐넌 코리의 집을 찾았다. 단독 주택가에 자리 잡은 견고한 사각형 가옥이었는데, 전쟁 중에 세워진 것 같았다. 좁게 잔디가 깔려 있었고 목조 계단을 따라 올라가면 현관이 나왔다. 나는 계단을 올라가서 벨을 울렸다.

문을 열어주고 부엌으로 날 안내한 건 피터였다. 피터가 동생을 소개시켜 주자 그는 일어서서 악수를 한 후 의자에 앉으라는 손짓을 했다. 동생은 계속 서 있다가 화로로 걸어가서 몸을 돌려 나를 바라봤다.

"이렇게 와 주셔서 고맙습니다."

그가 말했다.

"몇 가지 질문을 좀 해도 될까요, 스커더 씨? 시작하기 전에?"

"그러시죠."

"마실 걸 드릴까요? 술은 아니에요. 형을 금주 모임에서 만난 거 압니다. 커피도 있고 음료수도 있습니다. 커피는 레바논 스타일로 끓인 건데 진하고 맛이 강하죠. 터키 커피나 아르메니안 커피와 같다고 생각하시면 됩니다. 아니면 그냥 맥스웰 인스턴트 커피를 드시겠다면 그것도 있습니다."

"레바논 식 커피가 괜찮을 것 같군요."

커피는 맛이 좋았다. 한 모금 마시자 그가 말했다.

"당신은 탐정이죠? 그렇죠?"

"면허는 없어요."

"그게 무슨 뜻이죠?"

"비공식적으로 한다는 말입니다. 가끔 대형 탐정 회사에서 의뢰를 받아서 일당제로 일을 하기도 하죠. 그럴 경우에는 그 회사의 면허를 가지고 수사를 하지만, 그렇지 않을 경우에는 개인적이고 비공식적인 일입니다."

"당신은 경찰이었죠?"

"몇 년 전까지는 그랬죠."

"그래요, 제복? 사복?"

"형사였어요."

"그럼 금 배지도 있었겠네요?"

"네. 빌리지에서 수년간 제6구역에 있다가 브루클린에서 조금 근무했죠. 거기는 78구역이었는데 그 북쪽에 보름 힐이라는 지역이었습니다."

"아, 거기가 어딘지 알아요. 내가 78구역에서 컸죠. 버전 가라고 알아요? 본드와 네빈 가 사이에 있는?"

"알죠."

"바로 거기에서 형과 제가 자랐어요. 코트와 애틀랜틱에서 몇 블록 사이에 있는 그 동네에 중동 출신 이민자들이 많이 살아요. 레바논 인, 시리아 인, 예멘 인 그리고 팔레스타인 사람들. 내 아내는 팔레스타인 사람이고 친정 식구들은 헨리 가 바로 옆 프레지던트 가에서 살았어요. 거기는 남부 브루클린이지만 지금은 캐롤 가든이라고 부르죠. 커피 맛 어때요?"

"좋군요."

"더 들고 싶으면 말해요."

그는 뭔가 말하기 시작하려다가 얼굴을 돌려 형을 봤다.

"잘 모르겠어, 형. 이게 도움이 될지 모르겠어."

그가 말했다.

"스커더 씨에게 상황을 말해, 애야."

"모르겠어."

그는 나를 보면서 의자를 돌려서 다리를 양쪽으로 걸치고 앉았다.

"내가 말하고 싶은 건 이거에요, 매튜라고 불러도 될까요?"

난 괜찮다고 말했다.

"문제는 내 이야기가 밖으로 새나가지 않을 수 있냐는 겁니다. 다시 말해 당신에게 경찰 근성이 어느 정도 남아 있는지 그게 궁금해요."

흥미로운 질문이었다. 나 스스로도 종종 자문하곤 했다.

"난 꽤 오래 경찰로 근무했어요. 옷을 벗은 후에 매년 조금씩 내가 경찰이란 의식이 사라지더군요. 당신이 지금부터 말하는 것을 비밀로 지킬 수 있냐고요? 법률적으로 따지면 나는 변호사와 같은 법적 지위는 없어요. 당신이 나에게 말하는 내용을 꼭 비밀로 지켜야 할 의무는 없는 거죠. 말하자면 의심스러운 일은 신고해야 하는, 일반 시민이 지니는 도덕적인 의무감 정도밖에 없어요."

"결론은 뭐죠?"

"나도 결론이 뭔지는 잘 모르겠어요. 상황에 따라 바뀌니까. 확실하게 보장할 순 없군요. 당신이 내게 말하려는 게 뭔지 모르니까. 내가 먼 길을 온 이유는 피터가 전화로는 아무 이야기도 하고 싶어 하지 않았기 때문이오. 그리고 이제는 당신이 아무 이야기도 하고 싶어 하지 않는 것 같으니 아무래도 집에 가야 할 것 같소."

"그러는 편이 나을 것 같군요."

그가 말했다.

"캐넌······."

"아냐."

그가 말하면서 일어섰다.

"발상은 좋았지만, 형, 이야기가 안 풀리는군. 우리가 직접 나서면 돼."

그는 호주머니에서 지폐 뭉치를 꺼내서 100달러짜리 지폐를 한 장 꺼내서 테이블 건너편에 있는 내게 내밀었다.

"왕복 택시비, 그리고 시간을 내주신 것에 대한 사례입니다. 스커더 씨. 여기까지 오시게 했는데 아무 소득도 없이 돌아가게 해서 미안합니다."

내가 그 돈을 받지 않자 그가 말했다.

"생각했던 것보다 수수료가 더 높은 모양이군요. 자, 받으세요. 좋은 게 좋은 거잖아요?"

그는 100달러를 더 꺼내서 내밀었지만 나는 그 돈을 집지 않왔다.

나는 의자를 밀어 놓고 일어섰다.

"내게 지불할 건 없어요. 수수료로 얼마나 받아야 할 지 모르겠군요. 커피 값으로 계산된 걸로 하죠."

"돈 받아요. 제기랄, 택시비만 해도 50달러는 되잖아요."

"지하철을 타고 왔소."

그는 나를 노려봤다.

"지하철을 타고 왔다고요? 형이 택시를 타고 오라고 하지 않았나요? 내가 지불한다는데 그런 푼돈은 왜 아끼는 거요?"

"돈 치워요. 내가 지하철을 탄 건 더 간단하고 빠르기 때문이오. 내가 어떻게 이동하는지는 내가 알아서 결정할 일이오, 코리 씨. 난 내 식대로 일을 처리합니다. 당신이 나에게 뭘 타고 다니라고 말할 필요도 없고 내가 당신에게 아이들을 마약쟁이로 만드는 법에 대해 말할 필요도 없는 거요. 그렇지 않소?"

"빌어먹을."

그가 말했다.

피터를 보며 내가 말했다.

"이런 식으로 끝나서 유감이군요. 날 생각해 준 건 고맙소."

그는 시내까지 태워다 주거나 아니면 최소한 지하철역까지 이라도 태워주겠다고 제안했다.

내가 말했다.

"괜찮아요. 베이 리지 근처를 좀 둘러보고 싶어요. 몇 년 만에 이 동네에 왔어요. 여기서 몇 블록 떨어진 곳에서 사건을 맡은 적이 있었죠. 콜로니얼 로드 북쪽, 공원 바로 맞은편이죠. 공원 이름이 아울스 헤드 공원이었던 것 같은데."

"맞아요. 여기서 열 블록 떨어진 곳이죠."

캐넌 코리가 말했다.

"그런 것 같군요. 나를 고용했던 남자가 아내를 살해했다는 혐의를 받고 있었는데 내 조사 덕분에 혐의를 벗게 됐죠."

"그럼 무죄였군요?"

"아뇨. 그가 진범이었어요."

나는 그 사건을 기억해 내면서 대답했다.

"처음엔 그가 살해한 걸 몰랐어요. 나중에 알았죠."

"그때는 아무것도 손을 쓸 수 없었겠군요."

"그게 그렇지 않았어요. 그 남자 이름은 토미 틸러리였죠. 부인 이름은 잊어버렸지만, 애인 이름은 캐롤린 치섬이었습니다. 애인이 죽는 바람에 토미는 감옥에 갔죠."

"그럼 애인도 죽인 겁니까?"

"아뇨, 자살이었어요. 살인인 것처럼 내가 조작해서 토미에게 혐의가 가게 했죠. 죄를 짓고도 풀려났으니 다른 혐의로 옭아매는 것이 공정하다고 생각했습니다."

"감옥에서 얼마나 살았죠?"

"살만큼 살았어요. 감옥에서 죽었으니까. 누군가가 그를 칼로 찔렀죠."

나는 한숨을 쉬었다.

"지나가면서 그 집을 보게 되면 기억이 날지 궁금했는데, 여기 있어도 저절로 기억이 떠오르는군요."

"그것 때문에 마음 쓰이나요?"

"기억 말인가요? 특별히 그렇진 않아요. 맘 쓰이는 걸로 치자면 그것보다 더한 일도 얼마나 많은데."

나는 코트를 찾아 주변을 둘러보다가 코트를 입고 오지 않았다는 게 기억났다. 밖은 봄 날씨라서 스포츠 재킷으로도 견딜 만했다. 밤에는 영상 5도까지 기온이 떨어지긴 했지만. 문을 향해 내가 걸어가자 그가 말했다.

"잠깐 기다려주겠어요, 스커더 씨?"

나는 그를 봤다.

"내가 좀 지나쳤어요. 사과할게요."

그가 말했다.

"사과할 필요 없어요."

"아뇨, 성질내서 미안해요. 사실 이건 아무것도 아니에요. 아까는 전화기도 부쉈어요. 통화 중이라는 신호음이 들리는데 그만 열불이 나서 수화기를 벽에다 대고 벽에 금이 갈 때까지 냅다 쳤죠."

그는 머리를 흔들었다.

"이런 적이 없었는데. 요즘 스트레스가 너무 심한 것 같아요."

"세상엔 스트레스 받는 사람들 천지죠."

"네, 아마 그럴테죠. 며칠 전 어떤 놈들이 내 아내를 납치해서 조각조각 난도질해서 비닐에 곱게 싼 후 차 트렁크에 넣어 보내줬어요. 아마 다른 사람들도 모두 이런 문제로 스트레스를 받고 있겠죠. 나야 잘 모르겠지만."

피터가 말했다.

"진정해, 애야."

"아냐, 난 괜찮아."

그가 말했다.

"매튜, 잠깐 좀 앉아요. 처음부터 끝까지 모두 말할 테니 듣고 나서 이 일을 맡을 건지 아닌지 결정하세요. 좀 전에 있었던 일은 잊어줘요. 당신이 누구에게 이 이야기를 하건 이젠 걱정하지 않아요. 이 이야기를 입 밖에 내면 기정사실이 될까봐 두려웠어요. 하지만 이미 일어난 일인데 이제 와서 어쩌겠어요?"

그는 내가 앞에 자세히 묘사한 내용과 별로 다를 바 없는 이야기를 해줬다. 나중에 내가 개별적으로 조사하면서 밝혀진 세부 사항을 추가하긴 했지만 코리 형제 역시 상당히 많은 정보를 둘이서 알아냈다. 금요일에 이들은 프랜신이 애틀랜틱 애비뉴에 주차시켜 둔 도요타 캠리를 발견했다. 그로써 그녀가 아라비안 미식가 슈퍼마켓에 갔다는 걸 알았고, 트렁크 속에 있던 식료품 봉지로 다고스티노에 갔다는 것도 알아 냈다.

캐넌은 이야기하면서 커피를 한 잔 더 마시라고 권했지만 난 거절하고 소다수를 한 잔 받아 마셨다. 내가 말했다.

"물어볼 게 있어요."

"말해 봐요."

"시체는 어떻게 했죠?"

형제는 서로 시선을 교환하더니, 피터가 캐넌에게 이야기하라는 손짓을 했다. 캐넌은 숨을 한 번 들이 마신 후에 말했다.

"내게 동물 병원을 운영하는 사촌이 하나 있어요. 병원이 어디 있느냐 하면, 뭐 그건 중요하지 않지만, 하여튼 좀 너저분한 동네에 있어요. 그 사촌에게 전화를 걸어서 병원에서 개인적으로 할 일이 있다고 말했죠."

"그때가 언제였죠?"

"사촌에게 전화한 게 금요일 오후였고 금요일 밤에 사촌에게서 열쇠를 받아서 거기로 갔죠. 그곳엔 오븐 같은 장비가 하나 있는데 안락사를 시킨 애완동물을 화장하는 데 쓰는 겁니다. 우리는, 음, 우리는 그……."

"진정해, 애야."

그는 신경질적으로 머리를 흔들었다.

"난 괜찮아, 어떻게 표현해야 할지 몰라서 그래. 그걸 뭐라고 해야 하죠? 우리는 프랜신의 시신 조각을 가져가서 화장했어요."

"그걸 다, 그러니까, 풀어봤나요?"

"아뇨, 뭣 때문에요? 테이프랑 비닐이랑 모두 싹 태워 버렸죠."

"하지만 부인인 건 확실하죠?"

"아, 그럼요, 충분히 풀어 봤어요."

"꼭 확인해야 하는 거라서."

"이해해요."

"그럼 요지는, 남은 시신은 없다는 거죠. 맞나요?"

그는 고개를 끄덕였다.

"재밖에 없어요. 재와 뼈 조각, 그게 다에요. 화장이라고 생각하면 사람들은 용광로에 남는 건 재밖에 없다고 생각하지만 사실은 그렇지 않아요. 보조 기구로 남은 뼛조각을 분쇄해서 뒤처리를 하는 거죠."

그는 눈을 들어 나와 시선을 맞췄다.

"고등학생 때 오후에 그 동물 병원에서 일했어요. 병원 이름은 밝힐 수 없지만요. 사실 이름이 무슨 상관이 있겠어요? 아버지는 내가 의사가 되길 바라셔서 좋은 훈련이 될 거라고 생각한 거죠. 정말로 도움이 됐는지는 모르겠지만 하여튼 거긴 익숙해요."

"사촌은 왜 당신이 자기 병원을 쓰고 싶어 했는지 이유를 아나요?"

"사람들은 자신이 관심 있는 것만 알려고 드는 법이죠. 내가 밤중에 그 병원에 몰래 들어가서 광견병 예방주사를 맞고 싶었다 해도 사촌은 몰랐을 거예요. 우리는 거기에서 밤을 샜어요. 장비가 애완동물용이라 크기가 작았죠. 그래서 여러 번 장치를 돌리면서 중간 중간 열기를 식혀야 했어요. 제기랄, 이런 이야기를 하자니 죽을 맛이군요."

"미안해요."

"당신 잘못이 아닌걸요. 사촌이 내가 그 장비를 쓴 걸 알았냐고 묻는 거죠? 아마 알고 있었을 거예요. 내가 무슨 일을 하는지 알고 있을 겁니다. 아마 내가 라이벌을 죽여서 증거를 없애려고 한다고 추측했을 거예요. 사람들은 매일 텔레비전에서 이런 엿 같은 스토리를 보면서 그런 식으로 세상이 돌아간다고 생각하잖아요?"

"당신이 하는 일에 반대하진 않았나요?"

"그는 내 친척이에요. 상황이 긴박하다는 것도 알고 의논할 성질의 일이 아니라는 것도 알고 있었어요. 내가 돈도 좀 쥐어 줬고. 안 받으려고 했지만 대학에 다니는 아이가 둘이나 있으니 거절할 수 없었겠죠. 그리 많은 돈도 아니었는데."

"얼마였죠?"

"2000달러. 장례식치고는 싸게 먹힌 거죠, 그렇지 않나요? 관

하나만 사도 그보다는 더 들 거예요."

그는 머리를 흔들었다.

"재는 깡통에 넣어서 아래층에 있는 금고에 두었어요. 그걸 어떻게 처리해야 좋을지 모르겠네요. 아내가 어떤 장례식을 원했는지도 모르고. 그런 문제에 대해 이야기를 한 적이 없었으니까. 빌어먹을, 그녀는 겨우 스물네 살이었어요. 나보다 아홉 살 어렸는데, 아홉 살에서 한 달이 모자랐죠. 결혼한 지 2년밖에 안 됐는데."

"아이는 없었군요."

"없었어요. 1년 더 기다리려고…… 아, 세상에, 이건 너무 끔찍해요. 술 한 잔 해도 괜찮겠어요?"

"그럼요."

"형도 같은 말을 하더군요. 아니, 마시지 않겠어요. 그놈들과 통화한 목요일 오후에 한 잔 마시곤 그 다음부턴 마시지 않았죠. 마시고 싶은 충동은 들지만 그냥 참고 있어요. 왜 그런지 알아요?"

"왜죠?"

"이 감정을 뼈저리게 느끼고 싶으니까요. 내가 실수했나요? 아내를 동물 병원에 옮겨서 화장한 것 말이에요. 잘못했다고 생각하고 있죠?"

"불법이니까요."

"아, 그건 신경 쓰지 않아요."

"당신이 개의치 않는다는 건 알고 있습니다. 당신은 해야 할 일을 하려고 노력했죠. 하지만 그 과정에서 증거가 사라졌어요. 전문가들이 시체를 보면 많은 정보를 찾을 수 있는데, 당신이 시체를 재와 뼈 조각으로 만들어 버렸을 때 그 모든 정보도 함께 사라진 거죠."

"그게 중요한가요?"

"살해된 방법을 알게 되면 도움이 될지도 몰라요."

"방법엔 관심 없습니다. 누가 그랬는가가 중요하지."

"방법을 알게 되면 범인을 찾을 수도 있죠."

"그래서 당신은 내가 잘못했다고 생각하는군요. 제기랄, 경찰에 전화해서 그 사람들에게 고깃덩어리로 가득 찬 자루를 넘겨주면서, '이 사람은 내 마누라요, 잘 돌봐주쇼.' 라고 말할 수는 없잖아요. 난 경찰에 전화하지 않아요. 경찰과 내가 일하는 세계는 완전히 상극이란 말입니다. 만약 내가 그 차 트렁크를 열었는데 그녀가 온전한 몸으로, 죽긴 했지만 완전한 상태로 있었다면, 아마 신고했을지 몰라요. 하지만 그런 식으로는……."

"나도 이해해요."

"하지만 내가 잘못했다고 생각하고 있는 거죠."

"넌 해야 할 일을 한 거야."

피터가 말했다.

누군들 항상 그렇지 않은가? 내가 말했다.

"난 옳고 그름에 대해서는 잘 모릅니다. 만약 뒷방에 화장터를 갖춘 사촌이 내게도 있었다면 나라도 당신처럼 처리했을 겁니다. 하지만 내가 어떻게 했으리란 건 중요한 게 아니죠. 당신은 당신 방식대로 일을 처리했어요. 문제는 이제, 지금부터 무엇을 할 것인가라는 거지요."

"무엇을?"

"그게 중요해요."

그게 유일한 문제는 아니었다. 난 더 많은 질문을 거듭해서 물었고 앞뒤 정황을 계속해서 캐면서 노트에 중요한 점을 적었다. 이 사건에서는 조각난 프랜신의 시신만이 유일하게 확실한 증거였는데 그것마저 연기처럼 사라져 버렸다. 마침내 노트를 덮었을 때 코리 형제는 앉아서 내 말을 기다리고 있었다.

"표면상으로는 놈들은 안전해 보이는군요. 미리 계획을 세워서 성공적으로 일을 처리하고 단서 하나 남기지 않은 채 사라졌어요. 만약 어딘가에 흔적을 남겼을진 모르지만 아직 드러나지 않았고. 슈퍼마켓이나 애틀랜틱 애비뉴에 있는 가게에 있는 누군가가 그자들을 목격하거나 자동차 번호판을 봤을 수 있어요. 목격자를 찾아 볼 가치가 있긴 하지만 이 시점에서는 가정에 불과해요. 확률상 목격자가 없을 수도 있고 있다고 해도 그가 본 게 큰 단서가 될 것 같지도 않아요."

"그럼 지금 우리에겐 승산이 없다는 말인가요?"

"아뇨. 그렇게 말 한 적은 없어요. 내 말은 수사라는 것은 범인들이 남긴 단서를 가지고 작업하는 것 외에 또 다른 뭔가가 있어야 한다는 뜻입니다. 우선 조사해 볼 수 있는 실마리로는 그자들이 50만 달러 상당의 거금을 가지고 사라졌다는 거예요. 그 돈을 가지고 할 수 있는 건 두 가지죠. 그 중 하나로 놈들을 찾을 수 있을 거예요."

캐넌은 그 말을 생각해 봤다.

"돈을 쓸 테고."

그가 말했다.

"나머지 하나는 뭐죠?"

"떠벌리는 겁니다. 악당들은 항상 떠벌리고 다니죠, 특히 자랑할 일이 생기면 더 그래요. 때로는 배신을 때릴 만한 사람에게도 털어 놓죠. 우리가 할 일은 먼저 소문을 내서 그 배신자들이 누구를 찾아가야 할지 알려주는 겁니다."

"어떻게 할 건지 생각이 있나요?"

나는 대답했다.

"아이디어는 많아요. 아까 내게 경찰 근성이 얼마나 남아 있는지 물었죠? 나도 잘 모르겠어요. 하지만 이런 문제가 생기면 경찰이었을 때 하던 방식대로 풀어 나갑니다. 내가 이해할 수 있을 때까지 사건을 여러 각도에서 계속 분석해 보는 거죠. 이 사건도 몇 가지 수사 방향이 즉각 떠오르는군요. 단서를 찾지 못할 가능성도 있지만 어쨌든 모두 시도는 해봐야죠."

"그럼 맡을 생각이 있는 건가요?"

나는 내 노트를 봤다.

"음, 지금으로선 두 가지 문제가 있어요. 첫째는 피터에게 전화로도 이야기했지만, 이번 주말에 아일랜드에 가기로 계획하고 있었죠."

"사업상?"

"아뇨, 개인적인 여행이죠. 오늘 아침에 결정한 겁니다."

"그럼 취소할 수 있겠군요."

"그럴 수도 있죠."

"취소하면서 손해를 보게 되면 내 사례비로 보충할 수 있을 거예요. 또 다른 문제는 뭐죠?"

"다른 쪽은 내가 범인을 찾으면 당신이 어떻게 할 건지에 관한 문제죠."

"이미 답을 알고 있는 것 같은데요."

나는 고개를 끄덕였다.

"그게 문제죠. 당신은 납치와 살해 건에 대해 그자들을 고발해서 기소할 수도 없어요. 범죄가 발생했다는 증거도 없고 여자 하나가 사라진 것뿐이니."

"압니다. 그래서 당신은 내가 어떻게 할지, 이 의뢰의 목적을 반드시 알아야겠다는 거군요. 내 입으로 말하길 원해요?"

"그러는 편이 좋을 것 같소."

"난 그 개자식들이 죽었으면 좋겠어요. 이 손으로 직접 놈들을 죽이고 싶소. 그 자식들이 죽는 걸 이 두 눈으로 보고 싶어요."

그는 아무런 감정도 실려 있지 않은 목소리로 침착하고 차분하게 말했다.

"지금 당장 원하는 건 그 뿐이고 다른 건 바라지 않아요. 다른 건 상상할 수도 없어요. 그 정도는 짐작했겠죠?"

"대충."

"이런 천인공노할 놈들, 무고한 여자를 데려가서 고깃덩이로 만드는 놈들에게 무슨 일이 생길까 봐 신경 쓰는 겁니까?"

그 문제에 대해 난 잠깐 생각해 봤다.

"그렇진 않아요."

난 대답했다.

"우린 해야 할 일을 할 겁니다. 매튜. 나와 형 둘이서. 당신은 그 일에 상관없어요."

"다른 말로 하면 내가 그 자들에게 사형 선고를 내리는 셈이군요."
 그는 머리를 흔들었다.
 "놈들이 자초한 일이에요. 자업자득이죠. 당신은 그저 일을 바로 잡도록 도와줄 뿐이고요. 어때요?"
 난 망설였다.
 "다른 문제가 또 있는 거죠, 그렇죠? 내 직업이 걸리는 거군요."
 "그것도 이유 중 하나죠."
 내가 말했다.
 "학생들에게 마약을 판다는 아까 그 말 있죠, 난 학교 운동장에 가게를 차려놓진 않았어요."
 "그렇게 생각하진 않았어요."
 "정확히 말하면 난 딜러는 아니에요. 난 이른바 도매상에 가깝죠. 그 차이를 아시겠어요?"
 "물론이죠. 당신은 그물망을 피해가는 대어죠."
 그는 웃었다.
 "난 내가 그런 거물이라곤 생각하지 않는데. 어떤 면에서는 중간 도매상이 거물이죠, 대량으로 장사하니까. 난 무게 단위로 거래를 해요, 말하자면 대량으로 물건을 들여오거나 대량으로 들어오는 사람에게서 사서 소매상에게 팔기도 하죠. 내 고객들이 아마 나보다 거래하는 양이 많을 거예요. 그 사람들은 물건을 사고파는 게 일이지만 난 1년에 두세 번 하면 끝이니까."
 "하지만 남는 장사잖소."
 "그렇죠. 위험도 크고 법도 걱정해야 하고 항상 등쳐 먹으려고 노리는 사기꾼들도 생각해야 하니까요. 위험이 크니까 보상도 큰

법이죠. 그래서 돈을 버는 거죠. 수요가 끊이질 않잖아요."

"물건이라고 말하면 코카인을 말하는 건가요."

"사실 난 코카인은 별로 다루지 않아요. 주로 헤로인을 취급합니다. 해시시도 좀 있지만 지난 몇 년간 헤로인만 거래했죠. 참, 단도직입적으로 말하겠는데, 내 일에 대해 미안해하진 않겠어요. 사람들은 약을 하다 중독되고, 그러다 엄마 지갑을 털거나 강도질을 하거나 과다 복용해서 팔뚝에 바늘을 꽂은 채 죽거나 주사를 돌려쓰면서 에이즈에 걸리죠. 나도 그런 사정을 잘 압니다. 세상에는 총을 만드는 사람도 있고, 술을 제조하는 사람도 있고, 담배를 재배하는 사람들도 있어요. 마약 때문에 죽는 사람들과 비교해서 술과 담배 때문에 죽는 사람들이 한 해에 몇 명이나 되는지 알아요?"

"술과 담배는 불법이 아니에요."

"그게 무슨 차이가 있어요?"

"차이가 있죠. 얼마나 차이가 있는지는 모르겠지만."

"난 잘 모르겠어요. 어쨌든 마약은 더러운 물건이죠. 사람을 죽게 하고, 그 독성 때문에 자살을 하거나 살인을 할 수도 있어요. 한 가지 내세울 게 있다면 난 내 물건을 광고하진 않아요. 국회에 로비스트를 두지도 않았고, 내가 파는 쓰레기가 좋다고 선전하는 광고장이를 쓰지도 않았어요. 사람들이 더 이상 마약을 하지 않는 날이 오면 그 날이 내가 마약 장사를 접는 날이겠죠. 그런 날이 온다고 해도 난 우는 소리를 하면서 연방 보조금을 신청하지도 않을 거라고요."

피터가 말했다.

"하지만 네가 파는 게 막대 사탕은 아니잖아, 얘야."

"아니지, 그건 아니지. 마약은 더러운 물건이야. 더럽지 않다고 말한 적 없어. 하지만 난 깨끗하게 거래해. 사람들을 착취하지도 않고, 죽이지도 않고, 거래하는 상대방도 신중하게 고른다고. 그래서 지금까지 목숨이 붙어 있는 거지. 감옥도 가지 않고."

"한 번이라도 감옥에 간 적이 있나요?"

"아뇨, 체포된 적도 없어요. 만약 유명한 마약상과 일하는 것일까 봐 걱정된다면."

"그걸 걱정하는 게 아니에요."

"음, 공식적으로 보자면 난 유명한 마약상은 아니에요. 마약 단속반이나 마약 단속국에서 날 아는 사람이 한 명도 없다고는 말 못하겠지만 전과는 없어요. 내가 아는 한 한 번도 공식적인 수사를 받은 적도 없고. 집이나 전화도 도청된 적이 없어요. 만약 그랬다면 내가 알았겠죠. 그 점에 대해서 이미 말한 것처럼."

"그래요."

"잠깐만 있어 봐요. 보여 주고 싶은 게 있어요."

그는 다른 방으로 가서 은으로 된 액자 속의 5×7 크기의 칼라 사진을 가져왔다.

"결혼사진입니다. 2년 전에 찍었지요. 5월이면 결혼 2주년이에요."

그는 턱시도를 입고 있었고 그녀는 눈부신 하얀 웨딩드레스를 입고 있었다. 그는 활짝 웃고 있었고 그녀는 입을 다물고 있었는데 그 이유는 이미 말했다. 그녀는 희색이 만면했고 누가 봐도 행복에 넘쳐 있었다.

난 뭐라고 해야 좋을지 알 수가 없었다.

"난 놈들이 그녀에게 무슨 짓을 했는지 몰라요. 생각하지 않으려고 애를 쓰죠. 하지만 그 자식들은 아내를 죽여서 난도질을 했어요. 그런 놈들을 그냥 놔둔다면, 어떤 조치도 취하지 않는다면 난 죽고 말 거에요. 어쩔 수 없다면 혼자서라도 하겠어요. 사실 나와 형 둘이서 시도를 해 봤지만 뭘 해야 할지도 몰랐고, 알고 있는 것도 없고, 요령도 없었지요. 아까 당신과 얘기하는 동안 여기선 내가 할 수 있는 일이 없다는 걸 알았어요. 당신의 도움이 필요해요. 돈이라면 얼마든지 줄 수 있어요. 조사에 필요하다면 얼마를 쓰든 상관없어요. 당신이 맡지 않겠다면 다른 사람을 찾거나 내가 직접 해 보겠어요. 그것 말고 내가 할 수 있는 일이 뭐가 있겠어요?"

그는 손을 뻗쳐서 내게서 사진을 가져가 들여다봤다.

"빌어먹을, 결혼식 날은 정말 모든 게 완벽했는데. 그리고 그날 이후로도 우린 항상 행복했어요. 그런데 갑자기 모든 게 엉망이 돼 버렸어요."

그는 나를 바라보면서 말했다.

"그래요, 난 마약을 팔아요, 뭐든 당신이 부르고 싶은 대로 불러요. 하지만 그 자식들을 죽이는 게 내 목적입니다. 자, 내가 가진 패는 다 보였어요. 어떻게 할 겁니까? 할 겁니까, 안 할 겁니까?"

내 가장 친한 친구, 아일랜드에서 만나기로 했던 친구는 범죄자다. 소문에 따르면 어느 날 밤엔 사람 머리가 든 볼링 가방을 들고 헬스 키친 거리를 걸어다닌 적도 있었다고 한다. 그 일이 정말로 일어난 일인지는 모르겠지만 최근에 나는 그가 매스퍼스에 있는

지하실에서 식칼로 한 남자의 손을 자르고 있을 때 그 옆에 있었다. 그날 밤 나는 총을 사용했다.
  어떤 면에서 보면 난 아직도 경찰 근성을 간직하고 있었다. 반면 그동안 산전수전 다 겪으며 많이 변하기도 했다. 그러니 왜 이제 와서 사소한 일에 구애받겠는가?
  "해봅시다."
  난 대답했다.

# 3

 9시가 조금 지나서 난 호텔로 돌아왔다. 캐넌 코리와 오랜 시간을 보내면서 그의 친구, 동료 그리고 가족의 이름들을 노트에 적었다. 나는 차고로 가서 도요타를 살펴보고 아직도 베토벤의 테이프가 꽂혀 있는 것을 발견했다. 프랜신의 차에서는 어떤 단서도 찾아낼 수 없었다.
 또 다른 차, 그녀의 절단된 시신을 운반하는 데 쓰였던 회색 템포는 조사할 수가 없었다. 납치범들이 그 차를 불법으로 주차했고 며칠 지나 교통국에서 나온 견인차가 그 차를 견인해 가버린 것이다. 하려고 하면 그 차를 추적할 수도 있겠지만 무슨 소용이겠는가? 그 차는 분명히 그런 용도로 훔친 차일 테고 차의 상태를 고려해 보면 이미 버려진 차일 수도 있었다. 감식반 요원이라면 트렁크나 차 내부에서 수사에 도움이 될 만한 얼룩이나 섬유 조직이나 흔적 같은 것을 발견했을 수도 있다. 하지만 나에겐 그런 종류의 수사를 할 만한 재원이 없었다. 결국 어떤 단서도 발견할 수 없는 차를 찾기 위해 브루클린 전체를 뒤지게 되는 셈이다.

뷰익을 타고 우리 셋은 다고스티노를 먼저 지나서 애틀랜틱 애비뉴에 있는 아라비아 시장을 지난 후 서쪽으로 향했다. 오션과 페러것 사이에 있는 첫 번째 공중전화를 살펴본 후엔 베테랑 애비뉴에 있는 두 번째 공중전화를 찾아갔다. 내가 현상을 직접 봐야 할 필요는 없었다. 공중전화를 노려본다고 해서 막대한 정보를 건질 수 있는 것도 아니지만 모든 것을 직접 눈으로 보고 몸으로 확인하면서 현장 조사를 하는데엔 시간을 투자할 만한 가치가 있다고 생각했다. 그렇게 하면 사건이 실감나게 느껴진다.

이는 또한 코리 형제가 사건을 다시 한 번 되짚어 보게 하기 위한 방법이기도 했다. 경찰 조사에서 증인들은 매번 다른 사람들에게 똑같은 이야기를 반복해야 하는 절차에 대해 불평을 늘어놓기 일쑤다. 그들에게는 그런 행위가 의미 없어 보이겠지만 거기에는 사실 합당한 이유가 있다. 많은 사람들에게 여러 번 같은 이야기를 하다 보면 전에는 잊어버리고 말하지 않았던 사실을 기억할 수도 있고 다른 사람들은 그냥 지나쳐버린 뭔가를 어떤 사람이 주목하는 경우도 왕왕 있기 때문이다.

현장을 둘러본 후 우리는 플랫부시에 있는 아폴로 커피숍에서 쉬었다. 모두 수블라키(어린 양고기의 꼬치구이 요리—옮긴이)를 주문했다. 요리는 훌륭했지만 캐넌은 먹는 둥 마는 둥 했다. 나중에 차에 타자 그가 말했다.

"난 계란이나 다른 걸 시킬 걸 그랬어. 그날 이후로 고기는 못 먹겠어. 넘어올 것 같아. 차츰 나아지겠지만 당분간은 다른 걸 주문해야지. 주문해 놓고 먹지도 못한다니 말이 안 되잖아."

피터는 납치 사건이 일어난 후로 죽 동생네 집에 있는 거실 소파에서 자면서 생활했다. 그는 옷을 가지러 하숙집에 들르는 길에 캄리로 나를 집에 데려다 줬다.

그렇지 않았다면 나는 콜택시를 불렀을 것이다. 지하철이 편했고 위험하다고 느낀 적도 거의 없었지만, 주머니에 만 달러가 들어 있는데 택시비를 아낀다는 것은 왠지 비합리적으로 보였다. 지하철을 탔다가 강도라도 당한다면 황당할 것이다.

만 달러는 내 수수료였다. 프랜신 코리의 몸값을 치렀던 80개의 지폐 뭉치와 똑같이 100달러 지폐가 50장씩 들어있는 지폐 다발 두 묶음이 내 수수료였다. 난 항상 수수료 액수를 정하느라 애를 먹었지만 이번에는 그럴 필요가 없었다. 캐넌이 지폐 두 다발을 테이블 위에 올려놓고 이걸로 조사를 시작하기에 충분한지 물었다. 나는 그에게 넘친다고 말했다.

그가 말했다.

"돈은 넉넉해요. 난 부자니까. 놈들은 내 돈을 몽땅 털어가진 못했죠. 그럴만한 액수도 아니었어요."

"100만 달러를 지불할 수 있었나요?"

"국내에서는 불가능했어요. 케이먼에 50만 달러가 들어 있는 계좌가 있어요. 여기 금고에 70만 달러가 있고. 어쩌면 전화 몇 통 걸었더라면 여기서 나머지 30만 달러를 만들 수도 있었겠군요. 갑자기 궁금해지네요."

"뭐가요?"

"아, 그냥 쓸데없는 생각이죠. 내가 100만 달러를 주었더라면 그놈들이 아내를 살려 보냈을까? 내가 만약 전화를 고분고분하게 받았더라면. 공손하게, 하라는 대로 다 했더라면."

"어쨌건 그놈들은 죽였을 거요."

"나도 그렇게 생각하고 있지만, 또 모르잖아요? 내가 할 수 있는 일이 있지 않았을까 하는 생각을 계속 하게 돼요. 만약 내가 처음부터 강경하게 나왔더라면, 그녀가 살아 있다는 증거를 그놈들이 보여줄 때까지 한 푼도 주지 않았더라면 하고."

"놈들이 당신에게 전화를 걸었을 때 부인은 이미 사망해 있었을 겁니다."

"당신 말이 맞기를 빌어요. 하지만 모르겠어요. 내가 그녀를 살릴 방법이 있었을 거란 생각이 계속 들어요. 그게 꼭 내 잘못인 것 같아요."

우리는 쇼어 파크웨이를 지나 고와너스를 타고 터널로 들어가는 고속도로를 통해 맨해튼으로 향했다. 차는 별로 없었지만 피터는 천천히 운전하면서 시속 40마일 이상 속력을 내지 않았다. 처음에 별로 말을 하지 않자 침묵이 점점 길어졌다.

"며칠간 정말 정신없었어요."

피터가 마침내 말문을 열었다. 나는 그에게 어떻게 견뎌내고 있는지 물었다.

"아, 난 괜찮아요."

"모임에는 계속 나가요?"

"꽤 정기적으로 나가고 있죠."

잠시 후 그가 말했다.

"이 빌어먹을 일이 터진 후로 나갈 기회가 없었어요. 알다시피 좀 바빴죠."

"당신이 말짱하지 않으면 동생에게 도움이 안 돼요."

"나도 알아요."

"베이 리지에 모임이 있어요. 꼭 시내까지 오지 않아도 돼요."

"알아요. 어젯밤에 거기 가려고 했는데, 결국 안 갔죠."

그가 손가락으로 운전대를 가볍게 두드렸다.

"오늘 밤에는 제 시간에 일이 끝나서 성 바오로 모임에 갈 수 있을 거라고 생각했는데, 이미 시간이 지났어요. 거기 도착할 때쯤이면 9시가 훨씬 넘을 거예요."

"휴스턴 가에서 10시 모임이 있어요."

"글쎄요. 내 방에 도착해서 필요한 것을 챙기고 나면……."

"10시 모임을 놓치면 자정 모임도 있어요. 같은 장소에서. 6번 가와 배릭 가 사이에 있는 휴스턴 가."

"어디에 있는지 나도 알아요."

그의 목소리에서 더 이상의 제안은 거부하겠다는 기미가 보였다. 잠시 후 그가 말했다.

"모임을 빠져서는 안 된다는 건 나도 알아요. 10시 모임을 가보도록 노력하겠어요. 자정 모임은 잘 모르겠어요. 캐넌을 그렇게 오랫동안 혼자 놔두고 싶지 않아요."

"그럼 내일 낮에 브루클린 모임에 갈 수도 있죠."

"아마도."

"일은 어때요? 그것도 쉬고 있는 건가요?"

"당분간은. 금요일과 오늘 아파서 쉬겠다고 연락하긴 했는데. 하지만 해고당해도 신경 안 써요. 그런 일은 구하기 쉬우니까."

"어떤 일이죠, 심부름이란 건?"

"사실은 점심을 배달하는 일이에요. 57번가와 90번가 사이에 있는 식당에서 일해요."

"힘들겠어요, 동생은 떼돈을 벌고 있는데 그런 노가다를 한다면."

그는 잠시 동안 말이 없었다. 그러다가 말을 했다.

"난 동생 일과 내 일을 구분해야 해요, 알죠? 캐넌은 같이 일해 주길 원해요. 그의 밑에서든, 동업이든, 어떤 식으로든. 나로서는 그런 일을 하게 되면 술을 마실 수밖에 없어요. 항상 마약을 만져서 그런 건 아니에요. 마약과 그리 많이 접촉하는 건 아니니까. 그것보다는 일에 대한 태도랄까, 마음가짐이죠. 내가 무슨 말을 하는지 알겠어요?"

"그럼요."

"당신 말이 맞아요, 모임에 대한 말. 프랜시에게 무슨 일이 생겼는지 알고 나서부터 계속 술이 마시고 싶었어요. 내 말은 그녀가 납치당한 걸 알고 그 끔찍한 일이 일어나기 전에 말이죠. 술을 마실 뻔한 건 아니지만 어쨌든 술 생각이 떠나지 않았어요. 참으려고 하면 다시 생각나곤 했죠."

"후원자와는 계속 연락하고 있나요?"

"후원자는 없어요. 처음 술을 끊었을 때 협회에서 임시 후원자를 지정해 줘서 한동안 정기적으로 전화하긴 했지만 금방 소원해졌죠. 통화하기 힘든 남자였어요. 정규 후원자를 찾아야 하는데 그럴 기회가 오지 않았죠."

"이제 찾아야겠죠."
"알아요. 후원자가 있나요?"
나는 고개를 끄덕였다.
"어젯밤에 만났어요. 보통 일요일에 저녁을 같이 먹으면서 한 주간 있었던 일을 이야기해요."
"그 사람이 충고도 해 주나요?"
"가끔은. 하지만 충고를 다 듣고 나서 내 맘대로 해 버리죠."

호텔 방으로 돌아왔을 때 내가 처음 전화한 사람은 짐 페버였다.
"방금 선배 이야기를 했는데. 한 친구가 후원자가 충고도 하냐고 묻기에 그랬죠. 선배가 충고하는 대로 항상 따른다고."
"그 자리에서 벼락 맞아 죽지 않았다니 운도 좋아."
"나도 알아요. 하지만 아일랜드에는 가지 않기로 했어요."
"정말? 어젯밤에는 결심이 선 것 같더니. 하룻밤 자고 나니까 생각이 달라진 거야?"
"그건 아니고, 아침만 해도 갈 생각이었어요. 여행사에 가서 금요일 저녁에 떠나는 싼 비행기 티켓도 구했죠."
"그런데?"
"그런데 오늘 오후에 일이 들어와서 하겠다고 했어요. 3주 정도 아일랜드에 갈 생각 있어요? 티켓은 환불 못 받을 것 같은데."
"환불이 안된다고? 그런 손해를 보다니 유감인걸."
"그게, 처음에 표를 살 때부터 환불 불가라고 여행사에서 그랬거든요. 이미 돈도 냈고. 괜찮아요, 수수료를 넉넉하게 받아서 한 200달러 정도 손해 봐도 상관없어요. 하지만 환락의 땅으로 가지 않는다는 걸 선배에게 알려야겠다는 생각이 들더군요."
"그 여행은 너무 위험천만해 보였어."
그가 말했다.
"그래서 내가 걱정했던 거지. 자넨 친구랑 술집에서 어울릴 것이고 그러면서 술을 안 마신다는 게……."
"술은 내 몫까지 친구가 다 마신다고요."
"음, 어느 쪽이든지 마시긴 하겠지. 하지만 대서양 반대편에서, 후원자들도 수만 마일 떨어진 곳에서 있는 마당에, 요즘 좀 초조해 했잖아."
"알아요, 이젠 마음 푹 놔도 돼요."
"내가 한 일은 하나도 없어."
"음, 그건 모르죠."
내가 말했다.
"아마 선배 덕택인지도 몰라요. 하나님은 신비로운 방법으로 기적을 행하잖아요."
"아."
그가 말했다.
"자네 일처럼 말이지."

일레인은 결국 내가 아일랜드에 가지 않게 된 것을 유감스럽게 생각했다.
"그 일을 미룰 가능성은 없는 거야?"
그녀가 말했다.
"없어."

"아니면 금요일까지 끝날 가능성도 없고?"

"금요일이나 돼야 간신히 시작할걸."

"너무 안됐어, 하지만 그렇게 실망한 것처럼 보이진 않네?"

"그런 것 같아. 믹에게는 아직 가겠다고 하지 않았으니까 다행이지. 솔직히 말하자면 일을 하게 돼서 기뻐."

"뭔가 몰두할 일이 생겼으니까."

"맞아, 휴가보다 내게 필요한 건 일이었어."

"괜찮은 사건이야?"

나는 사건에 대해 일레인에게 말하지 않았다. 잠깐 생각하다 대답했다.

"끔찍한 사건이야."

"그래?"

"세상 사람들의 잔혹함이란 끝이 없지. 당신은 내가 이런 일에 익숙할 거라 생각하겠지만 그렇지 않아."

"사건에 대해 말해 줄 테야?"

"만나서 하지. 내일 밤에 볼까?"

"일에 방해만 되지 않는다면."

"괜찮아. 7시쯤에 집에 들를게. 늦으면 전화하지."


나는 뜨거운 물로 목욕하고 푹 잔 후 아침에 은행에 가서 귀중품 보관함에 7000달러를 넣었다. 2000달러는 당좌예금 계좌에 입금하고 나머지 1000달러는 뒷주머니에 찔러 넣었다.

예전에는 돈이 생기면 곧장 헌금해 버리던 시절이 있었다. 빈 교회들을 하릴없이 다니면서 열성적으로 십일조를 바쳤다. 생긴

77

현금의 정확히 10퍼센트를 가까운 자선 헌금함에 넣는 버릇이 있었다. 이런 이상한 습관은 술을 끊으면서 서서히 사라졌다. 왜 그런 습관을 끊게 됐는지 모르겠지만, 그렇게 따지면 애초에 왜 그런 습관이 생겼는지도 설명하지 못하니까 말이다.

이제 쓸모없어져 버린 비행기 티켓도 가까운 헌금함에 넣어 버릴 수도 있었다. 하지만 그 전에 여행사에 들러서 티켓을 환불받을 수 없을 거라는 내 추측을 확인했다. 여행사 직원이 말했다.

"일반적으로 이런 경우에는 의사에게 가서 질병을 이유로 여행을 취소해야 한다는 편지를 써오라고 하지만 이 경우에는 통하질 않아요. 이 티켓은 항공사에서 직접 판매한 것이 아니라 회사가 항공사에서 대량으로 표를 구입해서 다시 소비자들에게 아주 저렴하게 판매한 것이니까요."

그가 대신 표를 다시 팔아보겠다고 제안해 왔으므로 표를 맡기고 나와 지하철을 타려고 걸었다.

나는 하루 종일 브루클린에서 시간을 보냈다. 캐넌의 집을 나오면서 프랜신 코리의 사진을 가져와서 4번 애비뉴의 다고스티노와 애틀랜틱 애비뉴의 아라비안 미식가에 있는 사람들에게 보여줬다. 더 따끈따끈한 단서를 추적했으면 좋았을 것이다. 오늘은 화요일이고 프랜신이 납치된 것은 지난 목요일이었다. 피터가 주가 바뀌도록 기다리는 대신 금요일에 전화를 걸었더라면 좋았겠지만 그 형제는 나름대로 할 일이 있었던 것이다.

사진과 함께 나는 내 이름이 박힌 명함을 보여줬다. 탐정 회사에서 줬던 것이다. 보험 청구와 관련된 사건을 조사하고 있다고 사람들에게 설명했다. 내 고객의 차를 다른 차가 스치고 지나갔는데 문제의 차가 뺑소니를 쳤기 때문에 그 상대방 차를 본 사람이 있다면 보험 청구 과정을 빨리 진행시킬 수 있을 것이라는 말을 늘어놓았다.

다고스티노에서 출납원과도 이야기를 나눴는데 그녀는 단골이 었던 프랜신을 기억했다. 출납원은 그녀가 항상 현금을 지불했다고 말했다. 특징이라면 특징이긴 했지만 남편이 마약상이라는 점을 보면 당연한 일이었다.

"그 새댁은 말이우. 살림을 참 잘했을 거예요."

내 표정이 무척 어리둥절해 보였나 보다.

"절대로 미리 조리된 음식이나 냉동식품은 안 샀어요. 항상 신선한 재료만 샀죠. 요새 새댁 중에 요리를 잘 하는 사람은 몇 안 돼요. 냉동식품은 쳐다보지도 않더래니깐."

물건을 담아주는 남자 점원 역시 그녀를 기억하고 있었고 묻지도 않았는데 항상 2달러를 팁으로 줬다고 말해 줬다. 내가 트럭에 관해 묻자 그는 가게 밖에 파란색 트럭이 주차해 있었고, 그녀를 쫓아 떠났다고 말했다. 차종이나 번호판은 눈여겨보지 않았지만 색은 확실히 파란색이었고, 차 옆에 '텔레비전 수리'라고 페인트로 써져 있었다는 것을 알려 줬다.

애틀랜틱 애비뉴에 있던 사람들은 더 많은 이야기를 해 주었는데, 눈에 띄는 점이 많아서였다. 카운터에서 계산하던 여자는 사진을 보여주자 즉시 알아보면서 프랜신이 뭘 샀는지 나에게 말해 줬다. 올리브 오일, 세서미 타히니(소스 이름—옮긴이), 파울 무다마스(중동 요리의 주식—옮긴이) 그리고 내가 알지 못하는 몇몇 이름들. 그녀는 그때 다른 고객을 상대하느라고 프랜신이 납치

되는 것은 보지 못했다. 뭔가 수상한 일이 일어난 것은 알았다고 했다. 한 손님이 들어와서 두 남자와 한 여자가 가게에서 달려 나와 트럭 뒤편으로 뛰어 올라가는 것을 봤다는 이야기를 했기 때문이다. 그 손님은 그들이 가게를 털고 도망치는 것으로 생각하고 걱정했다는 말을 했다고 한다.

나는 정오가 되기 전에 몇 사람을 더 만나 질문을 하고 정오가 되면 점심을 먹으려 했다. 하지만 그때 피터 코리에게 한 충고가 생각났다. 나조차도 토요일 이후 금주 모임에 가지 않았던 것이다. 오늘이 벌써 화요일인데 저녁에는 일레인과 시간을 보내야 한다. 나는 모임을 주선하는 그룹에 전화를 해서 브루클린 하이트에서 10분 떨어진 곳에 12시 30분 모임이 있다는 것을 알아냈다. 오늘의 연사는 체구가 작은 할머니였는데 외관상으로 보기에는 아주 깔끔하고 단정해 보였지만 그녀의 말을 들어보니 항상 그런 건 아닌 모양이었다. 그녀는 마약을 팔면서 남의 집 문간에서 잠을 잔 적도 있고, 목욕을 하거나 옷을 갈아입은 적도 없었다는 이야기를 하면서 자신이 얼마나 지저분하고 끔찍한 냄새가 났는지 거듭 강조했다. 테이블 앞에 서 있는 깔끔한 그녀를 보면서 지저분한 모습을 상상하기란 힘들었다.

모임이 끝난 후 나는 애틀란틱 애비뉴로 돌아와서 조사하던 것을 마저 처리했다. 식당에서 샌드위치와 크림소다를 한 병 사면서 주인과 이야기를 나눴다. 점심을 밖에 서서 먹고 나서 점원과 이야기를 나눈 후 모퉁이에 있는 신문 가판대에서 몇 명의 손님과 이야기를 나눴다. 그리고는 알레포로 가서 출납원과 두 명의 웨이트리스와 이야기를 나눈 후 아욥네 가게로 돌아왔다. 나도 더 이상 그 식당을 아라비안 미식가라고 부르지 않았다. 모두들 아욥네 가게라고 불렀기 때문이다. 거기에 돌아가자 이번에는 출납원 여자가 파란색 트럭에 있던 남자들이 가게를 털지 않았을까 걱정했다던 손님의 이름을 기억해 냈다. 나는 그 남자의 이름을 전화번호부 책에서 찾았지만 막상 전화를 하자 아무도 받지 않았다.

애틀랜틱 애비뉴에서는 사람들이 목격한 장면과 이야기가 잘 들어맞지 않아 보험 청구 스토리는 집어치웠다. 그렇다고 납치와 살인 같은 심각한 범죄가 일어났다는 걸 누군가 눈치 채서 경찰에 신고할 여지를 주고 싶진 않았다. 그래서 그때그때 듣는 사람에 따라 조금씩 내용을 바꿔가며 이야기를 하나 지어 냈다.

내 의뢰인에게는 미국에 이민 오려 하는 불법 체류 외국인과 중매결혼을 앞둔 여동생이 하나 있다. 이 신랑 후보자에게는 전부터 사귀는 여자 친구가 있었는데 이 여자의 친척이 결혼을 적극 반대하고 있었다. 그 친척인 두 남자가 이 결혼을 막기 위해 내 의뢰인의 도움을 받고자 며칠 동안 그녀를 따라다니며 괴롭히고 있었다. 그녀는 이 사람들의 처지를 동정하고 있었지만 말썽에 끼어들고 싶어 하진 않았다.

그들은 지난 목요일에 그녀를 미행해서 아욥네 가게까지 따라왔다. 그녀가 가게를 나왔을 때 이들은 그녀에게 적당한 구실을 내세워 트럭에 태우고 데리고 다니면서 그녀를 설득하려고 했다. 그들이 그녀를 마침내 풀어 줬을 때 그녀는 정신적으로 심한 충격을 받은 상태였고 그 와중에 쇼핑한 물건(올리브 오일, 타히니 등등)

을 잃어버렸을 뿐 아니라 지갑도 잃어버렸는데 그 속에는 고가의 팔찌가 들어 있었다. 그녀는 이 남자들의 이름을 몰랐고 어떻게 그들을 다시 만나야 할지도 몰랐다. 그래서……

그렇게 설득력 있는 스토리는 아니었지만 어차피 방송국에 텔레비전 프로그램을 만들어 달라고 선전하는 것도 아니고 여기 협조하는 것이 안전하고 고결한 행위라고 합리적이고 모범적인 시민들에게 납득만 시키면 되는 것이었다. 나는 친절한 충고도 많이 들었다. 예를 들면 이런 충고였다.

"그 결혼은 틀렸어, 여동생에게 그런 결혼은 절대 하면 안 된다고 해요."

4시가 조금 지난 후 조사를 끝내고 콜럼버스 서클로 가는 기차를 타서 몇 분 차로 교통체증을 피할 수 있었다. 호텔 데스크에는 내게 온 우편물이 몇 통 있는데 거의 광고 전단이었다. 전에 카탈로그를 보고 물건을 산 적이 있는데 그 후로 매달 수십 개의 카탈로그를 받았다. 난 카탈로그에서 선전하는 물건은 고사하고 카탈로그만 넣어둘 공간도 없는 좁은 방에서 살고 있다.

2층에 가서 다른 메일은 다 버려 버리고 전화세와 두 개의 메모 용지만 봤는데, 둘 다 '켄 커리 씨'가 전화했다는 내용으로 하나는 2시 30분에 하나는 3시 45분에 온 것으로 적혀 있었다. 난 곧장 그에게 연락하지는 않았다. 기진맥진해 있었기 때문이다.

오늘은 정말 피곤했다. 8시간 동안 시멘트 부대를 들어 올리는 막노동을 한 것은 아니지만 많은 사람들과 이야기를 계속 나누는 것도 무척 진이 빠지는 일이었다. 이야기를 하려면 집중을 해야 했고 특히 거짓말을 할 때는 더 많이 집중해야 했다. 습관적인 거짓말쟁이가 아닌 다음에야 사실보다는 거짓말을 말하는 게 더 힘들다. 바로 그런 사실에 입각해서 거짓말 탐지기가 만들어졌을 것이다. 나는 그 이론이 맞는다는 것을 오늘 몸소 경험했다. 하루 내내 거짓말을 하고 역할을 바꿔 가면서 이야기를 한다는 것은 중노동이었고 내내 서 있어서 피로가 가중됐다.

나는 샤워를 하고서 가볍게 면도를 한 후 텔레비전을 켜 놓고 다리를 올려 놓은 채 눈을 감고 뉴스를 들었다. 5시 30분경 캐넌 코리에게 전화를 걸어서 좀 진전이 있었지만 아직 달리 보고할 만한 내용은 없다고 말했다. 그는 뭔가 도울 일이 있는지 궁금해했다.

"아직은 없어요. 내일 애틀랜틱 애비뉴로 돌아가서 뭔가 더 알아낼 수 있는지 보겠소. 조사가 끝나면 집으로 갈게요. 집에 있을 건가요?"

"그럼요. 갈 데도 없어요."

난 알람시계를 맞춰놓고 눈을 감았다가 6시 30분에 알람이 울려서 소스라치듯 잠에서 깼다. 양복을 입고 넥타이를 맨 후 일레인의 집으로 갔다. 그녀는 나에게 커피를 따라 주고 자신은 페리에를 마셨다. 그리고 택시를 타고 업 타운에 있는 아시아 소사이어티로 갔다. 최근 그곳에선 타지마할을 주제로 하는 전시회를 열고 있었다. 그녀가 헌터에서 듣고 있는 강의와 일치하는 주제였다. 세 개의 전시실을 걸어 다니면서 적당히 감탄사를 내뱉은 후 우리는 사람들을 따라 한 방으로 가서 접는 의자에 앉아 한 남자가 시타르(페르시아 및 인도 북부에서 사용된 현악기—옮긴이)를 연주하는 것을 들었다. 그 독주자가 연주를 잘 하는 건지 못하는 건지 도대체 감을 잡을 수가 없었다. 난 다른 사람들은 어떻게 듣는지, 심지어는 연주자 자신도 음조를 구분할 수 있는지 의심스러워졌다.

그 후 와인과 치즈 접대가 있었다.

"여긴 금방 나와도 괜찮은 자리야."

일레인이 속삭였고 몇 분 간 미소를 짓고 인사말을 웅얼거린 후 우리는 거리로 나왔다.

"자기 정말 재미있었나 봐."

그녀가 말했다.

"괜찮았어."

"이런, 거짓말쟁이. 여자 한 번 꼬셔보겠다고 사내들이 하는 수작이라니."

"이봐. 그렇게 지겹진 않았어. 인도 레스토랑에서 하던 연주랑 비슷하던 데 그래."

"하지만 거기서는 들을 필요가 없었잖아."

"누가 들었대?"

인도 레스토랑으로 가서 에스프레소를 마시면서 난 그녀에게 캐넌 코리와 그의 부인에게 어떤 일이 일어났는지 말해 줬다. 내가 이야기를 끝냈을 때 그녀는 한동안 앞에 있는 식탁보에 무슨 글자라도 써진 것처럼 그것만 뚫어지게 보고 있었다. 그러다 천천히 눈을 들어 나를 보았다. 그녀는 세상물정에 훤한 강인한 여자였지만 바로 그 순간만은 애처로울 만큼 연약해 보였다.
"세상에."
그녀가 한숨을 쉬었다.
"그런 엽기적인 일이 있다니."
"끝이 없지, 안 그래? 바닥이 보이질 않아."
그녀는 물을 한 모금 마셨다.
"어쩌면 그렇게 철두철미하게 잔인할 수가. 왜 그런 일을……. 도대체 왜 그런 거지?"
"재미로 그런 거야. 살인뿐 아니라 부인이 차에 있을 거라고 말하고, 그 담엔 집에 가면 집에 도착했을 거라고 말하면서 질질 끌다가 마침내 포드 트렁크에 조각난 시신을 발견하게 하면서 남편을 골탕 먹이고 혼란스럽게 하는 그 모든 일에서 쾌감을 느낀 거지. 부인을 죽였다고 해서 사디스트라고 하는 게 아냐. 죽이면 얼굴을 알아볼 증인이 없으니 그렇게 하는 게 더 안전했겠지. 하지만 그런 식으로 칼질을 하는 데 어떤 실질적인 이익이 있는 게 아니잖아. 시체를 토막 내면서 무척 애먹었을 거야. 미안해, 밥 먹는 자리에서 하는 이야기치곤 끝내주지?"
"남자랑 자기 전에 듣는 이야기로도 최고군."
"바로 무드가 잡히지 않아?"
"듣고 보니 막 흥분되는데. 아니야, 난 괜찮아. 신경 쓰이긴 하지만 괜히 내숭떨진 않을래. 정말 구역질나는 이야기이긴 해. 사람을 토막 내다니. 하지만 그게 다가 아냐. 그렇지? 진짜 충격적인 건 그런 악마가 어딘가 숨어 있다가 갑자기 나타나서 이유도 없이 자길 덮칠 수 있다는 거지. 정말 끔찍한 건 그거야. 그런 이야긴 배가 부른 상태에서 듣건, 굶주린 상태에서 듣건 똑같이 지독해."

우리는 그녀의 아파트로 돌아갔다. 우리가 좋아하는 세다 월튼의 피아노 독주 앨범을 그녀가 틀었고 우리는 말없이 소파에 앉아 함께 음악을 들었다. 레코드가 다 돌아가자 그녀는 다시 처음부터 앨범을 틀었다. 우리는 2면 중간쯤에서 침실로 가서 열정적으로 사랑을 나누었다.

"있잖아, 자기. 이런 식으로 계속 한다면 우린 정말 찰떡궁합이 될 것 같아."

"정말 그렇게 생각해?"

"놀랄 일도 아니잖아, 매튜? 오늘 밤 자고 가."

나는 그녀에게 키스를 했다.

"그러려고 했어."

"잘 생각했어. 혼자 있고 싶지 않아."

나도 그랬다.

# 4

일레인의 집에서 아침을 먹고 애틀랜틱 애비뉴로 나왔을 때는 거의 11시가 다 됐다. 주로 거리와 상점들을 조사했고, 잠깐 동네 도서관과 공중전화에서 조사하는데 전부 다섯 시간 정도를 썼다. 4시가 조금 지난 후 나는 두 블록을 걸어가 베이 리지로 가는 버스를 탔다.

지난번에 보았을 때는 헝클어진 머리에 수염도 깎지 않았지만 오늘의 캐넌 코리는 회색 개버딘 바지와 수수한 색깔의 플레이드 셔츠를 입고 있었다. 그는 냉정하고 침착한 모습이었다. 그를 따라서 부엌으로 가자 피터가 그날 아침 맨해튼에 있는 직장에 일하러 갔다고 말해 줬다.

"형은 여기 있겠다고 말했어요. 직장은 별 상관없다고 했지만, 계속 둘이서 같은 이야기만 하고 있을 수도 없잖아요? 형에게 도요타를 타고 다니라고 했어요. 당신은 어때요, 매튜? 단서를 좀 찾았나요?"

"나 정도 되는 체격의 두 남자가 아라비안 미식가 식당 앞 길거리에서 부인을 납치해서 짙은 파란색 트럭이나 밴에 강제로 태웠다네요. 비슷하게 생긴 트럭이, 아마 같은 트럭이겠죠, 부인이 다고스티노를 떠났을 때부터 미행하고 있었어요. 그 트럭 문에 인쇄된 글씨가 있었는데 목격자에 따르면 하얀색 글자였다고 합니다. TV 판매 및 수리라고 써 있었는데 정확하진 않지만 이니셜로 된 회사 이름이 옆에 있었다고 합니다. B&L, H&M. 본 사람들마다 다른 이니셜을 대더군요. 목격자 두 사람이 글씨 속 주소가 퀸즈였다고 했고 한 사람은 구체적으로 퀸즈의 롱아일랜드 시티라고 기억하고 있었어요."

"거기에 그런 회사가 있나요?"

"차에 대한 설명이 너무 애매해서 그 설명에 들어맞는 회사들이 한 다스는 넘을 거요. 이니셜 두 개와 TV 수리, 퀸즈에 있는 회사라. 여섯 개인가 여덟 개 회사에 전화를 했는데 짙은 파란색 트럭을 가진 회사도 없었고 최근에 그런 트럭을 도난당한 회사도 없었어요. 그럴 거라고 기대도 안 했지만."

"왜 그렇죠?"

"내 생각에 그 트럭은 훔친 게 아니에요. 추측컨대 그자들은 목요일 아침에 당신 집을 감시하면서 부인이 혼자 나오길 바라고 있었을 거예요. 부인이 정말로 혼자 나왔을 때 그자들이 미행한 거죠. 그날이 처음 부인을 미행한 건 아니었을 테고 전부터 계속 부인을 지켜보며 일을 벌일 기회를 찾고 있었을 거요. 그때마다 트럭을 훔쳐서 도난 차량 서류에서 금방 확인할 수 있는 그런 차를 타고 하루 종일 돌아다니고 싶진 않았을 거란 거죠."

"그 차가 그놈들 거라고 생각한다는 거죠?"

"그럴 가능성이 커요. 내 생각에 그자들은 차 문에 유령 회사 상호와 주소를 적어 놓고 일단 납치를 한 후엔 옛날 상호를 지우고 새로운 이름을 썼을 거요. 지금쯤이면 차 전체를 파란색이 아닌 다른 색으로 칠했다고 해도 놀랄 일이 아니죠."

"번호판은 어때요?"

"그것도 이럴 경우를 대비해서 아마 바꿔치기 했을 거요. 하지만 그건 별로 중요하지 않아요. 아무도 번호판을 본 사람이 없으니까. 목격자 한 명은 그 세 사람이 식품점을 턴 강도라고 착각했지만 그가 한 일이라곤 가게에 들어가서 아무 일 없는 지 확인한 것뿐이니까. 또 다른 목격자는 뭔가 수상함을 느끼고 번호판을 보긴 했지만 기억하는 건 번호판에 9라는 숫자가 있었다는 것뿐이었소."

"꽤나 도움이 되겠군요."

"지대한 도움이 되죠. 그 남자들은 유니폼처럼 보이는 옷을 입었는데 짙은 색 바지와 거기에 어울리는 작업 셔츠에 파란 스포츠 재킷을 똑같이 입고 있었답니다. 그자들이 몰고 있는 차도 상업용 차로 보여서 완전히 합법적인 일을 하는 사람들처럼 생각된 거죠. 몇 년 전에 알게 된 사실인데 클립보드만 들고 있어도 아무 곳이나 들어갈 수 있어요. 업무 중인 걸로 보이니까. 그자들은 그런 점을 충분히 활용한 거요. 두 명의 목격자가 말한 건데 그자들이 불법 이민자를 잡기 위해 이민국에서 나온 비밀 요원이라고 생각했다고 하더군요. 그것도 사람들이 참견하지 않았던 한 이유였죠.

물론 사람들이 뭔가 반응하기도 전에 일이 끝나버린 탓도 있고."

"빈틈없이 처리했군요."

"그 유니폼처럼 보인 옷도 쓸모가 있었죠. 그걸 입으면 사람들을 분간하기 힘들어요. 사람들은 사람 자체보다 옷을 더 잘 기억합니다. 그래서 목격자들은 모두 두 작자 모두 똑같아 보였다고 말했어요. 내가 그자들이 모자를 썼다고 이야기 했나요? 그자들은 모자를 쓰고 재킷을 입고 있었다고 했는데 아마 그 일을 벌일 때 입었다가 끝나고 나서 버렸을 거요."

"그럼 단서가 하나도 없군요."

"사실 그렇진 않아요. 결정적인 단서는 없지만 몇 가지 알아낸 게 있죠. 우리는 그자들이 어떤 짓을 했는지와 어떻게 했는지를, 그리고 그자들이 충분하게 준비하고 철저히 계획했다는 걸 알고 있어요. 그자들이 당신을 어떻게 골랐다고 생각하죠?"

캐넌은 어깨를 으쓱했다.

"전에 말했듯이 그자들은 내가 마약거래상이라는 걸 알고 있었어요. 그것 때문에 쉽게 목표물이 되겠죠. 내가 돈을 가지고 있다는 것도 알고 경찰에 전화하지 않을 거라는 것도 알고 있으니까."

"그것 말고 당신에 대해 알고 있는 게 뭐죠?"

"내 출생 배경. 놈들 중 첫 번째로 나와 통화했던 놈이 내게 욕을 했어요."

"그 말도 한 것 같군요."

"머리에 걸레나 쓰고 다니는, 사막 깜둥이라고. 근사한 욕이지 않아요? 사막에 사는 깜둥이라. 그 자식은 낙타 몰이꾼이란 욕은 안 하더군요. 성 이그나티우스 학교에서 이탈리아 출신 아이들한

테 종종 듣던 욕인데. '여, 코리, 좆만 한 낙타 몰이꾼!' 머리털 나고 본 낙타라곤 담뱃갑에 있는 낙타(미국 담배인 '카멜(Camel, 낙타라는 뜻)'을 의미—옮긴이)가 고작인데."

"당신이 아랍 인이라서 목표가 됐다고 생각해요?"

"그런 생각은 안 했어요. 물론 사람들이 아랍 인에 대해 편견을 가지고 있긴 하지만. 평소에는 별로 의식한 적이 없어요. 아내 친정 사람들은 팔레스타인 출신이에요, 내가 말했던가요?"

"그래요."

"팔레스타인 인들은 더 혹독하게 당하죠. 내가 아는 팔레스타인 사람들 중에는 누가 물어보면 말썽을 피하려고 레바논 인이거나 시리아 사람이라고 대답하는 사람도 있어요. 팔레스타인 사람이라고 하면 대부분 '아, 팔레스타인. 그럼 테러리스트겠네.' 하니까. 그런 식으로 아랍 인 전체를 매도하는 생각을 가진 사람들도 있어요."

그는 눈동자를 굴렸다.

"예를 들면 우리 아버지가 그렇죠."

"부친이?"

"아버지가 아랍 인들에게 반감을 가진 건 아니에요. 하지만 그분은 우리가 실제로는 아랍 인이 아니라고 주장하셨어요. 우리 가족은 기독교도랍니다."

"당신이 왜 성 이그나티우스 학교를 다녔는지 궁금했소."

"나 자신도 궁금하던 시절이 있었죠. 우린 마론파(동방정교회에 속하는 한 종파—옮긴이) 기독교도이고 아버지의 이론에 따르면 페니키아 인이랍니다. 페니키아 인에 대해 들어본 적이 있나요?"

"성서에 나오는 사람들 아닌가요? 그렇죠? 상인이자 탐험가였던 사람들, 그런 거 같은데?"

"맞아요. 위대한 선원들이었죠. 그 사람들은 아프리카 전역을 항해했는가 하면 스페인을 식민지로 삼았고, 아마 영국까지 갔을 거예요. 그들이 북 아프리카에 있는 카르타고를 발견했는데 영국에서 카르타고 동전이 많이 발견됐거든요. 페니키아 인은 최초로 북극성을 발견한 사람들이기도 해요. 항상 그 자리에 있는 별을 발견했다는 말도 우습지만, 어쨌든 왜 항해를 할 때 보는 별 있잖아요. 이 사람들이 그리스 알파벳의 기초가 된 알파벳도 만들었어요."

그는 갑자기 말을 중단하면서 약간 쑥스러워하는 것 같았다.

"아버지는 항상 이런 이야기를 떠들어 대셨죠. 그 이야기에 세뇌된 것 같군요."

"그런 것처럼 보이는군요."

"광적인 정도까진 아니었지만, 아시는 건 많았어요. 내 이름도 거기에서 따온 거죠. 페니키아 인들은 스스로를 캐나니 또는 캐나니타스라고 불렀어요. 내 이름도 원래는 케에난이라고 발음해야 하지만 모두들 항상 키넌이라고 부르죠."

"어제 받은 메시지에는 켄 커리라고 적혀 있더군요."

"아, 그런 경우가 많아요. 전화로 물건을 몇 가지 주문하면 사람들은 '키네 & 커리'라고 이름을 써서 보내는데 마치 한 쌍의 아일랜드 법률가 이름 같지 않아요? 어쨌든 우리 아버지의 이론에 따르면 페니키아 인과 아랍 인들은 완전히 다른 사람들이라는 거죠. 우리들은 캐나니타스이고 아브라함의 시대부터 있었던 종족이라더군요. 반면 아랍 인들은 아브라함의 후손이고."

"난 유대인들이 아브라함의 후손이라고 생각하고 있었는데."

"맞아요, 이삭이 조상이었죠. 이삭은 아브라함과 사라 사이에 생긴 정통 후계자였고. 아랍 인들은 아브라함이 하갈과 낳은 아들인 이스마엘의 자손들이죠. 제기랄, 이런 것들은 오랫동안 까맣게 잊어버리고 있었는데. 어렸을 때 아버지가 딘 가에 있는 야채가게 주인과 가볍게 말다툼을 한 일이 있었어요. 아버지는 그 다음부터 그 남자를 언급할 때 항상 '그 빌어먹을 이스마엘의 사생아.' 라고 불렀죠. 참 별난 분이셨죠."

"아직 살아 계신가요?"

"아뇨, 3년 전 돌아가셨어요. 당뇨를 앓고 계셨는데 시간이 지나면서 심장도 약해지셨죠. 기분이 우울할 때는 망할 놈의 아들들 때문에 아버지가 돌아가셨단 생각이 들기도 해요. 아들들이 건축가와 의사가 되길 바라셨는데 하나는 알코올 중독자가 되고 또 하나는 마약상이 됐으니. 하지만 그것 때문에 돌아가신 건 아니에요. 식습관이 원인이었어요. 당뇨를 앓고 계셨는데 25킬로그램이나 과체중이었죠. 나와 형이 잘나가는 건축가와 의사가 됐다고 해도 아버지에겐 별로 도움이 못 됐을 거예요."

6시경에 캐넌과 나는 전략을 다 짠 후 첫 번째 전화를 걸었다. 그는 번호를 하나 돌리고, 신호음이 울린 것을 확인한 후, 자신의 번호를 누르고 끊었다.

"이제 기다립시다."

그렇게 오래 기다릴 필요도 없었다. 5분도 되기 전에 전화벨이 울렸다. 그가 받았다.

"이봐, 필, 잘 지내? 나도 그럭저럭. 왜 전화 했냐면…… 내 마누라 만나본 적이 있던가? 사실 얼마 전 마누라를 납치하겠다는 협박이 있어서 외국으로 보냈어. 어떻게 된 일인지 모르겠지만 내 생각엔 우리 일과 관련이 있는 거 같아, 내 말 이해하겠어? 그래서 지금 이런 일을 전문적으로 조사해 주는 탐정을 하나 고용했어. 자넨 이런 사정을 주위에 퍼뜨려 줬음 좋겠네. 아무래도 협박을 한 작자들이 말뿐이 아니라 살인도 불사할 놈들이란 느낌이 들거든. 그래, 이게 문제야. 그놈들에겐 우리가 먹음직스런 먹잇감이지. 가진 게 현금밖에 없는 데다 법에 호소할 수도 없으니 가택 침입이라든가 다른 개떡 같은 일들에 당하기가 십상이란 말이야……. 그렇지. 그래서 조심하라고. 눈과 귀를 열어 놔. 주위에 이야기도 다 해놓고. 만약 무슨 일이라도 생기면 전화주고, 알겠어? 그래."

그는 전화를 끊고 나를 바라봤다.

"잘 하는 짓인지 모르겠어요. 이렇게 말해봤자 저 자식은 캐넌이 나이를 먹더니 드디어 피해망상증에 걸려 또라이가 됐구나 라고 생각할 걸요. '왜 부인을 외국으로 보냈어? 그냥 덩치 큰 개를 한 마리 사거나 보디가드를 고용하지?' 라더군요. '왜냐면 마누라는 이미 죽었거든, 이 병신아.' 이렇게 말할 수도 없고. 소문이 퍼지면 문제가 생길 텐데, 염병할."

"무슨 문제요?"

"아내 친정에는 도대체 뭐라고 말해요? 전화벨이 울릴 적마다 난 프랜신 사촌 중 한 명이 건 게 아닐까 겁이 나요. 장모님과 장인어른은 헤어져서 장모님은 요르단으로 가셨지만 장인어른 쪽 가족들은 아직 그 동네에 살고 있어요. 게다가 브루클린 전체에 아내 사촌들이 흩어져 있는데, 뭐라고 말해야 하는 겁니까?"

"나도 모르겠군요."

"조만간 어떻게든 설명을 해야겠어요. 그동안은 프랜신이 유람선 여행을 갔다든지 뭐 그런 말을 해야죠. 그 사람들이 어떻게 생각할지 알겠죠?"

"둘 사이에 문제가 있다고 생각하겠죠."

"맞아요. 네그릴(자메이카 서쪽의 휴양지—옮긴이)에서 휴가를 끝내고 돌아온 지 얼마 안 됐는데 왜 다시 유람선을 타겠어요? 아마 부부 사이에 문제가 생겼다고 생각하겠죠. 뭐, 좋을 대로 생각하라죠. 사실 우린 한 번도 서로 욕한 적도 없고, 싸운 적도 없었는데, 빌어먹을."

그는 수화기를 들어서 번호를 누르고 신호음이 들리자 자신의 번호를 눌렀다. 그는 전화를 끊고 테이블을 초조하게 두드리다가 전화벨이 울리자 수화기를 들고 말했다.

"여보세요, 자식, 잘 지냈어? 아, 그래? 뻥치지 마. 이봐, 할 이야기가 있는데……."

5

　나는 성 바오로에서 8시 30분에 하는 모임에 나갔다. 거기에서 피터 코리를 만날 지도 모른다는 생각이 들었지만 그는 나타나지 않았다. 모임이 끝나고 뒷정리를 돕고 난 후 사람들과 어울려 플레임에서 커피를 마셨다. 11시까지 서쪽 72번가에 있는 '푸간스 펍'에 가야 해서 오래 있지는 않았다. 그 곳은 대니 보이 벨이 밤 9시부터 새벽 4시까지 즐겨 찾는 두 개의 술집 중 하나다. 그 외의 시간에는 어디에서고 그를 찾기 힘들었다.
　대니의 다른 단골 술집으로 암스테르담에 마더 구스라는 이름의 재즈 클럽이 있다. 푸간스 펍이 더 가까웠기 때문에 먼저 거기를 가 보기로 했다. 대니 보이는 항상 앉는 자리에 앉아 까만 피부에 턱이 뾰족하고 코가 뭉툭한 한 흑인 남자와의 대화에 몰두해 있었다. 그 남자는 양쪽 끝이 휘어지고 거울처럼 반짝거리는 렌즈가 달린 신형 선글라스를 썼는데, 어깨에 심을 잔뜩 넣어 부풀린 파란색 정장 차림이었다. 흑인이 쓴 갈색 모자는 테두리에 불그스름한 핑크색 리본이 달려 있었다.

나는 바에서 콜라를 마시면서 그가 대니 보이와 용건을 끝낼 동안 기다렸다. 5분 정도 지난 후 흑인은 의자에서 몸을 일으켜서 껄껄대고 웃으면서 대니 보이의 어깨를 가볍게 두드린 후 거리로 나갔다. 바에서 잔돈을 받은 후 다시 대니 보이 쪽을 보자 이미 그 옆에는 벗어져 가는 머리에 코밑수염이 북실북실하고 배가 나와 셔츠 앞쪽이 빵빵하게 부풀어 있는 백인 남자가 앉아 있었다. 처음에는 그가 누구인지 몰랐지만 시간이 좀 지나자 알아볼 수 있었다. 그의 이름은 셀릭 울프, 주차장을 두어 개 가지고 있는 작자로 스포츠 경마에 돈을 걸곤 했다. 예전에 한 번 폭행 혐의로 체포된 적이 있었지만 고소인이 고소를 취소했다.

울프가 자리를 뜨자 나는 두 번째로 산 콜라를 가지고 대니 옆에 앉았다.

"오늘 저녁은 바쁘군, 대니 보이."

"그러게 말이야. 번호표를 뽑아서 기다리게 해야 할 지경이구먼. 자바 술집에 있을 때랑 비슷하네. 반가워, 매튜. 아까 자네가 거기 있는 걸 보긴 했지만 울프랑 이야기를 끝내야 했거든. 셀릭이 누군지는 알지?"

"알지. 하지만 또 다른 치는 모르겠던걸. 그 작자는 검둥이 대학 펀드 기금이라도 모으러 다니는 건가?"

"머리는 그런데 쓰라고 있는 게 아니지."

대니가 진지하게 말했다.

"사람을 외모로 판단한다면 그건 정말 두뇌 낭비야. 그 신사는 고전적인 맞춤 정장을 입고 있었어, 매튜. 주트 정장(어깨가 넓고 긴 상의와 아랫자락이 좁고 통이 넓은 하의로 된 1940년대에 유행한 남성복——옮긴이)이라고 하지. 자네도 알겠지만 그 정장은 품은 낙낙하고 바지는 칼같이 줄을 세워서 입는 게 특징이야. 우리 아버지도 가 버린 뜨거운 청춘을 기념하기 위해 옷장에 한 벌 보관하고 계시지. 가끔씩 그 정장을 꺼내서 입어 보겠다고 협박하면 어머니가 눈을 부릅뜨곤 하셨어."

"현명한 어머니시군."

"그 사람 이름은 니콜라스 제임스야. 원래 이름은 제임스 니콜라스였는데 어쩌다보니 공적인 서류에 이름과 성이 바뀐 채로 기재된 거야. 그 바뀐 이름이 더 멋있다고 생각했다나. 이름이랑 그 복고 패션이랑 잘 어울리잖아. 제임스 씨는 뚜쟁이야."

"그랬군. 짐작도 하지 못했어."

대니 보이는 자신의 잔에 보드카를 좀 더 따랐다. 그의 패션 스타일도 꽤 우아하다. 어두운 색의 맞춤 정장에 대담한 무늬가 있는 빨간색과 검은색이 반씩 섞인 조끼를 입고 넥타이를 맸다. 그는 작고 가냘픈 체구의 색소 결핍증이 있는 흑인이었다. 피부가 까맣지 않아서 사실 그를 흑인이라고 부르긴 애매했다. 저녁엔 주로 술집에 있는데 특히 희미한 조명이 비치는 조용한 곳을 좋아했다. 그는 낮에는 외출하지 않는다는 규칙을 흡혈귀만큼이나 철저히 지켜서 낮에는 전화도 받지 않았고 초인종이 울려도 나가보지도 않았다. 하지만 매일 밤 푸간스나 마더 구스 클럽에 가서 사람들과 어울렸다.

"오늘은 일레인이 안 왔군."

"오늘은 안 왔지."
"안부 전해 줘."
"그러지."
내가 말했다.
"줄 게 있어, 대니 보이."
"그래?"
나는 그에게 200달러를 살짝 손에 쥐어줬다. 그는 손을 펴보지도 않은 채 돈을 힐끗 보더니 눈썹을 치켜뜨고 나를 쳐다봤다.
"지갑이 빵빵한 의뢰인이 생겼는데, 택시비조로 받으라더군."
"나보고 택시를 불러달라는 거야?"
"아니. 그 의뢰인이 준 돈을 나눠 써야겠다는 생각이 들었지. 소문을 좀 퍼뜨려 주면 좋겠는데."
"무슨 소문이지?"
나는 캐넌 코리의 이름을 언급하지 않은 채 우리가 지어낸 이야기를 모두 했다. 대니 보이는 집중해서 듣느라 가끔 얼굴을 찡그렸다. 이야기를 마치자 그는 담배를 꺼내서 한동안 보고 있더니 다시 담뱃갑에 넣었다.
"궁금한 게 하나 있는데."
그가 말했다.
"말해 봐."
"그 의뢰인의 부인은 지금 외국에 있고 위험한 놈들로부터 안전하다, 그리고 그 사람은 그놈들이 다른 사람을 노릴 거라고 생각한다 이거지."
"맞아."

"그런데 왜 그 사람이 그런 걱정을 하는 거지? 지구 환경이라든가 각종 환경 단체에 익명으로 막대한 헌금을 기부하면서 오리건에서 마리화나를 키우는 작자들이 생각나는군. 대중의 안녕을 걱정하는 마약상이란 발상 자체는 좋지만 말이야. 이봐, 어렸을 때는 나도 로빈 후드 팬이었어. 하지만 그 악당들이 다른 놈들의 마누라를 납치한다고 해서 그게 당신의 고객과 무슨 상관이 있는 거지? 악당들이 몸값을 챙기면 그 고객은 경쟁자들 중 하나가 현금 사정이 안 좋아진다, 그것뿐이잖아. 아니면 그 작자들이 일을 망쳐서 그걸로 끝날 수도 있고. 본인 마누라만 안전하다면야 뭔 상관이야?"

"이런, 자네에게 말하기 전까지 꽤 그럴 듯 했는데, 대니 보이."

"미안하게 됐군."

"부인은 외국으로 가지 못했어. 그놈들이 납치해서 죽였지."

"그 고객이 고집을 부린 건가? 돈을 안 주려고 했어?"

"그 사람은 40만 달러를 지불했어. 하지만 상관없이 놈들이 그녀를 살해했어."

그의 눈이 커졌다.

"비밀로 해야 해. 사망 신고는 하지 않았어. 그래서 이 이야기는 새나가면 안 돼."

내가 덧붙였다.

"알았어. 그런 경우라면 이해가 된다. 복수를 하겠다 이거지. 누가 그랬는지 짐작 가는 데 있어?"

"전혀."

"하지만 그놈들이 다시 일을 벌일 거라고 생각하는군."

"이런 수지맞는 일을 그만둘 리 있어?"

"절대 없지."

그는 보드카를 조금 더 따랐다. 그가 자주 가는 술집에선 모두 보드카 병을 얼음 통에 넣어 그에게 갖다 준다. 그는 양에 신경 쓰지 않고 물처럼 보드카를 마셔 댄다. 그 술이 다 어디로 가는지, 어떻게 다 소화되는지 알 수가 없다.

"그자들은 몇 명이야?"

"최소한 세 명."

"40만 달러를 나누겠군. 놈들도 택시 자주 타겠는걸. 그렇게 생각하지 않아?"

"나도 그 생각 했지."

"누군가가 돈을 물 쓰듯 쓰기 시작하면 유용한 정보가 되겠군."

"그렇지."

"그리고 특히 거물급 마약상들이 납치당할 위험에 처했다는 소식을 들어야 한단 말이지. 마약상이라면 쉽게 납치할 수 있잖아? 꼭 여자여야 할 필요가 있나."

"그건 그렇지 않아."

"왜 그렇지?"

"내 생각에 그놈들은 살인을 즐기는 것 같아. 그러면서 쾌감을 느껴. 이번 경우에도 그 부인을 강간하고 나서 고문하다가 싫증나니까 죽여 버린 것 같아."

"시신에 고문당한 흔적이라도 있었나?"

"시신은 이삼십여 개의 조각으로 하나하나 포장된 채 돌아왔어. 이 말도 비밀로 해야 해. 사실 말하면 안 되는데."

"이런, 하지 말지 그랬어. 매튜, 이건 그냥 내 상상인가, 아니면 정말로 이 세상이 구역질나게 변해가는 건가?"

"더 밝아지는 것 같진 않군."

"안 그렇지, 그지? 모든 행성이 군인처럼 질서정연하게 도열했던 그 하모닉 컨버전스(1987년 8월 16, 17일에 열렸던 의식. 평화로운 세상이 오는 것을 축하했던 의식임.—옮긴이) 기억나? 그건 새로운 시대가 시작된다는 신호가 아니었나?"

"난 별 기대 안하고 있었는걸."

"흠, 하긴 해 뜨기 직전이 가장 어둡다는 말이 있긴 하지. 자네가 하는 말은 잘 알겠네. 재미로 살인을 하면서 강간과 고문을 즐긴다면 배도 나오고 덥수룩하게 수염 난 못생긴 마약상을 납치하진 않겠지. 그런 자식들은 남자에겐 별로 매력을 못 느낄 테니."

"그렇지."

그는 한동안 생각했다.

"그 자식들은 분명 다시 일을 벌일거야, 매튜. 이런 식으로 크게 한 건 올리고 나서 그만두기란 힘들지. 그런 생각이 드는군."

"만약 전에도 이런 짓을 했다면? 나도 같은 것을 생각했어."

"그래서?"

"놈들은 프로였어."

내가 말했다.

"한두 번 해 본 솜씨가 아니었어."

다음 날 아침 식사를 한 후 나는 서쪽 54번가에 있는 미드타운 노스 서로 걸어갔다. 자리를 지키고 있던 조 더킨이 내 외모에 대한 칭찬을 해서 난 어리둥절해졌다.

"요즘 멋쟁이가 됐는데. 여자 친구 덕을 보네. 이름이 일레인이라고 했나?"

그가 말했다.

"맞아."

"여자 친구가 센스가 있나 보군."

"센스야 많지. 그런데 도대체 지금 무슨 말을 하는 거야?"

"그 재킷 멋지다, 그 말이야."

"이 코트? 이건 10년도 넘은 거야."

"흠, 입은 걸 본 적이 없는데."

"허구헌 날 입고 다니는데."

"그럼 넥타이 때문인가."

"이 넥타이가 뭐가 그리 특별해서?"

"젠장맞을. 정말 괴팍한 놈일세. 예뻐졌다고 칭찬해 줬더니 곧바로 취조 모드로 들어가고 있어. 다시 말해 볼까? '안녕, 매튜. 만나서 반갑다. 너 오늘 똥같이 보인다. 앉아라.' 이게 더 마음에 들어?"

"훨씬 낫군."

"다행이군, 앉아. 오늘은 무슨 바람이 불어 온 거야?"

"음, 심각한 범죄를 저질러 보고 싶다는 충동이 들어서."

"나도 그 기분 알지. 매일 매일 그런 심정이니까. 마음에 두고 있는 구체적인 범죄 항목이라도 있어?"

"D급 범죄를 저질러 볼까 고려중인데."

"흠, 그 항목은 여러 가지인데. 위조할 수 있는 장치를 불법소

유하고 있는 것도 D급 범죄야. 아마 지금 그 범죄를 저지르고 있을 수도 있지. 주머니에 펜 있어?"

"펜 두 개랑 연필 하나."

"봐, 아무래도 피의자의 권리를 읽어준 다음에 기록에 올리고 지문도 떠야겠어. 하지만 자네가 염두에 두고 있는 D급 범죄는 그게 아닌 것 같은데."

난 고개를 흔들고 말했다.

"형법 200.00 항을 생각하고 있었어."

"200.00 항이라. 그럼 내가 수고스럽게 그 항목을 찾아봐야 하는 건가?"

"그러면 안 되나?"

그는 나를 한번 째려보고 나서 까만색의 표지가 앞에 달린 바인더를 꺼내서 페이지를 넘겼다.

"번호가 눈에 익은데."

그가 말했다.

"아, 맞았어. 여기 찾았다. 200.00 항. 제3급 뇌물공여죄. 공무원에게 공무원으로서 행사하는 표, 의견, 판단, 행동, 결정 혹은 재량권에 영향을 미칠 수 있도록 뇌물을 주거나, 제안하거나, 주기로 동의하거나 혹은 여타의 물질적이거나 금전적인 이득을 제공하는 사람은 제3급 뇌물공여죄에 해당된다. 제3급 뇌물공여죄는 D급 중죄에 해당한다."

그는 잠시 동안 소리를 내지 않고 계속해서 읽다가 말했다.

"200.03 항을 위반하고 싶은 생각은 없나?"

"그건 뭐지?"

"그건 2급 뇌물공여죄야. 다른 건 내용이 같지만 이건 C급 중죄에 해당돼지. 이 2급 뇌물죄를 저지르려면 자네가 주거나 제안하거나 주기로 동의한 이익이, 세상에, 이런 식으로 형법을 정의하다니 멋지지 않나, 그 물질적이거나 금전적인 이익이 만 달러를 초과해야 하지."

"아."

내가 말했다.

"D급 범죄가 내 한계야."

"그럴 것 같았어. 뭐 하나 물어봐도 돼? D급 범죄를 저지르기 전에 말이야. 옷 벗은 지 얼마나 됐지?"

"꽤 됐지."

"그런데 어떻게 범죄 등급을 알지? 항목 번호까지."

"내가 또 한 기억력 하잖아."

"웃기지 마. 그 조항 번호는 몇 년에 걸쳐서 계속 변경됐어. 책 내용도 반 이상 변했고. 솔직히 불어, 어떻게 알아낸 거야?"

"정말 알고 싶어?"

"그래."

"오는 길에 책에서 찾아 봤지."

"순전히 날 골탕 먹이려고?"

"긴장을 좀 하라는 뜻이지."

"오로지 날 위해서 그랬다는 말씀?"

"물론이지."

나는 재킷 주머니에서 조금 전에 꺼내서 손에 쥐고 있던 지폐 한 장을 담배를 넣어두는 더킨의 주머니에 찔러 넣었다. 그는 상소리를 하면서 남의 담배를 얻어 피울 때를 제외하곤 항상 거기에 담배를 넣어둔다.

"양복 한 벌 사."

경찰서에는 우리밖에 없었다. 그는 지폐를 꺼내서 찬찬히 봤다.

"용어를 좀 업데이트 해줘야 하지 않나. 모자 하나 사는데 20달러고 양복 하나 사는데 100달러라니. 요즘 괜찮은 모자 하나에 얼마 주는지 모르겠어, 마지막으로 산 게 얼마였는지 기억이 나질 않는군. 하지만 중고 옷가게 빼놓고 100달러짜리 양복을 파는 곳이 있는지 모르겠는걸. '여기 100달러가 있어. 이걸로 마누라 저녁이나 사주라고.' 이게 낫지. 그런데 이 돈은 도대체 뭐야?"

"부탁이 하나 있어."

"결국 그거야?"

"신문에서 읽은 사건이 하나 있는데, 6개월쯤, 어쩌면 1년 된 사건일 수도 있어. 두 남자가 길거리에서 여자를 납치해서 트럭에 태워서 달아났어. 그녀는 며칠 뒤에 공원에서 발견됐지."

내가 말했다.

"죽었겠군."

"죽었어."

"경찰에선 '타살로 의심' 했고. 기억이 나질 않는데. 그거 우리 사건이 아니었지?"

"맨해튼에서 일어난 것도 아냐. 내 기억으로 그녀는 퀸즈에 있는 골프장에서 발견됐어. 사실 장소는 확실히 기억나진 않아. 당시에는 별로 관심을 가지지 않았어. 그냥 커피 한잔 더 마시면서 읽은 기사 중 하나였지."

"그래서 어쩌라고?"

"기억을 좀 되살리고 싶은데."

그는 나를 바라봤다.

"돈이 요즘 남아도나 보지? 그냥 도서관에 가서 지나간 신문철을 찾아보면 될 걸 가지고 왜 내 옷에 신경을 써주나?"

"뭘 가지고 찾아보라는 거야? 그 일이 어디에서, 언제 일어났는지도 모르고 피해자 이름도 몰라. 작년 기사를 모두 찾아볼 수도 있지만 내가 읽은 신문 이름도 기억나질 않는 마당이야. 타임즈에 실리지 않았을 수도 있다고."

"내가 전화 몇 통 걸어보는 게 더 쉽단 말이군."

"바로 그게 내가 생각하고 있던 바야."

"나가서 좀 걷지 그래? 커피 한 잔 마시고 있으라고. 8번 애비뉴에 있는 그리스 커피숍에 자리 하나 잡아 놔. 한 시간 정도 후에 들를 테니까 내 걸로 커피랑 데니시를 주문해 놓고."

40분 후 그는 80번가와 53번가 사이에 있는 커피숍의 내 테이블로 왔다.

"약 1년 전 일이야."

그가 말했다.

"마리 갓스카인드. 무슨 이름이 이래, 하느님이 친절하다는 말인가?"

"내 생각엔 '하느님의 자녀'라는 뜻 같군."

"그게 훨씬 낫군, 왜냐면 하느님은 결코 그녀에게 친절하지 않았으니까. 그녀는 우드헤븐에 있는 자메이카 애비뉴에서 쇼핑하다 대낮에 납치됐어. 두 남자가 그녀를 트럭에 태우고 사라졌는데

3일 후 아이들 두 명이 포레스트 파크 골프장을 걸어가다가 시체를 발견했어. 성폭행을 당했고 여러 번 칼에 찔렸다더군. 104 경찰서가 그 사건을 맡았다가 다시 그 사건을 112 경찰서로 넘겼지. 바로 그 구역에서 납치가 일어났거든."

"무슨 단서라도 잡은 거야?"

그는 머리를 흔들었다.

"나랑 통화한 사람이 그 사건을 잘 기억하고 있더군. 그 사건 때문에 근처에 살던 사람들이 서너 주 정도 꽤 충격을 받았다던데. 요조숙녀가 거리를 걷고 있는데 광대 두 놈이 그녀를 잡아갔다니, 날벼락이 따로 없잖아. 내가 무슨 말 하는지 알겠지? 멀쩡한 대낮에 길 가던 여자에게 이런 일이 일어난다면 이제는 누구도 안전하지 않다는 이야기니까. 그런 일이 계속 일어날까 봐 모두 두려워했다던데. 차를 타고 다니면서 윤간을 한다든가, 연쇄 살인이라든가 뭐 그런 걸 떠올린 거야. LA에서 일어난 일로 미니시리즈도 만들었잖아?"

"난 모르겠는데."

"이탈리아 남자 두 명이 있었는데 사촌 간이었을 거야, 아마. 이놈들이 창녀를 죽여서 언덕에 유기하곤 했어. 그래서 '언덕의 교살자'란 칭호가 붙었지. 사실은 교살자들이라고 해야 맞는데. 언론에서 범인이 한 명 더 있다는 걸 알아내기 전에 별명을 붙여서 그래."

"우드헤븐의 그 여자 이야기를 해 봐."

내가 말했다.

"그래. 사람들은 그 여자가 연쇄 살인의 첫 희생자라고 생각하고 두려워했어. 하지만 그 뒤로 별일 없이 잠잠해서 모두 안도의 한숨을 내쉬었지. 경찰에서 사건 조사를 하고 있지만 단서가 하나도 없어. 지금도 수사가 진행 중이지만 사건을 해결하는 유일한 길은 그 범인들이 또 그 짓을 하다 잡히는 수밖에 없다고 생각하고 있지. 그 사건에 대해 아는 게 있냐고 나한테 묻던데. 단서가 있나?"

"아니, 그 여자의 남편은 직업이 뭐지? 혹시 알고 있나?"

"독신인 걸로 알고 있는데. 아마 교사였을 거야. 왜?"

"혼자 살고 있었나?"

"그게 뭐 중요해?"

"그 파일을 좀 봤으면 좋겠는데, 조."

"그랬으면 좋겠다고, 어? 112 경찰서로 가서 좀 보여 달라고 그쪽 사람들에게 부탁하지 그래."

"그렇게는 안 될 것 같은데."

"안 될 것 같다고? 이 도시에서 사립 탐정 부탁을 들어줄 경찰이 하나도 없다는 말이야? 이런, 놀랄 일이군."

"자네가 도와주면 정말 고맙겠어."

"전화 한두 통 걸어주는 건 별거 아니지. 규정에 어긋나는 일도 아니고 퀸즈에 근무하는 그 경찰에게 피해가 가는 것도 아니고. 하지만 지금 자네는 기밀문서를 보여 달라고 하고 있어. 그 파일은 절대 사무실 바깥으로 나가선 안 되는 거야."

"사무실 바깥으로 나갈 필요도 없지. 그 친구가 한 5분 정도 시간 내서 팩스로 보내주면 되잖아."

"파일 전체를? 그건 정식 사건 기록이야. 그 파일은 최소한 스무 장 내지 서른 장이 될 거야."
"그 정도 팩스 비용은 경찰에서도 부담 없잖아."
"그건 모르지. 시 재정이 망해간다고 시장이 항상 잔소리하는데. 어쨌든 왜 그리 관심을 가지는 거지?"
"말할 수 없어."
"빌어먹을, 매튜. 대화가 완전히 일방통행이잖아?"
"기밀 사항이라서."
"웃기지 마. 그건 기밀 사항이고 경찰 파일은 오픈 북이다, 이건가?"
그는 담배에 불을 붙여서 빨다가 기침을 했다.
"이 사건에 자네 친구가 관련된 건 아니지, 그렇지?"
"무슨 소리인지 이해가 안 돼."
"자네 친구 밸류. 이 사건과 관련이 있어?"
"물론 없지."
"확실해?"
"그 친구는 지금 외국에 있어. 간 지 한 달 정도 됐고 언제 올지도 몰라. 그리고 그 친구는 여자를 강간해서 골프장 페어웨이에 버리는 취미 같은 건 없어."
"나도 알아, 그 친구가 신사라는 건. 매너가 확실한 친구지. 하지만 경찰에서 리코 사건으로 그 친굴 잡아넣으려고 수사하고 있어, 이미 알고 있겠지만."
"그런 소리를 듣긴 했지."
"제발 잘 처리해서 그 친구가 연방 교도소에서 한 20년 썩었으면 좋겠군. 물론 자네 생각은 다르겠지만 말이야."

"그는 내 친구야."

"아, 나도 그렇게 들었어."

"어쨌든 그 친구는 이 사건과 관련이 없어."

그는 묵묵히 나를 쳐다봤다.

"의뢰인이 하나 있는데 부인이 사라졌어. 범행 수법이 우드헤븐 사건과 비슷해."

"납치된 거야?"

"그렇게 보여."

"남편이 신고는 한 거야?"

"아니."

"왜 안했어?"

"어쩔 수 없는 이유가 있어."

"그걸론 부족해, 매튜."

"불법 이민자 같아."

"뉴욕 인구의 절반이 불법 이민자야. 자네는 우리가 납치 사건을 맡으면 제일 먼저 하는 일이 피해자를 이민국에 넘기는 거라고 보는 거야? 그리고 이 남편이란 작자는 뭐야, 이민 올 능력은 없으면서 사립 탐정을 고용할 돈은 있어? 뭐가 구린 작자 같은데."

"좋을 대로 생각해."

"좋을 대로라?"

그는 담배를 끄고 나에게 얼굴을 찡그려 보였다.

"그 여자 죽은 거지?"

"그런 거 같아. 만약 같은 놈들이……"

"아, 하지만 왜 같은 놈들이어야 하지? 뭐가 같다는 거야, 납치 방법이 같아?"

내가 아무 말도 하지 않자 그는 계산서를 들어서 잠깐 본 후 내게 건넸다.

"받아. 자네가 내는 거야. 전화번호 그대로지? 오늘 오후에 전화 걸게."

"고마워, 조."

"아냐, 아직 고마워하지 마. 이 일로 나에게 후환이 올지 말지 체크해 볼 테니까. 그렇지 않다면 전화를 하지. 안 하면 그냥 잊어버려."

나는 파이어사이드에 있는 정오 모임에 나간 후 내 방으로 돌아왔다. 더킨에게서 온 연락은 없었지만 티제이에게서 전화가 왔다는 메모가 있었다. 매번 그런 식이다. 번호도 남기지 않고 메시지도 없다. 나는 쪽지를 구겨서 던져버렸다.

티제이는 1년 반 전에 타임 스퀘어에서 만난 흑인 아이다. 티제이는 거리에서 부르는 별명이지만 나에게는 다른 이름을 말해 주지 않았다. 그는 쾌활하고 기운차고 조금 건방진 아이로 42번가라는 악취 나는 늪에서 부는 신선한 바람 같은 존재였다. 우리는 죽이 잘 맞았다. 나는 맡고 있는 사건에서 타임 스퀘어에 관련된 작은 일거리를 하나 그에게 주었고 그 이후 그는 불규칙적으로 나에게 연락을 하곤 했다. 2주 간격으로 그는 나에게 한 번씩 때로는 여러 번 전화를 걸곤 했다. 전화번호를 남긴 적이 한 번도 없어서 내 쪽에서 그와 연락할 방법은 없었다. 그의 메시지는 그가 날 생각하고 있다는 것을 알리기 위한 한 방법일 뿐이었다. 그가 정말로 나랑 연락하고 싶을 때면 내가 받을 때까지 계속해서 전화를 하곤 했다.

그렇게 해서 연락이 되면 우린 그의 동전이 떨어질 때까지 통화를 했다. 가끔 그나 나의 집 근처에서 만나 밥을 사 주기도 했다. 내가 맡은 사건과 관련해서 두 번 작은 일거리를 준 적이 있었는데, 내가 주는 푼돈보다 사건이 주는 스릴을 맘에 들어 하는 것 같았다.

나는 방으로 가서 일레인에게 전화를 걸었다.

"대니 보이가 안부 전하더군. 그리고 조 더킨이 그러는데 내가 당신 덕을 본다는데."

"물론 그야 그렇지. 하지만 그 사람이 그걸 어떻게 알지?"

그녀가 말했다.

"우리가 만나기 시작한 후로 내 패션이 발전했대."

"그 새로 산 정장이 잘 어울린다고 내가 말했잖아."

"그거 말고 다른 옷 입고 있었어."

"그랬어?"

"그 놈의 재킷은 매일 입고 다녔는데."

"하지만 아직도 괜찮아 보여. 회색 바지와 같이 입었어? 셔츠랑 타이는 뭘 했는데?"

대답해 주자 그녀가 말했다.

"그래, 잘 어울리게 입었네."

"하지만 그저 평상복이었어. 어젯밤엔 주트 정장을 입은 사람도 봤지."

"정말?"

"대니 보이 평에 의하면 낙낙한 품에 다림질을 심하게 한 옷이라지."

"대니 보이가 그 정장을 입은 건 아니지?"

"아냐, 대니 보이가 아는 사람이 입은 건데 이름이……. 음, 이름이 뭔지 중요하진 않으니까. 거기다 충격적인 건 핑크색 리본을 두른 밀짚모자를 쓰고 있더군. 만약 내가 그런 걸 쓰고 더킨 사무실에 간다면……."

"감동 받았겠지. 아마 자기 분위기가 달라졌나 봐. 더킨이 그걸 느낀 걸 거야. 요즘은 더 당당해졌어."

"내가 좀 카리스마가 있잖아."

"그럴지도 몰라."

우리는 조금 더 수다를 떨었다. 그녀는 그날 밤 수업이 있었고 그 후에 만날까 의논하다 그러지 않기로 했다.

"내일이 더 좋아."

그녀가 말했다.

"영화는 어때? 주말엔 사람들이 몰리니까 좀 그렇긴 하지만 영화 보러 갈까? 이럼 어때, 오후에 영화를 보고 나서 저녁을 먹는 건? 당신이 일하지 않으면."

나는 그게 좋겠다고 말했다.

전화를 끊자 데스크에 있는 남자가 내가 통화하는 동안 전화가 왔다고 알려줬다. 노스웨스턴 호텔에서 사는 동안 전화 시스템이 몇 번 바뀌었다. 원래 모든 전화는 교환기를 통해서 오고 갔다. 그러다 호텔에서 시스템을 변경해서 데스크를 거치지 않고 곧바로 외부로 전화할 수 있도록 했다. 하지만 아직도 내부로 걸려오는 전화는 교환을 거치게 되어 있었다. 호텔 쪽을 거치지 않고 직접 전화를 걸거나 받을 수 있게 된 후에도 벨이 네 번 울릴 때까지 받지 않으면 그 전화는 자동적으로 호텔로 연결되었다. 전화국에 전화세를 내면서 공짜로 호텔에서 전화 응답 서비스를 받는 셈이다.

그 전화는 더킨이 건 것이었다. 나는 바로 그에게 전화했다.

"여기에 뭔가 두고 갔는데. 자네가 가져갈 텐가, 아니면 내버려도 돼?"

그가 말했다.

나는 곧장 가겠다고 말했다.

경찰서에 들렀을 때 그는 통화 중이었다. 의자에 비스듬하게 앉아서 담배를 피우면서 통화를 하고 있었는데 또 다른 담배 한 개비는 재떨이에서 타들어 가고 있었다. 그 옆 자리에는 벨라미라는 형사가 앉아서 안경테 너머로 컴퓨터 화면을 보고 있었다.

조는 수화기를 손으로 가리고 말했다.

"저기 자네 봉투가 있어, 자네 이름이 쓰여 있지. 아까 갈 때 잊어버리고 간 것 같군."

내 대답도 듣지 않고 그는 다시 통화를 계속했다. 나는 그의 어깨 너머로 손을 뻗어서 내 이름이 써진 9×12 크기의 봉해진 마닐라 봉투를 집어 들었다. 내 뒤에서 벨라미는 컴퓨터를 보며 중얼거리고 있었다.

"이런, 이건 정말 말이 안 된다고."

나는 반박하지 않았다.

6










　방에 돌아와 둘둘 말린 한 뭉치의 팩스 사본을 침대에 펼쳐 놨다. 파일 전체를 팩스로 보낸 것 같았는데 모두 36장이었다. 그 중 몇 페이지에는 몇 줄밖에 적혀 있지 않았지만 다른 종이들은 모두 빽빽하게 채워져 있었다.
　팩스를 훑어보면서 내가 아직 경찰인 시절이었다면 내 제안이 어떻게 달라졌을까 하는 생각이 퍼뜩 들었다. 당시에는 경찰서에 팩스는 고사하고 복사기도 없었다. 마리 갓스카인드의 파일을 볼 수 있는 유일한 방법은 내가 퀸즈까지 어슬렁어슬렁 가서 초조해하는 경찰이 빨리 보라고 재촉하는 소리를 들으면서 그 자리에서 파일을 보는 수밖에 없었다.
　요즘은 모든 서류를 팩스에 넣기만 하면 마법처럼 5마일 혹은 10마일 떨어진 곳 혹은 지구 반대편에라도 그 서류를 받아볼 수 있다. 원본 파일은 원래 보관된 장소를 떠나지 않고, 허가 받지 않은 사람이 몰래 들어와 살짝 훔쳐볼 수도 없고, 그래서 보안이 뚫릴까봐 전전긍긍해 하는 사람도 없다. 그리고 나는 나대로 실컷 갓스카인드의 파일을 볼 수 있다.

그것만으로도 다행스런 일이었는데, 사실 내가 무엇을 찾고 있는지 나도 잘 몰랐기 때문이다. 내가 경찰 대학을 졸업한 이후 변하지 않은 유일한 한 가지는 경찰 일을 하면서 수반되는 엄청난 양의 서류 작업이다. 어떤 종류의 경찰이건 간에 실제 본업을 하는 것보다 수행한 업무에 대한 기록을 작성하는 데 항상 더 많은 시간을 보내게 된다. 그 중 일부는 일상적으로 작성해야 하는 관료적인 헛소리이고 일부는 자리 보전을 위한 호신책의 일부지만 대부분은 불가피하게 해야 할 일이다. 경찰 일이란 집단적인 노력의 결과물로서 다양한 사람들이 아주 사소한 조사에까지 기여하며 그 모든 일을 기록해 두지 않으면 아무도 사건의 전체적인 그림을 그릴 수 없다.

나는 파일을 한 번 다 읽은 후에 다시 검토하기 위해 몇 페이지를 꺼냈다. 서류 초반부터 분명해 보였던 것은 갓스카인드와 프랜신 코리의 납치 수법이 놀랄 정도로 흡사하다는 것이었다. 나는 다음과 같은 유사점들을 정리했다.

1. 두 여자 모두 번화가에서 납치됐다.
2. 두 여자 모두 근처에 차를 주차하고 걸어서 쇼핑하고 있었다.
3. 둘 다 두 명의 남자에게 납치당했다.
4. 두 경우 모두 남자들은 체격과 키가 비슷하고 비슷한 복장을 하고 있었던 것으로 보고됐다. 갓스카인드의 납치범들은 카키색

바지와 파란색 스포츠 재킷을 입고 있었다.

5. 두 여자 모두 트럭에 실려서 납치됐다. 우드헤븐 사건에 사용된 트럭은 옅은 파란색 밴이었던 것으로 목격자들이 전했다. 그 중 한 명은 구체적으로 그 트럭이 포드라고 했으며 번호판의 번호 몇 개를 기억해냈지만 단서가 되지 못했다.

6. 목격자들에 따르면 트럭의 차체에 가전제품 회사의 이니셜이 있었다고 한다. 목격자들이 기억하는 이니셜은 다양했는데 PJ 가전, B&J 가전, 그리고 다양한 이니셜들을 조합한 이름이 나왔다. 그 이니셜 밑에는 '판매와 서비스'라는 문안이 있었다. 주소는 없었지만 한 목격자에 따르면 전화번호가 있었다고 하는데 번호를 기억하는 사람은 아무도 없었다. 철저하게 수사했지만 그 지역에서 가전제품을 팔고 서비스하는 수많은 회사들과의 연관성을 찾을 수 없었다. 결론적으로 그 회사의 이름은 번호판과 마찬가지로 위조된 것으로 보인다.

7. 마리 갓스카인드는 28살이었고 뉴욕 시립 초등학교에서 대리교사로 근무하고 있었다. 납치된 당일을 포함한 3일 동안 그녀는 리지우드에서 4학년을 맡고 있었다. 그녀는 프랜신 코리와 비슷한 키에 체중도 별로 차이 나지 않았지만 금발 머리에 하얀 피부의 여성인 반면 프랜신은 갈색 머리에 올리브색 피부를 가지고 있었다. 파일에는 포레스트 파크 현장에서 찍힌 사진을 빼고는 사진이 없지만 지인들의 증언에 따르면 그녀는 매력적인 용모의 여성이었다고 한다.

둘 사이에 차이점이 있었다. 마리 갓스카인드는 미혼이었다. 그녀는 대리교사 근무를 하면서 만난 남자 교사와 데이트를 몇 번 하기는 했지만 심각한 관계로 발전하지 않았으며, 그녀가 사망할 당시 그 남자 교사의 알리바이는 완벽했다.

마리는 집에서 부모님과 함께 살고 있었다. 아버지는 증기 파이프 수리공으로 일하다가 직업 관련 상해로 인해 장애 연금을 받으면서 집에서 소규모의 우편 주문 사업을 하고 있었다. 어머니는 남편의 일을 도우면서 근처에 있는 회사 몇 군데에서 장부를 정리해주고 있었다. 마리나 그녀의 부모 모두 마약과 관련이 있다는 증거는 찾을 수 없었다. 마찬가지로 그들은 아랍 인도 아니었고 페니키아 인도 아니었다.

검시 내용은 상세하게 정리되어 있었고 보고 내용도 많았다. 직접적인 사망 원인은 가슴과 복부에 난 다수의 자상으로 그중 몇 군데는 아주 치명적이었다. 반복적으로 성폭행을 당한 증거가 있었고 항문, 질, 입 그리고 칼에 찔린 상처에서 정액이 검출됐다. 검시에 따르면 범인들은 최소한 두 종류의 칼을 사용한 것으로 보이는데 둘 다 부엌칼일 가능성이 높고 칼 하나는 다른 칼보다 더 길고 칼날이 넓적했다. 정액을 검사한 결과 최소한 두 명 이상의 가해자가 있었던 것으로 보인다.

칼에 찔린 상처 외에도 시신 여기저기 멍이 든 것으로 보아 피해자는 심하게 폭행을 당했다. 마지막으로, (처음 읽었을 때는 놓쳤던 부분인데) 피해자의 왼쪽 엄지손가락과 집게손가락이 절단됐다는 내용이 보고서에 적혀있었다. 집게손가락은 그녀의 질에서, 엄지손가락은 직장에서 나왔다.

끝내주는군.

파일을 읽고 있노라니 정신이 멍해지고 무감각해졌다. 어쩌면 그 때문에 처음 읽었을 때 엄지손가락과 집게손가락에 대한 부분을 놓친 것 같았다. 보고서에 나온 그녀의 부상과 그녀가 사망할 당시를 추정한 내용은 인간의 마음이 받아들일 수 있는 한계 이상으로 잔혹한 것이었다. 파일에 있는 인적 사항과 부모와 동료들과의 인터뷰는 살아 있는 마리 갓스카인드를 묘사하고 있었는데 검시 보고서는 그 살아 있는 사람을 목숨을 잃고 끔찍하게 학대받은 고깃덩어리로 바꿔버렸다.

방금 막 읽은 내용 때문에 얼빠진 채로 망연자실해 있는데 전화벨이 울렸다. 전화를 받자 친숙한 목소리가 들렸다.

"어디 좋은 곳에 갔다 왔나 봐요, 아저씨?"

"안녕, 티제이."

"잘 지냈죠? 아저씨랑 연락하기 더럽게 힘드네. 하루 종일 돌아다니면서 일하나 봐요."

"네 메시지는 받았는데 전화번호를 안 남겼더구나."

"남길 번호가 있어야죠. 내가 만약 마약상이라면 삐삐가 있겠지만. 그러면 좋겠어요?"

"네가 마약상이라면 핸드폰이 있겠지."

"아저씨 센스도 나날이 발전하네. 그럼 난 전화가 달린 미끈한 긴 차를 타고 복잡한 생각을 하면서 복잡한 일들을 해치울 텐데. 아저씨, 다시 말하지만, 정말 통화하기 힘들었어요."

"전화를 여러 번 했니, 티제이? 메시지는 하나밖에 못 받았는데."

"그게 있죠, 동전을 좀 아껴볼라고 잔머리 좀 굴렸죠."

"그게 무슨 말이지?"

"아저씨 전화가 어떻게 작동하는지 알아냈어요. 전화벨이 서너 번 울리면 자동응답기가 받는 것과 비슷하던데요. 호텔 데스크에 있는 남자가 항상 아저씨 전화를 네 번 울리게 하고 나서 받더라고요. 아저씨는 단칸방에 사니까 아저씨가 화장실에 있거나 밖에 있지 않는 이상 전화벨이 세 번 울릴 때까지 안 받진 않을 거라고 생각했죠."

"그래서 세 번 벨이 울리면 그냥 끊는구나."

"그렇게 동전을 챙기는 거죠. 메시지를 남기고 싶으면 끊어선 안되지만 이미 메시지를 남겼는데 또 남길 필요 없잖아요? 아저씨가 돌아와서 메시지가 많이 온 걸 보면 생각하겠죠. '이 티제이란 놈은 주차 미터기를 턴 게 분명해, 동전이 많아서 주체를 못하잖아.'"

난 웃었다.

"그래서 일하는 중이에요?"

"그런 셈이지."

"큰 건?"

"꽤 크지."

"내가 뭐 할 일 없어요?"

"없는 것 같은데."

"아저씨도 참, 잘 좀 봐요! 내가 할 수 있는 일이 분명히 있을 거예요. 아저씨에게 전화하느라 써 댄 동전을 벌 일이 있을 거란 말이에요. 그런데 어떤 일이에요? 혹시 마피아를 상대로 하는 건 아니죠?"

"유감스럽게도 아니야."

"다행이네, 그 마피아 놈들 정말 무서운 놈들이에요. 「좋은 친구들」이란 영화 봤죠? 진짜 악질이에요. 아, 동전이 다 떨어져 가네."

녹음된 음성이 나와서 1분 간 더 통화하려면 5센트를 넣으라고 요구했다. 내가 말했다.

"내가 걸 테니 번호를 말해 봐."

"안 돼요."

"네가 지금 전화하는 거기 번호 말이야."

"안 돼요."

그가 다시 말했다.

"여기 번호가 없어요. 전화국에서 모든 공중전화의 번호를 떼버려서 다시 전화를 걸 수가 없어요. 괜찮아요, 동전이 남았어요."

그가 동전을 넣자 돈 떨어지는 소리가 났다.

"마약상들은 번호가 붙어 있건 없건 번호를 알고 있는 공중전화가 있어요. 그러니 그놈들은 여전히 잘 나가는데 나 아저씨 같은 치들만 골탕 먹는 거죠."

"대단한 시스템이군."

"쿨하죠. 어쨌든 우린 계속 통화하고 있잖아요? 아무도 우릴 막을 수 없어요. 약간의 수완만 있으면 돼요."

"동전을 더 넣는 거 말야?"

"맞았어요, 아저씨. 난 팔방미인이잖아요. 그런 걸 보고 수완이 좋다고 하는 거죠."

"내일은 어디에 있을 거니, 티제이?"

"내가 어디 있을까나? 아, 나도 모르죠. 콩코드를 타고 파리로 날아가고 있을 지도 몰라요. 아직 결정은 못했는데."

갑자기 내 비행기 티켓을 티제이가 가지고 아일랜드로 갈 수도 있겠다는 생각이 떠올랐지만 그가 여권을 가지고 있을 것 같지 않았다. 아일랜드도 티제이를 받아들일 준비가 되어 있지 않을 테고, 티제이도 아일랜드에 갈 준비는 되어 있지 않을 것이다.

"내일 내가 어디 있을까?"

그는 천천히 말했다.

"그래봤자 빌어먹을 듀스에 있겠죠, 아저씨. 내가 어딜 가겠어요?"

"만나서 밥이나 먹을까 해서 말이야."

"몇 시에요?"

"글쎄, 잘 모르겠네. 12시 아니면 12시 30분쯤?"

"확실히 말해 줘요."

"12시 30분."

"낮 12시 아니면 밤 12시?"

"낮이지. 점심을 먹자."

"점심은 낮에도 먹을 수 있고 밤에도 먹을 수 있어요. 내가 호텔 근처로 갈까요?"

"아니. 그렇게 하면 취소할 일이 있을 때 너에게 연락할 방법이 없잖아. 그냥 바람맞힐 순 없으니까, 듀스에 있는 장소를 하나 골라서 내가 안 나오면 다음 번에 점심을 먹는 걸로 하자."

"좋아요. 그 전자 오락실 알아요? 업타운 쪽인데 8번 애비뉴에서 가게 두세 개 지나쳐서 있는 곳 말이에요. 거기에 창문에 칼을 진열해 놓은 가게가 있어요. 어떻게 그런 물건을 진열하고도 괜찮은지 이해가 안 가지만."

"그건 조립식 장난감이잖아."

"아, 아이큐 테스트로 그걸 쓰는 거예요. 제대로 맞출 수 없으면 초등학교로 돌아가서 1학년부터 다시 다니는 거죠. 무슨 가게인지 알죠?"

"알아."

"바로 그 옆에 지하철 입구가 있는데 계단을 내려가기 전에 오락실로 가는 입구가 있어요. 어딘지 아시는 거죠?"

"찾을 수 있을 거란 감이 온다."

"그럼 12시 30분?"

"그래, 데이트다, 티제이 양."

"좋아요."

그가 말했다.

"아저씨 그거 알아요? 아저씨 센스가 업그레이드되고 있어요."

티제이와 통화를 끝내자 기분이 한결 나아졌다. 항상 기분 좋아지게 만드는 아이였다. 나는 우리의 점심 데이트를 적어 놓고 다시 갓스카인드 서류를 집어 들었다.

범인들은 같은 놈들이었다. 그렇게밖에 볼 수 없었다. 범행 수법은 우연이라고 하기에는 너무 비슷했고 엄지와 집게손가락을 잘라내서 신체에 삽입한 행위는 나중에 프랜신 코리에게 저지를 악행을 위한 예행연습이었던 것처럼 보였다.

하지만 그 일을 벌이고 나서 그놈들은 겨울잠이라도 잤던 걸까? 일 년 동안 잠수를 탔단 말인가? 그럴 가능성은 별로 없어 보였다. 성범죄, 이를테면 연쇄 강간이라든가 욕정에 의한 살인 같은 범죄는 사람을 자아라는 감옥에서 순간적으로 풀어놓는 강력한 마약 같은 중독성이 있다. 마리 갓스카인드의 살인자들은 완벽하게 계획한 납치를 성공적으로 끝내고 수법을 조금 바꾼 후 일 년 후에 이번에는 상당한 금전적 동기도 포함되어 있는 범죄를 다시 저질렀다. 왜 이렇게 오래 기다린 걸까? 그동안 놈들은 뭘 하고 있었을까?

갓스카인드의 사건과 아무도 연관시키지 못한 또 다른 납치 사건이 있었던 건 아닐까? 가능성 있는 이야기였다. 뉴욕에 있는 다섯 개 독립 구에서의 살인률은 하루에만 일곱 건이 넘고 그 중 대부분이 언론에 보도조차 되지 않는다. 그러나 누군가 목격자가 많은 길거리에서 여자를 납치하면 신문에 기사가 난다. 만약 이와 비슷한 사건에 대한 조사가 진행 중이라면 그 사건은 이 두 사건과 관련이 있을 가능성이 매우 높다. 비록 프랜신 코리는 많은 사람들이 보는 가운데 대로변에서 납치됐지만 신문에 나지도 않고 관할 경찰서도 모르고 있지만.

아마 그놈들은 정말로 일 년 동안 숨어 지냈는지도 모른다. 둘 중 하나 혹은 두 놈 모두가 몇 달 혹은 일 년 내내 감옥에 있었는지도 모른다. 강간과 살해를 즐기는 놈들이 부도 수표 발행 같은 마찬가지로 더러운 범죄를 저질렀다가 잡혀 들어갔는지도 모를 일이다. 아니면 계속 활동했지만 사람들의 관심을 교묘히 피해갔는지도 모른다.

어떤 식으로든 이전에는 막연히 추측만 하던 사실을 이제 확인했다. 이자들은 초범이 아니었다. 굳이 돈이 아니더라도 쾌락을 쫓아 범죄를 저질렀다. 범인들을 찾을 수 있는 가능성이 커졌지만 그만큼 위험도 늘었다. 그들은 다시 범죄를 저지를 테니까.

# 7

 금요일, 오전 내내 도서관에 있다가 티제이를 만나기 위해 오락실이 있는 42번가로 걸어갔다. 우리는 머리를 묶고 숱이 적은 금발 콧수염을 기른 남자 아이가 「프리즈!!!」라는 게임의 점수를 올리는 것을 함께 지켜봤다. 게임 조건은 여느 게임과 다를 바 없었다. 우주에 있는 사악한 세력이 어느 순간 갑자기 덤벼들어 나를 박살내려고 작정했다는 그런 식이다. 기민하게 대응하면 한동안 살아남을 수 있지만 조만간 악당 중 하나가 나를 죽일 것이다. 그 점에 있어서는 반박할 여지가 없었다.
 우리는 그 소년이 마침내 게임을 끝냈을 때 거기를 나왔다. 게임을 하던 소년의 이름은 삭스인데 이유는 매번 양말을 짝짝이로 신기 때문이라고 거리에 나와서 티제이가 말해 줬다. 양말은 사실 눈에 띄지도 않았다. 삭스는 듀스에 있는 아이들 중 그 게임을 최고로 잘해서, 동전 하나 넣고 몇 시간씩 게임을 할 수 있다고 한다. 삭스만큼 잘 하거나 더 나은 플레이어들도 있지만 요즘엔 잘 오지 않는다고도 했다. 순간 연쇄 살인의 참신한 동기가 떠올랐다. 비디오 게임 고수들 때문에 손해 본 아케이드 주인이 이들을 죽인다. 물론 현실은 달랐다. 티제이의 설명에 의하면, 일단 어느 정도 실력이 쌓이게 되면 더 이상 늘질 않고, 그러다 결국 흥미를 잃고 발길을 끊게 된다는 것이다.

9번 애비뉴에 있는 멕시코 레스토랑에서 점심을 먹으면서 티제이는 내가 조사하고 있는 사건에 대해 알아내려고 애를 썼다. 자세하게 설명하진 않았지만 결국엔 처음에 의도했던 것보다 더 많이 털어놓게 됐다.

"지금 아저씨가 해야 할 일은 날 고용하는 거예요."

"네가 뭘 할 수 있는데?"

"뭐든 다! 아저씨가 직접 시내를 헤집고 다니면서 이것저것 다 쑤셔 볼 필요는 없잖아요. 궁금한 게 있으면 나를 시켜요. 내게 그럴 능력이 없다고 생각해요? 나는 여기 듀스에서 매일 같이 나와서 뭔가를 찾고 있어요. 그게 내 일이니까."


"그래서 일을 하나 줬지."

나는 일레인에게 말했다. 우리는 3번 애비뉴에 있는 바로넷에서 만나 4시 영화를 보고 나서 일레인 덕분에 알게 된 영국식 차와 스콘, 크림을 파는 카페에 갔다.

"티제이가 말한 게 하나 있는데 듣고 보니 그것도 조사해야겠더군. 티제이 덕분에 생각난 일이니까 그 아이에게 맡기는 게 옳을 것 같았어."

"그게 뭔데?"

"공중전화. 캐넌과 피터가 몸값을 가져왔을 때 공중전화로 가라는 지시를 받았거든. 거기서 전화를 받으니까 또 다른 공중전화로 가게 했어. 도착하니까 돈을 놔두고 산책을 다녀오라는 말을 했다지."

"기억나."

"어제 티제이와 동전이 다 될 때까지 통화를 했는데, 내가 그 아이에게 전화를 걸고 싶어도 그럴 수가 없었어. 그 공중전화에 번호가 안 붙어 있었거든. 오늘 아침에 도서관까지 걸어가면서 봤더니 공중전화기가 대부분 다 그런 상태더군."

"그럼 공중전화에 붙어 있는 조그만 번호 표지판이 없어졌단 말이야? 사람들이 별걸 다 훔친다는 건 알고 있었지만 듣던 중 가장 어이없는 말이네."

"전화국에서 없앤 거야. 마약거래를 근절하기 위해서지. 당신도 알겠지만, 공중전화에서 서로 삐삐를 쳐서 거래를 하니까. 이제 그런 식으로는 연락할 수 없어."

내가 말했다.

"그렇게 해서 마약상들이 망하기라도 하면 몰라도."

그녀가 말했다.

"전시용 행정이지 뭐. 어쨌든 그것 때문에 브루클린에 있는 공중전화가 생각났는데 거기에도 번호판이 붙어 있는지 궁금했어."

"그게 뭐 중요한가?"

"나도 몰라. 별로 중요할 것 같진 않아. 그래서 내가 직접 브루클린을 돌아다니면서 조사하진 않은 거지. 하지만 해 본다고 해서 나쁠 것도 없고 해서 티제이에게 몇 달러 주고 브루클린에 보낸 거야."

"그 아이가 브루클린 지리는 잘 알아?"

"돌아올 때쯤이면 훤하겠지. 첫 번째 공중전화는 플랫부시 지하철 노선 종점에서 몇 블록 떨어진 곳에 있어서 찾기 쉽지만, 베테랑 애비뉴는 어떻게 찾아가는지 모르겠어. 아마 플랫부시에서 버스를 타고 나와서 한참 걸어야 할 거야."

"그쪽은 동네가 어때?"

"코리 형제랑 차로 지나갈 때는 괜찮아보였어. 그렇게 꼼꼼히 본 건 아니지만, 중산층 백인들이 사는 평범한 동네 같던데. 왜?"

"그럼 벤슨허스트나 하워드 비치 같은 곳? 티제이가 그 동네에서 지나치게 눈에 띄지 않을까?"

"그건 생각 못했는데."

"브루클린에서도 어떤 지역에서는 흑인 남자 아이가 거리를 걸어 다니면 사람들이 묘하게 반응하거든. 그 아이가 목이 긴 운동화를 신고 레이더스 재킷을 입은 모범생 타입이라고 해도. 티제이 헤어스타일이 좀 독특하잖아."

"목 뒤쪽까지 기하학적으로 자른 스타일이야."

"그럴 것 같았어. 살아서 돌아오길 빌어야지."

"그 아인 괜찮을 거야."

그날 저녁에 그녀가 말했다.

"매튜, 자기 그냥 그 아이에게 작은 일거리 하나를 준 거지? 티제이 말이야."

"아냐, 사실 내가 해야 할 일을 대신 해 주는 거야. 조만간 내가 직접 가서 조사해 보려고 했어, 아니면 코리 형제,차를 타고 같이 가든가."

"왜? 예전처럼 경찰인 척하고 전화 교환원을 구워삶아서 알아낼 수 없어? 아니면 전화번호부에서 찾아보든가?"

"전화번호부에서 찾아보려면 그 번호를 알고 있어야 해. 전화번호부는 공중전화를 번호순으로 올려놨어. 그래서 그 번호를 찾으면 위치를 알 수 있는 거지."

"아."

"하지만 전화기 위치별로 번호를 정리한 책도 있어, 맞아. 그리고 교환원에게 경찰을 사칭해서 번호를 알아낼 수도 있지."

"그럼 그냥 티제이에게 잘해주려고 그런 거잖아."

"잘해준다고? 당신 말에 따르면 죽을 지도 모르는 곳에 보냈는데. 아냐, 단순한 호의는 아니야. 책을 찾아보거나 교환원을 쑤셔보면 그 공중전화의 번호를 알아낼 수 있겠지만 그 전화의 번호판이 전화에 붙어 있는지는 알 수가 없어. 바로 그게 내가 알고 싶은 거야."

"아."

그녀가 대답했다. 몇 분 지나서 그녀가 물었다.

"왜?"

"뭐가 왜야?"

"왜 그 번호판이 공중전화에 붙어 있는지 궁금한데? 그게 무슨 차이가 있어?"

"그게 무슨 차이가 있는지 나도 모르겠어. 하지만 납치범들은 그 공중전화의 번호를 알고 걸었어. 만약 캐넌이 받았던 공중전화에 번호판이 붙어 있다면, 그렇다면 별로 특이할 게 없지. 하지만 그렇지 않다면 그자들은 어떤 식으로든 그 공중전화의 번호를 알아낸 거야."

"교환원을 속였거나 책에서 찾아봤거나."

"그건 즉 놈들이 교환원에게 술수 부리는 법을 알거나 아니면 공중전화 리스트를 찾을 수 있는 곳을 안다는 얘기지. 게 무슨 뜻인지는 잘 모르겠어. 아마 중요하지 않을 수도 있어. 전화에 대해 알아낼 수 있는 유일한 정보가 그것이라서 그래서 알고 싶은 건지도 몰라."

"무슨 말이야?"

"한동안 이것 때문에 골치가 아팠어."

내가 말했다.

"티제이를 보낸 것 때문은 아냐. 그건 티제이가 있건 없건 쉽게 알아낼 수 있으니까. 하지만 어젯밤에 늦게까지 안 자고 생각해보니 납치범들과의 유일한 연락책은 전화밖에 없었어. 그것이 유일한 흔적이야. 납치 자체는 아주 깔끔하게 처리했지. 프랜신 코리 때는 목격자 몇 명이 그자들을 봤고 심지어 그 교사 때는 더 많은 사람들이 그녀가 자메이카 애비뉴에서 납치되는 걸 봤어. 그럼에도 놈들은 자신들을 낚을 수 있는 어떤 단서도 남기지 않았어. 하지만 전화는 몇 통 했단 말이야. 그자들은 베이 리지에 있는 코리 집에 네 통인가 다섯 통인가 전화를 했지."

"그자들을 추적할 방법은 없질않아? 전화가 끊기면?"

"음, 방법이 있을 것도 같아. 어제 한 시간 넘게 전화 회사 직원들과 통화를 했어. 전화 시스템에 대해 많이 배웠지. 우리가 거는 전화는 모두 기록되고 있어."

"시내 전화도?"

"그렇지. 그래서 고지서 보낼 때 몇 통 걸었는지 계산이 돼. 이건 전체 사용량만 체크하는 가스계량기와는 달라. 모든 통화가 기록돼서 계좌로 요금이 부과돼."

"그 데이터를 얼마동안 보관하는데?"

"60일."

"그럼 리스트를 구할 수도 있겠네."

"특정 번호로 건 전화는 알 수 있지. 그런 식으로 데이터가 집계되니까. 내가 캐넌 코리라고 가정해 봐. 내가 전화 회사에 전화해서, 특정한 날 내 전화기로 건 통화에 대해 알고 싶다고 하면 거기에서 날짜와 시간과 내가 건 모든 전화의 사용 시간이 적힌 데이터를 출력해서 줄 수 있어."

"하지만 그건 자기가 원하는 게 아니잖아."

"그렇지, 아니지. 내가 원하는 건 코리의 집에 온 전화지. 하지만 그런 식으로는 기록을 하지 않아, 그럴 의미가 없다는 거지. 단 전화 회사에는 전화를 받기도 전에 어떤 번호에서 전화를 걸었는지 알 수 있는 기술이 있어. 전화에 작은 기계 장치를 설치해 두면 거기에 건 사람의 전화번호가 떠서 그 번호를 보고 받을까 말까 결정할 수 있지."

"아직 상용화 된 건 아니지, 그렇지?"

"그래. 아직 뉴욕에는 없어. 논란의 소지도 많아. 이걸 사용하게 되면 귀찮은 전화도 많이 줄어들고 전화로 변태 영업을 하는 사람들도 망하겠지만 경찰에서는 익명으로 정보를 제공하는 사람들이 전화를 하지 못할까 봐 염려하고 있어. 이걸 사용하면 익명성이 없어지잖아."

"만약 그걸 지금 사용할 수 있다면, 그리고 코리 씨가 그걸 자기 집에 가지고 있었더라면……."

"그렇다면 우리는 납치범들이 어떤 전화로 전화를 했는지 알 수 있지. 아마 공중전화를 썼을 거야, 매사를 프로답게 처리했지만 최소한 어느 전화기를 썼는지는 알아낼 수 있는 거지."

"그게 중요해?"

"나도 모르겠어. 뭐가 중요한지 모르니까. 게다가 이 아이디어도 쓸모가 없는게, 그 정보를 알아낼 수 없거든. 모든 통화기록이 컴퓨터 어딘가에 보관되어 있다면 전화를 건 번호 순으로 정리하는 방법도 있을 거라고 생각했지만 나와 통화한 직원들은 모두 그건 불가능하다는 거야. 그런 식으로 데이터가 저장되지 않기 때문에 데이터를 열람할 수 없다더군."

"난 컴퓨터에 대해서는 일자무식이라서."

"나도 그래, 머리가 지끈거렸어. 직원들과 이야기해 보려고 했지만 뭐라고 하는지 당최 못 알아듣겠더군."

"무슨 말인지 알아."

그녀가 대답했다.

"같이 축구 볼 때 나도 그런 기분이 들었으니까."

나는 그날 밤 일레인 집에서 머물렀고 아침에 그녀가 체육관에 간 사이에 통화를 많이 했다. 경찰관 여럿과 통화를 했고, 그 와중에 거짓말도 여러 번 했다.

나는 실제 발생한 범죄를 보도하는 잡지사에서 근무하며 납치 검거 기사를 쓰는 기자로 위장했다. 많은 경찰들이 할 말이 없다고 하거나 너무 바빠서 통화를 할 수 없다고 했다. 그래도 일부는 기꺼이 협조했지만 들려준 이야기들이 대부분 너무 오래되었거나 범인이 끝내주게 멍청했거나 숙련된 경찰 조사 덕분에 잡힌 범인들에 대한 것 뿐이었다. 내가 원했던 것은, 음…… 그게 문제였는데, 내가 원하는 게 뭔지 사실 스스로도 잘 몰랐다. 나는 낚시를 하고 있었다.

내가 원하는 건 살아 있는 물고기였다. 납치됐다가 살아서 풀려난 희생자를 찾고 싶었다. 그놈들이 단계적으로 수위를 높여서 살인을 저지르기 전에(여럿이서 했건 혼자서 했건) 연습 삼아 저지른 범죄에서 희생자가 산 채로 풀려난 경우가 있을 수도 있다고 보았다. 마찬가지로 희생자가 어떻게든 도망친 경우도 가능했다. 하지만 그런 여인이 실제로 존재한다고 가정하는 것과 그녀를 찾는 것 사이에는 엄청난 차이가 있었다.

프리랜서 범죄 전문 기자로 위장한 내 신분은 살아 있는 증인을 찾는데 있어 별로 효력을 발휘하지 못했다. 미국에는 법정에서 피고 측 변호사가 사람들 앞에서 피해자를 공개적으로 괴롭히기 전까지는 강간 피해자를 보호하는 시스템이 꽤 잘 갖춰져 있다. 아무도 전화 통화로 강간 피해자의 이름을 대 주지는 않는다.

그래서 이번에는 성범죄 담당 반에 대고 다른 거짓말을 늘어놓았다. 나는 다시 원래 직업인 사립 탐정 매튜 스커더로 돌아와서 납치와 강간을 소재로 한 주간 TV영화를 만들고 있는 영화 제작자의 의뢰를 받았다고 설명했다. 주연으로 선정된 여배우가 (현재로서는 사정상 그 여배우의 이름은 밝힐 수 없지만) 그 역할을 심도 있게 연구해 보고 싶어 하며, 특히 이런 시련을 직접 겪은 여성들과 일대일로 만나보고 싶어 한다. 그녀는 직접 강간을 당하는 것만 빼고 그 경험에 대해 속속들이 배우고 싶어 하며 여배우를 도와줄 여성은 기술적 고문으로서 보상을 받을 것이고 원한다면 엔딩 자막에 이름을 올려줄 수도 있다고 말했다.

물론 나는 피해자의 이름이나 전화번호를 원하는 것은 아니며 내가 직접 연락하고자 하는 의도도 없었다. 경찰서의 누군가, 예를 들면 피해자와 상담을 한 여성 직원이 괜찮은 후보자와 연락을 취할 것이라고 난 계산했다. 우리 영화의 시나리오에 나오는 여자는 두 명의 잔인한 강간범들에게 납치 되어 강제로 트럭에 태워져 폭행을 당하고 중대한 신체 상해, 특히 손발을 자르겠다는 협박을 당한다. 이 시나리오는 허구이긴 하지만 이런 일과 유사한 일을 겪은 여성이 바로 우리가 찾는 사람이다. 만약 그런 일을 겪은 여인이 우리에게 협조해서 미래의 희생자나 혹은 범죄 피해자들에게 작지만 보탬이 되고자 하는 이 할리우드 여배우를 지도하면 카타르시스가 될 수도 있고 심지어는 치유적인 효과를 발휘할 수도 있을 것이다.

이 이야기는 놀랄 정도로 사람들에게 잘 먹혔다. 거리에서 야외 촬영을 하는 영화사 직원들과 종종 마주치게 되는 뉴욕에서조차 영화 사업이라는 말만 흘려도 사람들이 약해지곤 했다.

"누구든 관심을 보이는 사람이 있으면 연락주세요."

나는 내 이름과 전화번호를 남긴 채 전화를 끊었다.

"꼭 이름을 밝히실 필요는 없어요. 원한다면 작업하는 동안 익명으로 하실 수 있습니다."

맨해튼 성범죄 담당 반에 근무하는 한 여자 직원과 통화를 막 마쳤을 때 일레인이 들어왔다. 내가 수화기를 내려놓자 그녀가 말했다.

"그 전화를 어떻게 다 받을 거지? 당신은 호텔에 있지도 않잖아."

"데스크에서 메시지를 받아줄 거야."

"익명으로 남아있고 싶은 사람들에게서? 내 번호를 남겨. 난 보통 집에 있으니까, 그리고 내가 외출하면 최소한 여자 목소리로 녹음된 전화 응답 메시지가 나오잖아. 내가 당신의 비서가 되서 걸려오는 전화도 체크해보고 사람들이 주소나 번호를 남기면 적어 둘게. 뭐 나쁠 것 있겠어?"

"나쁠 건 없지만. 정말 하고 싶어?"

내가 말했다.

"그럼."

"그렇다면 나야 좋지. 방금 통화하고 있던 곳은 맨해튼 지부이고 그 전에는 브롱스 지부와 통화했어. 놈들이 거기에서 활동한 걸 알고 있으니까 브루클린과 퀸즈는 마지막에 하려고 남겨뒀고. 큰 건을 치르기 전에 자잘한 거 먼저 처리해 두려고."

"그래서 다 끝냈어? 그리고 참견하고 싶지는 않지만 내가 전화를 거는 게 더 낫지 않을까? 당신 목소리는 부드럽고 예의 바르긴 했지만 남자가 강간에 대해서 이야기할 땐 무의식 중에 왠지 재미있어 한다는 의심을 받을 수가 있거든."

"나도 알아."

"내 말은, 당신이 '이 주의 영화' 라고 한 마디 하면 여자들은 즉각적으로 여자를 이용해 먹는 너절한 드라마 얘길 하는구나 하고 생각하지. 반면 내가 그 말을 하면 그 영화는 분명 여성의 권익을 위한 영화일 거라고 생각해 버린다니깐."

"당신 말이 맞아. 맨해튼 지부와 통화할 때도 이야기가 잘 진행되긴 했지만 좀 껄끄러워하는 분위기였어."

"자기가 정말 잘하긴 했지만, 내가 한 번 해 볼까?"

우리는 스토리를 다시 한 번 검토하고 퀸즈 군 지방검사 사무실에 있는 성범죄 전담반으로 전화를 해서 그녀에게 수화기를 넘겨 줬다. 그녀는 10분 가량 통화를 했다. 수화기를 받자마자 진지하고 노련하게, 전문적으로 대화를 진행하는 그녀의 솜씨에 전화를 끊었을 때는 박수라도 쳐주고 싶은 기분이었다.

"어땠어? 너무 심각했나?"

그녀가 물었다.

"완벽했어."

"정말?"

"그래. 너무 뻔뻔스럽게 거짓말 하는 걸 보니까 소름이 돋던걸."

"그 기분 알지. 당신이 통화하는 걸 듣고 있는데, 아니, 그렇게 정직하던 사람이 어디서 거짓말하는 걸 배웠을까 하는 생각이 들었어."

"훌륭한 경찰치고 거짓말 못하는 경찰이 없지. 경찰은 항상 연기를 하고 있어. 그때그때 상대하는 사람에 맞춰서 거기에 어울리는 태도를 취하지. 사립 탐정으로 일할 때는 더 중요해, 법적으로 아무런 권한도 없이 계속 정보를 캐내야 하니 말이야. 그러니 내가 새빨간 거짓말쟁이라고 해도 직업상 어쩔 수 없는 거지."

내가 말했다.

"나도 그런걸. 이제 생각해 보니 그렇다. 난 항상 연기하고 있잖아, 그게 내 일이네."

그녀가 말했다.

"말 나온 김에 하는 말이지만 어젯밤 연기는 정말 끝내줬어."

그녀는 나를 째려봤다.

"하지만 피곤한 일이야, 그렇지? 거짓말 하는 거 말이야."

"그만두고 싶어?"

"무슨 소리야, 이제 막 시작했는데. 또 통화해야 할 곳이 어디지, 브루클린과 스태튼 아일랜드인가?"

"스태튼 아일랜드는 잊어버려."

"왜? 거기선 성범죄가 없다는 거야?"

"스태튼 아일랜드에서는 모든 섹스가 범죄야."

"하하, 웃겼어."

"아냐, 거기에도 담당 부서가 있을 수 있지, 가능성이 희박하지만, 그래도 다른 구역에서 일어나는 사건 발생률에 비하면 새 발의 피야. 우리의 세 악당이 트럭을 타고 강간과 폭력을 저지르기 위해서 베라자노 다리를 질주해서 간다는 건 도저히 그림이 안 그려지는데."

"그럼 이제 한 통만 더 걸면 돼?"

"그게 있지. 구역 별로 각각의 경찰 지휘본부에도 성범죄 전담반이 있고 개별적으로 강간 전문 상담가가 있어. 사무를 보는 직원에게 전화를 담당자에게 돌려달라고 하면 돼. 리스트를 만들어 줄 수 있지만 당신이 얼마나 시간을 투자할 수 있는지 모르겠네."

그녀는 너무나 유혹적인 눈빛으로 나를 바라봤다.
"자기한테는 있는 게 돈밖에 없겠지만."
그녀가 장난스럽게 말했다.
"나한테 있는 건 시간뿐이야."
"하지만 무료 봉사를 할 필요는 없어. 당신도 수고비를 받아야지."
"아, 괜찮다니깐. 내가 뭔가 좀 하겠다고 하면 꼭 그걸로 돈을 챙기라고 하는 사람이 있더라. 아냐, 돈 받고 싶지 않아. 이 일이 다 끝나면 으리으리한 곳에 데리고 가서 저녁이나 한 번 사 줘, 알았지?"
"좋을 대로 해."
"그 다음에."
그녀가 말했다.
"택시비로 한 장 찔러 줘."

8

일레인이 전화로 브루클린 지방검사 사무실 직원의 혼을 홀딱 빼놓는 동안 옆에 있다가 전화번호 리스트를 넘겨주고 도서관으로 걸어갔다. 걱정할 필요 없었다. 그녀는 타고난 연기자였다.

도서관에서 나는 어제 아침에 시작했던 일을 계속했다. 마이크로 필름에 담긴 《뉴욕 타임스》 6개월 치를 샅샅이 훑어보는 일이었다. 그런 기사가 보도 됐으리라고 기대하지 않았기 때문에 납치 사건은 찾지 않았다. 나는 그자들이 목격자가 없는 상태, 혹은 목격자가 있었더라도 신고 당하지 않은 채 길거리에서 누군가를 납치했을 거라고 추측했다. 나는 공원이나 골목에서 시체로 발견된 피해자들, 특히 성폭행을 당하고 칼에 찔린 사람, 더 구체적으로는 수족이 절단된 피해자들을 찾고 있었다.

문제는 그런 기사는 신문에 잘 실리지 않는다는 것이었다. 허위 자백이나 모방 범죄, 가짜 증인 같은 경우를 미연에 방지하기 위해 신체 부위가 절단됐다는 등의 자세한 정보는 밝히지 않는 것이 통상적인 경찰 규정이다. 언론사들도 지나치게 끔찍한 세부 사항은 보도를 자제하는 편이어서, 독자들이 뉴스를 읽을 때쯤이면 도대체 무슨 일이 일어난 건지 파악하기가 쉽지 않다.

　몇 년 전 이스트사이드 아래 동네에서 소년들을 살해하는 성범죄자가 있었다. 그는 소년들을 옥상으로 유혹해서 데리고 올라가 칼로 찌르거나 목을 졸라 죽인 후 그 소년들의 성기를 잘라내어 가지고 다녔다. 오랫동안 그런 행각을 벌였던 그에게 경찰들은 '절단기 찰리'라는 별명을 하나 붙여줬다.

　자연스럽게 범죄 담당 기자들도 그 별명을 불렀지만 기사에는 싣지 않았다. 그런 세세한 내용까지 보도할 신문사도 없었고 그런 별명을 기사에 실으면 무엇이 잘려나간 것인지 독자들이 금방 추측할 수 있어서였다. 그래서 기자들은 그 살해범이 피해자들을 칼로 찌르거나 외모를 손상시켰다고만 전했지만, 그런 기사 내용은 종교적 의식의 일부로 내장을 가르는 것으로부터 단순히 머리카락을 자르는 것까지 모든 게 다 해당될 수 있었다. 하긴 요즘 언론들은 그런 자제력도 없지만.

　일단 요령이 생기자 나는 빠르게 작업을 할 수 있었다. 신문 전체가 아니라 지역 범죄 기사가 집중적으로 실린 메트로폴리탄 섹션만 읽었다. 도서관에 오면 항상 겪는 문제이지만, 지금 하고 있는 일과 전혀 관계가 없는 흥미로운 글을 발견하게 되면 옆길로 새서 시간을 잡아먹는 게 가장 큰 문제였다. 다행히 《뉴욕 타임스》에는 만화가 없었다. 그렇지 않았다면 나는 6개월치 둔즈베리(신문 연재만화──옮긴이)를 통독하고픈 유혹에 시달렸을 것이다.
　도서관을 나왔을 때는 6건 정도의 가능성이 보이는 사건이 내 노트에 적혀있었다. 그중에서도 한 사건이 특히 그럴듯해 보였다. 피해자는 브루클린 대학에서 회계학을 전공하는 여학생으로 3일 동안 실종됐다가 그린우드 묘지에서 들새 관찰자에 의해 발견됐다. 기사에 따르면 그녀는 성폭행을 당하고 '성적인 자상'을 입었다고 하는데 내 추측으로는 범인이 식탁에서 사용하는 고기 써는 나이프로 그녀를 유린한 것 같았다. 경찰은 마리 갓스카인드 사건과 마찬가지로, 그녀는 다른 곳에서 살해돼서 묘지에 유기됐고 포레스트 파크 골프장에 유기됐을 때 이미 사망해 있었다는 결론을 내렸다.

　나는 6시 쯤 호텔로 돌아왔다. 일레인과 코리 형제들로부터 메시지가 와 있었고 티제이가 전화했다는 내용의 메모지가 세 장 있었다.
　먼저 일레인은 전화 걸기를 모두 끝마친 상태였다.
　"통화를 모두 끝내니까 나조차 내 거짓말이 믿겨지더라니까. 혼자서 생각했지, 이거 재미있는데? 정말 이 영화를 만든다면 더 재미있을 거야. 영화를 만들지 않아서 유감이지만."
　"내 생각엔 다른 사람이 벌써 만들었을걸."
　"누가 전화를 할지 궁금해."
　캐넌 코리는 상황이 어떻게 진척되고 있는지 궁금해 했다. 나는 몇 가지 조사를 시작했지만 결과가 빨리 나올 것으로 기대하진 않는다고 말했다. 그가 말했다.

"하지만 가능성은 있는 거겠죠."

"물론입니다."

"좋아요. 며칠 외국에 출장 간다는 말을 하려고 전화했어요. 유럽에 갑니다. 내일 JFK공항에서 출발해서 목요일이나 금요일쯤 돌아와요. 무슨 일이 생기면 형에게 전화해요. 형 번호 알죠?"

눈앞에 피터의 메시지가 있어서 캐넌과 전화를 끊은 후 피터에게 곧장 전화했다. 자다 깬 목소리로 전화를 받길래 사과했다.

"아니, 괜찮아요. 전화 잘 했어요. 야구 보다가 텔레비전 앞에서 그냥 잠이 들었어요. 그렇게 잠이 들면 항상 목이 뭉쳐서 짜증나잖아요. 오늘 밤 모임에 갈 건지 물어보려고 전화했어요."

"갈 생각이오."

"그럼 내 차로 같이 가는 건 어때요? 첼시에 내가 토요일 밤마다 가는 소규모 모임이 있어요. 사람들도 좋고. 19번가에 있는 스페인 교회에서 8시에 있어요."

"난 모르는 곳 같군요."

"좀 멀긴 하지만 처음 술을 끊었을 때 그 동네에 있는 외래 환자 프로그램에 나갔다가 그 후로 매주 가게 됐죠. 요즘엔 뜸했지만 마침 차도 있고 하니······. 내가 프랜신의 도요타를 몰고 있는 건 알죠?"

"그래요."

"7시 30분쯤에 호텔 앞으로 갈게요, 괜찮아요?"

난 좋다고 말했고 7시 30분에 호텔을 나오자 그가 앞에 주차를 해 놓고 있었다. 어디든 걸어서 갈 필요가 없다는 것이 반가웠다. 오후 내내 비가 오락가락했는데 지금은 줄기차게 내리고 있었다.

모임에 가는 길에 우리는 스포츠 이야기를 했다. 야구팀은 한 달째 봄 훈련을 하고 있었고 시즌이 시작되기까지 한 달도 채 남지 않았다. 봄에는 야구에 별로 관심이 가지 않지만 일단 시즌이 시작되면 금방 열중하게 된다. 요즘 야구 뉴스는 대부분 연봉 협상에 관한 것이었다. 어떤 선수는 자신의 연봉이 8300만 달러밖에 되지 않는 것에 열 받았다고 했다. 자세히는 모르겠지만 그는 그만한 자격이 있을 것이다. 아마 선수들 모두 그럴 자격이 있을 것이다. 하지만 지금으로선 누가 이기건 상관없었다.

피터가 말했다.

"대릴이 이제 물이 오른 것 같죠. 지난 몇 주간 방망이에 불이 났잖아요."

"하지만 이젠 다른 팀에서 뛰고 있죠."

"항상 그런 식이죠? 수 년간 실력 발휘할 때까지 기다려 줬는데 이제 와서 다저스 유니폼을 입고 뛰는 꼴을 봐야 하다니."

우리는 20번가에 주차를 하고 한 블록을 걸어서 교회로 갔다. 스페인어와 영어 2개 국어로 예배를 드리는 오순절 교회였다. 모임은 지하실에서 열렸으며 규모는 약 40명 정도였다. 시내의 다른 모임에서 만난 사람들이 몇 명 보였고 피터는 꽤 많은 사람들과 인사를 나누었다. 그중 한 여자가 그에게 격조했다는 말을 하자 피터는 다른 모임에 가고 있다고 대답했다.

그곳은 뉴욕에서 흔히 볼 수 있는 다른 모임과 조금 달랐다. 연사가 자신의 이야기를 한 후 일곱 명에서 열 명 정도씩 다섯 테이블에 나눠 앉았다. 초보자들을 위한 테이블, 일반적인 토론을 위한 테이블과 금주 12단계 중 하나를 논하기 위한 테이블이 있었다. 피터와 나는 둘 다 일반 토론 테이블에 앉아 사람들이 현재 자신의 삶과 금주 방법에 대해 이야기하는 것을 들었다. 나는 보통 한 가지 주제를 놓고 하는 토론이나 프로그램의 철학에 대한 토론보다 이런 토론에서 더 많은 것을 배웠다.

한 여자는 최근에 알코올 중독자 카운슬러로 일을 시작했다며 직장에서 여덟 시간씩 금주에 대한 업무와 씨름하다보니 모임에 대해 열정을 지키기가 힘들다는 이야기를 했다.

"일과 모임을 분리해서 생각하기 힘들어요."

한 남자는 최근에 에이즈 양성 판정을 받았는데 요즘 어떻게 대처하고 있는지 말했다.

나는 직업상 주기적으로 기분이 변한다는 점을 이야기하면서 일거리가 오래 동안 없을 때는 초조해 하다가 막상 일거리가 생기면 극심한 스트레스에 시달린다고 말했다.

"술을 마실 때는 감정을 조절하기 쉬웠어요. 이젠 그럴 수 없으니까 모임에 나오는 게 도움이 되죠."

피터는 자기 차례가 됐을 때 주로 다른 사람들이 말한 내용에 대해 언급하면서 자신에 대해서는 별로 말하지 않았다.

10시가 되자 우리는 둥글게 서서 모두 손을 잡고 기도를 했다. 밖에는 보슬비가 내리고 있었다. 차로 걸어가면서 피터가 시장한지 물었다. 나는 배가 고프다는 걸 깨달았다. 도서관에서 집으로 가는 길에 저녁으로 피자 한 조각을 먹은 것이 다였다.

"중동 음식 좋아해요, 매튜? 중동식 야채 샌드위치가 아니라 원조 중동 요리 말이에요. 빌리지에 근사한 식당을 하나 알아요."

나는 좋다고 대답했다.

"아니면 이건 어때요, 요즘 애틀랜틱 애비뉴에 너무 자주 가서 식상하지 않았다면 그 동네로 잠깐 드라이브를 하는 건?"

"좀 멀리 가는군요?"

"어때요, 차도 있겠다, 그렇잖아요? 있을 때 좀 달려 줘야죠."

그는 브루클린 브리지를 탔다. 빗속에서 보이는 다리가 아름답다는 생각을 하고 있었는데 그가 말했다.

"난 이 다리를 좋아합니다. 얼마 전에 시내에 있는 다리가 모두 노화됐다는 기사를 읽었어요. 그냥 방치해 두면 안 되는데, 시에서 관리를 한다지만 턱도 없지요."

"재정 부족이라더군요."

"어떻게 그런 일이 생길 수 있죠? 수년간 펑펑 써 대다가 이제 와서는 돈 타령만 하고 있으니. 왜 그런지 알아요?"

나는 머리를 흔들었다.

"뉴욕 시만 그런 것 같지는 않은데. 어디든 다 똑같은 이야기죠."

"그런가요? 내 눈에는 뉴욕만 보이는데. 이 도시 자체가 무너져 내리고 있는 것 같아요. 뭐라 그러죠, 인프라라고 하나? 이 말이 맞나요?"

"그런 것 같군요."

"인프라가 붕괴되고 있어요. 지난 달만 해도 수도 본관이 터졌죠. 시스템도 낡았고 모든 게 낡았어요. 10~20년 전만 해도 수도 본관이 터졌단 말을 누가 들어 보기나 했나요? 그런 일이 있었는지 기억해요?"

"아뇨, 하지만 그렇다고 그런 일이 안 일어났단 건 아니죠. 내가 모르고 지나간 일도 많으니까."

"일리 있는 말이에요. 나도 그런 경험을 했으니까. 내가 알아차리지 못했던 일들이 아직도 많이 일어나고 있죠."

그가 말한 식당은 애틀랜틱 애비뉴에서 반 블록 떨어진 코트 가에 있었다. 그가 전채 요리로 시금치 파이를 추천하며 그리스 커피숍에서 파는 스파나코피타(그리스 식 전통 파이—옮긴이)와 전혀 다를 거라고 했다. 그의 말이 맞았다. 주요리는 으깬 밀과 기름에 살짝 튀긴 저민 고기와 양파로 만든 캐서롤(서양식 찜냄비를 이용한 요리—옮긴이)이었는데 맛은 기가 막혔지만 양이 너무 많았다.

"원하면 포장해 갈 수도 있어요. 여기 마음에 들어요? 세련된 곳은 아니지만 음식 맛은 끝내주죠."

"이렇게 늦게까지 열다니 놀랐어요."

"토요일 밤이잖아요? 자정까지 열걸요, 더 늦게까지 열 수도 있고."

그는 의자에 기대어 앉았다.

"정석대로 하자면 이제 디저트를 먹어야 하는데. 아라크(야자즙, 당밀 등으로 만드는 중동 지방의 독한 증류주—옮긴이)라고 들어봤어요?"

"그거 우조(그리스 술—옮긴이) 같은 건가요?"

"비슷한 종류죠. 좀 다르긴 하지만 그런 종류예요. 우조 좋아해요?"

"별로인데. 57번가와 9번가 사이에 '안타레스와 스피로'라는 이름의 그리스 술집이 있었는데……."

"농담이겠죠, 그런 이름으로 장사를 하다니."

"가끔 지미 암스트롱이란 술집에서 밤새 버번을 마시다가 거기 들러서 마무리로 우조를 한두 잔 마시곤 했어요."

"버번을 마시고 우조를 마셨단 말이죠?"

"소화제 삼아서. 속도 진정시킬 겸."

내가 말했다.

"듣고 보니 한 방에 진정됐겠군요."

그는 웨이터와 눈이 마주치자 커피를 더 달라고 손짓했다.

"저번엔 정말 술 생각이 간절했어요."

"마시진 않았겠죠."

"안 마셨죠."

"중요한 건 그거예요, 피터. 마시고 싶은 욕구는 자연스러운 거죠. 술을 끊고 나서 마시고 싶었던 게 이번이 처음은 아니죠, 그렇죠?"

"그렇죠. 하지만 마실까 하고 고려해 본 건 이번이 처음이에요."

그가 대답했다.

"심각하게?"

"네, 그랬던 것 같아요."

"하지만 마시진 않았죠."

"그래요."

그가 말했다. 그는 자신의 컵을 내려다보고 있었다.

"대신 마약을 살 뻔 했어요."

"마약?"

그는 고개를 끄덕였다.

"헤로인. 헤로인 해 본 적 있어요?"

"아뇨."

"시도도 해 본 적 없어요?"

"생각도 안 했어요. 술을 퍼마시던 시절에도 약을 하는 사람과 친하진 않았고. 가끔 내가 체포하던 사람들 빼놓고는."

"그렇다면 헤로인은 완전히 하류 인생들이나 하는 거라고 생각하겠군요."

"난 항상 그런 식으로 헤로인을 생각하죠."

그는 피식 웃었다.

"당신 친구 중에도 헤로인을 하는 사람이 있었을 거예요. 다만 그 사람들이 당신에게 털어놓지 않았을 뿐이지."

"그럴 수도 있죠."

"난 헤로인을 제일 좋아했어요. 주사기는 쓰지 않고 항상 코로 마셨죠. 주사 바늘이 싫었는데, 다행이죠. 그렇지 않았다면 지금쯤 에이즈에 걸려서 죽었을 지도 몰라요. 알잖아요, 주사기를 쓰지 않아도 중독될 수 있다는 거."

"나도 그렇게 들었어요."

"가끔 마약을 하다 심하게 아팠던 적이 있었는데 겁이 덜컥 났어요. 대신 술을 마셔서 약을 끊을 수 있었는데, 다음 이야기는 말하지 않아도 알겠죠. 혼자 힘으로 마약을 끊었지만 술을 끊기 위해서는 갱생 시설에 가야 했어요. 날 골탕 먹인 건 술이었지만 난 영원히 알코올 중독자면서 마약 중독자겠죠."

그는 커피를 한 모금 마셨다.

"문제는, 중독자의 눈으로 보면 세상이 완전히 달라 보인다는 거예요. 당신이 한때 경찰이었고 세상 물정도 알만큼 안다는 걸 알아요. 하지만 우리 둘이 거리를 함께 걸어 다니면 난 당신이 보는 것보다 훨씬 더 많은 마약 거래상들을 볼 수 있어요. 우린 서로 한눈에 알아보는 거죠. 이 도시 어디를 가든 기꺼이 나에게 약을 팔 사람을 찾아내는 데 5분도 안 걸릴 거요."

"그래서요? 난 하루 종일 술집을 지나쳐 다니고 당신도 마찬가지예요. 같은 거죠, 안 그래요?"

"그럴 수도 있죠. 요즘에는 정말 헤로인이 그리워요."

"쉬울 거라고 말한 사람은 없어요, 피터."

"한동안은 쉬웠지만 지금은 더 어려워졌어요."

차에서 그는 그 화제를 다시 꺼냈다.

"이런 생각이 듭니다. 신경 쓸 필요가 뭐가 있어? 아니면 모임에 나가서 이런 생각도 해요. 이 사람들은 도대체 누구야? 도대체 어디서 굴러먹던 인간들이야? 전능한 분에게 다 맡기면 인생이 식은 죽 먹기가 될 거라는 엿 같은 소리를 듣고 있으면 그런 잡생각이 나죠. 당신은 그 말을 믿어요?"

"인생이 식은 죽 먹기라는 거? 별로."

"인생은 엿 같죠. 그게 아니라 하느님을 믿나요?"

"언제 질문하느냐에 따라 답이 달라지겠죠."

"지금. 바로 지금 물어보고 있잖아요. 하느님을 믿어요?"

내가 침묵을 지키자 그가 말했다.

"신경 쓰지 말아요. 꼬치꼬치 물어볼 권리도 없는데, 미안해요."

"아니요, 답을 생각하던 중이에요. 얼른 대답을 못 한 이유는 그 질문이 중요하지 않다고 생각하기 때문이오."

"하느님이 있는지 없는지 중요하지 않다는 건가요?"

"그래요, 피터. 그게 무슨 차이가 있나요? 하느님이 있든 없든, 난 하루하루 살아 내야 해요. 언제고 마음 놓고 술을 마실 수 없는 알코올 중독자라고요. 그러니 무슨 차이가 있겠소?"

"그 프로그램은 전부 하느님에 관한 말뿐이잖아요."

"그래요. 하지만 하느님이 존재하건 존재하지 않건, 내가 믿건 안 믿건 효과는 같아요."

"어떻게 믿지도 않는 존재에게 순종할 수 있죠?"

"놔 버리는 거죠. 피터, 난 주도권을 잡으려고 애쓰지 않아요. 합당한 행동을 하고 하느님이 원하는 식으로 일이 풀려가게끔 놔두는 거죠."

"하느님이 있건 없건 간에?"

"맞아요."

그는 잠시 동안 생각하더니 말했다.

"난 모르겠어요. 나는 신앙을 가지고 자랐어요. 가톨릭 학교에 다니면서 교리를 배웠죠. 단 한 번도 의문을 품은 적이 없어요. 내가 술을 끊었을 때 사람들은 하느님에게 의지하면 문제없을 거라고 했죠. 그런데 그 좆같은 놈들이 프랜신을 난도질해서 보냈어요. 세상에 어떤 하느님이 그런 일이 일어나게 놔두는 거죠?"

"나쁜 일도 일어나게 마련이죠."

"당신은 프랜신을 몰랐잖아요, 매튜. 그녀는 정말 좋은 여자였어요. 다정하고 품위 있고 순수한 사람이었죠. 아름다웠고. 그녀 곁에 있기만 해도 더 나은 인간이 되고 싶게 만드는 그런 사람이었습니다. 사실 그 이상이었어요. 실제로 더 나은 사람이 될 수 있다는 기분이 들게 했죠."

그는 빨간 불에서 멈춰서 양쪽을 살펴본 후 곧장 차를 몰았다.

"이런 식으로 몰다가 딱지를 한 번 뗐죠. 한밤중에 빨간 불에서 차를 세웠는데 도로에 아무도 없더군요. 그런 상황에서 신호가 바뀌길 기다리면서 서 있는 얼간이가 어디 있나요? 그랬더니 빌어먹을 짭새가 반 블록 쯤 떨어진 곳에서 경찰차 불을 다 꺼놓고 숨어서 기다리고 있다가 딱지를 떼더군요."

"이번에는 무사히 넘어간 것 같은데요."

"그래 보이네요. 캐넌은 가끔 헤로인을 해요. 알고 있는지 모르겠지만."

"그걸 내가 어떻게 알겠어요?"

"모를 줄 알았어요. 한 달에 한 번, 한 봉지 정도 코로 마셔요. 그보다 덜 할 수도 있고. 기분전환 삼아 하는 거죠. 재즈 클럽에 갈 때 화장실에 가서 한 봉지 마시고 나면 음악에 더 깊이 몰두할 수 있죠. 문제는, 프랜신 몰래 했다는 거죠. 프랜신이 싫어할 게 뻔하고, 그녀를 실망시키고 싶지 않았으니까."

"프랜신은 캐넌이 마약상이라는 걸 알고 있었나요?"

"그건 다른 문제죠. 그건 사업이고 일이잖아요. 영원히 그 일을 할 것도 아니니까요. 한 몇 년 하고 접을 계획이었어요."

"누구나 계획은 그렇게 하죠."

"무슨 뜻인지 알아요. 어쨌든 그녀는 그 문제에 있어서는 대범했어요. 그건 일이니까 별개의 세계로 두고 간섭하지 않았어요. 하지만 캐넌은 자신이 마약을 한다는 것을 프랜신에게 숨겼죠."

그는 한동안 침묵에 빠졌다가 이어서 말했다.

"요 전날 동생이 마약에 취해 멍해 있더군요. 내가 다그치니까 안 했다고 잡아떼던데요. 빌어먹을, 감히 마약을 가지고 마약 중독자의 눈을 속일 수 있다고 생각하다니. 분명히 뽕 간 것을 봤는데. 난 술도 약도 모두 끊었으니까 유혹하지 말아야겠다고 생각했겠지만 날 바보로 생각하지 않고서야 그럴 수 있나요."

"동생은 마약 하는데 당신은 그럴 수 없어서 마음이 쓰이나요?"

"마음 쓰이냐고요? 물론이죠. 동생은 내일 유럽에 간단 말입니다."

"나도 들었어요."

"가서 금방 거래를 성사시켜서 돈을 긁어 올 줄 아나 본데. 그렇게 서두르다가 붙잡히기 딱 좋아요. 아니면 잡히는 것보다 더 끔찍한 일이 일어날 수도 있고."

"동생이 걱정스럽나요?"

"이런. 난 우리 모두 걱정스러워요."


맨해튼으로 돌아오는 다리 위에서 그가 말했다.

"어렸을 때 난 다리를 좋아했어요. 다리 사진을 수집했죠. 아버지는 그걸 보고 내가 건축가가 될 거라 생각하셨어요."

"아직도 가능해요, 알죠?"

그는 웃었다.

"학교로 돌아가라고요? 아뇨, 난 한 번도 건축가가 되고 싶다는 생각은 안했어요. 다리를 만들고 싶은 생각은 전혀 없었어요. 그냥 바라보는 것만으로 좋았죠. 만약 일을 그만두고 싶은 충동이 생긴다면, 브루클린 다리에서 뛰어내릴 거예요. 뛰어 내리다가 중간에 마음이 바뀌면 정말 황당하겠죠?"

"그런 남자 이야기를 한 번 들은 적이 있어요. 그 남자는 정신을 차리고 보니, 내 생각에 이 다리였던 것 같은데, 난간 반대편에 있었는데 한쪽 발은 허공에 대롱대롱 떠 있었다더군요."

"정말로요?"

"나에게 이야기할 때는 꽤 진지했어요. 거기 간 기억도 없는데, 인사불성이 되서 다리 한가운데서 한 손은 난간을 잡고 있고 다른 한 발은 공중에 떠 있었대요. 간신히 난간을 기어 올라와서 집으로 갔다죠."

"그리고 술 한 잔 걸쳤겠군요?"

"5초만 늦게 정신을 차렸다고 상상해 봐요."

"한 발짝 더 나갔다면? 끔찍한 기분이었겠죠, 그렇지 않나요? 그런 식으로 죽을 때 유일한 장점은 금방 끝난다는 거죠. 아, 이런, 저쪽 길로 갔어야 했는데. 뭐, 몇 블록 더 돌아가야 하겠군요. 어쨌든 난 여기가 좋아요. 여기 자주 와요, 매튜?"

우리는 사우스 가 항구를 지나치고 있었다. 그곳은 풀톤 가 어시장 근처에 재건축한 지역이었다.

"작년 여름에 온 적이 있어요. 여자 친구랑 가게들을 둘러보고 점심을 먹으면서 오후 한나절 보냈죠."

"분위기가 조금 더 고급스러워지긴 했지만 난 여기가 좋아요. 여름은 별로지만. 언제 여기가 제일 좋은지 알아요? 오늘 같이 춥고 텅 비고 비가 가늘게 부슬거리며 내리는 밤이 최고에요. 그때 여기 오면 환상이죠."

그는 웃었다.

"이거야말로. 정말 뽕쟁이가 하는 말투군요. 에덴동산을 보여

췄더니 에덴동산이 어둡고 춥고 비참한 곳이었으면 좋겠다고 말하는 꼴이라니. 게다가 혼자였으면 좋겠다고 하고."

호텔 앞에서 그가 말했다.
"고마워요, 매튜."
"뭘요? 나도 모임에 가려고 했는데. 태워 줘서 고맙다고 말해야 할 사람은 나죠."
"아, 같이 있어 줘서 고마웠어요. 가기 전에 오늘 밤 내내 부탁하고 싶었던 게 하나 있었어요. 동생을 위해 지금 하는 일 말이에요. 해결할 가능성은 있는 건가요?"
"마지못해 하는 척만 하는 일은 아니오."
"물론 최선을 다하고 있다는 걸 알아요. 그냥 지금 하는 일이 성과를 낼 가능성이 있다고 생각하는 건지 궁금해요."
"승산은 있어요. 얼마나 있는지는 모르겠지만. 단서가 거의 없는 상태에서 시작한 만큼 말이오."
"나도 알고 있어요. 단서가 전무한 상태에서 시작했죠. 물론 전문가니까 보는 각도가 다르겠지만."
"지금 내가 하고 있는 조사가 과연 어떤 방향으로 진행될지 그게 관건이죠, 피터. 범인들의 행동 또한 변수의 하나입니다. 그자들은 예측 불가능하니까. 내가 긍정적으로 생각하고 있냐고 묻는다면? 그건 언제 질문하느냐에 따라 달라지겠죠."
"하느님에 대한 질문과 같다는 거죠, 그렇죠? 내 말은 희망이 없다는 결론이 나오더라도 서둘러서 동생에게 말하지 말아달란 이야기예요. 한 주 혹은 두 주 정도 더 버텨 봐요. 그러면 동생도 당신이 최선을 다 했다고 생각할 거예요."

나는 아무 말도 하지 않았다.

"내 말 뜻은……"

"나도 당신이 무슨 말 하는지 알아요. 요는 나에게 그런 말을 하지 않아도 된다는 겁니다. 난 항상 질긴 놈이었으니까. 뭔가를 일단 시작하면 쉽게 포기하지 않아요. 내가 사건을 해결하는 비결은 사실 머리가 좋아서가 아니에요. 뭔가 실마리가 보일 때까지 불독처럼 물고 늘어질 뿐이죠."

"조만간 뭔가 발견되면? 죄를 짓고도 무사할 순 없다는 말이 있죠."

"그런 말이 있었나요? 요즘에는 그런 말 별로 안 하는데. 살인을 하고도 무사히 빠져나가는 사람들도 많죠."

나는 차에서 내려서 대화를 마무리하기 위해 차에 몸을 기댔다.

"어떤 면에서는 그렇지만, 달리 보면 그렇지도 않아요. 솔직히 죄를 지르고 대가를 치르지 않는 사람은 없어요."

# 9

 난 그날 밤 늦게까지 뜬 눈으로 있었다. 잠을 자려고 했지만 잠이 오지 않았고, 책도 읽히지 않아서 결국 어둠 속에 창가에 앉아 가로등 불빛 사이로 내리는 비를 보고 있었다. 나는 앉아서 상념에 잠겼다.
 "젊은이의 생각은 길기도 하여라. 기나긴 생각이여."
 예전에 어떤 시에서 이 구절을 읽었지만 비 내리는 밤에 잠을 이룰 수 없다면 나이야 어떻건 긴 상념에 잠길 수 있는 법이다.
 10시쯤 전화벨이 울렸을 때 난 아직 침대에 누워 있었다. 티제이였다.
 "펜 있어요, 아저씨? 받아 적어요."
 그는 두 개의 일곱 자리 번호를 술술 불러줬다.
 "708도 적어요, 지역번호니까."
 "이 번호로 걸면 누가 받는데?"

"내가 받았겠죠, 내가 처음 걸었을 때 아저씨가 받았다면. 아저씨랑 통화하기 진짜 힘드네! 금요일에 전화해도 안 받고, 금요일 밤에 전화해도 안 받고. 어제 하루 종일 전화하고 자정까지 했는데도 안 받고. 힘들어 못살겠어."

"밖에 있었다."

"뭐, 그 정도는 나도 짐작했거든요. 어쨌든 아저씨가 부탁한 그거 정말 대단한 여행이었어요. 내내 그 낡은 동네를 싸돌아 다녔어요."

"좀 멀긴 했지."

난 수긍했다.

"징그럽게 멀었어요. 처음 간 곳은 지하철 종점까지 타고 가야 했는데, 기차가 나중에는 지상으로 나와서 예쁜 집들을 몇 채 봤어요. 옛날 영화에 나오는 동네처럼 보였는데 전혀 뉴욕 같지 않더라고요. 아저씨가 말한 첫 번째 공중전화로 가서 전화를 했는데 안 받잖아요. 그래서 두 번째 전화로 가려는데, 세상에, 정말 끝내주는 모험이었다니까. 길거리를 걸어가고 있는데 거기 사람들이 나를 보는 눈빛이 있잖아요. '어이, 깜둥이. 왜 여기서 알짱거리지?' 하는 눈빛이었어요. 뭐라고 하는 사람들은 아무도 없었지만 꼭 말로 해야 아나요."

"하지만 별 일 없었겠지."

"아저씨, 난 한 번도 사고 친 적이 없어요. 난 말이죠, 문제가 발생하기 전에 먼저 그걸 감지하는 능력이 있다고요. 그래서 두 번째 공중전화를 찾아서 아저씨에게 또 전화를 했는데, 또 안 받는 거야. 그래서 생각했죠. 흠, 아무래도 여기에서 전철역이 가까울 것 같은데. 먼저 내린 곳에서 수 마일 떨어진 곳에 있었거든요. 그래서 난 캔디 가게로 들어가서 이렇게 말했죠. '가장 가까운 전철역이 어디에 있는지 아세요?' 이런 식으로 텔레비전에 나오는 뉴스 아나운서처럼 또박또박 물었는데, 그 아저씨가 되물었죠. '전철역?' 내 질문을 이해 못 한 게 아니고 전철역이라는 개념 자체가 생소한 사람처럼 묻더라고요. 그래서 난 그냥 왔던 길을 다시 돌아가서 플랫부시 노선 끝까지 갔어요. 거기는 길을 아니까."

"아마 거기가 가장 가까운 전철역이었을 것 같은데."

"빙고, 나중에 지하철 노선도를 보니까 거기가 제일 가까운 역이었어요. 그래서 맨해튼을 떠나면 안 된다니까요, 아저씨. 지하철역이 항상 근처에 있잖아요."

"명심하마."

"내가 전화 걸었을 때 아저씨가 있기를 얼마나 바랬는데요. 다 준비해놓고 아저씨보고 전화를 걸라고 하는 거죠. 이렇게요, '지금 걸어요.' 아저씨가 번호를 누르면 내가 전화를 받고 이렇게 말하죠. '여보슈.' 지금 이렇게 말하니까 별 것 아닌 것 같지만 그땐 정말 재미있을 것 같았어요."

"그 공중전화에는 번호판이 붙어 있었구나."

"아, 맞아요! 그 말을 빼먹었네. 두 번째 공중전화 있죠, 베테랑 애비뉴까지 가는 끔찍했던 그 길! 모두 이상한 눈빛으로 날 보던 거기 있잖아요, 거기 전화에는 번호판이 붙어 있었어요. 다른 공중전화들, 플랫부시와 패러것에 있는 전화에는 번호판이 없었어요."

"그럼 어떻게 번호를 알아낸 거니?"

"흠, 난 수완이 좋다고 했잖아요?"

"한 번 더 말하면 100번이다."

"어떻게 한 거냐면 교환원에게 전화를 했어요. 이렇게 말했죠. '이봐요, 아가씨, 누가 장난을 쳤네. 여기 전화에 번호가 없잖아, 그러니 내가 몇 번에서 거는지 어떻게 알 수 있겠어?' 그러자 그 여자가 하는 말이 번호를 알아낼 방법이 없다면서 도와줄 수가 없다고 하잖아요."

"납득이 안 가는군."

"내 생각도 그랬어요. 전화 회사에서 그 많은 장비를 다 갖춰놓고 금방 금방 번호를 안내해 주면서 왜 내가 물어보는 번호는 안 가르쳐 주나? 그러자 생각이 났죠. 티제이, 이 병신아, 전화 회사에서 마약상들을 골탕 먹이려고 번호판을 떼어놨는데 네가 바로 마약상 같은 말투를 쓰니 그 사람들이 가르쳐 주겠냐? 그래서 난 다시 0번을 돌렸죠. 0번은 하루 종일 통화해도 공짜니까. 그리고 아저씨도 알겠지만 전화할 때마다 매번 다른 교환원이 나오잖아요. 그래서 또 다른 교환원이 나오기에 이번에는 양아치처럼 굴지 않고 점잖게 말했죠. '뭐 좀 문의하려고 전화했습니다. 지금 공중전화에 있는데 제 사무실에서 여기로 다시 전화를 걸게 번호를 가르쳐 줘야 해요. 그런데 누가 전화기에 스프레이 페인트로 낙서를 해서 번호가 보이질 않는군요. 이 전화선을 체크해서 번호를 알려 주실 수 있으세요?' 그러자 말을 다 하기도 전에 교환원이 즉시 번호를 불러주더라고요. 어? 아이, 짱나."

동전을 더 넣으라는 녹음된 목소리가 우리의 대화 속에 끼어들었다.

"시간이 다 돼가요. 다시 동전을 넣어야 되요."

"번호를 알려주면 내가 거기로 전화할게."

"안 돼요. 지금 브루클린에 있는 것도 아니고 이 전화기는 번호를 모르거든요."

전화기에 동전 떨어지는 소리가 났다.

"자, 이제 괜찮아요. 나 정말 천재 아니에요? 아저씨 듣고 있어요? 왜 아무 말도 안 해요?"

"정말 놀랐다. 네가 그런 식으로 말할 수 있을 줄 몰랐어."

내가 말했다.

"뭐요, 점잖게 말하는 것? 물론 할 수 있죠. 내가 껄렁껄렁하게 말한다고 해서 무식한 건 아니에요. 세상엔 두 가지 언어가 있답니다, 아저씨. 아저씨는 지금 2개 국어를 하는 고양이와 통화를 하고 있는 거죠."

"어쨌든 감동했다."

"진짜? 난 내가 브루클린을 왕복한 사실에 아저씨가 감동할 줄 알았는데. 또 내가 할 일이 있나요?"

"지금은 없다."

"하나도? 이런, 뭔가 내가 할 수 있는 일이 있을 텐데요. 나 이번에 정말 잘했죠, 그렇지 않아요?"

"끝내줬지."

"내 말은, 꼭 아이큐가 높아야만 브루클린을 왕복하면서 길을 찾는 건 아니지만 그 교환원에게서 번호를 알아낸 건 졸라 근사했죠, 그죠?"

"물론이야."

"난 수완 좋은 놈이라고요."

"짱이다."

"하지만 오늘은 내게 시킬 일이 없다는 거고요?"

"유감스럽게도 없다. 하루나 이틀 후에 다시 연락하렴."

"연락하는 것쯤이야. 아저씨가 집에 붙어 있어야 연락을 하죠. 지금 삐삐가 필요한 사람이 누군지 알아요? 아저씨에요. 내가 호출하면 이러겠죠, '티제이가 찾는군, 중요한 일인가 봐.' 뭐가 그렇게 웃겨요?"

"아무것도 아냐."

"그런데 왜 그렇게 웃어요? 매일이라도 아저씨에게 연락할 수 있어요, 난 아저씨의 오른팔이라고요. 이것이 내 최후통첩이오, 라이오넬."

"음, 그거 맘에 드는데."

"그럴 줄 알았어요. 아까부터 써먹으려고 아껴뒀지요."

일요일에는 하루 종일 비가 내렸고 나는 방에서 시간을 보냈다. 텔레비전을 켜놓고 ESPN(미국 케이블 텔레비전 채널—옮긴이)에서 하는 테니스와 다른 방송사에서 하는 골프 중계를 돌려가며 봤다. 한때 테니스에 빠졌던 적도 있었지만 지금은 아니다. 골프는 좋아하지 않지만 골프장의 경치가 볼 만했고 진행자들도 다른 스포츠 진행자들처럼 수다스럽지 않아서 딴 생각을 하면서 볼 만했다.

짐 페버가 오후에 전화해서 그날 저녁 약속을 취소했다. 부인의 사촌이 죽어서 장례식에 잠깐 얼굴을 비춰야 한다는 말이었다.

"지금은 커피 한 잔 할 수 있는데. 밖의 날씨가 형편없지만."

우리는 대신 10분 정도 통화했다. 나는 피터 코리 때문에 조금 걱정스럽다는 말을 하면서 그가 다시 마약을 하거나 술을 마실까 봐 염려된다고 말했다.

"피터가 헤로인에 대해 말하는 것을 듣고 있으면 나까지 하고 싶어지더군요."

"마약 중독자들에게는 그런 자질이 있지. 노인네가 지나가버린 청춘을 그리워하는 것처럼 그런 아련한 분위기를 풍겨. 자네가 피터의 금주에 개입할 수 없다는 건 알지?"

"알아요."

"자네가 피터의 후원자인가?"

"아뇨, 피터는 후원자가 없어요. 어젯밤에는 내가 마치 자기 후원자인 것처럼 말하긴 했지만."

"정식으로 후원자가 돼 달라고 부탁하지 않는 한 그냥 그렇게 있어. 이미 동생 일을 봐주고 있고 피터도 그런 식으로 엮였잖아."

"나도 알아요."

"하지만 그가 부탁한다고 해도 자네가 피터를 책임질 수는 없어. 훌륭한 후원자의 요건이 뭔지는 알지? 후원자 스스로 술을 마시지 않는 거야."

"들어본 말 같은데요."

"내가 말했겠지. 아무도 다른 사람이 술을 마시지 못하도록 막을 수 없어. 난 자네의 후원자지만 내가 자네에게 술을 못 마시게 하나?"

"아니죠. 선배가 있지만 참고 술을 안 마시는 거죠."

"내가 있지만 참고 안 마시는 거야, 아니면 날 열 받게 하려고 술을 안 마시는 거야?"

"둘 다죠."
"어쨌든 피터는 뭐가 불만이야? 술도 못 마시고 주사기도 못 꽂아서 열 받는대?"
"코로 마셔요."
"뭐라고?"
"주사기는 쓰지 않는답니다. 하지만 대충 그런 이유죠. 그리고 하느님에게 화가 나기도 했고."
"누구 안 그런 사람 있어?"
"어떤 하느님이 제수씨 같이 좋은 사람에게 그런 끔찍한 일이 일어나게 내버려 두냐는 말을 하더군요."
"하느님은 항상 그런 엿 같은 일을 하신다네."
"그렇죠."
"하느님에게도 생각이 있었을 거야. 아마 예수님이 그녀를 가까이 두고 싶었는지도 모르지. 그런 내용의 노래 기억나?"
"들어본 적이 없는 것 같은데요."
"흠, 자네가 내 노래를 듣는 일이 없게 해달라고 하느님에게 기도해야겠군, 난 한 잔 들어가야 노래를 부르니까. 자네 생각엔 피터가 제수씨와 정을 통한 것 같아?"
"누가 누구에게 정을 통했다고 생각하냐고요?"
"피터가 그 제수씨와 그렇고 그런 사이였냐고."
"맙소사. 어떻게 그런 생각을 했죠? 정말 엽기적이군, 본인이 엽기적이란 걸 알기나 해요?"
"내 주위에 있는 인간들이 좀 엽기적이라서."
"그런가 봐요. 아니에요, 그런 일은 없었을 겁니다. 그냥 슬프고 술이 고프고 마약을 하고 싶고 그런 거죠. 난 그가 참았으면 좋 겠고. 그게 답니다."

일레인에게 전화를 걸어서 저녁을 같이 먹자고 했지만 그녀는 이미 친구 모니카와 선약이 있었다. 중국 음식을 배달시켜서 먹을 거라며 음식을 더 시켜서 같이 먹자고 권했다. 난 사양했다.

"저녁 내내 여자들이랑 수다를 떨어야 할까 봐 겁나는 거지? 하긴 당신 생각이 맞아."

「추적 60분」을 보고 있는데 믹 밸류가 전화해서 10분 조금 넘게 이야기를 나눴다. 나는 아일랜드로 가는 비행기 표를 예약했다가 취소해야 했다고 말했다. 그는 내가 올 수 없어서 유감이지만 바 쁘다니 다행이라고 말했다.

그에게 지금 맡고 있는 사건에 대해서 조금 말했지만 의뢰인에 대해서는 말하지 않았다. 그는 마약 거래상들에게는 일말의 동정 도 느끼지 않는다. 한 술 더떠 가끔 마약상들의 집을 털어서 현금 을 강탈해 오는 것으로 수입을 보충하곤 했다.

날씨가 어떤지 물어 오길래 나는 하루 종일 비가 내렸다고 말했 다. 그는 아일랜드에서는 항상 비가 내려서 도대체 태양이 어떻게 생겼는지 기억도 나지 않는다고 말했다. 아, 그리고 하느님이 아 일랜드 인이었다는 증거를 발견했다고 말했다.

"그렇단 말이지?"

"그렇다니까. 생각해 봐. 예수님은 29살이 될 때까지 부모님하 고 같이 살았어. 그리고 죽기 전날 밤 친구 놈들하고 술을 마시러 나갔지. 게다가 자기 엄마가 처녀라고 생각했어. 그리고 사람 좋 은 그 엄마도 아들이 하느님이라고 생각했잖아."

그 주는 천천히 시작됐다.

나는 코리 사건에 전력으로 매달렸다. 레일라 알바레즈 살인 사건을 담당한 형사 중 한 명의 이름을 가까스로 알아냈다. 레일라는 브루클린 대학을 다니던 학생으로, 그린우드 묘지에 버려졌다. 그 사건은 72구역이 아니라 브루클린 강력계로 넘어갔다고 하는데, 존 켈리 형사가 담당이었다. 그와 연락하기가 힘들었지만 내 이름이나 전화번호를 남기기는 꺼림칙했다.

월요일에 일레인을 만났다. 그녀는 강간 피해자들로부터 전화가 오지 않는 것에 실망해하고 있었다. 나는 그녀에게 전화가 아예 오지 않을 수도 있다, 이건 미끼를 많이 던져 놔야 하지만 오랫동안 한 마리도 물지 않는 낚시와 비슷한 경우라고 말해 줬다. 그리고 아직은 이르다고 말했다. 그녀와 통화했던 담당자들은 주말 전까지 전화를 할 것 같지 않았다.

"오늘은 월요일이야."

그녀가 나에게 일깨워줬다. 난 담당자들이 설사 전화를 했더라도 통화가 이루어지려면 시간이 많이 걸릴 뿐더러 피해자도 전화를 걸기로 결정하기까지 며칠 더 생각해 볼 시간이 필요할 것이라고 말했다.

"아니면 전화를 안 하기로 마음을 먹거나."

그녀가 말했다.

화요일에도 전화가 오지 않자 그녀는 한층 더 낙담했다. 그러나 수요일 저녁에 그녀는 흥분해 있었다. 세 명의 여자가 전화를 했다는 희소식이었다. 나쁜 소식은 그 세 통 모두 프랜신 코리의 살인범들과는 전혀 관련이 없어 보인다는 점이었다.

한 여자는 아파트 복도에 숨어 있던 한 남자에게 당했다. 남자는 그녀를 강간하고 나서 그녀의 지갑을 훔쳐갔다. 또 다른 여자는 학교에서 집으로 오다가 같은 학교 학생이라고 생각한 남자의 차를 얻어 탔다고 했다. 그는 그녀에게 칼을 들이대면서 뒷좌석으로 가게 했지만 그녀는 중간에 도망쳤다. 일레인이 말했다.

"그 남자애는 비썩 마른 데다 혼자였대. 그래서 억지로라도 갖다 붙이면 그 남자애도 가능성이 있는 거지. 그리고 세 번째 전화는 데이트 강간이었어. 아니면 작업 강간이거나. 도대체 이걸 뭐라고 불러야 좋을지 모르겠지만 말야. 그 여자 말에 따르면 여자 친구랑 서니사이드 바에서 남자 둘을 만났다나. 그래서 남자들 차를 타고 드라이브를 갔는데 그 여자 친구가 멀미를 해서 차를 멈추고 내려서 토하게 했대. 그런데 그 토하던 여자 친구는 놔두고 그냥 가 버렸다는 거야."

"음, 별로 사려 깊은 행동은 아니었군. 하지만 그걸 강간이라고 보긴 좀 그렇잖아."

"재미있는 판단이군. 어쨌든 한동안 드라이브를 하다가 그 여자 집으로 갔는데 그 남자들이 한바탕 하고 싶어 했다는 거야. 그래서 '그럴 수 없다, 난 헤픈 여자가 아니다.' 이런 소리를 지껄이면서 실랑이를 벌였다더군. 그러다 결국 그녀랑 좀 더 죽이 잘 맞았던 남자랑 섹스를 하기로 합의를 봤다는군. 다른 한 명은 거실에서 기다리기로 했는데. 둘이 한참 그 짓을 하고 있는 중간에 그 남자가 들어와서 쳐다보더래. 자기도 짐작했겠지만, 그걸 보고 그 남자는 더 흥분했겠지."

"그리고?"

"그 남자가 '제발 부탁이야.' 하고 애원하니까 그 여자가 '안 돼.' 하고 버티다가 마침내 입으로 해줬다더군. 그렇게라도 해서 그 남자를 떼 버려야 했으니까."

"그 여자가 그렇게 말했어?"

"좀 더 교양 있게 말하긴 했지만 요점은 그거야. 그 다음에 이를 닦고 경찰에 신고했대."

"강간으로 신고했다는 거야?"

"그게, 강간으로 신고할 수 있는 이유가 있었지. 처음에는 제발 하고 애원을 하더니 나중에는 '나랑 하든가, 아니면 네 이를 부러뜨려서 목구멍에 박아주겠어.' 라고 협박했거든. 그 정도면 강간이라고 할 수 있잖아."

"아, 물론이지, 그 정도로 강요했다면."

"하지만 우리가 찾는 놈들은 아닌 것 같아."

"응, 전혀 아니군."

"자기가 조사를 하고 싶을 경우에 대비해서 전화번호를 받았어. 여자들에겐 프로듀서가 제작하기로 결정하면 다시 전화하겠다고 했지. 지금은 프로젝트 성사 여부가 약간 불확실하다고 했어. 그렇지 않아?"

"물론이지."

"그래서 뭐 도움 될 만한 정보는 못 건졌지만, 세 통이나 전화를 받았으니 고무적이지 않아? 아마 내일은 더 많이 올 거야."

목요일에 온 전화는 언뜻 희망적으로 보였다. 세인트 존스 대학교에서 석사 코스를 밟고 있는 30대 초반의 한 여성이 학교 주차장에 세워둔 자신의 차 문을 열고 있는데, 남자 세 명이 칼을 들이

대면서 그녀를 납치했다. 그 남자들은 그 차에 몰려 타고 커닝햄 공원으로 가서 그녀에게 오럴 섹스와 질 섹스를 강요했다. 또한 칼로 그녀를 찌르겠다고 협박하다가 실제로 우발적으로 그녀의 한쪽 팔을 찔렀다. 그자들은 그녀를 마음껏 유린하고 나서 거기에 버려두고 그녀의 차를 타고 도주했고, 사건 발생 7개월 후인 지금도 아직 차는 찾지 못했다고 했다.

"하지만 그자들이 범인일 리가 없어. 그놈들은 흑인이었거든. 애틀랜틱 애비뉴에 있던 자들은 백인이었잖아, 그렇지?"

일레인이 말했다.

"그래, 모든 목격자들이 유일하게 동의한 점이지."

"그렇군, 그치들은 흑인이었어. 있잖아, 내가 계속 피부색을 물어봐서 그 여잔 날 인종 차별주의자로 생각했을 거야, 아니면 내가 그녀를 인종 차별주의자라고 의심한다고 생각했거나. 그 강간범들의 피부색을 계속 물어봤으니까. 물론 내 입장에서는 꼭 물어봐야 하는 질문이었지만. 결국 그 여자는 우리가 찾는 사람이 아니잖아. 물론 작년 9월부터 현재 사이에 그 작자들이 피부색을 바꾸는 방법을 찾아냈다면 몰라도 말이야."

"만약 그런 방법을 알아냈다면, 40만 달러를 번 것보다 더 수지 맞는 사업일 거야."

내가 말했다.

"재밌네. 어쨌든 바보 같은 기분이 들긴 했지만 그 여자의 이름과 전화번호를 적고 나서 영화 프로젝트에 대한 승인이 떨어지면 연락하겠다고 했지. 그런데 웃긴 일이 생겼지 뭐야? 그 여자가 그랬는데 영화 제작 여부에 상관없이 전화를 걸어서 기쁘다는 거야.

그 사건에 대해서 이야기를 할 수 있어서 기분이 한결 좋아졌대. 사건이 일어난 직후에 이야기도 많이 하고 상담도 받았지만 최근엔 말할 기회가 없었는데 이렇게 하고 보니 마음이 가벼워졌다는 거야."

"그런 말을 들어서 당신 기분이 좋았겠는걸."

"그랬어. 그때까지는 그 여자에게 거짓말로 못할 짓을 하는 것 같아 죄책감이 느껴졌거든. 내가 이야기하기 편한 사람이래."

"흠, 이 기자의 소견으로 보면 당연한 말이군."

"그 여자는 내가 카운슬러인 줄 알았대. 상담 받으러 일주일에 한 번 와도 되는지 물어볼 기세였다니까. 난 영화 제작자의 비서인데 그 일도 카운슬러나 다름없는 테크닉이 필요한 일이라고 말해 줬지."

같은 날 마침내 브루클린 강력계의 존 켈리 형사와 가까스로 연락이 됐다. 그는 레일라 알바레즈 사건을 기억하고 있었고 참혹한 사건이라고 말했다. 그녀는 미인이었으며 지인들에 따르면 착하고 공부도 열심히 하는 학생이었다고 한다.

나는 특이한 장소에 유기된 사체에 관한 기사를 쓰고 있다고 말하고 나서 알바레즈의 시신이 발견됐을 때 범상치 않은 점이 있었는지 물었다. 그는 시신에 상처가 몇 군데 있었다고 하면서 좀 더 상세한 내용을 알 수 있냐고 묻자 대답하지 않는 편이 낫겠다고 답했다. 수사 기밀이기도 하고, 유족들의 심정을 고려해서 코멘트하지 않겠다는 것이었다.

"이해하시리라 믿습니다."

그가 말했다.

나는 다른 각도로 다시 질문했지만 계속 같은 답만 들었다. 그에게 감사를 표하고 전화를 끊으려는 찰나에 뭔가 기억이 나서 78구역에서 일한 적이 있냐고 물었다. 그는 왜 내가 궁금해 하는지 물었다.

"거기서 근무한 존 켈리란 분을 알고 있어서요. 하지만 당신이 그분일리는 없어요. 내가 아는 존 켈리라는 분은 지금쯤 은퇴하셨겠네요."

내가 말했다.

"그분은 제 부친이십니다. 성함이 스커더라고 하셨나요? 기자였습니까?"

"아뇨, 저도 경찰이었습니다. 한동안 78구역에 있다가 형사로 진급하고 맨해튼에 있는 6구역으로 전출됐습니다."

"아, 형사였군요? 지금은 작가라고요? 아버지도 항상 책을 쓴다고 하셨지만 말 뿐이셨죠. 은퇴하신 지 올해로 8년째군요. 지금은 플로리다에 있는 집 뒷마당에서 포도를 키우고 계시죠. 책을 쓰겠다고 하는 경찰은 많죠. 아니면 생각만 하고 있거나. 그런데 당신은 정말 쓰고 있군요?"

이젠 방법을 바꿔야 할 때였다.

"아니요."

내가 말했다.

"뭐라고요?"

"사실 작가라는 건 거짓말이었어요. 전 사립 탐정입니다. 옷을 벗은 후로 죽 이 일을 하고 있죠."

"그럼 알바레즈에 관해 뭐가 알고 싶은 거요?"
"어떤 상처였는지 알고 싶습니다."
"왜?"
"신체 부위가 절단됐는지 알고 싶군요."
어색한 침묵이 흘렀다. 나는 이런 질문을 한 것을 바로 후회했다. 마침내 그가 말했다.
"내가 뭘 알고 싶은지 알겠소, 선생? 도대체 당신이 어디에서 튀어나왔는지 알고 싶군."
"약 1년 전에 퀸즈에서 사건이 하나 있었죠. 남자 세 명이 우드헤븐의 자메이카 애비뉴에서 한 여자를 납치했다가 포레스트 파크에 있는 골프장에 버렸어요. 잔인한 짓을 많이 했죠. 손가락을 두 개 잘라서 그 손가락을, 음, 그러니까, 신체에 난 구멍에 찔러 넣은 것도 포함해서요."
"두 여자를 죽인 놈들이 동일범들이라고 생각할 이유가 있소?"
"아뇨, 하지만 갓스카인드를 누가 죽였든 한 번으로 그만둘 놈이 아니라고 믿을 만한 이유는 있죠."
"그게 퀸즈 사건의 피해자의 이름인가요? 갓스카인드?"
"네, 마리 갓스카인드. 그녀의 살해범들을 다른 사건에도 맞춰보고 있는 중인데 알바레즈 사건이 그럴듯해 보였어요, 하지만 내가 아는 거라곤 신문에 나온 내용뿐이라서."
"알바레즈는 항문에 손가락이 하나 들어 있었소."
"갓스카인드와 같군요. 그녀는 앞에도 하나가 들어 있었죠."
"그녀의……"
"그래요."

173

"당신도 나와 같군요. 고인에게는 그런 단어를 피하고 싶은 마음. 그게, 검시관들하고 같이 있다 보면 기분이 나빠져요. 아마 세상에서 가장 불경한 패거리일거요. 일에 감정을 개입시키지 않으려고 하는 거겠지만."

"아마도."

"하지만 너무 무례해요. 이미 죽은 마당에 우리라도 그 불쌍한 피해자들을 존중해 줘야 하는 거 아니오? 그들은 분명 목숨을 뺏어 간 놈들에게서 아무런 존중도 받지 못했는데."

"그렇죠."

"그녀에겐 한쪽 가슴이 없었소."

"뭐라고 하셨죠?"

"알바레즈 말이요. 그놈들이 한쪽 젖가슴을 도려냈소. 검시관들이 그러는데 피를 흘린 것으로 봐서 그 일이 일어났을 때 아직 살아 있었다고 합니다."

"세상에."

"난 그놈들을 반드시 잡고 싶소, 알겠소? 강력반에서 일하다보면 항상 범인들을 잡고 싶긴 하죠, 시시한 살인 사건이란 건 없으니까. 하지만 어떤 사건은 개인적인 감정이 생기는데 이번 사건이 그렇소. 우린 정말로 죽어라 매달렸소. 피해자의 행적을 조사하고 그녀를 아는 모든 사람들과 이야기를 해 보고. 하지만 현장이 어떤지 알잖소. 희생자와 살인범 사이에 아무 관계도 없고 물증도 별로 없으니 맨땅에 헤딩하는 것도 한계가 있고. 다른 곳에서 죽여서 묘지에 버린 거니까 현장 증거도 거의 없었소."

"그건 신문에 나와 있었어요."

"갓스카인드도 그랬소?"

"네."

"만약 내가 갓스카인드 사건을 알았다면…… 그 일이 1년 전이라고 했소?"

나는 그에게 날짜를 알려줬다.

"그 사건 파일은 퀸즈 쪽에서 죽치고 있었을 텐데 내가 무슨 수로 알 수 있겠소? 시체 두 구와 손가락이라, 흠, 잘랐다가 다시 삽입했다. 난 여기서 이렇게 엉덩이를 뭉개고 있으니……. 아, 이런 말을 하려던 건 아닌데. 빌어먹을."

"도움이 됐으면 합니다."

"도움이 됐으면 한다고요. 아는 게 또 있나요?"

"없어요."

"만약 숨기고 있는 게 있다면……."

"갓스카인드 사건에 대해 알고 있는 것은 모두 그 사건 파일에 있는 내용입니다. 그리고 알바레즈에 대해 아는 건 당신이 말해 준 거고요."

"당신은 이 일에 어떻게 관련된 거요? 개인적으로 관련됐소?"

"방금 말했잖아요."

"아니, 아니지. 왜 관심을 보이냐는 거요."

"그건 말할 수 없습니다."

"집어치워요, 당신에게 숨길 권리는 없소."

"숨기는 거 없습니다."

"흠, 그럼 지금 이 뻣뻣한 태도는 어떻게 설명할 거요?"

난 한숨을 쉬었다.

"난 할 만큼 다 했다고 생각하는데요. 갓스카인드 사건이나 알바레즈 사건이나 특별히 아는 건 없어요. 하나는 사건 파일을 읽었고 다른 사건은 당신이 말해 줬잖소. 그게 내가 아는 전부요."

"처음에 그 파일을 읽게 된 경위는?"

"1년 전 신문 기사를 보고 다른 사건을 알게 돼서 당신에게 전화를 하게 된 거요. 그게 다요."

"당신이 보호하고 있는 의뢰인이 있는 거군."

"만약 나에게 의뢰인이 있다고 해도 그 사람이 범인을 도우려고 하는 것도 아니고, 왜 여기서 그 사람 이야기가 나와야 하는지 모르겠군요. 차라리 두 사건을 당신이 직접 비교해 보고 단서가 있는지 조사해 보는 게 낫지 않겠소?"

"아, 물론 그럴 참이요, 하지만 당신의 동기가 궁금한걸."

"그건 중요하지 않아요."

"당신을 소환할 수도 있소. 계속 그런 식으로 나온다면 당신을 잡으러 갈 수도 있고."

난 인정했다.

"그럴 수 있겠죠. 하지만 그래봤자 내가 이미 말한 것 이상은 알아낼 수 없을 거요. 우리 둘 다 시간 낭비를 하게 되는 거라고요."

"그런 식으로 말하다니 배짱 한 번 두둑하군."

"이봐요, 좀 봐줘요. 내가 전화 걸기 전에는 몰랐던 것을 이제 알게 됐잖소. 만약 그런 식으로 삐딱하게 나온다 해도 상관없지만 그렇다고 뭐가 나오나요?"

"그럼 내가 뭐라고 말해야 할까, 고맙다고?"

그것도 나쁘진 않겠지라고 생각했지만 입 밖으로 꺼내진 않았다.

"그건 이쯤에서 그만하고, 당신 주소랑 번호를 남기시오. 내가 당신과 연락하고 싶을 경우에 대비해서."

내 이름을 그에게 알려준 게 애초에 실수였다. 그가 유능한 형사인지 알아보기 위해 내 이름을 맨해튼 전호부에서 찾아보게 할 수도 있었지만 순순히 내 주소와 번호를 알려준 후 미안하지만 내게는 의뢰인에게 지켜야 할 책임이 있다고 말했다.

"내가 경찰이었다면 나도 화가 났을 거요. 그래서 당신 기분도 이해할 수 있어요. 하지만 나도 해야 할 일을 하는 것뿐이오."

내가 말했다.

"아, 그런 말은 전에도 들어봤소. 어쨌든 두 사건의 범인이 동일하고 뭔가 실마리가 잡힌다면 우리가 협력해서 잡을 수 있겠지. 그러면 좋을 거요."

이 상황으로서는 이 대답이 그가 할 수 있는 말 중 고맙다는 말에 가장 가까운 것이리라. 그걸로 난 만족했다. 난 그러면 정말 기쁠 것이라며 그에게 행운을 빌어 주었다. 그리고 그의 아버지에게도 안부를 전해달라고 덧붙였다.

# 10

그날 밤 나는 모임에, 일레인은 강좌에 갔다가 각자 택시를 타고 돌아와 마더 구스 클럽에서 음악을 들었다. 대니 보이는 11시 30분쯤 나타나서 우리와 합석했다. 그가 데려온 여자는 키가 크고 말라깽이에 짙은 검은색 피부의 기이한 여인이었다. 대니 보이는 그녀를 칼리라고 소개했다. 그녀는 고개를 가볍게 끄덕여서 소개에 답했지만 그 다음 30분 동안 한 마디도 하지 않았고, 누가 뭐라고 하는지 듣지도 못하는 것 같았다. 그러다 갑자기 그녀는 앞으로 몸을 기대고 일레인을 물끄러미 보면서 말했다.

"당신의 영기는 녹색을 띤 청색이네요, 아주 순수하고 아름다워요."

"고마워요."

일레인이 말했다.

"당신은 아주 오래된 영혼을 가지고 있어요."

이 말이 칼리가 한 마지막 말이었고 그녀가 우리 존재를 의식은 하고 있다는 마지막 신호였다.

대니 보이에겐 나에게 말해 줄 만한 건수가 없어서 우리는 그냥 음악을 즐기면서 무대가 비는 사이사이 이야기를 나눴다. 클럽을 나왔을 때는 꽤 늦은 시간이었다. 일레인의 집에 택시를 타고 가는 길에 내가 말했다.

"자기에게는 아주 오래된 영혼이 있고, 녹색을 띤 청색의 영기가 있고, 아주 귀엽게 생긴 엉덩이가 있지."

"그 여자 통찰력이 뛰어나던데. 대부분의 사람들은 두세 번 만나기 전까지는 내 청록색 영기를 알아차리지 못하던데."

일레인이 말했다.

"그 오래된 영혼은 말할 것도 없고."

"그 오래된 영혼 이야기는 좀 빼 줘. 내 귀여운 엉덩이에 대한 이야기는 얼마든지 해도 좋지만. 대니는 어디서 그런 여자들을 데려오는 걸까?"

"나도 모르지."

"만약 그 여자들이 모두 영화계를 기웃거리는 흔해빠진 갈보들이라면 뭐 할 말 없지만, 그렇지도 않은 것 같단 말이야. 칼리, 그 여자는 뭐를 먹고 뿅 가 있었을까?"

"전혀 모르겠어."

"분명히 그 여자는 딴 세상에 가 있었단 말이야. 아직도 사람들이 환각제를 쓰나? 그 여자는 분명히 독버섯이나 썩어 가는 가죽에서만 자라는 환각 버섯 같은 걸 먹었을 거야. 무당 같은 거 하면 돈을 왕창 벌 것 같던데."

"그 여자 가죽이 썩어 가면 못 하겠지. 그 분위기로 봐선 굿에 집중할 것 같지도 않고."

"내가 무슨 말 하는지 알잖아. 그 여자는 생긴 것도 그쪽에 어울리고 분위기가 그럴듯해. 당신이 그 여자 발밑에 엎드려서 황홀해하는 그림이 나오지 않아?"

"전혀."

"당신은 사디스트랑은 영 거리가 멀단 말씀이야. 지난 번 내가 당신을 묶었을 때 생각나?"

운전사는 웃음을 참으려고 무진 애를 쓰고 있었다.

"제발 입 좀 다물어 줘."

내가 말했다.

"기억나? 쿨쿨 자 버렸잖아."

"당신이 얼마나 편하면 그러겠어. 이제 제발 입 좀 다물어."

"난 내 청록색 영기로 내 몸을 두르겠소. 그리고 아주 조용하게 있겠소."

다음 날 아침 내가 일레인의 집을 나오기 전에 그녀는 강간 피해자들로부터 전화가 걸려올 것 같은 감이 든다고 말했다.

"오늘이 바로 그날이야."

그녀가 말했다.

하지만 청록색 영기고 뭐고 간에 그녀의 감은 맞지 않았다. 전화는 한 통도 오지 않았다. 그날 밤 그녀에게 전화했을 때 그녀는 시무룩해 있었다.

"이제 좇났나 봐. 수요일에 세 통, 어제 한 통 그리고 오늘은 한 통도 없었어. 오늘쯤은 뭔가 끝내주는 전화가 와서 영웅이 되려나 보다 생각했더니."

"수사의 98퍼센트는 모두 시시한 거야. 생각해 볼 수 있는 수사는 모두 해보는 거지, 뭐가 쓸모 있을지 모르니까. 당신이 아주 능숙하게 전화를 해 줘서 반응이 좋았지만 그 세 명의 어릿광대에게 살아서 달아난 피해자를 못 찾았다고 해서 낙담할 필요는 없다는 말이야. 당신은 지금 덤불 속에서 바늘을 찾고 있는 셈인데 어쩜 처음부터 그 덤불에는 바늘이 없었을 수도 있어."

"무슨 뜻이야?"

"내 말은 아마 처음부터 목격자는 없었는지도 몰라. 그 자식들은 여자들을 잡는 대로 족족 다 죽였고 그래서 당신은 처음부터 존재하지 않는 여자를 찾으려고 애쓰고 있는 건지 몰라."

"흠, 만약 그런 여자가 없다면, 그 여자는 지옥이나 가라고 해 줄 거야."

그녀가 말했다.


티제이는 매일 전화를 걸었는데, 어쩔 때는 하루에 한 통 이상이었다. 브루클린에 있는 두 대의 공중전화를 조사해 보라고 그에게 50달러를 줬지만 이 일에서 그가 버는 건 별로 없었다. 대부분 지하철이나 버스비에 쓰거나 아니면 전화하는 데 썼기 때문이다. 카드 도박사의 바람잡이를 하거나 길거리의 노점상을 도와주는 편이 이보다는 수입이 좋았을 것이다. 하지만 그는 계속 나에게 일거리를 달라고 졸랐다.

토요일에 나는 수표를 한 장 끊어서 집세를 내고 카드 대금이랑 전화세 같은 공과금을 치렀다. 전화세 영수증을 보고 있자니 캐넌 코리의 집에 걸려온 전화가 다시 생각났다. 며칠 전 전화 회사에 근무하는 직원에게 그 데이터를 찾을 방법이 없는지 알아내려고 시도했지만 그런 방법은 없다는 말만 들었다.

그 생각을 하고 있을 때 10시 반 쯤 티제이가 다시 전화를 걸어 애원했다.

"조사할 공중전화를 몇 개 더 말해 줘요. 브롱크스, 스태튼 아일랜드, 어디든."

"네가 정말로 날 위해 해 줄 일이 있긴 있어. 전화번호를 하나 말해 줄 테니 누가 전화했는지 알려 줘."

"뭐라고요?"

"아냐, 아무것도 아냐."

"아니에요, 뭔가 말했잖아요, 아저씨. 뭔지 말해 줘요."

"아마 너라면 할 수 있을지도 모르겠다. 지난번 패러것 로드에 있는 공중전화 번호를 네가 알아낸 것 기억하지?"

"그 점잖게 목소리 깔고 구라 친 것 말이죠?"

"그거야. 너라면 그 방법을 써서 베이 리지에 있는 전화번호로 전화를 건 번호 리스트를 알아내 달라고 전화 회사 부회장을 설득할 수 있을지도 모르지."

그는 질문을 몇 가지 더 했고 나는 뭘 찾고 있는지, 왜 그것을 찾을 수 없었는지 설명해 줬다.

"잠깐만요. 전화국 직원들이 알려 줄 수 없다고 그랬어요?"

그가 말했다.

"알려 줄 정보가 없다고 했지. 통화를 기록하기는 하지만 통화

데이터를 그런 식으로 정리할 방법이 없다더군."

"놀고 있네. 나랑 통화했던 그 첫 번째 교환원도 처음엔 번호를 알려 줄 수 없다고 했잖아요. 그 사람들이 하는 말을 다 믿어선 안 돼요, 아저씨."

"아니, 난······."

"아저씨도 참. 이렇게 매일 전화를 해서 시킬 일이 없냐고 물어 봤는데, 항상 없다고 했잖아요. 왜 전에 이 이야기를 하지 않았어요? 머리는 뒀다 어디에 쓸 거예요?"

"무슨 말이지?"

"아저씨가 뭘 원하는지 말하지 않으면 내가 어떻게 도와줄 수 있겠어요? 처음부터 말했잖아요, 아저씨가 뭘 찾는지 말해 주면 도와주겠다고."

"기억나."

"그럼 나에게 물어보지 왜 전화 회사에서 삽질을 하고 있었어요?"

"그럼 네 말은 전화 회사에서 어떻게 번호를 빼내는지 안단 말이야?"

"아뇨, 아저씨. 하지만 콩과 연락하는 법은 알죠."


"콩 브라더스는, 지미와 데이비드에요."

"걔들은 형제니?"

"얼굴은 하나도 안 닮았죠. 지미 홍은 중국인이고 데이비드 킹은 적어도 한쪽은 유대인이에요. 그 형 아빠는 유대인이지만 엄마는 내 생각에 푸에르토리코 사람인 것 같아요."

"그런데 왜 콩 브라더스야?"

"지미 홍하고 데이비드 킹이잖아요? 홍콩과 킹콩, 모르겠어요?"

"아."

"그리고 그 형들이 좋아하던 게임이 동키 콩이에요."

"그건 또 뭐야, 비디오 게임?"

그는 고개를 끄덕였다.

"꽤 괜찮은 게임이에요."

우리는 티제이가 만나야 한다고 우긴 장소인 버스 터미널의 스낵바에 있었다. 나는 맛없는 커피를 한 잔 마셨고 티제이는 핫도그를 먹으면서 펩시콜라를 마시고 있었다. 그가 말했다.

"그 멋쟁이 삭스 기억나요? 오락실에서 게임 하던 거 같이 봤잖아요? 걔도 그 종목에서 고수이긴 한데 콩에 비하면 아무것도 아니에요. 게임하는 사람들은 항상 그 게임에 맞춰서 따라가려고 애쓴다는 거 알죠? 콩 브라더스는 따라갈 필요가 없어요. 항상 한 발자국 앞서 나가니까."

"그래서 핀볼 천재들을 만나게 하려고 여기까지 날 오게 한 거야?"

"핀볼하고 비디오 게임은 하늘과 땅 차이에요."

"흠, 그렇긴 하겠지만……"

"하지만 비디오 게임과 지금 콩 브라더스의 수준은 또 하늘과 땅 차이라고요. 내가 오락실에 죽치고 있는 게임 고수들 이야기 했죠. 일단 어느 정도 잘 하게 되면 더 이상 올라갈 수가 없다는 말 했잖아요? 그래서 시들해진다는 거."

"그렇게 말했지."

"그래서 컴퓨터에 관심을 돌리죠. 듣기론 콩 브라더스는 처음부터 컴퓨터에 관심이 많았대요. 비디오 게임을 그렇게 잘 하는 것도 컴퓨터에 빠삭해서 게임이 어떻게 진행될지 미리 알고 있기 때문이래요. 체스 할 줄 알아요?"

"요령은 알지."

"조만간 아저씨랑 한판 붙어야겠어요, 실력 좀 보게. 워싱턴 스퀘어에 있는 그 돌로 만든 테이블 알죠? 사람들이 시간 기록기 가져다 놓고 줄 서서 체스 두려고 기다리는 곳 있잖아요? 나 거기서 가끔 체스 둬요."

"그럼 아주 잘 하겠는데."

그는 머리를 흔들었다.

"고수들과 붙으면 허리까지 물이 찬 곳에서 달리기를 하는 기분이 들어요. 아무데도 가지 못하죠, 왜냐하면 그 사람들이 내 머리 꼭대기에 있으니까."

"가끔씩은 범인들을 잡을 때도 그런 기분이 들지."

"그래요? 어쨌든 비디오 게임에는 콩 브라더스가 그런 고수에요. 항상 상대편의 수를 훤히 다 읽고 있죠. 그래서 컴퓨터에 빠진 거예요, 해커가 됐다고요. 그게 뭔지는 알죠?"

"들어는 봤지."

"아저씨, 전화 회사에서 뭔가 알아내고 싶으면 교환원에게 전화하지 말아요. 부회장이란 작자를 어떻게 해 볼 생각도 하지 말고요. 콩 브라더스에게 전화를 때리란 말이에요. 이 브라더스는 전화 속으로 들어가서 그 안에서 어슬렁거리고 돌아다니는 사람들이에요. 전화 회사가 괴물이라 치면 그 혈관 안에서 수영을 하고 다닐 사람들이라 이거죠. 그 영화 봤어요? 제목이 뭐더라, 「바디 캡슐」이던가? 아무튼 이 브라더스는 전화 안에서 탐험을 한다 이거죠."

"글쎄다. 전화 회사 중역도 그 데이터를 뽑아낼 방법을 모른다는데……."

"아저씨도 참, 지금까지 뭘 들었어요?"

그는 한숨을 쉬더니 빨대를 힘주어 빨아서 마지막 남은 펩시를 마셨다.

"거리에서 무슨 일이 일어나고 있는지 알려면, 듀스나 바리오(미국의 스페인어 통용 지역—옮긴이)나 할렘 사정을 파악하려면 누구에게 가서 물어보겠어요? 잘난 시장님에게 갈 거예요?"

"아."

"이제 내가 무슨 말 하는지 알겠어요? 이 둘은 전화 회사를 자기 집 앞마당처럼 헤집고 다닌다고요. 전화를 여왕이라고 치면? 콩 브라더스는 그 여왕의 치맛자락을 들춰 보는 그런 수준이죠."

"어디서 그 애들을 찾지? 오락실에서?"

"말했잖아요. 그 형들은 이제 게임에 관심 없어요. 가끔 어떤 게임이 재미있는지 보러 들리긴 하지만 자주 오진 않아요. 우리 쪽에선 그 형들을 찾을 수 없어요. 형들이 우릴 찾아오는 거죠. 우리가 여기 있을 거라고 말해 뒀어요."

"어떻게 연락한 거지?"

"어떻게 했을 거 같아요? 삐삐를 쳤죠. 콩 브라더스는 전화기에서 떨어지질 않는다니까요. 있죠, 이 핫도그 맛있는데요. 아저씨는 이런 음식이 형편없다고 생각하겠지만 열라 맛있어요."

"하나 더 먹고 싶다는 말이니?"

"그럼 좋죠. 형들이 여기 오려면 좀 걸릴 거예요. 도착하고 나서도 먼저 먼발치에서 아저씨를 뜯어보고 올 거예요. 아저씨가 혼자 왔는지도 확인하고. 아저씨에게 겁먹으면 눈 깜짝할 사이에 사라져 버릴걸요."

"왜 걔들이 날 무서워 한다는 거지?"

"왜냐면 아저씨가 전화 회사에 고용된 일종의 짭새일 수도 있으니까. 아저씨, 콩 브라더스는 무법자라고요! 만약 전화의 여왕이 그 형들을 잡으면 엉덩이를 세게 때려 주겠죠."

"포인트는 조심해야 한다는 거죠. 양복쟁이들은 황화(황색 인종이 서양 문명을 압도한다는 백색 인종의 공포심—옮긴이) 이후로 해커가 미국 기업에 가장 위협적인 존재라고 확신하고 있어요. 언론에서는 우리가 원하면 어떤 짓을 할 수 있는지 떠벌리는 기사를 매번 싣고 있죠."

지미 홍이 말했다.

"데이터를 파괴하고. 기록을 바꾸고. 회로를 지워 버리고."

데이비드 킹이 말했다.

"기사 거리로는 좋지만 우린 그런 멍청한 짓을 하지 않는다는 진실은 싹 빼 버리죠. 우리는 그저 무임승차나 하는 수준인데 언론에서는 우리가 기차선로에 다이너마이트를 설치한다고 생각하곤 해요."

"아, 가끔 일부 얼간이들이 바이러스를 만들어 내기도 하잖아."

"하지만 그건 대부분 해커들이 하는 짓이 아니라 회사에 원한을 품은 멍청이거나 누군가 해적판 소프트웨어를 써서 시스템에 결함이 생기는 것뿐이에요."

"결론은, 지미는 위험을 감수하기엔 너무 삭았어요."

데이비드가 말했다.

"지난달에 열여덟 살이 됐지요."

지미 홍이 말했다.

"만약 우리가 잡히면 지미는 성인으로 재판을 받게 돼요. 그건 민증 나이이고 사실 정신연령을 따지자면……."

"그러면 데이비드는 무죄죠. 데이비드는 아직 철이 안 들었거든요."

지미가 말했다.

"철은 석기 시대와 철기 시대 사이에 이미 들었네."

일단 나를 믿기로 판단하자 그 둘은 쉴 새 없이 수다를 떨었다. 홍은 180센티미터의 큰 키에 마른 편으로 곧게 뻗친 까만 머리에 길고 냉소적인 얼굴을 한 소년이었다. 그는 황색 렌즈가 달린 조종사용 선글라스를 끼고 있었는데, 10분이나 15분 정도 후에 동그란 무색 렌즈가 달린 뿔테 안경으로 바꿔 쓰고 나니 갑자기 히피풍 외모에서 학구파 외모로 변신했다.

데이비드 킹은 170센티미터가 넘지 않는 키에 얼굴이 둥글고 빨간 머리를 가진, 주근깨가 많이 난 소년이었다. 둘 다 뉴욕 메츠 재킷과 카키색 면바지에 리복 운동화를 신고 있었지만 쌍둥이처럼 보이진 않았다.

하지만 눈을 감고 있다면 속을 수도 있을 것 같았다.

목소리가 비슷했고 말투도 많이 닮은 데다 종종 상대편의 말을 자르고 끼어들어 자신이 상대방의 문장을 끝내곤 했다.

이들은 살인 사건을 해결하는 데 가담한다는 사실에 흥분했다. 사건에 대해 자세하게 이야기를 해 주진 않았지만 전화 회사의 직원들로부터 내가 받은 거절 사유를 듣고 무척 재미있어 했다.

"정말 황당하네요. 할 수 없다고 말하다니. 할 수 없는 게 아니라 못한다는 말이겠죠."

지미 홍이 말했다.

"자기네 시스템인데. 아저씨는 그 사람들이 자기가 다루는 시스템을 잘 알 거라고 생각하겠지만."

데이비드 킹이 말했다.

"사실은 그렇지 않죠."

"그리고 그 사람들은 우리를 증오해요. 자기들보다 우리가 더 완벽하게 시스템을 파악하고 있으니까."

"그리고 우리가 그 시스템을 망친다고 생각하죠."

"사실 우리는 그 시스템을 사랑하는데. 정말 고난도의 해킹을 하려면 나이넥스(NYNEX, 지역 전화 회사—옮긴이)가 최고예요."

"거기 시스템이 짱이죠."

"믿을 수 없을 만큼 복잡하고."

"바퀴 안에 바퀴가 있고."

"미로 속에 미로가 있고."

"비디오 게임의 결정판과 던전 앤 드래곤(미국의 유명 롤플레잉 게임—옮긴이)을 하나로 합쳐 놓은 게임이라고나 할까."

"우주적이고."

내가 말했다.

"그래서 할 수 있다는 거니?"

"뭐를요? 아, 특정한 날에 특정한 번호로 걸려온 전화번호를 알아내는 거?"

"맞아."

"문제죠."

데이비드 킹이 말했다.

"흥미로운 문제란 말이에요, 킹 말은."

"맞아요, 매우 흥미롭죠. 하지만 답은 있죠, 해결 가능한 문제랍니다."

"쉽진 않겠지만."

"데이터 양이 엄청날 테니."

"데이터가 열라 많아요. 수억 개는 나오겠죠."

지미 홍이 말했다.

"데이터라 함은 통화 수를 말하는 거죠."

"수십 억 통의 통화. 말로 할 수도 없죠."

"그걸 다 처리해야 하니까."

"하지만 그걸 하기 전에."

"시스템에 들어가야죠."

"예전에는 쉬웠는데."

"식은 죽 먹기였는데."

"예전에는 문을 활짝 열어놨는데."

"이제 닫아버렸어요."

"꽉 닫아버렸죠, 말하자면."

"뭐 특별한 장비를 사야한다면……."

내가 말했다.

"아니에요. 그렇진 않아요."

"필요한 건 이미 다 있어요."

"그렇게 많이 필요하지도 않아요. 쓸 만한 노트북 하나, 모뎀 한 개 그리고 음향 결합기 하나."

"다 해도 1200달러면 뒤집어써요."

"물론 머리가 해까닥 돌아서 비싼 노트북을 사면 모르겠지만, 그럴 필요는 없어요."

"우리가 쓰는 건 750달러에 샀는데 필요한 건 다 장착되어 있죠."

"그래서 할 수 있는 건가?"

둘은 시선을 마주치더니 나를 봤다. 지미 홍이 말했다.

"물론이죠, 할 수 있어요."

"재미있을 것 같아요."

"밤을 새야죠."

"오늘 밤은 안 되고."

"아, 나도 오늘 밤은 안 돼."

"그럼, 오늘 밤은 아니고. 얼마나 빨리 해야 하죠?"

"흠……."

"내일은 일요일이에요. 일요일은 괜찮아요, 매튜 아저씨?"

"난 괜찮아."

"넌 어때, 킹?"

"좋아, 홍."

"티제이, 너도 올 거야?"

"내일 밤?"

나를 콩 브라더스에 소개시킨 후로 티제이가 처음 입을 열었다.

"보자, 내일 밤이라. 내가 내일 밤 스케줄이 어떻게 되지? 그레이시 맨션에서 기자 회견을 하기로 했든가, 아님 세계의 창에서 헨리 키신저랑 저녁을 하기로 했든가?"

그는 수첩을 넘기는 시늉을 하더니 맑은 눈으로 우리를 바라봤다.

"이것 봐라. 내일 시간이 비네."

"비용이 좀 들 거예요, 매튜 아저씨. 호텔방을 하나 잡아야 해요."

지미 홍이 말했다.

"내 방이 있는데."

"아저씨가 사는 곳 말이에요?"

둘은 마주보고 씩 웃으면서 내 순진함에 고소를 금치 못했다.

"아뇨, 우리가 원하는 곳은 익명으로 묵을 수 있는 방이에요. 있죠, 우리는 이제 나이넥스 속으로 깊숙이 들어가야 해요."

"말하자면 그 괴물의 배 속으로 기어 들어가야 한다고요."

"그러다 발자국을 남길 수도 있죠."

"아니면 지문이 남을 수도 있고, 더 정확히 말하면."

"아니면 목소리를 남길 수도 있고, 은유적으로 말하자면."

"그래서 누군가 추적할 수 있는 전화는 안 돼요. 우리가 원하는 건 가명으로 호텔 방을 하나 잡고 현금으로 지불하는 거죠."

"좀 깔끔한 방으로."

"특급 호텔까지는 아니더라도."

"그리고 직통 전화를 걸 수 있어야 해요."

"요즘 호텔방에는 대부분 직통 전화가 있어요. 그리고 꼭 버튼을 누르는 전화라야 해요."

"돌리는 전화기는 안 돼요."

"음, 그건 쉽지. 보통 그런 식으로 일해? 호텔 방을 잡아서?"

둘은 다시 서로를 쳐다봤다. 내가 말했다.

"만약 좋아하는 호텔이 있으면 거기로 하려고 그래."

"있죠, 매튜 아저씨, 우리가 해킹할 때는 보통 깔끔한 호텔 방에 쓸 100달러 혹은 150달러가 없어요."

"지저분한 방에 쓸 75달러도 없죠."

"허접한 방에 쓸 50달러도 없고. 그래서 우리가 어떻게 하냐면……."

"별로 통화량이 많지 않으면서 전화기가 많은 곳, 예를 들면 통근 열차가 지나가는 그랜드 센트럴 역의 대기실 같은 곳에 있는 전화기를 써요."

"한밤중에 출발하는 통근 열차는 별로 없으니까."

"아니면 빌딩 사무실 같은 뭐, 그런 곳이죠."

"한번은 몰래 사무실에 숨어 들어갔는데."

"정말 바보 같았죠, 아저씨. 다시는 그런 짓 안할 거예요."

"그냥 전화 좀 쓰려고 들어간 거죠."

"경찰에게 그렇게 말할 수 있겠어요? '경찰관님, 우리는 강도질하려고 들어온 게 아니라 그냥 전화 좀 쓰려고 들어 왔어요.' 라고."

"스릴 넘치긴 했지만 다시는 하지 않을 거예요. 문제는, 있죠, 이 일을 하려면 시간이 무지 많이 들 거란 거죠……."

"그리고 다 접속해 놨는데 누가 들어오거나 전화기를 바꿔야 한다면 열 받겠죠."

"그 정도야 쉽지. 괜찮은 호텔 방을 하나 잡아 둘게. 또 필요한 건 없니?"

내가 말했다.

"코카콜라."

"아니면 펩시."

"코카콜라가 나아."

"아니면 졸트.(미국산 고(高) 카페인 콜라──옮긴이) 설탕량은 똑같은데 카페인은 두 배잖아."

"그리고 스낵도 좀 있어야죠. 도리타스(멕시코풍 콘칩 브랜드 ──옮긴이)도 좋고."

"치즈 맛을 골라, 불고기 맛은 별로야."

"감자 칩하고 치즈 두들스.(콘 스낵의 한 종류──옮긴이)"

"아, 싫어, 치즈 두들스는 안 돼."

"난 치즈 두들스가 좋아."

"이런, 그렇게 허접한 스낵이 또 있음 나와 보라고 해. 먹을 수 있는 것 중에 치즈 두들스보다 더 불량한 스낵 있음 대 봐."

"프링글스."

"불공정해! 프링글스는 음식이 아냐. 매튜 아저씨가 심판을 봐 주세요. 말해 봐요, 프링글스가 음식이에요?"

"음……."

"아니죠! 홍, 넌 정말 변태야. 프링글스는 작은 프리스비를 휘어놓은 거야, 그게 다라고. 음식이라고 할 수 없어."

캐넌 코리가 전화를 받지 않자 나는 그의 형에게 전화를 걸었다. 전화를 받는 피터의 목소리가 잠겨 있어서 난 잠을 깨워서 미안하다고 사과했다.

"요즘 계속 그러네. 미안해요."

"내 잘못이에요, 한낮에 졸고 있었으니. 요즘 밤낮이 바뀌어서 잠을 잘 못 자요. 무슨 일이죠?"

"별건 아니고. 캐넌과 통화가 안 돼서요."

"아직 유럽에 있어요. 어젯밤에 통화했어요."

"그랬군요."

"월요일에 온다던데. 왜, 좋은 소식이 있어요?"

"아직은 아니에요. 택시비가 좀 필요해서."

"네?"

"수사 비용 말이에요. 내일 2000달러 정도 써야 하는데. 캐넌에게서 결제를 받고 싶어서요."

내가 말했다.

"아, 문제없어요. 동생은 두말 않고 쓰라고 할 겁니다. 수사비용은 다 부담하겠다고 했잖아요?"

"그랬죠."

"그럼 써요. 동생이 와서 다 줄 거예요."

"그게 문제에요. 내 돈은 전부 은행에 있고 오늘은 토요일이라서."

내가 말했다.

"현금 자동 지급기를 쓸 순 없나요?"

"돈을 은행의 귀중품 보관소 상자에 넣어뒀거든요. 그래서 찾을 수가 없어요. 요전 날 공과금 내느라 당좌 수표를 끊을 수도 없고."

"그럼 그냥 가계 수표를 끊고 월요일에 돈을 받아요."

"거긴 수표를 받는 곳이 아니라서."

"아, 그렇군요."

침묵이 흘렀다.

"어째야 할지 모르겠네요, 매튜. 내게 한 200달러 정도는 있지만 2000달러는 어림도 없으니."

"캐넌이 금고에 돈을 넣어두지 않나요?"

"아마 지금 필요한 만큼보다 더 많이 넣어뒀겠지만, 금고에는 손을 댈 수 없어요. 설사 형이래도 마약 중독자에게 금고 비밀 번호를 알려줄 순 없으니까. 이성을 상실하지 않는 한."

나는 아무 말도 하지 않았다.

"뭐 그렇다고 기분 나쁘진 않아요. 그냥 그렇다는 거죠. 내가 비밀 번호를 알고 있어야 할 이유도 없고. 사실 번호를 몰라서 다행이라는 말을 해야죠. 나도 날 믿을 수 없으니."

"당신은 술도 약도 끊었잖아요. 피터. 얼마나 됐죠, 한 1년 반?"

"난 아직도 알코올 중독자에 마약 중독자예요. 차이점이 뭔지 알아요? 알코올 중독자는 당신의 지갑을 훔치죠."

"마약 중독자는?"

"아, 마약 중독자도 당신의 지갑을 훔치죠. 그러고 나서 당신이 지갑을 찾는 것을 돕겠죠."

나는 피터에게 첼시 모임에 가고 싶으냐고 물을 뻔 했지만 그러지 않았다. 난 그의 후원자도 아니고 후원자가 되고 싶은 것도 아니라는 것이 기억났던 탓이다.

나는 일레인에게 전화를 걸어서 현금이 어느 정도 있는지 물었다.

"이리 와. 나야 가진 게 현금밖에 없잖아."

그녀에겐 50달러와 100달러짜리 지폐로 1500달러가 있었고 현금 지급기에서 더 찾을 수 있다고 했지만 하루에 찾을 수 있는 한도액은 500달러였다. 일레인을 빈털터리로 만들 수는 없는 노릇이어서 1200달러를 빌렸다. 지갑에 있는 돈과 현금 지급기에서 찾을 수 있는 돈을 합치면 충분했다.

나는 그 돈의 용도를 일레인에게 설명했다. 그녀는 이것이 스릴 넘치는 계획이라고 생각했다.

"그래도 안전하긴 한 거지?"

그녀는 재차 확인했다.

"불법인 건 확실한데 어느 정도로 불법적인 거야?"

"무단횡단보다 더 심각한 범죄지. 컴퓨터 불법침입은 중죄고 컴퓨터로 장난치는 것도 못지않은 범죄야. 콩 브라더스는 내일 밤이 두 가지 범죄를 다 저지를 거야. 난 그 아이들의 공범인데다 이미 범죄 교사죄까지 저질렀어. 요즘엔 이런저런 형법을 어기지 않고서는 조사를 할 수가 없다니까."

"하지만 그럴 만한 가치가 있는 거지?"

"그래."

"콩 브라더스는 그냥 아이들이잖아. 그 아이들이 곤란해지진 않겠지?"

"나도 곤란해지고 싶지 않아. 그리고 그 아이들은 항상 이런 종류의 위험을 감수하는 아이들이야. 이번 일로 돈도 벌게 되고."

"얼마나 줄 생각이야?"

"한 사람당 500달러씩."

그녀가 휘파람을 불었다.

"하루 밤 작업치곤 짭짤한데."

"아니, 그런 건 아냐. 걔들에게 원하는 보수를 말하라고 했다면 더 적은 액수를 불렀을 거야. 내가 얼마나 원하는지 물으니까 멍해지던걸. 그래서 한 사람당 500달러씩 주겠다고 내가 먼저 제안했어. 그 정도면 괜찮다고 생각하는 것 같더군. 그 아이들은 중산층 아이들이니 돈에 쪼들리는 것 같지도 않고. 말만 잘하면 공짜로 일을 시킬 수도 있겠더라."

"그 아이들의 착한 심성에 호소해서 말이지."

"뭔가 스릴 있는 일을 해 보고 싶어 하는 욕구를 이용하던가. 하지만 그러고 싶지 않았어. 그 아이들이라고 돈을 벌면 안 된다는 법도 없잖아? 누구에게 뇌물을 써야 하는지 알아낼 수 있었다면 그 직원에게 그보다 더 많이 지불할 각오도 하고 있었으니까. 하지만 내가 원하는 정보를 알아내는 건 기술적으로 불가능하다는 말만 들었어. 그렇다고 해도 왜 그 돈을 콩 브라더스에게 주냐고? 어차피 내 주머니에서 나가는 돈도 아니고 캐넌 코리도 항상 수사비는 빵빵하게 지원한다고 했잖아."

"만약 캐넌이 발뺌하면?"

"그럴 것 같지 않아."

"조끼 속에 마약을 가득 넣은 채 세관에서 체포되는 사태가 일어날 수도 있지."

"사실 그런 가능성도 생각해 봤어. 그래봤자 내가 손해 보는 건 2000달러 정도야. 조사를 2주 전에 시작했을 때 만 달러를 착수금으로 받았으니까. 그러고보니 거의 2주가 흘렀군. 월요일이면 2주째야."

"뭐 문제 있어?"

"흠, 그동안 별로 수확이 없었어. 마치…… 이런, 집어치우자. 할 수 있는 건 다 하고 있는걸. 어쨌든 요점은 돈을 돌려받지 못한다 해도 이런 종류의 도박은 할 수 있을 만한 여유가 있다는 거야."

"나도 그렇게 생각해."

그녀는 얼굴을 찌푸렸다.

"왜 2000달러나 필요하지? 호텔 방 잡는데 150달러쯤 들고, 콩 브라더스에게 1000달러를 주고. 도대체 아이 둘이서 콜라를 얼마나 마셔댈 거 길래?"

"콜라라면 나도 마실 건데. 그리고 티제이도 잊으면 안 되고."

"티제이도 콜라를 물처럼 마실 거래?"

"원하는 만큼 마실 수 있지. 그리고 티제이에게도 500달러를 줄 거야."

"콩 브라더스를 소개해 줬으니까. 그건 깜박했네."

"거기다 콩 브라더스를 소개해 줄 생각을 해냈으니까. 콩 브라더스는 전화 회사에서 데이터를 빼낼 완벽한 해답인데다 난 그런 사람을 찾으려고 하는 생각조차 하지 못했어."

"흠, 자기도 컴퓨터 해커에 대해서는 알고 있었잖아. 하지만 찾기 힘들었겠지? 전화번호부에 해커라고 광고하는 것도 아닐 테고. 매튜, 티제이는 몇 살이야?"

"나도 몰라."
"한 번도 안 물어봤어?"
"제대로 대답한 적이 없어. 열다섯이나 열여섯쯤 됐겠지. 한 살 이상 차이나지는 않을 거야."
"그래서 길거리에서 사는 거야? 잠은 대체 어디서 자는 거지?"
"사는 곳이 있다고 티제이가 그랬어. 어디인지, 누구랑 사는지는 절대 말하지 않지만. 길거리에서 배운 게 한 가지 있다면 자신의 신상에 관해서 털어놓지 말라는 거지."
"본명도. 티제이는 자기가 돈을 얼마나 받게 될지 알아?"
나는 머리를 흔들었다.
"아직 말하지 않았어."
"그렇게 많이 받으리라고 기대하진 않겠지?"
"아니, 하지만 걔라고 못 받을 건 뭐야?"
"트집을 잡자는 게 아니라. 그냥 그 500달러로 티제이가 뭘 할 건지 궁금해."
"뭐든 하고픈 것을 하겠지. 25센트짜리 동전으로 바꾸면 나에게 2000번 전화를 걸 수 있어."
"그렇군."
그녀가 말했다.
"세상에, 정말 다양한 사람들을 만나네. 대니 보이, 칼리, 믹, 티제이, 콩 브라더스. 매튜, 절대 뉴욕을 떠나지 말자, 알았지?"

11

매주 일요일에 짐 페버와 나는 중국 레스토랑에서 같이 저녁을 먹는다. 가끔 다른 곳에 가기도 하지만 이 날은 그 곳에서 6시 반에 그를 만났다. 7시가 조금 지나자 짐은 나에게 다른 약속이 있는지 물었다.
"15분 동안 시계를 세 번이나 봤잖아."
"미안해요. 몰랐어요."
내가 말했다.
"걱정거리가 있나?"
"나중에 좀 해야 할 일이 있어요. 하지만 시간은 넉넉해요. 8시 반까지는 여기 있을 수 있어요."
"난 8시 반에 모임에 갈 거지만 자네는 그 모임 때문에 지금 이러는 건 아니지?"
"아뇨, 오늘 저녁에 못 가게 돼서 오후에 다녀왔어요."

"약속이라."

그가 말했다.

"혹시 술을 마시려고 이렇게 불안해하는 건 아닐테지."

"이런, 아니에요. 거기에 코카콜라보다 더 센 건 없어요. 졸트라면 모르겠지만."

"새로 나온 마약 이름인가?"

"졸트는 콜라에요. 코카콜라랑 맛은 같지만 카페인은 두 배죠."

"그거 마시고 취하는 거 아니야?"

"마실지 안 마실지 모르겠어요. 내가 어디 가는지 궁금해요? 가명으로 호텔 방을 하나 잡아서 세 명의 십대 남자 아이들을 불러들일 계획이에요."

"더 이상은 말 하지 마."

"그만하죠, 곧 있으면 일어날 범죄에 대해 예고해 줄 순 없죠."

"그 아이들과 사고를 치는 건가?"

"사고를 치는 건 그 아이들이고. 전 그냥 보기만 할 거에요."

"농어를 좀 더 들어 봐."

그가 말했다.

"오늘 밤은 유난히 맛있군."

9시에 우리 넷은 프론트넥의 하룻밤 160달러짜리 구석진 방에 모였다. 프론트넥은 몇 년 전 일본 자본을 들여 지은 객실 1200개를 갖춘 호텔로 네덜란드 재벌에게 매각됐다. 프론트넥은 7번 애비뉴와 53번가 사이 모퉁이에 있었다. 우리 방은 28층에 있어서 허드슨 강을 볼 수 있었다. 커튼만 쳐 놓지 않았다면.

경대 위에는 프링글스는 없었지만 치즈 두들스를 포함한 간식이 널려 있었다. 미니 냉장고에는 3가지 종류의 콜라가 6개씩 들어 있었다. 전화는 침대 옆 테이블에서 책상으로 옮겨 놓았는데 수화기에 음향 연결기가 연결되어 있었고 전화기 뒤편에는 모뎀이 꽂혀 있었다. 책상 위에는 전화기 외에도 콩 브라더스의 노트북 컴퓨터가 있었다.

나는 호텔 숙박계에 존 J. 건더맨이라는 가명으로 서명하고 힐크레스트 애비뉴, 스코키, 일리노이 주라고 주소를 썼다. 숙박료는 현금으로 지불했는데 전화기와 미니바에 대한 보증금으로 50달러를 냈다. 미니바는 관심 없었지만 전화기는 꼭 필요했다. 전화기를 쓰자고 호텔방을 잡은 것이다.

지미 홍은 책상에 앉아서 키보드를 두드리면서 전화기 버튼을 누르고 있었다. 데이비드 킹은 다른 의자를 끌어다 놨지만 서서 지미의 어깨 너머로 컴퓨터 스크린을 보고 있었다. 그 전에 그는 나에게 모뎀과 전화선을 이용해서 컴퓨터끼리 연결되는 원리에 대해 설명하려 애썼지만 그건 마치 시골 쥐에게 반 유클리드 기하학의 기초를 설명하려고 하는 것과 같은 꼴이었다. 그가 쓰는 용어는 알아먹었지만 당최 뭐라고 하는 건지 이해할 수 없었다.

콩 브라더스는 호텔 로비를 무사히 통과하기 위해 정장에 넥타이를 매고 왔다. 그러나 호텔 방에 들어오자마자 넥타이와 재킷은 침대 위에 던져 놓고 소매를 걷어붙였다. 티제이는 평상시처럼 입었지만 호텔에서는 까다롭게 굴지 않았다. 그는 배달부로 변장하기 위해 음식 두 봉지를 들고 왔다.

"이제 접속했어요."

지미가 말했다.
"잘 했어!"
"자, 나이넥스에는 들어왔지만 이건 40층에 있는 방에 들어가야 하는데 이제 막 호텔 로비에 들어온 수준이에요. 오케이, 이제 다른 걸 시도해 보죠."

그의 손가락이 키보드에서 춤을 추자 숫자와 글자의 조합이 스크린 위에 떠올랐다. 잠시 후 그가 말했다.

"썩을 놈들이 자꾸 비밀번호를 바꾸네. 이 사람들이 우리 같은 해커를 막기 위해 얼마나 노력하는지 알아요, 아저씨?"

"그럴 능력도 없으면서 말이지."

"시스템을 개선하는 데나 신경 쓸 것이지."

"얼간이들이지."

더 많은 글자와 숫자가 나타났다.

"제기랄."

지미가 중얼거리면서 콜라 캔으로 손을 뻗었다.

"아무래도 있잖아, 대인 관계 프로그램을 돌려야겠어."

데이비드가 말했다.

"동감이야. 사람 상대하는 법을 좀 익혀야겠단 생각이 들지?"

데이비드는 고개를 끄덕이면서 전화기를 들었다.

"어떤 사람들은 이걸 '사회 공학'이라고 부르기도 하죠. 나이넥스 사람들이 제일 상대하기 힘들어요. 회사에서 해커를 주의하라고 직원들에게 미리 경고 하거든요. 직원들이 대부분 띨빵하니 그나마 다행이죠."

그는 전화번호를 하나 돌리고 나서 조금 있다 말했다.

"여보세요, 랄프 윌크스입니다. 지금 전화선이 고장 나서 수리 중입니다. 코스모스(COSMOS, 전화국의 메인 분류 체계를 위한 녹음 보관 시스템—옮긴이)에 접속하는데 문제가 있지 않았나요?"

지미 홍이 말했다.

"항상 문제가 있거든요. 그래서 저렇게 물어보면 통해요."

내가 알지 못하는 전문 용어가 쏟아지더니 데이비드가 말했다.

"아, 그렇군요. 그렇게 로그인하고 있군요? 접근 번호는 뭔가요? 아, 맞아요. 말하지 마세요. 나에게 말하면 안 되죠, 보안 기밀이니까."

그는 눈을 굴렸다.

"아, 알아요. 우리도 같은 문제로 질책을 당하죠. 있죠, 나에게 그 번호를 말하지 말고 그냥 키보드로 치세요."

번호와 글자가 스크린에 나타나자 지미의 손가락이 재빨리 그것들을 우리 컴퓨터의 키보드에 쳤다.

"좋아요."

데이비드가 말했다.

"이제 코스모스 비밀 번호도 같은 식으로 칠 수 있죠? 나에게 몇 번인지 말하지 말고 그냥 자판에 치세요. 그렇죠."

"훌륭해."

번호가 우리 스크린에 뜨자 지미가 부드럽게 말했다. 그는 그 번호를 쳐 넣었다.

"그거면 될 겁니다."

데이비드는 전화를 받는 누군가에게 말했다.

"우리도 이제부터는 아무 문제 없을 겁니다."

그는 전화를 끊고 한숨을 크게 쉬었다.

"우리도 이제부터는 아무 문제 없을 거예요. '번호를 말하지 말고 그냥 치세요. 나에게 말하지 말아요. 달링, 그냥 내 컴퓨터에게 말해요.'"

"끝내줬어."

지미가 말했다.

"들어온 거야?"

"들어왔어."

"만세!"

"매튜 아저씨, 아저씨는 전화번호가 어떻게 되죠?"

"전화 하지 마. 난 집에 없잖아."

내가 말했다.

"아저씨에게 지금 전화하려고 하는 게 아니에요. 아저씨 전화선을 체크하고 싶어서 그런 거예요. 번호가 뭐죠? 아, 괜찮아요, 말하지 말아요, 됐어요. '스커더, 매튜.' 서쪽 57번가, 맞죠? 많이 본 번호죠?"

나는 스크린을 봤다.

"내 번호가 맞네."

"그렇죠. 이 번호 마음에 드세요? 번호 바꿔드릴까요, 더 기억하기 쉬운 번호로?"

"전화 회사에 연락해서 번호를 바꾸려면, 제대로 절차를 다 밟아서 결국 한 주 정도 걸려요. 하지만 우리는 지금 당장 할 수 있어요."

데이비드가 말했다.

"지금 있는 그 번호로 쓸란다."

내가 말했다.

"좋을 대로 하세요. 어디 보자……. 아저씨는 기본 서비스만 받고 있군요. 그렇죠? 콜 포워딩도 안 되고 전화 대기 서비스도 안 되고. 지금 사는 호텔에서 아저씨 전화를 받아주니까 대기 서비스는 필요 없겠지만 콜 포워딩 서비스는 있으면 좋잖아요. 아저씨가 다른 사람 집에서 자면 거기로 자동적으로 전화가 갈 수 있게 돌려놓을 수 있어요."

"그런 수고를 할 만큼 그 서비스를 자주 사용할지 모르겠구나."

"공짜인데요, 뭐."

"그 서비스는 유료로 알고 있는데."

그는 싱긋 웃으면서 분주하게 키보드를 치기 시작했다.

"아저씨는 무료죠. 든든한 지원군이 있잖아요. 지금부터 아저씨는 콜 포워딩 서비스를 받을 수 있어요, 이 콩 브라더스 덕분에. 지금 코스모스에 들어와 있어요. 우리가 침입한 바로 그 시스템이죠. 여기에서 아저씨 계정을 바꿀 거예요. 요금을 부과하는 시스템은 이런 변동에 대해서 모르니까 아저씨에게는 돈 한 푼 나갈 일이 없죠."

"네 마음대로 하려무나."

"시외 전화는 AT & T(미국 전신 전화 회사—옮긴이)를 쓰고 계시군요. 스프린트(미국의 전기 통신 회사—옮긴이)나 MCI(전(前) 미국 통신 회사—옮긴이)가 아니라."

"안했어, 돈이 많이 절약되는 것 같지 않아서."

"흠, 이제 아저씨는 스프린트를 쓸 수 있어요. 요금이 엄청 줄어들걸요."

"정말?"

"네, 아저씨가 시외 전화를 걸면 전화 회사에서 그 전화를 스프린트로 돌릴 거예요. 하지만 스프린트에서는 그 사실을 몰라요."

"그래서 요금이 부과되지 않는 거죠."

데이비드가 말했다.

"글쎄다."

"저희를 믿으세요."

"아, 너희들이 말한 걸 못 믿는다는 게 아니라. 어떻게 받아들여야 할지 모르겠다는 거야. 이건 서비스 도둑질이잖아."

지미는 나를 쳐다봤다.

"지금 전화 회사에 대한 이야기를 하고 있는 거라고요."

"나도 알고 있어."

"이 일로 전화 회사가 비통해 할 것 같아요?"

"아니, 하지만……."

"아저씨가 공중전화로 전화를 하는데 통화는 했지만 만약에 동전이 다시 나오면 어떻게 할 거에요?"

"우표 붙여서 돌려줘야지."

데이비드가 싱글거리며 제안했다.

"무슨 말 하는지 알겠다."

내가 말했다.

"공중전화기가 동전만 잡아먹고 통화는 안 됐을 때 우리 모두 똑같이 반응하잖아요. 생각해 보시라구요. 우리 중 어느 누구도 전화 회사를 상대로 소송을 걸어 동전을 달라고 하진 않아요. 이길 수가 없으니까."

"그렇긴 하지."

"이제 아저씨는 공짜로 시외 전화와 콜 포워딩 서비스를 쓸 수 있어요. 콜 포워딩 서비스를 쓰기 전에 전화를 다른 번호로 연결시켜 놓으려면 그 전에 코드 번호를 입력해야 해요. 뭐, 그냥 전화 회사에 전화해서 번호를 잊어버렸다고 하세요. 그러면 거기서 알려줄 거예요. 어려운 건 아니에요. 티제이, 넌 전화번호 몇 번이야?"

"전화 없는데."

"음, 그럼 자주 가는 공중전화는 있어?"

"자주 가는 곳? 모르겠는데. 어쨌든 번호를 아는 게 하나도 없어."

"그러면 하나 골라서 그 전화기 위치를 알려줘."

"가끔 포트 오소리티에서 쓰는데. 전화기 3대가 나란히 있는 곳 말이야."

"거긴 별로야. 전화기가 너무 많아서 어떤 전화기가 우리가 말하는 전화기인지 알 수 없어. 거리 모퉁이에 있는 전화는 어때?"

티제이는 어깨를 으쓱했다.

"80번가와 43번가 사이."

"업타운, 아니면 다운타운?"

"업타운, 거리 동쪽."

"알았어, 잠깐…… 이제 됐어. 번호 적을래?"

"그냥 바꿔 버려."

데이비드가 제안했다.

"좋은 생각이야. 기억하기 쉽게 번호를 바꾸자. TJ-5-4321은 어때?"

"내 전용 번호 같은 거야? 와, 그거 짱이다."

"음, 이 번호가 남아있는지 보자. 이런, 누군가 이미 쓰고 있군. 그럼 다른 번호로 해볼까? TJ-5-6789. 문제없군. 그럼 이걸 네 걸로 만들자. 처리됐어."

"막 그렇게 할 수 있어? 다른 지역마다 3개의 다른 지역 번호가 앞에 붙어야 하는 거 아니야?"

나는 의아했다.

"예전엔 그랬죠. 이젠 특정한 번호는 바꿀 수 있어요. 물론 아저씨가 전화 걸 때는 아무 상관이 없어요. 있죠, 아저씨가 전화할 때 돌리는 번호, 내가 티제이에게 준 번호 같은 건, 아저씨가 현금 지급기에서 돈을 찾을 때 비밀번호를 입력하는 것과 같은 원리로 작동돼요. 그냥 인식 번호 같은 거예요."

"음, 이건 접속 번호라고 생각하면 돼요. 하지만 이건 전화선에 접근하는 번호이고 이걸로 전화를 돌리는 거죠."

"자, 티제이를 위해 손을 써야지. 티제이. 이건 공중전화지, 맞지?"

데이비드가 말했다.

"맞아."

"틀렸어. 이건 공중전화였지. 이젠 무료 전화야."

"그렇게 쉽게 바꾼 거야?"

"그렇지. 어떤 얼간이가 한두 주 지나면 신고하겠지만 그때까진 동전 몇 개는 절약할 수 있잖아. 우리가 로빈 후드 놀이 했던 거 기억나?"

"아, 그거 정말 재미있었는데."

데이비드가 말했다.

"어느 날 밤 월드 트레이드 센터에 있는 공중전화에서 전화를 해야 할 일이 있었어요. 제일 처음 한 일은 당연히 전화를 공짜로 바꾸는 일이었죠."

"아니면 그날 밤 내내 동전을 집어넣어야 했는데, 그런 멍청한 짓을 왜 해요."

"여기 홍은 공중전화는 필히 무상으로 해야 한다고 주장하고 있답니다. 지하철이 무료로 개방돼야 하는 것처럼. 개찰구를 어서 없애야 하는데."

"아니면 지하철 패스 없이도 개찰구가 돌아갈 수 있게 하던가. 전산화시키면 가능하긴 한데 그건 기계식이라서."

"정말 꽤나 원시적이죠, 생각해 보면."

"하지만 공중전화는 우리가 손 쓸 수 있는 분야예요. 한두 시간 정도만 투자하면 충분해요."

"한 시간 반 정도면 될걸."

"그때 우리가 놀고 있었던 시스템은 코스모스였는데, 아니면……"

"맞아, 코스모스."

"우린 공중전화를 하나씩 바꿨어요. 해방시켜 줬죠. 풀어 줬다고 할까."

"홍이 정말 들떠 있었죠. '인민들에게 권력을.' 이런 식으로."

"다 끝냈을 때는 도대체 공중전화기를 몇 개나 무료로 바꿨는지 모르겠더군요."

그는 나를 올려다봤다.

"그거 알아요, 아저씨? 가끔 난 왜 전화 회사에서 우리를 못 잡아먹어서 안달인지 알 것 같아요. 어떤 각도에서 보면 우리야말로 그 사람들의 두통거리죠."

"그래서?"

"내 말은 가끔 그 사람들의 시각에서도 봐야 한단 이야기죠. 그게 다예요."

"아냐, 그럴 필요 없어."

데이비드 킹이 말했다.

"그 사람들의 시각에서 봐선 안 된다고. 그건 마치 팩맨 게임을 하는데 그 파란 악당 놈들에게 미안해하는 것과 같은 꼴이잖아."

지미 홍은 그 점에 대해 반박을 했고 둘이 티격태격하는 동안 난 콜라 한 캔을 새로 땄다. 내가 다시 컴퓨터 옆으로 오자 지미가 말했다.

"앗싸. 이제 브루클린 회선에 들어왔어요. 그 번호 다시 알려주세요."

내가 번호를 찾아서 읽어 주자 지미가 입력했다. 의미도 알 수 없는 더 많은 글자와 숫자가 화면에 나타났다. 그의 손가락이 키보드 위를 춤추자 내 의뢰인의 이름과 주소가 나왔다.

"아저씨 친구인가요?"

지미가 물었다. 난 그렇다고 대답했다.

"지금 통화중은 아니군요."

그가 말했다.

"그걸 알 수 있어?"

"그럼요. 만약 통화중이라면 통화 내용도 들을 수 있어요. 그냥 쓱 끼어들어 가서 아무 통화나 엿들을 수 있죠."

"너무 지겨워서 탈이긴 하지만."

"그래요, 예전엔 가끔 엿들었는데. 남의 통화를 엿들으면 야한 전화나 범죄 모의나 스파이들의 통화를 들을 수 있을 거라고 사람들은 생각하지만, 사실은 지겹고 따분한 내용뿐이에요. '집에 오는 길에 우유 한 병 사 와요, 여보.' 따위의 하품 나는 대화뿐이죠."

"그리고 다들 또 발음이 시원찮아요. 어찌나 더듬거리고 웅얼거리는지 분명하게 말을 하든지 아니면 끊으라고 하고 싶어진다니까요."

"폰 섹스도 있죠."

"그 말은 꺼낼 생각도 하지 마."

"킹이 또 폰 섹스 마니아랍니다. 집 전화로 하면 1분당 3달러가 부과되지만 공짜로 바꾼 공중전화로 하면 돈 한 푼 안 들죠."

"하지만 좀 이상한 기분이 들긴 해요. 예전에 한번 다른 사람이 하는 전화에 끼어들어서 어떤 수작을 부리는지 좀 들어봤는데."

"듣다가 중간에 끼어들어서 몇 마디 날렸죠. 그랬더니 그 남자가 기절초풍을 하더군요. 그 작자는 아주 섹시한 목소리의 여자랑 일대일로 폰 섹스를 하고 있었는데요."

"그 여잔 고질라처럼 생겼을 거야, 물론 확인할 수는 없지만."

"킹이 한참 그 남자가 흥분하고 있는데 끼어들어서 그 남자의 환상을 박살 내 줬죠."

"상대 여자도 경악했죠."

"그 여자, 아마 할머니였을걸."

"그 여자가 이렇게 말했어요, '누구야? 어디에 있는 거야? 어떻게 이 통화에 끼어들었지?'"

데이비드와 이런 이야기를 주고받으면서도 지미 홍은 컴퓨터와 계속 다른 대화를 주고받고 있었다. 지미 홍이 손을 들어서 조용히 하라는 신호를 보낸 후에 다른 손으로 자판을 두들겼다.

"오케이. 날짜를 알려줘요. 그때가 3월이었죠, 맞아요?"

"응, 28일."

"3월 28일. 그리고 04-053-904번으로 건 전화번호를 알고 싶은 거고요."

"아니, 그 번호가……."

"아, 이건 그 사람의 전화 회선 번호에요. 매튜 아저씨, 그 차이점 기억나죠? 아무튼 알아냈어요. 데이터가 없대요."

"그게 무슨 말이야?"

"그 말뜻은, 다행히 여기 간식이 많다는 거죠. 누가 도리타스 좀 더 갖다 줘. 시간을 좀 더 투자해라, 그뿐이에요. 혹시 아저씨 친구가 건 전화번호도 알고 싶어요? 그냥 지나치긴 아까운데."

"그것도 좋지."

"자, 이제 봅시다. 이것 좀 봐라, 이게 나랑 대화하고 싶지 않다는데? 오케이, 그럼 이렇게 해봐야지. 아, 좋았어. 이제 됐어요."

곧 컴퓨터에서 전화 기록이 쏟아져 나왔는데 자정이 몇 분 지난 후부터 건 전화번호가 시간 순으로 입력되어 있었다. 아침이 되기 전까지 전화 두 통을 걸었고 그 이후로 8시 47분까지 아무것도 없다가 212번호로 32초 동안 통화한 사실이 기록되어 있었다. 아침에 전화 한 통을 더 걸었고 이른 오후에 몇 통의 전화를 걸고 2시 51분과 5시 18분 사이에 아무 것도 없다가 5시 18분에 피터 코리와 1분 30초가량 통화를 했다. 피터의 번호를 알아볼 수 있었다.

그날 밤에는 어디에도 전화를 걸지 않았다.
"뭐든 복사하고 싶은 게 있어요, 매튜 아저씨?"
"아니."
"알았어요. 이제 힘든 부분으로 들어가죠."

나는 그 아이들이 뭘 했는지 설명할 수 없다. 11시가 조금 지난 후에 둘이 교대해서 데이비드가 작업을 시작했고 지미는 바닥을 보면서 하품을 한 후 스트레칭을 하고 목욕탕으로 갔다. 돌아와서는 호스테스 컵케이크를 먹어 치웠다. 12시 반에 다시 그들은 교대했다. 이번엔 데이비드가 목욕탕으로 들어가서 샤워를 했다. 티제이는 옷을 다 입고 신발까지 신은 채 침대 위에 누워서 누가 뺏어가기라도 할 것처럼 베게 하나를 끌어안고 단잠을 자고 있었다.

1시 반에 지미가 말했다.
"빌어먹을, NPSN(전화국의 처리 시스템 네트워크—옮긴이)에 들어갈 수 없다니 믿을 수 없어."
"전화기 줘 봐."
데이비드가 말했다. 그는 번호를 하나 돌리고서 으르렁거리며 전화를 끊더니 다시 번호를 돌려서 3번 시도한 끝에 누군가와 통화를 하게 됐다.
"여보세요. 지금 전화 받은 분이 누구시죠? 그래요. 있죠, 리타. 저는 NICNAC(해군 통신 코스웨어 초급 프로그래머 과정—옮긴이) 센트럴에서 근무하는 테일러 필딩입니다. 지금 5급 비상 경계령이 떨어졌어요. 클리블랜드까지 시스템이 모두 다운되는 걸 막으려면 당신의 NPSN 접속 코드와 비밀 번호가 필요해요. 5급 경계령입니다, 알겠어요?"

그는 집중해서 들으면서 컴퓨터 키보드로 손을 뻗었다.

"리타. 정말 멋져요. 리타는 내 생명의 은인이에요, 농담이 아니에요. 당신이랑 통화하기 전에 상대했던 사람들은 모두 5급 경계령이 최우선이라는 걸 모르더라고요. 아, 그렇죠, 당신은 내 말을 잘 듣고 있었으니까. 이 일로 혹시 문책을 당하게 되면 제가 모든 책임을 지겠습니다. 아, 리타도 잘 있어요. 그럼 이만."

"네가 모든 책임을 진다고. 그 말 맘에 드는데."

지미가 말했다.

"음, 그렇게 말해야 먹힐 것 같았지."

"5급 경계령은 뭐야, 도대체. 설명 좀 해 보지?"

"나도 몰라. NICNAC 센트럴도 모르고, 타일러 필드만도 모르지."

"필딩이라고 했잖아."

"흠, 그 사람이 이름을 바꾸기 전에는 필드만이었어. 나도 모른다니까, 임마. 그냥 생각나는 대로 꾸며댄 거야. 그래도 리타는 감동 받았잖아."

"아주 절박하게 들리던데."

"흠, 절박하지 않을 수 있냐? 지금 새벽 1시 반인데 아직 NPSN에도 못 들어갔잖아."

"이제 들어왔잖아."

"그래, 얼마나 좋아. 하나 말해 줄까, 홍. 5급 경계령에는 아무도 못 당해. 이것만 대면 모든 염병할 관료체제를 급행으로 처리할 수 있다구, 내 말뜻 알지. '지금 5급 비상경계령이 떨어졌어요.' 이거 하나에 그 여자도 나가 떨어졌잖아."

"오, 리타, 정말 멋져요오."

"이봐, 난 그 여자에게 홀딱 빠졌다구. 그리고 통화가 끝날 무렵에는 둘 사이에 전류가 흘렀다니까, 알겠냐?"

"다시 전화할 거야?"

"누군가가 그녀에게 회사 기밀을 통째로 넘겼다고 일러주지 않는 한 앞으로 언제든지 그녀에게서 비밀 번호를 또 알아낼 수 있어. 어쨌든 그런 불상사만 없다면 다음번에 전화를 하면 우린 이제 오랜 친구가 되는 거지."

"가끔 그 여자에게 전화해. 비밀 번호나 접속 번호나 그런 건 물어보지 말고."

내가 말했다.

"그냥 수다 떨러 전화하라고요?"

"그렇지. 그녀에게 정보를 줘도 되지만 그녀에게서 뭘 알아내려고 하지 마."

"뭐하러요. 그러다 나중에……."

데이비드가 말했다.

"알았다."

지미가 말했다.

"아저씨는 컴맹이고 반응도 느리지만 한 가지는 확실하네요. 아저씨는 진정한 해커가 될 자세가 돼 있어요."

콩 브라더스에 따르면 그들이 NPSN에 접속한 후로 모든 게 흥미진진하게 풀렸다고 한다. 그 말이 도대체 무슨 뜻인지는 모르겠지만.

"바로 이 부분이 기술적인 견지에서 보면 아주 황홀한 부분이죠."

데이비드가 설명했다.

"바로 여기에서 우리가 나이넥스 직원들이 찾을 수 없다고 주장했던 그 정보를 찾는 거니까요. 그냥 아저씨를 상대하기 귀찮아서 그렇게 말한 사람들도 있지만 어떤 사람들은 진심으로 찾을 수 없다고 했을 거예요. 사실 그 사람들은 그 정보를 어떻게 찾아야 할지 모르니까. 우린 자체적으로 개발한 프로그램을 나이넥스에 입력시켜서 우리가 원하는 데이터를 토해내게 하죠."

"하지만 아저씨가 기술적인 면에 관심이 없다면 이렇게 대기하고 있을 필요는 없어요."

지미가 말했다.

이제 잠이 깬 티제이가 데이비드의 의자 뒤에 서서 마치 최면에 걸린 사람처럼 컴퓨터 스크린을 보고 있었다. 지미는 졸트 캔을 가지러 냉장고로 갔다. 나는 안락의자에 앉았는데, 데이비드가 옳았다. 내가 그렇게 전전긍긍할 필요가 없었다. 나는 쿠션 위로 풀썩 주저앉았는데 그 이후로 생각나는 건 티제이가 내 어깨를 부드럽게 흔들면서 내 이름을 부르고 있었다는 것이다.

나는 눈을 떴다.

"내가 잠이 들었나 보군."

"아, 그랬죠. 푹 주무셨어요. 좀 전에는 코까지 골던데요."

"지금 몇 시지?"

"4시 다 됐어요. 그 전화번호를 알아냈어요."

"그 번호들 출력할 수 있어?"

티제이가 돌아서서 내 말을 전하자 콩 브라더스가 낄낄거리기 시작했다. 데이비드는 간신히 진정한 후에야 이 방에는 프린터가 없다는 걸 나에게 환기시켰다. 순간 내 후원자가 인쇄업자라는 말을 거의 입 밖으로 낼 뻔했다. 대신 나는 말했다.

"아, 물론 없겠지. 미안해, 아직 잠이 덜 깼나 봐."

"거기 계세요. 우리가 대신 적어 드릴게요."

"제가 졸트를 하나 갖다 드릴게요."

티제이가 말했다. 나는 그에게 신경 쓰지 말라고 했지만 그는 아랑곳하지 않고 하나를 가져다줬다. 졸트를 한 모금 마셨지만 내가 원하던 맛은 아니었다. 사실 내가 뭘 원하는지조차 확신이 서질 않았다. 나는 일어서서 스트레칭을 해서 허리와 어깨의 뭉친 부분을 풀면서 킹이 컴퓨터를 조작하고 지미가 스크린에 나온 정보를 적고 있는 책상으로 걸어갔다.

"찾았구나."

내가 말했다.

번호들이 바로 스크린에 나오고 있었다. 처음 전화는 3시 38분에 걸려 온 것으로 캐년 코리에게 그의 부인이 실종됐다는 것을 알리는 전화였다. 그 후 3통의 전화가 약 20분 간격으로 걸려 왔는데 마지막 전화가 걸려 온 시각은 4시 54분이었다. 그 이후 캐년이 형에게 5시 18분에 전화했고 그 다음 번으로 받은 전화는 6시 4분에 걸려 왔는데 피터가 콜로니얼 로드에 있는 캐넌 집에 도착하기 직전이었던 것 같다.

그러다 8시 1분에 여섯 번째 전화가 걸려 왔다. 그 전화는 캐넌과 피터 형제에게 패러것 로드로 가라고 지시하는 전화였을 것이다. 패러것 로드에서 이들은 베테랑 애비뉴로 가라는 전화를 받았다. 그 후 이들은 프랜신이 집에 와 있을 것이라는 확답을 받고 집으로 돌아왔다. 이들은 10시 4분까지 빈 집에서 기다렸는데 이때 마지막 전화가 왔다. 트렁크에 꾸러미가 든 포드 템포가 주차된 모퉁이로 가라는 바로 그 전화였다.

"와우."

데이비드가 말했다.

"이건 정말 교육적인 시간이었어요. 아저씨도 알겠지만, 계속해서 버텨야 했거든요. 아저씨가 필요한 데이터가 있으니 집어치울 수가 없잖아요. 그냥 해킹하는 거였으면 좀 하다가 지루해지면 관두고 다른 걸 하지만 이번에는 꾹 참고서 답을 찾을 때까지 매달려야 했어요."

"찾고 나니 다시 지겨워졌지만."

지미가 말했다.

"하지만 이번 일로 배운 게 많아요, 정말로요. 만약 이 작업을 다시 해야 한다면."

"큰일 날 소리."

"하지만 만약 다시 해야 한다면 이번에는 시간이 반으로 줄어들 거예요. 아마 더 빨리 하거나, 작업을 할 때 스피드 검색 옵션이 두 배로 빨라지니까······."

그가 그 후로 말한 내용은 더 이상 이해하기 힘들었다. 지미 홍이 3월 28일에 캐넌 코리의 집으로 걸려온 전화번호 리스트를 건네주었다. 리스트에 집중하느라 데이비드의 이야기에 더더욱 신경을 쓸 수 없었다.

"미리 말했어야 했는데."

내가 말했다.

"그 전에 걸려온 통화는 필요 없단다. 3시 38분 이후에 걸려온 일곱 통만 있으면 되거든."

나는 리스트를 찬찬히 살펴봤다. 전화가 걸려 온 시간, 전화 건 사람의 회선 번호, 그 회선 번호에 해당하는 전화번호, 통화 시간까지 다 적혀 있었다. 불필요한 내용까지 적혀 있었지만 굳이 말해 주진 않았다.

"전화를 일곱 통 했는데 모두 다른 전화기를 썼군."

내가 말했다.

"아니다. 한 전화기는 두 번 썼네. 두 번째와 일곱 번째 전화는 같은 곳에서 걸었어."

"그게 아저씨가 찾던 정보인가요?"

나는 고개를 끄덕였다.

"이 정보로 얼마나 알아낼 수 있는지는 모르겠다. 많은 것을 알아낼 수도 있고 아닐 수도 있고. 전화번호부를 찾아서 이 전화들이 누구 소유인지 알아내기 전까지는 모를 일이야."

콩 브라더스가 나를 쳐다봤다. 나는 지미 홍이 안경을 벗고 나에게 눈을 깜박일 때까지 이해를 하지 못했다.

"전화번호부라고요? 여기 우리가 있고, 모든 정보가 NPSN에 다 들어 있는데 전화번호부가 필요하단 말이에요?"

"이건 우리에게 놀이라고요."

데이비드 킹이 말했다. 그는 다시 키보드를 내려다봤다.

"어디, 그 첫 번째 번호를 불러보세요."


전화는 모두 공중전화였다.

사실 그럴까 봐 걱정했다. 그놈들은 프로였고, 계속 매사에 신중을 기해 왔는데 전화라고 신경 쓰지 않을 이유가 없었다.

하지만 왜 매번 다른 공중전화를 썼을까? 나로선 이해하기 힘들었다. 그때 콩 브라더스 중 하나가 일리 있는 의견을 내놓았다. 그놈들은 캐넌 코리가 전화선을 도청해서 상대편 전화기를 알아낼 수 있는 사람에게 연락할 가능성에 대비하고 있었던 것이다. 게다가 통화를 짧게 해서 전화를 추적하고 있는 사람이 현장에 들이닥치기 전에 도망갈 수 있도록 했다. 혹시 캐넌이 추적에 성공해 전화기 위치를 찾아내 숨어서 기다리더라도 안전할 수 있도록 매번 다른 전화기를 쓰는 방법을 썼던 것이다.

"요즘에는 즉석에서 전화를 추적할 수 있어요. 이런 식으로 세팅이 되지 않는 한 추적하는 것도 아니죠. 그냥 스크린에 번호가 떠요."

지미가 말했다.

왜 마지막 전화에서는 한 번 썼던 공중전화를 또 사용한 걸까? 조금 생각하자 답이 나왔다. 그들은 그럴 필요가 없다는 것을 알았던 것이다. 코리는 지시대로 모든 것을 했고 반항하지 않고 몸값을 가져왔다. 더 이상 그렇게 세심하게 경계를 할 필요가 없었던 것이다. 그때쯤엔 놈들도 충분히 안전하다고 느꼈으니 자신들의 집이나 아파트에서 전화를 할 수 있었을 것이다. 그렇게만 했다면 그 빌어먹을 놈들을 잡을 수 있었을 텐데. 만약 그때 비라도 내리기 시작했다면. 집에 꼭 있어야 할 이유라도 있었다면. 전화를 건 놈이 몸값과 파트너 두 명만 집에 두고 밖에 나오고 싶어 하지 않았다면.

해도 해도 이건 너무했다. 이번에는 행운이 좀 따라 줬어야 했다.

한편으로는 오늘 밤의 작업에 들인 시간과 1700달러 조금 넘는 자금을 결코 낭비한 것은 아니었다. 그럭저럭 몇 가지를 알아냈다. 내가 쫓고 있는 그 세 명이 조심성이 많은 미친 성범죄자 삼인조라는 것 이상의 사실을.

공중전화는 모두 브루클린에 있었고 코리 사건이 일어난 지역보다 훨씬 좁은 지역에 집중되어 있었다. 납치와 몸값 배달은 베이 리지에서 시작되서 코블 힐에 있는 애틀랜틱 애비뉴로 갔다가 플랫부시와 패러것 로드를 지나서 훨씬 멀리 있는 베테랑 애비뉴까지 갔다가 다시 돌아와 베이 리지에서 시체를 발견하는 것으로 끝났다. 그러나 이 지역들만 해도 독립구 내의 꽤 넓은 지역을 포함하고 있었고 놈들이 저지른 이전의 사건들까지 고려하면 브루클린과 퀸즈 지역 전체를 고려해야 했다. 이들의 본거지는 어디에든 있을 수 있었다.

하지만 전화기들의 위치는 그렇게 멀리 떨어져 있지 않았다. 리스트와 지도를 가지고 앉아서 위치를 정확하게 확인해 봐야 하겠지만 전화기들이 모두 같은 지역, 브루클린의 서쪽에 있다는 것을 알 수 있었다. 그 지역은 베이 리지에 있는 캐넌 코리의 집 보다는 북쪽이며 그린우드 묘지의 서쪽 방향이었다.

그린우드 묘지는 그놈들이 레일라 알바레즈를 유기했던 곳이다.

한 공중전화기는 60번가에 있었고 다른 전화기는 41번가에 있는 뉴 우트레치트에 있었다. 둘 사이의 거리는 걸어서 갈 만큼 가깝지는 않았다. 놈들은 집을 나와서 차를 타고 다니면서 전화를 걸었을 것이다. 하지만 마지막 전화가 두번째 전화와 같은 곳에서 걸려온 것을 볼 때 본거지는 두 번째로 전화를 걸었던 곳에서 그리 멀리 떨어지지 않은 곳에 있다는 계산이 나왔다. 일을 다 마친 마당에 캐넌을 놀려 먹으려고 집에서 열 블록이나 떨어진 곳으로 차를 몰고 가서 전화를 한다는 건 말이 되지 않았다. 집에서 가장 가까운 곳에 있는 공중전화를 쓰는 것이 자연스럽다.

그곳이 바로 49번가와 50번가 사이에 있는 5번 애비뉴였다.

그 아이들에게 시시콜콜하게 그런 일을 다 말해 주지는 않았다. 그리고 사실 그런 생각은 나중에서야 들었다. 나는 콩 브라더스에게 500달러씩 주면서 도와줘서 고맙다고 말했다. 둘은 이 일이 무척 재미있었으며 심지어는 지루했던 부분까지 좋았다고 우겼다. 지미는 머리도 아프고 해커의 고질 증세인 손목이 시큰거리는 통증이 생겼다고 했지만 보람있는 일이었다고 말했다.

"너희가 먼저 나가라."

내가 말했다.

"타이와 재킷을 다시 입고 자연스럽게 나가. 난 후환이 없게 방을 좀 치우고 데스크에 들러서 전화 요금을 내야겠다. 보증금으로 50달러를 지불하긴 했는데 7시간 넘게 전화를 썼으니 전화비가 얼마나 나올지 상상도 못하겠어."

"이런. 아저씨는 정말 이해 못하는구나."
데이비드가 말했다.
"정말 놀라워."
지미가 말했다.
"내가 뭘 이해 못한다는 거지?"
"전화비는 한 푼도 내실 필요 없어요. 접속하자마자 우선 호텔 데스크를 빠져 나가도록 손을 써 놨어요. 우리가 상하이에 전화를 했어도 데스크에는 전혀 기록이 남지 않아요."
지미가 말하며 싱긋 웃었다.
"보증금은 그냥 놔두는 게 좋을 거예요. 킹이 이미 미니바에서 30달러어치 마카다미아를 먹어치웠으니까요."
"하나에 1달러짜리 30개의 마카다미아."
데이비드가 말했다.
"그냥 가세요."
지미가 말했다.

콩 브라더스가 나간 후 나는 티제이에게 돈을 줬다. 그는 내가 그에게 건넨 지폐 뭉치를 펼쳐서 부채처럼 부쳤다. 돈과 나를 번갈아 보던 티제이가 말했다.
"이게 제 거예요?"
"너 없이는 이번 일도 없었을 거야. 네가 모든 걸 다 준비했잖니."
"100달러 정도 예상했는데. 별로 하는 일도 없이 앉아 있었지만. 아저씨가 손이 크셔서 내 몫도 있을 줄 알았어요. 얼마에요?"

"다섯 장."

"잘 될 줄 알았다니까. 아저씨랑 나랑은 환상의 콤비에요. 탐정이란 거 기차게 재미나네요. 수완도 좋고 능력 있는 저에게 딱 맞아요."

"항상 이렇게 보수가 두둑하진 않아."

"그래도 상관없어요. 아저씨, 내가 어디 가서 이런 재능을 써먹을 수 있겠어요?"

"크면 탐정이 되고 싶니, 티제이?"

"뭐 그렇게 기다릴 필요 있나요. 지금 탐정이 될 거예요. 이게 얼마나 신나는 일인데요. 아저씨."

그의 첫 번째 임무는 호텔 직원들에게서 쓸데없는 주목을 받지 않고 호텔을 빠져나가는 것이라고 내가 말했다.

"네가 콩 브라더스처럼 정장을 입었더라면 더 쉬웠겠다만. 지금 입고 있는 걸로 어떻게 해 봐야지. 내 생각엔 우리 둘이 같이 나가야 할 것 같다."

"아저씨 같은 중년의 백인 남자랑 십대의 흑인 남자애가요? 사람들이 어떻게 생각할지 알기나 해요?"

"아, 좋을 대로 생각하라고 해. 하지만 너 혼자 나가면 사람들은 네가 도둑질했다고 생각하고 밖으로 나가지 못하게 할 거다."

"그건 아저씨 말이 맞아요. 하지만 아저씨도 잊어버린 게 있어요. 여기 방값은 이미 치렀죠, 그렇죠? 체크아웃 시간은 내일 정오이고. 아저씨가 사는 호텔을 아는데, 아저씨, 싸가지 없게 굴려는 건 아니지만 아저씨 방도 이렇게 좋진 않잖아요."

"그렇지. 그 방은 하루 밤에 160달러가 들지도 않아."

"음, 난 이 방에서 공짜로 있을 수 있잖아요. 그러니까 난 이제부터 뜨거운 물로 샤워를 할래요. 그다음엔 있는 수건은 다 써서 물기를 닦고 나서 침대에 들어가서 6시간이나 7시간 쯤 자겠어요. 이 방은 아저씨가 사는 방보다도 좋고 내가 사는 곳보다는 열 배나 더 좋은 곳이니까."

"그래라."

"방 문손잡이에다 '방해하지 마시오.' 라는 사인을 걸어 놓고 쉴래요. 그리고 정오가 되서 여길 걸어 나오면 날 의심하는 사람은 없겠죠. 나같이 듬직한 청년이라면 여기 점심 배달을 왔나 보다 생각할 테니까. 어때요, 아저씨? 아래층에 전화하면 직원이 아침 11시 반에 전화로 깨워 줄까요?"

"당근이지."

# 12

　나는 브로드웨이에서 밤새 영업을 하는 커피숍에 들렀다. 누군가 자리에 놔두고 간 타임스 조간을 읽으면서 계란과 커피를 들었지만 별로 머리에 들어오는 내용은 없었다. 난 너무 피곤했다. 그래도 조금 남은 총기를 모아 선셋 파크에 있는 여섯 개의 공중전화기의 위치를 분석했다. 주머니에서 그 리스트를 꺼내서 연구하면서 공중전화의 순서와 그 정확한 위치를 열쇠만 있다면 풀 수 있는 비밀 메시지처럼 들여다보았다. 5급 비상 경계령이라고 주장하면서 전화를 할 수 있는 누군가가 있을 것 같았다.
　"접속 번호를 대시오."
　난 그렇게 요구할 것이다.
　"비밀번호를 말하란 말이야."
　호텔로 돌아왔을 즈음엔 동이 트면서 하늘이 밝아왔다. 나는 샤워를 하고 침대로 갔지만 한 시간 정도 지난 후에 결국 포기하고 텔레비전을 켰다. 한 방송사에서 방영하는 아침 뉴스를 봤다. 중동 지역 순방을 마치고 귀국한 국무장관에 대한 뉴스가 나온 후 팔레스타인 측 대변인이 중동 지역에서의 영구적인 평화 정착 가능성에 대해 논평하고 있었다.

그걸 보자 잊고 있었던 의뢰인이 생각났다. 최근에 아카데미상을 수상한 배우가 하는 인터뷰 뉴스가 나올 때 소음 버튼을 누르고 캐넌 코리에게 전화를 했다.

캐넌은 전화를 받지 않았지만 나는 계속 30분 간격으로 전화를 걸었다. 마침내 10시 30분에 그와 통화를 할 수 있었다.

"방금 들어왔어요. 이번 여행에서는 JFK공항에서 택시를 타고 집으로 올 때가 제일 무서웠어요. 택시 기사가 가나에서 온 미치광이였는데 이빨에 다이아몬드를 박고 양쪽 볼따구에 부족 문신을 했더군요. 교통사고로 뒈지면 영주권도 받고 천국으로 직행한다는 말이라도 들은 것처럼 밟아 대더라구요."

"나도 그런 택시를 타 본 적이 있죠."

"당신이? 난 탐정님이랑 택시랑 안 친한 줄 알았는데. 지하철만 좋아하지 않나요."

"어젯밤 내내 택시를 탔어요. 미터기가 쭉쭉 올라갔죠."

"정말?"

"말하자면 그렇다는 거요. 전화 회사에서는 존재하지 않는다고 말한 데이터를 찾아낼 수 있는 해커를 두 명 찾았어요."

나는 그에게 우리가 한 일과 알아낸 정보를 요약해서 들려줬다.

"당신 승인을 받아야 하는데 연락도 안 되고 그렇다고 무작정 기다리고 싶지 않아서 그냥 진행했어요."

그가 액수가 얼마나 되는지 물어서 말해 줬다.

"잘했어요. 돈은 어떻게 줬어요, 가불이라도 했나요? 피터에게 도움을 청하지 그랬어요."

"가불하는 것도 괜찮았는데, 사실 당신 형에게 물어보긴 했죠, 주말에는 현금을 찾을 수 없어서. 그런데 피터에게도 돈이 없었어요."

"그랬어요?"

"하지만 당신 형이 일을 진행하라고 했어요. 당신이 내가 기다리는 걸 원치 않을 거라고 하더군요."

"아, 그건 형 말이 맞아요. 언제 형이랑 통화했죠? 집에 오자마자 형에게 전화했는데 안 받더군요."

"토요일. 토요일 오후."

"난 비행기에 타기 전에 전화해서 공항에서 만나자고 할 참이었죠. 가나에서 온 총알택시를 피해 볼까 하고. 그런데 연락이 안 되더군요. 그래서 어떻게 했어요? 그 사람들에게 돈을 아직 안 준 건가요?"

"친구에게 빌려서 해결했어요."

"그랬군요. 돈 받으러 올래요? 난 너무 피곤해요. 지난 한 주간 그 이름이 뭐였더라. 그 아무개보다 비행기를 더 많이 탔어요. 그 사람 중동에서 막 돌아왔던데. 국무장관 말이에요."

"방금 텔레비전에 나오더군요."

"그 사람과 몇 번 같은 공항에 있었지만 마주친 적은 없었어요. 그 장관은 비행기 마일리지로 뭘 할지 궁금하네요. 지금 내 마일리지로는 달나라라도 갈 수 있을 텐데. 집으로 오겠어요? 난 시차

적응도 안 되고 녹초가 됐지만 지금으로선 잠이 안 올 것 같군요."

"갈 수 있을 것 같군요. 사실 가는 편이 낫겠어요. 내 범죄 파트너들이 올나이트라고 말한 짓도 익숙하지 않고. 걔들은 젊으니까 밤을 새고도 펄펄 날아 다녔지만."

"나이도 무시 못해요. 예전엔 시차라는 걸 몰랐는데 이젠 시차 공익 광고를 만든다면 출연할 수도 있겠어요. 약이라도 하나 먹고 잘까 봐요. 놈들 본거지가 선셋 파크라고 했죠? 거기 아는 사람이 있는지 생각 좀 해 봐야겠군요."

"내 생각엔 당신이 아는 사람이 아닐 거예요."

"그렇게 생각해요?"

"이자들은 이번이 처음이 아니에요. 하지만 완전히 아마추어죠. 일주일 전에는 몰랐던 것들을 이제 몇 가지 알았어요."

"점점 가까워지고 있는 건가요, 매튜?"

"얼마나 가까워졌는지는 모르겠지만, 가까워진 건 틀림없어요."

나는 호텔 데스크로 전화를 걸어서 제이콥에게 전화를 받지 않겠다고 말했다.

"방해받고 싶지 않아요. 전화하는 사람이 있으면 5시 이후에 하라고 전해 줘요."

나는 5시로 자명종을 맞춰 놓고 잠자리에 들었다. 눈을 감고 브루클린의 지도를 마음속으로 그려 봤지만 미처 선셋 파크에 집중하기도 전에 잠이 들었다.

어느 순간인가 지나가는 차 소리 때문에 슬쩍 잠이 깨면서 눈을 뜨고 시간을 확인해야겠다는 생각이 들었다가 다시 잠이 들었다.

이번엔 시계와 컴퓨터와 전화가 나오는 복잡한 꿈을 꾸게 됐는데 왜 그런 꿈을 꾸게 됐는지는 뻔했다. 꿈에 호텔 방에 있었는데 누군가 방을 두드렸다. 꿈속에서 나는 일어나서 문을 열었다. 문밖에는 아무도 없었지만 문 두드리는 소리는 계속 들려왔다. 그제야 나는 누군가가 실제로 문을 두드리고 있다는 걸 알았다.

문을 두드린 사람은 제이콥이었는데 일레인이 급한 전화를 걸었다고 전했다.

"매튜 씨가 5시까지 주무시겠다고 한 건 알고 있었습니다. 그래서 그렇게 전했는데도 그분이 매튜 씨가 뭐라고 말했건 무조건 깨우라고 하셨어요. 정말 아주 급한 일 같았어요."

나는 수화기를 제대로 놓았다. 제이콥은 전화를 연결시켜 주기 위해 아래층으로 내려갔다. 나는 초조하게 전화벨이 울리기를 기다렸다. 지난번에 일레인이 전화해서 급한 일이라고 했을 때는 우리 둘을 모두 죽이려고 작정한 남자가 나타났다. 전화벨이 울리자 부리나케 수화기를 들었다.

"매튜, 깨우기 싫었지만 기다릴 수 없었어."

"무슨 일이야?"

"알고 보니 건초 더미에 바늘이 있었어. 방금 팸이란 여자랑 통화를 했는데, 지금 그 여자가 여기로 오는 중이야."

"그래서?"

"그 여자가 바로 우리가 찾고 있던 여자야. 그 여자가 그놈들을 만났대. 트럭도 탔다는 거야."

"그리고 살아서 이야기를 해 준다는 거야?"

"간신히 목숨만 건졌지. 내가 영화 이야기를 퍼뜨린 카운슬러

중 하나가 곧장 그 여자에게 전화를 했대. 그래서 지난 주 내내 전화하려고 용기를 내고 있었다더군. 전화로 들어보니 월척을 낚았다는 생각이 들었어. 여기 직접 와서 이야기를 해주면 1000달러를 주겠다고 약속했는데, 괜찮지?"

"당연하지."

"그런데 난 빈털터리야. 자기가 토요일에 다 털어갔잖아."

나는 시계를 보았다. 서두르면 은행에 갈 시간이 있었다.

"내가 돈을 가져갈게. 금방 도착할 거야."

# 13

"들어와요."

일레인이 말했다.

"그분은 이미 와 계셔. 팸, 이쪽은 스커더 씨, 매튜 스커더. 매튜, 이분은 팸이에요."

그녀는 소파에 앉아 있다가 내가 다가가자 일어섰다. 날씬한 여자로 159센티미터 정도 되는 키에 검은색의 짧은 머리카락과 짙은 파란 눈을 가지고 있었다. 진회색 스커트와 연한 푸른색 앙고라 스웨터를 입고 하이힐을 신었다. 립스틱도 발랐고 아이섀도도 했다. 신경 써서 옷을 입고 왔지만 적당한 옷을 골랐는지 자신 없어 하는 게 역력했다.

일레인은 바지와 실크 블라우스를 입었는데 멋지고 당당해 보였다.

"앉아요, 매튜. 저 의자에 앉지 그래요."

일레인은 그녀를 따라서 소파에 앉으며 말했다.

"방금 팸에게 내가 거짓말을 했다고 고백하던 참이에요. 데보라 윙거를 만나는 일은 없을 거라고 말했죠."

"그 영화의 주연이 누군지 물어봤거든요."

팸이 말했다.

"그랬더니 이 분이 데보라 윙거라고 해서, 내가 그랬죠. '와, 데보라 윙거가 텔레비전 출연도 하나요?' 데보라는 텔레비전에는 안 나올 거라고 생각했거든요."

그녀는 어깨를 으쓱했다.

"하지만 어차피 영화도 안 만들 건데 누가 주연을 하건 무슨 상관이겠어요?"

"하지만 1000달러는 진짜에요."

일레인이 말했다.

"아, 그렇죠. 그건 맘에 드네요. 돈이 필요했는데. 하지만 돈 때문에 온 건 아니에요."

"나도 알아요, 아가씨."

"단지 돈 때문은 아니었어요."

나는 이 곳으로 오는 길에 팸에게 줄 1000달러와 일레인에게 빌린 1200달러, 그리고 내가 쓸 용돈을 합쳐서 3000달러를 귀중품 보관함에서 꺼내왔다.

"이 언니가 그러는데 탐정이시라면서요."

팸이 말했다.

"맞아요."

"그 남자들을 쫓고 있다면서요. 경찰에 이야기는 다 했는데. 서너 명이 넘는 경찰관들에게 진술을 했어요."

"경찰에 말한 때가 언제였죠?"

"그 일이 일어난 직후였어요."

"그럼 그때가……."

"아, 제 이야기를 아직 안 들으셨다는 걸 깜박했어요. 7월, 올해 7월이었어요."

"그래서 경찰에 신고하셨나요?"

"그렇죠."

그녀가 말했다.

"선택의 여지가 없잖아요? 병원에는 가야 하고. 의사들은 이랬죠. '우와, 도대체 누가 이런 짓을 했어요?' 거기다 대고 내가 뭐라고 하겠어요. 넘어졌다고? 자해했다고? 그래서 자연스럽게 병원에서 경찰을 부른 거죠. 내가 신고하지 않았어도 결국 경찰을 불렀을 거예요."

나는 공책을 폈다.

"팸, 미안하지만 성은 말 안 해 준 것 같군요."

"말하지 않았어요. 말 못할 이유도 없죠. 캐시디에요."

"나이는 어떻게 되죠?"

"스물넷."

"사건이 발생했을 때는 스물셋이었나요?"

"아니에요, 내 생일은 3월 말이에요."

"어떤 일을 하죠, 팸?"

"접수원이에요. 지금은 일을 관뒀서 돈이 좀 필요해요. 물론 1000달러라면 누구든 고맙게 받겠지만 지금 실업자 신세니까 더 반갑죠."

"어디 살아요?"

"3번 애비뉴와 렉스 애비뉴 사이에 있는 27번가."

"사건이 발생할 당시에도 그곳에 살고 있었나요?"

"사건이라."

그녀는 그 말이 익숙하지 않은 것처럼 말했다.

"아, 네, 거기 산 지 이제 3년째가 되어 가네요. 뉴욕에 온 후로 죽 살았죠."

"고향은 어디예요?"

"오하이오 주의 캔턴이에요. 이곳을 안다면 어떻게 알았는지 알 만해요. 페임 프로 축구팀이겠죠."

"거기 갈 뻔 했어요. 사업차 마실린에 있었죠."

"마실린! 아, 그랬군요. 저도 거기 자주 가곤 했는데. 아는 사람 많아요."

"내가 만나 본 사람은 하나도 없을 거예요. 27번가의 주소는 어떻게 되죠?"

"151번지."

"거긴 좋은 동네죠."

일레인이 말했다.

"네, 저도 좋아해요. 동네 이름이 없다는 점은 마음에 안 들지만요. 그 동네를 부를 땐 킵스 베이 서쪽이나 머레이 힐 아래라고 하거나 그래머시 위쪽, 아니면 첼시 동쪽이라고 부르죠. 카레 언덕이라고 부르는 사람들도 있어요. 알죠, 거기 인도 레스토랑이 많아서."

"독신인가요, 팸?"

그녀는 고개를 끄덕였다.

"혼자 살아요?"

"애완견을 하나 길러요. 작은 개인데 크기에 상관없이 개가 있는 집에는 사람들이 침입을 하지 않으니까. 개가 무서운가 봐요."

"그 이야기를 해 줄래요, 팸?"

"그 사건 말인가요?"

"그래요."

"그러죠. 그것 때문에 만났으니까."

그 일은 주중 어느 날 무더운 저녁때 일어났다. 팸은 집에서 두 블록 떨어진 파크 애비뉴와 26번가 사이에 있는 모퉁이에 서서 신호가 바뀌기를 기다리고 있었다. 그때 트럭이 멈추더니 한 남자가 길을 묻기 위해 그녀를 불렀다. 처음에 팸은 남자가 말한 장소의 이름을 제대로 알아듣지 못했다.

그 남자는 트럭에서 나와서 송장에 나온 주소가 틀린 것 같다고 설명했다. 그래서 그와 함께 트럭 뒤쪽으로 갔다. 그가 트럭 뒤편을 열자 그 안에 또 한 남자가 있었는데 두 남자 모두 칼을 가지고 있었다. 그들은 그녀를 두 번째 남자와 함께 트럭 뒤편에 타게 했다. 그 운전하던 남자가 앞으로 돌아와 트럭을 몰고 사라졌다.

난 그녀의 말을 중단시키고 왜 그렇게 순순히 트럭에 탔는지 물었다.

"주변에 사람들은 없었나요? 납치가 일어난 상황을 목격한 사람은 없었어요?"
"자세한 상황은 가물가물하네요."
팸이 말했다.
"괜찮아요."
"순식간에 일어난 일이라서요."
일레인이 끼어들었다.
"팸, 내가 뭐 하나 물어봐도 될까요?"
"물론이죠."
"아가씨 콜걸이죠, 그렇죠?"
어떻게 그 점을 알아차리지 못했는지 난 순간 충격을 받았다.
"무슨 말씀이신지 모르겠어요."
"그날 밤 일하고 있었던 거죠, 그렇지 않나요?"
"어떻게 알았죠?"
일레인은 그녀의 손을 잡았다.
"괜찮아요. 아무도 당신을 해치지 않을 거예요. 우린 당신을 비난하지 않아요. 걱정하지 말아요."
"하지만 어떻게……."
"거기는 유명한 거리잖아요. 파크 애비뉴 서쪽 거리 말이에요. 사실 아까부터 알고 있었어요, 아가씨. 한 번도 거리로 나서본 적은 없지만 나도 한 20년 동안 이 세계에 있었으니까."
"그럴 리가!"
"정말이에요. 바로 이 아파트에서. 예전에 공동 주택이었을 때 내가 샀죠. 길거리에서 매춘을 하는 대신에 전화로 손님을 불렀죠. 일반인들을 만날 때는 미술 사학 전공자라고 말하기도 해요.

그간 번 돈을 꾸준히 저축할 만큼 영악하게 살았지만 결국은 나도 화류계 여자죠. 아가씨, 그러니 사건이 일어난 그대로 우리에게 말해 줘요."

"맙소사. 사실, 그거 아세요? 이제야 마음이 놓여요. 여기 와서 거짓말을 하고 싶진 않았거든요. 하지만 선택의 여지가 없다고 생각했어요."

팸이 말했다.

"우리가 당신을 비난할 거라고 생각했군요?"

"그랬던 것 같아요. 그리고 경찰에게 진술한 것도 있고."

"경찰은 당신이 매춘을 하고 있었다는 것을 몰랐나요?"

내가 물었다.

"몰랐어요."

"그런 이야기조차 꺼내지 않았단 말이죠? 대로에서 바로 납치가 됐는데?"

"그 경찰들은 퀸즈 소속이었어요."

"왜 퀸즈 소속 경찰이 그 사건을 맡았죠?"

"내가 있었던 곳이 거기였으니까요. 난 엘름허스트 종합 병원에 있었어요. 병원이 퀸즈에 있었으니 그쪽 경찰이 담당하게 된 거죠. 그 사람들이 선셋 파크에 대해 뭘 알겠어요?"

"왜 엘름허스트 병원에 있게 된 거죠? 아, 신경 쓰지 말아요. 그 얘기도 하게 될 테니까. 다시 처음부터 이야기 해 줄래요?"

"그러죠."

그 일은 주중 어느 날 무더운 저녁에 일어났다. 그녀는 집에서 두 블록 떨어진 파크 애비뉴와 26번가 사이에 있는 모퉁이에 서서 누군가 수작을 걸어오길 기다리고 있었다. 그때 트럭이 멈추더니 한 남자가 그녀에게 오라고 손짓을 했다. 그녀가 조수석에 타자 그는 한두 블록쯤 트럭을 몰고 가서 길가 쪽에서 돌더니 소화전 앞에 주차했다.

그녀는 그 남자가 운전대에 앉아 있는 동안 5분 정도 입으로 해 주면 20달러 혹은 25달러 정도를 받으리라고 계산했다. 차에서 하는 남자들은 대개 자기 차에서 오럴 섹스를 해 주기를 원했다. 가끔 차를 운전해서 가는 동안 해 달라고 하는 사람들도 있었다. 황당한 생각이긴 했지만 손님이 왕인 법이니. 거리를 걷다가 만난 남자들은 대개 호텔 방에서 했고 26번가와 파크 애비뉴 사이에 있는 엘튼 호텔은 그런 용도로 가격도 적당하고 편리했다. 그녀의 아파트가 있긴 했지만 아주 절망적인 상황을 빼놓고는 집으로 남자를 데리고 간 적은 거의 없다. 위험하다고 생각했기 때문이다. 그리고 도대체 누가 매일 잠을 자는 자기 침대에서 몸을 팔고 싶겠는가?

그녀는 트럭을 세울 때까지 뒤에 있는 남자를 보지 못했다. 심지어는 그 남자가 그녀의 목에 팔을 감고 손으로 그녀의 입을 틀어막을 때까지 거기 있다는 것조차 알지 못했다.

그가 말했다.

"안녕, 패미!"

오, 그건 정말 무서웠다. 운전하던 남자가 웃으면서 블라우스 안으로 손을 넣어서 유방을 만지작거리는 동안 팸의 온몸이 얼어붙었다. 팸은 가슴이 컸고 팔과 등이 드러나는 홀터 탑이나 노출이 쉽게 되는 블라우스를 입어서 가슴이 돋보이도록 옷을 입는 법을 알았다. 빵빵한 가슴에 집착하는 남자들이 있으니 기왕이면 상품을 잘 보이게 하는 것도 요령인 것이다. 그가 젖꼭지를 만지면서 아플 정도로 꼬집었다. 두 남자는 거칠게 굴 것이 확실해 보였다.

"모두 뒤로 가지."

운전하던 남자가 말했다.

"우리들끼리 넓게 쓸 공간이 있거든. 편한 게 좋잖아, 그렇지, 패미?"

그들이 그런 식으로 자신의 이름을 부르는 게 끔찍하게 싫었다. 패미가 아닌 팸이라고 이름을 가르쳐 줬는데 일부러 그녀를 조롱하기 위해서 불쾌하게 부르는 것 같았다.

뒤에 있던 남자가 그녀의 입에서 손을 떼자 그녀가 말했다.

"이봐요, 거칠게는 하지 말아요, 알았죠? 원하는 건 뭐든 해 줄 테니까. 재미 보게 해 줄게요. 하지만 난폭한 짓은 안돼요, 오케이?"

"너 마약하냐, 패미?"

그녀는 아니라고 대답했다. 그녀는 중독자가 아니니까. 그녀는 그다지 마약을 좋아하지 않았다. 만약 누군가가 마리화나를 건네준다면 필 것이고 코카인은 좋아하지만 한 번도 사 본 적이 없다. 가끔 어떤 남자들은 마약을 주고 그녀가 관심을 보이지 않으면 모욕으로 받아들이기도 했다. 어쨌든 마약이 그리 싫지는 않았다. 남자들은 마약이 그녀를 성적으로 흥분시켜서 더 열렬하게 섹스를 하게 만들 거라고 생각하는 것 같았다. 마치 자신의 성기에 코카인을 문질러 놓으면 더 진하게 서비스 해 줄 거라고 믿는 남자처럼 말이다.

"너, 중독자지, 패미? 어떻게 약을 쓰지, 코로 마시나? 아니면 발가락 사이에 주사하나? 혹시 아는 큰 손 있어? 네 남자친구는 마약 안 하냐?"

정말 멍청한 질문들이었다. 아무런 목적도 없이 질문하는 그 자체에 쾌감을 느끼는 것 같았다. 그렇게 보였다. 그 운전하던 남자는 마약 이야기에 환장했고 다른 남자는 팸에게 욕을 하느라 정신없었다.

"이 더러운 잡년, 이 빌어먹을 씹 같은 갈보 년."

이런 말이었다. 심각하게 받아들이면 깊이 상처를 입을 말이었지만 사실 많은 남자들이 이런 식으로 굴었고, 흥분하면 더 그랬다. 그녀와 네다섯 번쯤 관계를 가진 남자가 있었는데 그와는 항상 그의 차에서 일을 치렀다. 섹스를 하기 전과 후에는 항상 공손하고 친절한 남자였지만 그녀가 손으로 사정시켜 줄 때면 항상 같은 말이 쏟아져 나왔다.

"아, 씨팔 년, 씨팔 년, 죽일 년, 죽일 년, 이 씨팔 년아."

끔찍한 일이었지만 그것만 빼면 그 남자는 완벽한 신사였다. 매번 50달러씩 지불한데다 사정하는데 별로 오래 걸리지도 않았다. 입이 좀 거친들 어때? 그 순간만 참으면 되는 거다.

트럭 뒤쪽으로 가자 매트리스와 함께 모든 것이 준비되어 있었다. 긴장을 풀 수 있다면 편할 수도 있었을 것이다. 하지만 이런 이상한 남자들 옆에서 어떻게 편할 수 있겠는가? 마음이 편해질 리 천부당만부당했다.

그들은 팸에게 실오라기 하나 남기지 않고 옷을 모두 벗게 했다. 귀찮기는 했지만 반항하지 않을 만한 판단력이 그녀에게는 있었다. 그 남자들이 교대로 그녀를 범했다. 먼저 운전하던 남자가 하고 이어서 두 번째 남자가 했다. 성행위 자체는 상당히 평범했다. 하지만 두 번째 남자가 그녀 위에 올라와 있을 때 운전하던 남자는 팸의 젖꼭지를 꼬집었다. 팸은 무척 아팠지만 소리 내지 말아야 한다는 것도, 그 남자가 일부러 그렇게 한다는 것도 알고 있었다.

남자가 발기하지 못하거나 사정을 하지 못하면 마치 그 원인이 여자에게 있는 것처럼 발광하기도 한다. 그렇게 되면 위험할 수도 있지만 다행히 둘 다 사정을 했다. 두 번째 남자가 신음소리를 뱉으면서 그녀에게서 떨어지자 팸이 말했다.

"와우, 끝내줬어요. 두 분 모두 정력 하나는 알아줘야겠군요. 이제 옷을 입어도 되죠?"

그러자 그들은 칼을 들이댔다. 칼날이 튀어나오는 나이프로 길고 무시무시하게 큰 칼이었다. 입이 더러운 남자가 나이프를 대고 말했다.

"넌 어디에도 못 가, 이 씨팔 잡년아."

그리고 레이가 말했다.

"다 같이 놀러 가자. 드라이브 좀 할까, 패미."

레이. 그게 바로 그의 이름이었다. 다른 남자가 그를 레이라고 불러서 이름을 알게 됐다. 다른 남자의 이름은 그때 들었지만 기억에 남지 않았다. 하지만 그 운전하던 남자는 레이였다.

이번에는 두 번째 남자가 운전을 했기 때문에 그는 더 이상 운전을 하지 않았다. 두 번째 남자가 운전대를 잡았고 레이는 계속 나이프를 팸에게 들이대면서 옷도 입지 못하게 했다.

바로 이 부분부터는 정확하게 기억할 수가 없다. 팸은 트럭 뒤편에 있었고 어두워서 잘 볼 수 없었다. 차는 계속 움직여서 어디에 있는지, 어디로 가는지 짐작조차 할 수 없었다. 레이는 그녀에게 마약에 대해 다시 물었다. 그는 열을 올리면서 마약 중독자들은 다 죽으려고 환장했다고, 마약은 죽음으로 가는 여행이라고 했다. 레이는 마약 중독자들은 모두 원하는 죽음을 맞게 될 거라고 말했다.

그는 팸에게 오럴 섹스를 시켰는데 그 편이 나았다. 그 순간만은 그도 입을 닥치고 있었고 그녀도 뭔가 하고 있었으니까.

그러다 어딘가에 다시 트럭을 세우고 그들은 다시 그녀를 범했다. 시간을 끌면서 둘은 교대로 그녀를 유린했다. 팸은 그 자리에 존재하지 않는 것처럼 의식이 들어갔다 나왔다 하는 상태였다. 둘 다 사정하지 않은 건 확실했다. 이미 24번가 어딘가에서 사정을 했고 지금은 흥을 깨기 싫어서 일부러 하지 않는 것 같았다. 그들은 모든 체위를 다 하고 나자 그녀 속으로 물건들을 집어넣었다. 뭘 집어넣는지 알 수 없었다. 어떤 것들은 고통스러웠고 그렇지 않은 것조차 끔찍하고 역겨운 경험이었다.

그녀는 얘기를 해 주던 중에 그전에 기억하지 못했던 것을 하나 떠올렸다. 그 고통스런 기억 속에서 갑자기 마음이 평화로워진 순간이 찾아왔다는 것이다.

갑자기 자신이 곧 죽을 것이라는 예감이 들었다. 정말로 죽고 싶진 않았으니까, 결코 스스로 죽음을 원한 건 아니지만, 어쨌든 죽게 될 것이라는 생각이 들었다. 그러자 그 상황을 수용할 수 있다는 생각이 들기 시작했다. 지금까지 겪고 또 앞으로 겪을 모든 상황을 극복하고 계속 살아갈 수도 있을 것 같았다. 문제는 이제 곧 그녀가 죽을 것이라는 점이었다.

"그래, 이젠 받아들일 수 있어."

그녀가 똑바로 죽음을 직시하면서 평화로워진 상태를 음미하고 있을 때 레이가 말했다.

"있잖아, 패미? 기회를 주겠어. 널 살려 주지."

다른 남자는 그녀를 죽이자고 했지만 레이는 팸이 아무도 신경쓰지 않는 창녀이니까 살려 줘도 괜찮다고 했다. 둘은 말다툼을 벌였다. 레이가 말했다.

"하지만 팸은 그냥 창녀가 아니야. 길거리 창녀들 중에서 제일 예쁜 유방을 가지고 있지. 네 유방이 마음에 들어, 패미? 자랑스러워?"

그녀는 뭐라고 대답해야 할지 몰랐다.

"어떤 쪽이 맘에 들어? 말해 봐, 미니미니 미니모. 하나를 골라. 패미. 패애미."

마치 놀리는 아이처럼 노래를 부른다.

"찌찌를 하나 골라. 어떤 게 네 맘에 들어?"

그는 손에 뭔가를 쥐고 있었다. 철사로 만든 올가미 같은 것으로 그것은 희미한 조명 아래 구릿빛으로 번뜩였다.

"간직하고 싶은 걸 골라, 패미. 하나는 네 것이고 다른 하나는 내 것이야. 그렇게 해야 공정하지. 안 그래, 패애미? 너도 하나, 나도 하나. 네가 선택하는 거야, 패미. 골라야 해. 음탕한 계집애야, 하나를 고르라고. 이건 패미의 선택이지. '소피의 선택'이란 영화 기억나? 그때는 두 꼬맹이 중 하나를 선택해야 하는 거였지만 이번엔 찌찌야. 패애미, 하나를 골라. 아니면 내가 두 개 다 가지겠어."

세상에. 이런 미친놈을 상대할 때는 무슨 말을 해야 하는 거야? 게다가 어떻게 한쪽 가슴을 고를 수 있어? 이 게임을 이길 수 있는 방법이 분명히 어딘가에 있을 텐데 그게 뭔지 알 수 없었다.

"이것 봐, 이것 봐. 내가 만지니까 젖꼭지가 단단해지잖아. 이렇게 겁에 질려 울면서도 흥분하잖아, 이 잡년. 하나를 골라, 패미. 어떤 걸 할 거야? 이거? 이거? 뭘 기다리는 거야, 패미? 시간을 벌려고 수작부리는 거야? 날 열 받게 하려고? 말해 봐, 패미. 말해 보라고. 네가 원하는 쪽을 만져 봐."

하느님, 도대체 뭐라고 말해야 하나요?

"그거? 확실해, 패미?"

하느님, 제발.

"흠, 잘 했어. 탁월한 선택이야. 그럼 그쪽은 네 것이고 이쪽은 내 것이야. 거래는 거래야. 사업은 사업이니까 무를 순 없지, 패미."

양쪽 끝에 나무로 만든 손잡이가 달린 그 철사가 그녀의 가슴을 동그랗게 감쌌다. 철사는 사람들이 들고 다닐 수 있게 만든, 소포 끈에 매다는 그런 철사였다. 그가 그 철사에 달린 나무 핸들을 쥐고 양쪽으로 잡아당겼다.

그 순간 그녀는 자신의 몸을 빠져 나왔다. 그녀는 트럭 위 공기 중을 떠다니면서 트럭의 지붕을 통해서 밑을 볼 수 있었다. 그리고 그녀는 철사가 마치 액체처럼 그녀의 살을 미끄러져 나오는 것을, 그녀의 유방이 천천히 그녀의 몸에서 떨어져 나오는 것을, 피가 스며 나오는 것을 보았다. 피가 그녀의 시야 전체를 채우다가 점점 주변이 어두워졌다.

    마침내 세상이 암흑에 잠겼다.

## 14

 켈리는 자리에 없었다. 브루클린 강력계에서 전화를 받은 직원이 중요한 일이면 호출을 해 주겠다고 말했다. 난 중요한 일이라고 말했다.
 잠시 기다리자 켈리에게서 전화가 걸려왔다. 일레인이 전화를 받았다.
 "잠깐만 기다리세요."
 나는 그녀에게서 수화기를 받아 인사를 했다.
 "아버지가 당신을 기억하던걸. 자네 정말 열혈 경찰이었다고 하시더군."
 그가 말했다.
 "오래 전 일이죠."
 "아버지도 그렇게 말씀하시더군. 뭐가 그렇게 중요해서 밥 먹고 있는데 호출을 한 거야?"

"레일라 알바레즈 사건에 대해 물어볼 게 하나 있어요."

"질문이라. 난 자네가 뭔가 말해 줄 게 있다고 생각했어."

"그녀가 받은 수술 있죠."

"'수술.' 자넨 그걸 그렇게 부르나?"

"그 자식이 유방을 잘라 내는데 뭘 썼는지 아세요?"

"아, 빌어먹을 단두대를 썼지. 도대체 왜 그딴 질문을 하는 거지, 스커더?"

"그 자식이 철사 줄을 썼을 가능성이 있나요? 예를 들면 피아노 줄 같은 것, 교수형틀에 쓰는 것 같은 철사 말이에요."

긴 침묵이 흘러서 나는 내가 발음을 잘못해서 켈리가 못 알아들은 건가 하고 생각했다. 마침내 긴장으로 팽팽해진 목소리로 그가 말했다.

"도대체 뭘 알아낸 거야?"

"알아낸 지 10분밖에 안 됐어요. 그중 5분은 당신 전화를 기다리면서 지나갔죠."

"제기랄, 무슨 단서를 잡은 거야, 이봐."

"알바레즈가 그놈들의 유일한 희생자가 아니었어요."

"자네가 그렇게 말했잖아. 갓스카인드가 또 다른 희생자였다고. 그 파일을 읽고 자네 말이 옳다고 생각했어. 그런데 갓스카인드 사건에서 어떻게 피아노 철사를 찾아냈지?"

"또 다른 희생자가 있어요. 강간당하고, 고문당하고, 가슴이 잘려 나갔죠. 중요한 건 그녀는 살아 있다는 겁니다. 그 여자랑 이야기 해 보고 싶으실 거란 생각을 했죠."

드류 카플란이 말했다.

"프로 보노라고, 흥? 왜 사람들이 이 라틴어는 모두 알고 있는지 말해 주겠어? 브루클린 법대를 졸업하고 나니 나 혼자서도 교회를 세울 수 있을 정도로 라틴어를 많이 배웠지. 레 제스타(이루어진 일─옮긴이), 코퍼스 쥬리스(법전─옮긴이), 레스 칼리오니스(복수법─옮긴이). 그런데 사람들은 이런 말 몰라. 그냥 프로 보노야. 그게 무슨 뜻인지 알아, 프로 보노가?"

"당신 입에서 곧 나올 것 같은데요?"

"원래는 프로 보노 퍼블리코지. 공공의 이익을 위한다는 뜻이야. 그래서 대형 법률 회사들이 양심상 대의를 위해 아주 소소한 사건을 맡을 때 이 문구를 쓰는데, 문제는 이 회사들이 그 소소한 사건을 빼고 남은 근무 시간의 90퍼센트는 가난한 사람들을 착취하면서 그걸로 시간 당 200달러 이상을 청구하는데 쓴다는 사실이야. 이율배반적이라 이 말씀이지. 왜 그런 눈으로 보는 거야?"

"당신이 이렇게 구구절절 설명하는 건 처음 들어보네요."

"그랬나. 캐시디 양, 당신의 변호사로서 이런 남자는 멀리 하라고 경고를 해야겠어요. 매튜 이 사람 말이에요. 농담이 아닙니다. 그나저나 캐시디 양은 맨해튼 거주민으로 퀸즈 독립 구에서 9개월 전에 발생한 범죄의 피해자죠. 난 브루클린의 코트가에 작은 사무실을 차려서 근근이 살아가는 변호사고. 어쩌다 내가 이 일을 맡게 된 건지 물어봐도 될까요?"

우리는 그의 작은 사무실에 있었다. 그는 어색한 분위기를 누그러뜨리려고 농을 치고 있었다. 카플란은 왜 팸 캐시디가 브루클린 강력계 형사에게 취조를 받을 때 브루클린 변호사를 대동해야 하는지 알고 있었다. 내가 미리 전화로 어느 정도 상황을 설명해 뒀다. 그가 말했다.

"팸이라고 부를게요. 그래도 괜찮아요?"

"아, 그럼요."

"아니면 패미라고 불러 드릴까요?"

"아뇨, 팸이 좋아요. 패미만 아니면 상관없어요."

그 말의 특별한 의미를 카플란은 알아차리지 못했을 것이다.

"그럼 팸이라고 부를게요. 팸, 켈리 경찰관을 만나러 가기 전에…… 경찰관 맞지, 매튜? 아니면 형사인가?"

"존 켈리 형사."

"우리가 그 훌륭한 형사 나리를 만나기 전에 먼저 한 가지 확실히 해 둡시다. 당신은 내 의뢰인입니다. 그 말은 내가 당신 옆에 있지 않는 한 아무도 당신을 취조할 수 없다는 뜻입니다. 이해해요?"

"네."

"내 말은 경찰이든 언론사든 텔레비전 리포터든 아무도 당신 얼굴에 마이크를 들이댈 수 없다는 뜻입니다. '제 변호사와 상의하세요.' 말해 봐요."

"제 변호사와 상의하세요."

"잘 이해한 것 같군요. 하나 더. 어떤 남자가 당신에게 전화해서 자기 회사에서 하는 특별 이벤트로 바하마의 파라다이스 아일랜드로 가는 무료 여행에 당첨됐다고 말했다고 합시다. 그럼 뭐라고 하겠어요?"

"제 변호사와 상의하세요."

"아니죠, 그 남자한테는 꺼지라고 말해 줘야죠. 하지만 그 외

모든 사람에게는 변호사와 상의해야 한다고 말해요. 구체적인 점은 같이 검토해 보겠지만 요점만 말하자면 난 팸이 내가 옆에 있을 때만 대답하길 바랍니다. 그리고 그 질문이 당신에게 자행된 그 잔인무도한 범죄에 직접적으로 연관이 있을 때만 대답하길 바랍니다. 당신의 배경, 사건 발생 전후의 당신의 사생활은 누구도 알 필요가 없어요. 만약 내가 반대하는 질문이 나오면 나는 즉시 인터뷰를 중단시키고 당신이 대답하지 못하게 할 겁니다. 만약 내가 아무 말도 하지 않았지만 어떤 이유로든 그 질문이 내키지 않으면 대답하지 말아요. 그냥 변호사와 개인적으로 상의하고 싶다고 말해요. '제 변호사와 의논하고 싶습니다.' 이렇게요. 자, 말해 봐요."

"제 변호사와 의논하고 싶습니다."

"잘했어요. 당신은 기소되지도 않았고 그럴 계획도 없으니까 우리는 경찰을 도와주는 입장이에요. 즉 매우 유리한 위치에 있는 거죠. 이제 여기 매튜가 있는 동안 한 번 그 사건 배경에 대해 이야기해 봅시다. 그리고 우리 둘이 존 켈리 형사를 보러 가는 거예요. 팸, 어떻게 매튜 스커더에게 당신을 납치해서 공격한 자들을 찾아달라는 의뢰를 하게 된 거죠?"

내가 존 켈리나 드류 카플란에게 전화하기 전에 우리는 사소한 사항을 다 입을 맞춰 놓았다. 이 조사를 팸이 시작한 것으로 보이게 해서 캐넌 코리를 이 사건에서 빠지게 할 수 있는 스토리가 필요했다. 결국 팸과 일레인과 함께 이야기를 급조해서 다음과 같은 내용을 만들어 냈다.

사건이 발생한 후 9개월이 지나 팸은 다시 일상으로 돌아가려고 했다. 하지만 언제라도 다시 그 놈들에게 공격받을 수 있다는 불안감이 들어 그것도 쉽지 않았다. 놈들에게서 벗어나기 위해 뉴욕을 떠날 생각까지 했지만 아무리 멀리 도망친다 해도 공포는 계속 될 거란 예감이 들었다.

최근 그녀는 남자를 하나 사귀게 됐는데 그에게 한쪽 가슴을 잃게 된 사정을 설명했다. 이름은 밝힐 수 없지만 선량한 유부남인 이 남자는 충격을 받은 한편 그녀에게 동정심을 느꼈다. 그는 팸에게 그자들이 잡히기 전까지 안정을 찾지 못할 것이라고 했다. 그자들을 찾는 것이 불가능하다고 할지라도 그렇게 하기 위해 직접 행동을 취한다면 정신적으로 회복하는데 도움이 될 것이라고도 했다. 그는 경찰에서는 이미 충분한 시간을 들여 조사했지만 건진 게 없으니 형식적으로 수사하는 경찰보다 전심전력으로 사건을 집중해서 조사해 줄 수 있는 사립 탐정을 고용하라고 권했다.

과거에 나의 고객이었던 이 익명의 유부남은 나를 믿을 만한 탐정이라고 기억했다. 그가 팸을 나에게 소개하고 조사비용을 자신이 부담하겠다고 했다. 대신 이 일에 그가 관련된 점은 비밀로 해야 한다고 조건을 달았다.

팸과 두어 차례 인터뷰를 하자 난 이 사건을 효율적으로 풀기 위해서는 그녀가 유일한 희생자가 아닐 것이라고 가정하고, 다른 희생자를 찾아봐야 한다는 생각이 들었다. 그녀를 살해하자고 그자들이 의논했다는 것 자체가 과거에 이미 살인 경력이 있다는 점을 보여주는 것이다. 나는 그 두 남자가 내 의뢰인을 불구로 만들기 전 혹은 후에 범죄를 저질렀다는 증거를 찾기 위해 다양한 조사를 실시했다.

　도서관에서 찾은 마리 갓스카인드 사건과 레일라 알바레즈 두 건이 그럴 듯해 보였다. 갓스카인드 사건에서는 놈들은 트럭을 사용해서 피해자를 납치했다. 비통상적인 경로로 얻은 갓스카인드 파일로 이 사건에서도 신체 일부가 절단됐다는 것을 알 수 있었다. 알바레즈 사건도 마찬가지로 납치 가능성이 엿보였고 피해자 사체가 묘지에 유기됐다는 점이 비슷했다. (팸은 퀸즈에 있는 마운트 지온 묘지에 버려졌다.) 신문에는 나오지 않았지만 팸과 알바레즈가 똑같이 신체 부위가 절단됐다는 것을 목요일에 알게 되었다. 두 사건의 범인이 동일인이라는 점이 분명해 보였다.

　그런데 왜 그때 바로 켈리 형사에게 알리지 않았는가? 우선 윤리적으로 의뢰인의 동의 없이 무작정 경찰에게 정보를 밝힐 수는 없었다. 나는 주말 내내 팸을 설득하면서 그녀가 당면하게 될 상황에 준비하도록 했다. 그리고 내가 던져놓은 여러 개의 낚시 바늘 중 미끼가 물리는 게 없는지도 확인하고 싶었다.

　그 중 하나가 바로 영화 제작자가 실제 피해자와의 인터뷰를 하고 싶어 한다는 소문을 내는 것이었다. 팸 이외에 생존해 있는 희생자를 찾고자 하는 바램에서 낸 아이디어였다. 나는 일레인을 시켜 시내에 있는 성범죄 전담반들에게 전화를 하게 했다. 여자들이 몇 명 전화를 하긴 했지만 모두 우리가 찾는 여자와는 거리가 멀었다. 하지만 주말이 끝날 때까지는 그 조사에 매달려 보기로 했다.

　재미있는 사실은 내 의뢰인인 팸도 퀸즈 전담반에 있는 여성 요원에게 전화를 받았다는 것이다. 팸은 미스 마델이라는 여자와 연락을 해 보고 사정을 알아보는 게 좋겠다는 말을 들었다. 그 당시 팸은 내가 이런 수사 방법을 택했다는 걸 몰랐기 때문에 일레인과 전화를 하면서 불안해했다. 결국 실제 영화 제작자가 나라는 걸 알고 나에게 이런 이야기를 하며 모두 한바탕 웃었다.

월요일인 오늘 오후, 난 더 이상 경찰에게 우리가 알아낸 정보를 숨겨야 할 마땅한 이유를 생각해 낼 수 없었다. 그렇게 해 봤자 두 사건의 범인을 찾으려는 경찰에게 방해만 될 뿐이며 내가 독자적으로 할 수 있는 수사 방법도 없다는 걸 깨달았다. 나는 이런 이유를 대면서 팸을 계속 설득했다. 하지만 팸은 경찰에게 다시 조사를 받아야 한다는 것에 더 움츠러들었다. 내가 그녀의 권리를 보호하기 위해 변호사를 대동할 수 있다고 말하자 그제야 팸은 간신히 낙천적으로 상황을 보기 시작했다.

그래서 팸은 변호사와 함께 켈리를 만나러 가게 됐고 나는 쾌락 살인자를 추적하는 일을 마치게 됐다. 그리고 상황이 종료됐다.

"이 이야기는 먹힐 거야."

난 일레인에게 말했다.

"내가 처음 전화를 받은 이후부터 해 온 모든 조사에서 캐넌 코리와 관련된 부분만 빼고 모두 이 스토리와 일치하잖아. 팸이 경찰에 진술할 내용이 내가 애틀랜틱 애비뉴에서 한 조사나 지난 밤 콩 브라더스가 하는 컴퓨터 게임을 지켜본 것과 연결될 가능성도 전혀 없고. 팸은 그런 일에 대해서는 아는 것이 없으니까 말하고 싶어도 경찰에 밝힐 내용도 없지. 물론 프랜신이나 캐넌 코리 이름도 들은 적이 없어. 이제 와서 생각해 보니 왜 내가 이 사건에 처음 발을 들여놓게 됐는지조차 그녀는 모르는 것 같아. 팸이 아는 건 우리가 꾸며낸 그 이야기밖에 없겠지."

"아마 그녀도 그 스토리를 믿을 거야."

"경찰에 진술을 끝낼 때 쯤이면 그녀 자신도 믿게 되겠지. 카플란도 납득할 만한 이야기라고 했으니까."

"카플란에게 진짜 일어난 일을 이야기했어?"

"아니, 그럴 필요 없잖아. 카플란도 자신이 들은 이야기가 완벽하지 않다는 건 알고 있지만 그걸로 만족했어. 중요한 점은 경찰들이 떼거지로 팸에게 덤벼들어서 질문하지 않도록 하는 거니까. 그리고 경찰들이 그 사건에서의 내 역할보다 범인이 누구냐 하는 점에 더 관심을 쏟도록 카플란이 실력을 발휘해야 해."

"경찰들이 그렇게 할까?"

난 어깨를 으쓱했다.

"경찰들이 어떻게 할지는 나도 모르겠어. 떼로 몰려다니면서 지난 1년 간 여자들을 살해하고 다닌 연쇄 살인범들이 있는데 뉴욕 경찰은 그런 놈들이 있다는 것조차 몰랐어. 경찰이 놓쳐 버린 걸 사립 탐정이 발견했다면 코가 납작해질 사람들이 한두 명이 아니겠지."

"그럼 괜히 나쁜 소식을 가져왔다고 화낼 수도 있겠는걸."

"그렇다고 해도 그게 처음도 아니고. 사실 경찰이 눈에 확연히 드러난 점을 놓친 건 아냐. 연쇄 살인범은 발견하기 쉽지 않아. 특히 각기 다른 지역과 독립 구에서 다른 사건을 맡다보면 신문에 나오지 않는 개별적인 사건의 연관성을 찾기란 쉽지 않지. 그래도 경찰은 팸이 이런 식으로 등장한 것에 반감을 품을 수 있어. 창녀인데다 처음 조사했을 때 그 점을 말하지 않았다는 점에서 말이야."

"이제 그걸 밝힐 거야?"

"예전에 먹고 살려고 어쩔 수 없이 가끔 몸을 팔았다는 이야기만 하라고 했어. 매춘 행위로 전과가 있으니까. 팸은 매춘 관련 혐의로 전과가 두어 건 있어. 처음에 사건을 조사할 때는 팸이 희생자라서 전과 유무를 확인할 필요가 없었던 거지."

"하지만 당신 생각엔 경찰에서 확인을 했어야 했다는 거지."

"음, 조사가 부실하긴 했어. 창녀들은 접근하기 쉽기 때문에 이런 범죄에 항상 목표가 돼. 경찰에서 조사했을 수도 있는데. 사실 자동적으로 조사해야 했어."

"팸은 병원에서 퇴원한 후 매춘을 그만뒀다고 경찰에 말할 거지? 겁이 나서 다시 그 일을 할 수 없었다고."

나는 고개를 끄덕였다. 그녀는 낯선 사람과 차에 탄다는 생각만 해도 죽을 만큼 겁이 나서 한동안 일을 하지 않았다. 하지만 오래된 습관은 끊기 힘든 법이라 결국 다시 매춘을 하게 됐다. 처음에는 셔츠를 벗어서 남자를 실망시키거나 역겹게 만드는 위험을 무릅쓰고 싶지 않아서 차에서 데이트를 하는 정도로 그쳤다. 그런데 팸은 곧 대부분의 남자들이 그녀의 기형을 대수롭지 않게 여긴다는 것을 깨달았다. 어떤 남자들은 그녀의 흉터를 흥미로운 특징이라고 생각했고 몇몇은 그것에 홀딱 반해서 단골이 되었다.

하지만 경찰이 그런 일까지 알 필요는 없었다. 그래서 그녀는 여급으로 일하기도 하고 동네에서 불법으로 아르바이트를 하기도 했으며 주로 그녀에게 나를 소개해 준 그 익명의 후원자의 도움을 받았다고 말하기로 했다.

"그럼 자기는 어떻게 할 건데?"

일레인이 물었다.

"켈리 형사에게 가서 진술서를 작성하는 거 아니야?"

"그래야 하겠지만 서두를 건 없어. 내일 켈리랑 이야기해 보고 공식적인 절차가 필요한지 물어봐야지. 아마 그러진 않을 거야. 그에게 사실 줄 것도 없는 게 구체적으로 증거를 발견한 게 아니니까. 난 그냥 3건의 사건 사이에 남들은 보지 못한 연결고리를 찾은 것뿐이야."

"그래서 당신의 전쟁은 끝난 거야, 대장?"

"그래 보이는군."

"기진맥진했겠네. 방에 가서 좀 누울래?"

"그냥 이대로 버텨서 일상적인 신체 리듬을 찾아야 할 것 같아."

"잘 생각했어. 배고파? 내 정신 좀 봐. 아침 먹고 아무것도 안 먹었지? 앉아 있어, 밥 차릴게."

우리는 토스트 샐러드와 오일, 마늘을 넣고 요리한 나비 모양의 파스타를 큰 그릇 가득 먹었다. 부엌 테이블에서 식사를 하고 일레인은 자신이 마실 차와 내가 마실 커피를 탔고, 우리는 거실로 가서 소파에 함께 앉았다. 갑자기 일레인은 평소에 하지 않던 상소리를 내뱉었다. 내가 웃자 그녀는 뭐가 그렇게 웃긴지 물었다.

"당신이 그렇게 화류계 말투를 쓸 때는 정말 귀엽단 말이야."

내가 말했다.

"괜히 폼 잡으려고 그러는 거 같아? 내가 뭐 온실의 화초야?"

"아니, 당신은 스페인 할렘 가에 피는 장미지."
"나라면 거리에서 살아남을 수 있었을지 궁금해."
그녀는 생각에 잠겨 말했다.
"물론 결코 직접 확인해 보지 않아도 된다는 건 기쁘지만. 미리 말해두겠는데, 이 일이 모두 해결되면 우리의 길거리 아가씨는 일을 그만두게 할 거야. 그나마 남아있는 가슴 한쪽을 챙겨 가지고 잽싸게 거리를 벗어나게 해야지."
"그 아가씨를 입양이라도 할 셈이야?"
"아니, 그렇다고 내 집에 들여서 서로 짝짜꿍 하며 룸메이트 놀이를 할 생각은 없어. 하지만 괜찮은 집을 얻어 주든지 고객 관리를 도와주든지 해서 아파트에서 영업을 할 수 있는 비결을 전수해 줘야겠어. 그 아가씨가 영리하다면 이렇게 할 텐데. 포르노 잡지에 가슴에 집착하는 남자들을 겨냥해서 여기 두 개 가격으로 가슴 하나를 즐길 수 있는 방법이 있다고 광고를 내는 거야. 자기 또 웃고 있잖아. 내가 너무 노골적이야?"
"아냐, 그냥 재미있어서."
"그럼 웃어도 좋아. 모르겠어, 그냥 참견하지 말고 그 아가씨 멋대로 살라고 할까. 하지만 그 아이 맘에 들던데."
"나도 그래."
"그 아이는 거리보다 더 나은 곳에서 생활해야 해."
"모두가 그렇지. 그 아가씨는 잘 극복해 낼 거야. 만약 그 놈들을 잡아서 재판까지 가게 되면 15분 정도는 스타가 될 수도 있고. 돈을 왕창 내지 않고서는 그녀의 스토리를 언론에 싣지 못하도록 확실하게 뒤를 봐줄 변호사도 있고 말이야."

"아마 텔레비전 영화로 나올 지도 모르지."

"그럴 가능성도 배제할 순 없지. 데보라 윙거가 그 아가씨 역할을 하지는 않겠지만."

"그래, 그런 일은 없을 거야. 아, 좋은 생각이 났어. 자기 나랑 같이 해 볼래? 자기가 할 일은 실제로 유방절제 수술을 받은 환자 역을 연기할 배우를 찾는 거야. 내 말은, 이거 심각한 이야기지? 이런 영화를 만듦으로써 우리가 세상에 전파할 수 있는 메시지를 생각해 보라고."

일레인은 나를 보고 윙크했다.

"나, 아무리 생각해도 연예계 쪽에 재능이 있는 것 같아. 당신도 내 화류계 연기 좋아하잖아."

"반반이라고 할 수 있지."

"그 정도면 괜찮네, 매튜. 이 사건에 혼자서 고생했는데 경찰에 넘겨줘도 기분 나쁘지 않아?"

"아니."

"정말?"

"왜 기분이 나빠야 해? 나 혼자만 이 사건을 알고 있을 정당한 이유도 없는걸. 뉴욕 경찰에게는 내게 없는 재원과 인력이 있잖아. 할 수 있을 만큼 조사를 했고 그걸로 내 몫은 다 한 셈이니 끝난 거지. 난 어젯밤 찾은 단서를 계속 추적할 거고 선셋 파크에서 뭘 발견할 수 있는지 알아 볼 거야."

"경찰에게 선셋 파크 이야기는 안 할 거지?"

"절대로 안 하지."

"안 한다고…… 매튜, 물어볼 게 하나 있어."

"해 봐."

"기분 나쁠지 모르겠지만 물어봐야겠어. 이자들이 바로 그 범인인 게 확실해?"

"그래. 유방 하나를 잘라내기 위해 철사를 썼잖아? 한 번은 레일라 알바레즈에게, 또 한 번은 팸 캐시디에게. 두 희생자 모두 묘지에 버리고. 우연의 일치라고 보기엔 너무 공교롭잖아."

"난 팸을 해친 자들이 알바레즈도 죽였다고 생각해. 그리고 포레스트 파크에 있던 여자, 그 교사도."

"마리 갓스카인드."

"하지만 프랜신 코리는 어땠지? 그 여자는 묘지에 버려진 것도 아니고 어쩌면 가슴을 교수형틀에 잘리지 않았을 수도 있어. 게다가 프랜신을 납치한 건 세 명의 남자라고 했잖아. 만약 이 사건에 대해 팸이 뭐라도 한 가지 확실히 알고 있는게 있다면 그건 그녀를 덮친 놈들이 2인조라는 거야. 레이와 또 한 놈."

"코리 사건도 두 놈일 수 있어."

"자기, 지난번엔 3명이라고 말했잖아."

"나도 내가 뭐라고 했는지 알아. 하지만 기억나? 팸이 그 남자들이랑 운전석에서 트럭 뒤편으로 갔다가 다시 앞으로 왔다는 이야기를 했지. 남자 둘이 주차된 트럭 뒤편으로 들어간 걸 봤는데 그 뒤에 누군가가 앞에서 그 차를 몰고 있었다면 밖에서 볼 때는 세 명이 있는 걸로 추측했을 거야."

"그럴 수도 있지."

"이놈들은 갓스카인드를 죽였어. 갓스카인드와 알바레즈는 손가락을 잘라서 몸에 쑤셔 넣은 수법이 일치해. 그리고 알바레즈와 캐시디는 둘 다 가슴을 도려냈으니 그 말은 즉……."

"이 세 명 모두 같은 놈들의 범행이라는 거지. 맞아, 나도 그건 이해할 수 있어."

"음, 갓스카인드 사건의 목격자들이 말하길 세 명의 남자가 있었는데 두 명은 납치를 하고 한 명이 차를 몰았다고 했어. 내 말은 그게 착각일 수 있다는 거야. 아니면 갓스카인드 때는 세 놈이 있었고 프랜신 때도 셋이 있었지만 어쩌다 한 놈이 감기에 걸려서 집에 있는 날 팸이 잡힌 걸 수도 있지."

"집에서 딸딸이를 치고 있었나 보지."

일레인이 말했다.

"뭐를 했든 말이야. 그 놈들이 다른 남자 말을 하다녀고 팸에게 물어볼 수 있을 거야. '마이크가 팸의 엉덩이를 좋아했을 텐데.' 라는 식으로."

"어쩌면 팸의 가슴을 그놈에게 갖다 줬을지도 몰라."

"'이봐, 마이크. 그 놓쳐 버린 다른 쪽 가슴도 봤어야 했는데.'"

"솔직히 말해 봐. 자기가 생각하기에 팸에게서 그 놈들의 자세한 인상착의를 알아낼 수 있다고 생각해?"

"그럴 수 없을걸. 팸은 그 두 놈이 어떻게 생겼는지 기억도 안 나고 밋밋한 얼굴만 생각난다고 했잖아. 마치 나일론 스타킹을 가면처럼 얼굴에 쓰고 있었던 것 같이. 경찰에서 처음에 조사할 때도 성범죄자 사진들이 꽉 찬 앨범을 보고 짚어 달라고 했지만 헛수고였어. 그녀는 도대체 어떤 얼굴을 찾아야 할지조차 몰랐어. 경찰에서 몽타주 전문가를 붙여 줬지만 그것도 허사로 돌아갔고."

"팸이 여기 있었을 때 계속 레이 갈린데즈가 생각났어."

일레인이 말했다.

그는 뉴욕 경찰인 동시에 화가로 증인과 인터뷰를 하고 나면 놀랄 만큼 꼭 닮은 범인의 초상화를 그려내는 비범한 능력의 소유자였다. 일레인은 그의 스케치 두 장을 액자에 넣어 욕실 벽에 걸어 뒀다.

"나도 같은 생각을 했어. 하지만 레이도 별 소득이 없었을 거야. 사건이 일어난 직후에 팸과 작업을 했더라면 뭔가 건질 수 있었을지 몰라. 하지만 지금은 너무 오래됐어."

"최면은 어떨까?"

"그것도 가능하지. 팸이 충격으로 기억을 못하는 거라면 최면으로 그 기억을 되살릴 수 있을 지도 몰라. 정말 제대로 될지는 모르지만. 게다가 배심원들이 그걸 믿을 거라는 보장도 없고, 사실 최면에 대해서라면 나도 별로 믿음이 가지 않아."

"왜 안 믿어?"

"사람들은 듣는 사람들을 만족시키고자 하는 심리에서 상상에서 비롯된 기억을 만들어 낼 수 있거든. 난 모임에서 듣는 그 많은 근친상간 고백에 대해 늘 의심이 들어. 일어난 지 20년이나 30년 후에 갑작스럽게 떠오르는 근친상간에 대한 기억 말이야. 그 중 몇은 정말로 있었던 일이겠지. 하지만 대부분 상담 치료사에게 잘 보이려고 환자들이 꾸며 낸 기억일 거야."

"가끔은 정말 그런 일이 일어나잖아."

"물론이지. 하지만 그렇지 않을 때도 있다는 말이야."

"아마도. 요즘에 자기의 정신적 장애의 원인이 유년기의 근친상간에 있다고 하는 것이 유행이라는 말은 맞는 것 같아. 머지않아 근친상간에 대한 기억이 없는 여자들은 아빠가 자신들이 너무 못생겼다고 생각한 게 아닐까 의심할 날이 올지도 모르지. 난 발랑 까진 여자아이 역을 할게, 자기는 내 아빠 역을 하고 놀지 않을래?"

"난 됐거든."

"정말 재미없는 남자야. 그럼 난 미끈하고 섹시한 거리의 창녀를 할 테니 자기는 핸들을 잡고 있는 남자 역할을 하는 건 어때?"

"그럼 차를 한 대 렌트해야 해?"

"이 소파가 차라고 하면 어때? 너무 억지스럽나? 우리 관계를 흥미진진하고 뜨겁게 하려면 뭘 하면 좋을까. 당신을 묶을 수도 있지만 내가 또 자기에 대해서라면 빠삭하잖아. 자기는 내가 묶으면 그냥 자 버리겠지."

"오늘 밤은 특히 그럴걸."

"흐음, 당신이 기형인 여자에게 환장하고 마침 내가 가슴이 하나밖에 없는 여자인 척 하는 놀이도 할 수 있는데."

"큰일 날 소리."

"하긴, 그 말은 맞아. 엄마가 말하는 것처럼 비셔리 해야지. 비셔리가 뭔지 알아? 이디시 어로 오만함이라는 뜻이야. '입 밖에 꺼내지도 마. 말하는 것 만으로도 재앙을 불러오는 말' 이라는 거지."

"그러니, 그런 말 하지 마."

"안 할게, 자기야. 우리 그냥 잠이나 푹 잘까?"

"이제야 말이 좀 통하는군."

15

 화요일에 늦잠을 자고 일어나자 일레인은 집에 없었다. 부엌 테이블 위의 쪽지에는 편한 만큼 있다가 가라고 적혀 있었다. 난 혼자서 아침을 차려 먹고 한동안 CNN을 봤다. 그리고 집을 나와 한 시간 정도 걸어 다니다가 정오 모임에 맞춰 시티 그룹 빌딩에 도착했다. 모임이 끝난 후 난 3번 애비뉴에서 영화를 보고 프릭(Frick Collection, 맨해튼에 위치한 미술관—옮긴이)으로 걸어가 그림들을 좀 보았다. 그리고 렉싱턴으로 버스를 타고 가서 통근자들이 특별 객차를 사양하려고 마음을 다잡고 있는 그랜드 센트럴 역을 지나서 역에서 한 블록 떨어진 곳에서 하는 5시 반 모임을 갔다.
 금주의 11가지 단계를 테마로 하는 모임이었다. 기도와 명상을 통해 신의 뜻을 이해하고자 했으며 토론도 매우 영적이었다. 모임을 마치고 나와서 간만에 택시를 타기로 마음먹었다. 두 대를 놓친 후 세 번째 택시를 막 세운 순간 맞춤 정장을 입고 날렵한 나비 넥타이를 맨 어떤 여자가 나를 팔꿈치로 밀치더니 냉큼 새치기를 해 버렸다. 기도나 명상을 하지 않아도 나는 이 일에서 신의 의지를 느꼈다. 하느님은 내가 지하철을 타고 가길 바라신 거다.

호텔에 돌아오자 존 켈리, 드류 카플란 그리고 캐넌 코리에게서 메시지가 와 있었다. 공교롭게도 모두 마지막 이니셜이 같은 사람들이었다. 그 사람들 외에도 이름도 없이 번호만 남긴 사람이 있었다. 심술궂게도 난 그 번호로 제일 먼저 전화를 걸었다.

번호를 돌리자 전화벨이 울리는 대신 신호음이 울렸다. 난 전화가 끊겼다고 생각하고 바로 전화를 끊었지만, 곧 이 번호가 무엇인지 깨달았다. 나는 다시 수화기를 들어서 번호를 돌린 후 같은 소리가 나자 내 번호를 누르고 전화를 끊었다.

5분이 지난 후 전화벨이 울렸다. 수화기를 들자 티제이의 목소리가 들렸다.

"여보세요. 매튜 아저씨, 내 친구. 잘 지냈어요?"

"삐삐 샀구나."

"놀랐죠, 그죠? 아저씨, 내가 한방에 500달러를 벌었잖아요. 그 돈으로 뭘 할까요, 저축 채권이라도 살까요? 물론 아니죠. 아저씨, 나 가게에서 특별 세일 하길래 삐삐랑 첫 3개월 사용료로 199달러를 썼어요. 아저씨도 하나 살 생각 있으면 같이 가 줄게요, 바가지 쓰지 않게."

"난 좀 더 기다려 볼란다. 3개월이 지나면 어떻게 되는 거야? 다시 기계를 가져 가니?"

"아니요. 내가 가지는 거예요, 아저씨. 계속 사용하려면 매달 요금을 내야 해요. 매달 요금을 안 내더라도 삐삐 값은 냈으니까 삐삐는 내가 가질 수 있어요. 물론 전화해 봤자 소용없죠."

"그럼 가지고 있는 의미가 없잖아."

"그래도 다들 가지고 다녀요. 항상 차고 다니는데 소리는 안 나죠. 요금을 안 냈으니까."

"매달 요금이 얼마야?"

"거기서 말해 주긴 했는데 잊어버렸어요. 괜찮아요. 3개월만 지나면 아저씨가 날 찾기 위해서 요금을 내줄 테니까."

"왜 내가 그래야 하는데?"

"왜냐면 나 없인 아저씬 아무것도 못하니까. 아저씬 나 없인 못 살잖아요."

"네가 수완이 좋으니까 말이지."

"맞아요, 역시 아저씨는 이해가 빠르다니까."

난 드류에게 전화를 했지만 그는 사무실에 없었다. 나는 굳이 그의 집으로 전화해서 그를 귀찮게 하고 싶지 않았다. 캐넌 코리나 존 켈리도 급하지 않은 것 같아서 전화하지 않았다. 길가 모퉁이에 있는 가게에 들러 피자 한 조각과 콜라를 먹고 성 바오로 성당에서 하는 모임에 갔다. 하루 동안 세 번째의 모임이었다. 이렇게 모임에 많이 간 게 마지막으로 언제였는지 기억도 안 나지만 한참 된 건 사실이다.

술이 고파서 이렇게 모임을 많이 간 건 아니었다. 술은 생각도 나지 않았다. 딱히 고민거리가 있거나 결정할 수 없는 일 때문에 괴로운 것도 아니었다.

내가 느낀 감정은 일종의 정신적 고갈과 피로함이었다. 프론트넥 호텔에서 하루 밤을 샌 여파가 컸지만 식사를 잘하고 아홉 시간 정도 푹 자자 체력은 이미 충분히 회복되었다. 그러나 난 아직도 이 사건 자체의 영향력에 매몰되어 있었다. 전심전력으로 이 사건에 매달리면서 완전히 혼연일체가 되어 있었는데 이제 끝난 것이다.

물론 사건이 해결된 건 아니다. 범인들을 체포하기는커녕 누구인지 밝혀내지도 못했다. 난 유능한 사립 탐정으로서 해야 할 조사를 다 했고 큰 성과를 거두었다. 그래도 사건 자체는 아직 결론이라고 할 만한 것에 도달하지 못했다. 즉 나의 피로함은 사건을 종결지었다는 만족과는 동떨어진 것이었다. 피곤하든 말든 나에겐 지켜야 할 약속이 남았다. 갈 길이 멀었다.

그래서 나는 자꾸 안전하고 평화로운 곳에 있는 또 다른 모임을 찾았던 것이다. 쉬는 시간에 짐 페버와 이야기를 좀 하다가 모임이 끝나서 함께 나왔다. 페버와 커피를 마실 시간은 없어서 그의 아파트까지 걸어갔다. 가는 길에서 내내 이야기를 했고 길거리에 서 서서 몇 분간 더 이야기를 나눴다. 페버와 헤어진 후 집으로 가서 캐넌 코리가 아닌 그의 형 피터에게 전화를 했다. 짐과 얘기하다가 우리 둘 다 지난주 모임에서 피터를 본 적이 없다는 말이 나왔던 것이 생각나서였다. 전화를 걸었지만 응답이 없었다. 난 일레인에게 전화를 걸어서 잠깐 통화했다. 팸이 당분간 전화를 하지 못할 것이라고 연락해 왔다고 일레인이 전했다. 드류가 당분간 나나 일레인에게 연락하지 말라고 했는데 걱정하지 말라고 전화를 했다는 것이다.

다음 날 아침 드류에게 전화를 하자 그는 모든 일이 잘 처리됐다고 했다. 그는 켈리 형사가 고집이 세기는 하지만 융통성이 있는 사람이라고 말했다.

"소원을 빌 일이 있으면."

드류가 말을 꺼냈다.

"그 남자가 부자이길 빌게."

"켈리 형사요? 강력계 형사들은 돈 못 벌어요. 거긴 뇌물 안 받거든요."

"켈리 말고, 이런 꽉 막힌 사람을 봤나. 레이 말이야."

"누구요?"

"그 범인 말일세. 그 철사 가지고 장난친 놈 말이야, 제기랄. 자넨 의뢰인 이야기도 건성으로 듣나 보지?"

팸은 내 의뢰인이 아니라는 사실을 드류는 모르고 있었다. 난 그에게 도대체 왜 우리가 레이가 부자이길 기도해야 하는지 물었다.

"그래야 우리가 그 개자식을 고소할 수 있지."

"난 그놈이 평생 감방에서 썩길 바라고 있어요."

"아, 동감이야. 하지만 우리 둘 다 법정에서 무슨 일이 일어날 수 있는지 알잖아. 만약 경찰에서 그 썩을 놈을 기소라도 하는 날이면 나도 그 자식이 가진 마지막 동전 한 푼까지 쓸어 갈 민사소송을 걸 셈이야. 하지만 그것도 그 자식이 돈이 있어야 할 수 있잖아."

"그건 아무도 모르죠."

난 말했다. 백만장자가 선셋 파크에 살고 있을 리 천부당만부당하지만 그놈들의 본거지가 선셋 파크일 수도 있다는 이야기를 드류에게 언급하고 싶지 않았다. 어쨌든 우리가 쫓고 있는 놈들이 둘이건, 셋이건 그 자식들이 선셋 파크에서 산다고 확신할 수도 없으니 말이다. 내가 아는 것이라곤 레이가 피에레에 집을 한 채 가지고 있다는 것뿐이다.

"누군가 고소할 놈이 있으면 좋을 텐데."

그가 말했다.

"아마 그 쌍놈의 새끼들은 회사 트럭을 사용했을 거야. 철저하게 책임 추궁을 해서 2차 가해자를 찾아 팸이 보상금이라도 조금 챙기게 해 주고 싶어. 그런 일을 당했으니 그 정도는 받아야 해."

"그렇게 되면 당신의 공공 봉사 활동도 짭짤해지겠죠, 그렇지 않나요?"

"그래서 나쁠 것도 없잖아. 하지만 내 몫을 챙기자고 이러는 건 아니야. 이건 진심이야."

"그러시겠죠."

"팸은 착한 아이야. 터프하고 대담하지만 의외로 순수한 면이 있거든. 내 말이 무슨 뜻인지 알지?"

"알죠."

"그 쌍놈의 자식들이 더러운 짓을 했어. 어떤 짓을 했는지 팸이 보여 줬어?"

"이야기는 해 줬죠."

"나도 들었어. 심지어 실제로 보기까지 했지. 이미 이야기를 들었으니 놀랄 것 없다고 생각하겠지만, 내 말을 믿어. 직접 보면 아연실색할 거야."

"그렇겠죠. 팸이 남은 한쪽도 보여 주던가요? 혹시 없어진 한

쪽을 생각하면서 무지 아쉬웠어요?"
"자넨 정말 사상이 음탕하단 말이야, 그거 알아?"
"나도 알아요. 그런 말은 지겹게 들었어요."

존 켈리의 사무실에 전화를 했다가 켈리가 법정에 출두했다는 말을 들었다. 내 이름을 밝히자 전화를 받은 경찰이 말했다.
"아, 켈리가 통화하고 싶어 할 거예요. 번호를 남기시면 호출해 드릴게요."
조금 후 켈리가 전화를 했다. 우리는 버러우 홀 모퉁이에 있는 도켓이라는 이름의 식당에서 만나기로 했다. 처음 간 곳이었다. 그곳은 바와 레스토랑을 겸한, 맨해튼 시내에서 흔히 볼 수 있는 장소였다. 주 고객은 경찰과 법률가들이었고 황동과 가죽과 어두운 색의 목재를 실내장식에 쓴 가게였다.
나는 켈리와 한 번도 만난 적이 없다는 사실을 잊어버리고 약속을 했지만 의외로 쉽게 그를 찾을 수 있었다. 그는 아버지를 쏙 빼닮았다.
"항상 듣는 말이지."
켈리가 말했다.
그가 바에서 맥주를 가져 왔고 우리는 뒤쪽 테이블에 자리를 잡았다. 웨이트리스는 들창코에 사람을 기분 좋게 만드는 유머감각의 소유자로 켈리와 친해 보였다. 켈리가 파스트라미(양념을 많이 한 훈제 소고기—옮긴이)맛이 어떤지 묻자 그녀가 말했다.
"그건 지방 덩어리에요, 켈리. 로스트비프를 들어요."
우리는 호밀 빵에 로스트비프를 넣은 샌드위치를 먹었다. 얇게

썬 고기에 야채를 푸짐하게 끼운 샌드위치에 바삭바삭한 감자튀김과 눈물이 핑 돌게 매운 고추냉이 양념 소스가 같이 나왔다.
"괜찮은 곳이군요."
내가 말했다.
"그렇지. 여기 단골이야."
그는 샌드위치를 먹으며 두 병째 맥주를 마셨다. 나는 탄산수를 시켰지만 웨이트리스가 난처해하길래 콜라를 주문했다. 켈리가 눈길을 줬지만 아무 말도 하지 않았다. 음료수가 나왔을 때 그가 말했다.
"주당이었다면서."
"부친이 그러시던가요? 그분과 일할 때는 그렇게 많이 마시지 않았는데."
"아버지에게서 들은 게 아니야. 전화도 몇 통 걸어 보고 뒷조사를 좀 했지. 술고래였는데 끊었다는 말을 들었어."
"그렇다고 할 수 있죠."
"알코올 중독자 치료 협회라. 대단한 조직이라더군."
"나름대로 장점이 있습니다. 괜찮은 걸 마시고 싶다면 갈 곳이 못 되지만."
그가 내 농담을 이해하는 데 조금 시간이 걸렸다. 그가 껄껄 웃고 나서 말했다.
"거기서 그 남자를 알게 된 건가? 그 신비로운 남자친구?"
"그 질문에는 대답하지 않겠어요."
"그 남자에 대해서는 대답할 준비가 안 돼 있다는 뜻인가?"
"그래요."

"알겠어, 그 문제로 자넬 괴롭힐 생각은 없어. 그 팸이란 여자를 경찰에 오게 해 줬으니 나도 그 정도는 해 줘야지. 증인이 변호사 손을 잡고 경찰서에 오는 건 마땅치 않지만 이런 상황에선 그게 최선이었겠지. 그리고 카플란은 그렇게 비열한 사람도 아니니까. 할 수만 있다면 법정에서 자네를 원숭이처럼 보이게 할 인간이지만. 어쨌든 그게 그 사람 직업이고 변호사들이란 다 똑같은 인간이니까. 어쩌겠어, 다 몰아서 교수형에 처할 수도 없고."

"거기에 동감하는 사람들도 많을걸요."

"여기 손님 중 절반이 그런 생각을 하고 있어. 그리고 나머지 반은 바로 그 교수형을 당해야 할 변호사들이고. 하지만 뭐 상관없지. 언론에서 낌새를 채지 못하게 최대한 덮어 두기로 카플란과 합의를 봤어. 카플란이 그러는데 자네도 동의할 거라더군."

"물론이죠."

"그 변태새끼들이 잘 나온 스케치가 있다면 상황이 달라졌겠지만 말이야. 팸에게 화가를 붙여줬는데 나온 거라곤 그 새끼들이 모두 눈 두 개, 코 하나 그리고 입이 하나라는 것뿐이야. 심지어 귀가 두 개일 거라고 생각은 하지만 그것도 확신은 못하겠다고 팸이 그러더군. 데일리 뉴스 5면에 동그란 스마일 스티커 사진이라도 하나 내고 싶은 심정이야. '이 남자를 보셨나요? 우리가 가진 단서라곤 이제 공식적으로 세 건의 살인 사건을 동일범이 저지른 연쇄 살인사건으로 통합했다는 것뿐이지. 이걸 언론에 밝힌다고 해서 무슨 이득이 있겠어? 시민들을 겁먹게 하는 것 빼고 남는 게 뭐가 있냐고."

우린 오래 점심을 먹진 않았다. 켈리는 마약 관련 살인 사건에 증언을 하기 위해 법정으로 2시까지 돌아가야 했다. 그는 그런 업무로 바빠서 사무실의 책상조차 정돈할 시간이 없다고 했다.

"마약하는 놈들이 서로 죽이는 일에도 점점 무관심해져. 그깟 일로 그놈들을 잡느라 등골이 휘는 것도 못할 일이고. 하느님에게 맹세코 내가 이런 말을 하게 될 줄 몰랐지만 그 빌어먹을 마약을 합법화하는 게 차라리 낫겠어."

"경찰 입에서 그런 말을 듣다니 놀랍군요."

"요즘은 다들 그런 소리를 해. 경찰, 지방 검사들 모두 다 그래. 마약 단속국 자식들만 아직도 헛소리를 하고 있지. '우리는 마약과의 전쟁에서 이기고 있다. 지원만 잘 해 주면 성공할 수 있다.' 나도 몰라, 아마 그치들은 정말로 그렇게 믿고 있을지도 모르지. 하지만 그걸 믿느니 이빨의 요정을 믿는 게 낫겠어. 이빨의 요정은 베개 밑에 동전이라도 하나 놔두잖아."

"어떻게 마약을 합법화하는 걸 정당화할 수 있죠?"

"나도 알아, 황당한 소리라는 거. 내가 진짜 좋아하는 마약은 합성 헤로인이야. 생각해 봐, 여기 평범하고 온순한 남자가 하나 있어. 이 사람이 합성 헤로인을 하더니 곧장 맛이 가서 폭력적으로 돌변하는 거야. 그러다 몇 시간 후에 제정신이 들면 누군가가 죽어 있는데 그 사내는 아무것도 기억을 못 하는 거지. 심지어는 뽕 갔을 때 기분이 좋았는지조차 말해 줄 수 없을 정도란 말이야. 사람들이 모퉁이에 있는 캔디가게에서 마약을 파는 걸 보고 싶으냐고 나에게 물으면 뭐라고 대답해야 할까. 빌어먹을, 그래도 된다고 말은 못하겠지만 이제 와서 캔디 가게 앞에서 파는 거나 가게 안에서 파는 거나 뭐가 그렇게 다르겠어?"

"글쎄요."

"답을 아는 사람은 아무도 없어. 사실 요즘에는 합성 헤로인을 그렇게 많이 팔지도 않아. 하지만 그걸로 처벌을 받지 않아서 그런 게 아니야. 마약 시장에서 요즘 잘나가는 건 코카인이야. 이제 마약 세계에서도 팬들에게 바치는 굿 뉴스가 나온 거지. '코카인 덕분에 우리는 전쟁에서 이기고 있습니다.'"

우리는 각자 먹은 것을 계산하고 보도로 나와서 악수를 했다. 단서를 찾게 되면 서로 연락해 주자고 약속했다.

"이 사건에 더 많은 인원이 투입될 거야. 정말로 길거리에서 치워 버리고 싶은 놈들이야."

캐넌 코리에게 그날 오후 늦게 찾아갈 것이라고 말했기 때문에 나는 그쪽으로 방향을 돌렸다. 도켓은 조라레몬 가에 있었는데 그곳에서 브루클린 하이트와 코블 힐이 마주 보고 있었다. 나는 동쪽으로 걸어 코트 가로 갔다. 코트 가 밑에서 애틀랜틱 애비뉴로 가는 길에 드류 카플란의 법률 사무실을 지나 피터 코리와 함께 갔던 시리아 레스토랑을 지나쳤다. 난 아욥네 가게로 가서 납치가 일어난 '인 시튜'(드류가 프로 보노란 단어와 함께 인용할 수 있는 또 다른 라틴어로 원래 장소란 뜻이다.)를 보면서 사건을 마음속에 그려 보고 싶었기 때문에 애틀랜틱 애비뉴로 갔다. 나는 서쪽으로 가는 버스를 타려 했지만 4번 애비뉴로 나오자 그쪽으로 가는 버스가 막 떠나 버렸다. 화창한 봄날이라 걷는 것도 나쁘지 않아 계속 걸었다.

그러다 보니 결국 두 시간을 걷고 말았다. 베이 리지까지 걸어 가려고 마음먹은 건 아니었는데 결국은 그렇게 돼 버렸다. 처음에는 여덟 블록이나 열 블록 정도만 걷고 버스를 타려고 했다. 그러나 큰 길로 나오게 되자 난 그린우드 묘지에서 1.6킬로미터 정도 떨어진 곳에 왔다는 것을 깨달았다. 나는 지름길로 해서 5번 애비뉴에 있는 묘지에 들어가서 무덤 사이를 10분에서 15분 정도 걸어 다녔다. 초봄에나 볼 수 있는 짙은 초록색으로 잔디가 물들어 있었고 사람들이 바친 꽃들과 함께 묘비 주변에 봄꽃이 만발해 있었다.

뉴스 기사에 나왔을지도 모르지만 이렇게 넓은 묘지 어디쯤에서 실종됐던 레일라 알바레즈가 발견됐는지 짐작도 할 수 없었다. 뉴스에 나왔다고 해도 오래전에 잊어버렸을 것이다. 게다가 이제 와서 그게 무슨 소용이 있겠는가? 그녀가 누워 있던 잔디에서 나오는 텔레파시를 느껴 뭘 찾을 수 있는 것도 아닌데. 어떤 사람들은 버드나무 가지를 써서 잃어버린 물건이나 실종된 아이들을 찾고 심지어는 내 눈에는 보이지 않는 영기(물론 대니 보이의 여자친구에게 그런 초능력이 있다고 생각진 않지만)를 보는 그런 능력이 있을 지도 모르겠다. 그러나 내게는 그런 능력이 없다.

하지만 그 일이 일어났던 장소에 있다는 것 만으로도 영감이 떠오를지도 모른다. 혹은 이전에는 미처 깨닫지 못했던 연상이 일어날 수도 있다. 텔레파시가 어떤 식으로 작동하는지 어차피 아무도 모르는 일이니까.

아마 난 거기에서 알바레즈 사건과 연결된 단서를 찾고 싶었는지도 모르겠다. 아니면 그냥 초록색 잔디밭을 좀 거닐면서 꽃을 감상하고 싶었는지도 모르고.

나는 25번가로 난 묘지 입구로 들어가서 서쪽으로 약 800미터 떨어진 34번가 출구 쪽으로 나왔다. 파크 슬로프를 지나쳐서 선셋 파크의 가장자리 북쪽으로 가면 작은 공원이 있는데 공원에서 두 블록만 걸으면 동네의 이름이 나온다.

나는 공원을 걸어서 통과했다. 그리고 캐넌 코리의 집에 전화를 거는데 사용됐던 여섯 대의 공중전화를 차례로 둘러봤다. 우선 41번가의 뉴 우트레치트에 있는 전화부터 시작했다. 내가 가장 관심을 둔 전화는 49번가와 50번가 사이 5번 애비뉴에 있는 전화였다. 바로 그 전화에서 놈들이 전화를 두 번 했기 때문에 놈들의 작전본부에서 가장 가까운 곳에 있는 전화일 거라고 추정했다. 다른 전화기들과는 달리 그 전화기는 길가에 있는 게 아니라 24시간 영업하는 빨래방 출구 바로 안쪽에 있었다.

빨래방에는 두 명의 뚱뚱한 여자들이 있었다. 하나는 빨래를 개키고 있었고 다른 하나는 콘크리트 벽에 의자를 기대고 앉아서 산드라 디(미국의 영화배우—옮긴이)가 표지 모델로 나온 피플 매거진을 읽고 있었다. 여자 둘 모두 서로 신경 쓰지 않는 분위기였다. 나는 그 전화기로 일레인에게 전화를 했다.

"빨래방에는 다 전화기가 있나? 원래 그래? 항상 전화가 있어?"

"자기가 그걸 물어봐 주길 내가 얼마나 오랫동안 기다린 줄 알아?"

"그랬어?"

"내가 척척박사라고 생각해 주니 좋긴 하네. 그렇지만 솔직히 말하겠는데, 몇 년간 빨래방이라고는 가 보질 않았어. 사실 한 번도 안 가 본 것 같은데. 우리 아파트 지하실에 세탁기가 있거든. 그래서 모르겠는데. 왜 그러는데?"

"납치가 일어났던 날 밤 코리에게 걸려온 전화 중 두 통이 선셋파크에 있는 빨래방 공중전화에서 한 거야."

"그래서 자기가 지금 거기 가 있다는 거구나. 지금 그 전화기로 전화하는 거지."

"그렇지."

"그런데? 만약 다른 빨래방에 전화기가 있음 어쩔 건데? 아, 말하지 마, 내가 맞춰 볼게…… 흠, 모르겠다. 왜 그러지?"

"그놈들이 이 전화기를 썼다면 아주 가까운 곳에 살 거란 생각이 들었어. 밖에서 보면 전화기가 안 보이니까 이 근방에 살지 않는 한 전화를 걸 일이 있을 때 여기를 생각해 낼 수가 없을거야. 하지만 모든 빨래방에 전화가 있다면 이 모든 게 그냥 다 우연일 수도 있고."

"흠, 빨래방은 잘 모르는데. 우리 지하실에는 전화가 없어. 자기는 빨래를 어떻게 하는데?"

"나? 가까운 곳에 세탁소가 있어."

"거기에 공중전화도 있어?"

"모르겠는데. 난 아침에 빨래를 맡겼다가 저녁에 찾아오거든. 풀 서비스야. 더러운 옷을 맡기면 깨끗하게 해서 돌려줘."

"단언하건데 거기서도 색깔별로 구분해서 빨진 않을걸."

"뭐라고?"

"아냐."

나는 빨래방을 나와서 모퉁이에 있는 쿠바 식당에서 카페 라떼를 마셨다. 놈들이 그 전화를 썼다. 그 쌍놈의 새끼들이. 난 그 자식들과 매우 가까운 곳에 있었다.

놈들은 근처에 살고 있는 게 틀림없었다. 그냥 막연하게 근처가 아니라 빨래방에서 한두 블록 정도 떨어진 곳에 있는 게 확실했다. 내가 앉아 있는 곳에서 몇 백 미터 안쪽에서 그들의 존재감이 느껴졌다. 그래 봤자 이것도 헛소리이긴 하지만. 텔레파시를 찾아낼 것도 없이 무슨 일이 일어났는지 그것만 밝히면 된다.

그들은 프랜신이 집에서 나왔을 때 미행해서 다고스티노까지 따라갔다. 점원이 그녀를 따라 차까지 걸어오자 잠시 떨어져 있다가 다시 애틀랜틱 애비뉴로 그녀를 따라왔다. 놈들은 프랜신이 아홉네 가게에서 나왔을 때 납치해서 트럭 뒤에 태운 채 달아나 버렸다. 그리고 어디로 간 걸까?

갈 데는 수십 군데였다. 레드 훅에 있는 길가. 창고 뒤에 있는 골목. 혹은 차고.

납치가 일어난 시각과 첫 번째 전화가 걸려온 시각까지 몇 시간이 비어 있다. 아마 그 시간에 그 자식들은 팸 캐시디에게 했던 짓을 그녀에게 했을 것이다. 만약 집에서 그 짓을 한 것이 아니라면 그녀가 죽은 뒤 그들은 집으로 가서 차고에 주차를 했을 것이다. 퀸즈에 있는 텔레비전 수리 회사 차량이라는 글씨가 쓰여 있는 그 트럭은 다시 외장을 했을 것이다. 도안 위로 다른 색을 칠하든가, 처음부터 물로 씻을 수 있는 페인트를 칠했다면 물로 씻어 내 버렸을 수도 있다. 차고에 도구가 갖춰져 있다면 다른 색을 칠해 버렸을지도 모른다.

그 후에는 뭘 했을까? 초보자를 위한 속성 도살 코스? 그때 그 짓을 했을 수도 있고 아니면 나중까지 기다렸을 수도 있다. 그건 중요한 게 아니었다.

마침내 3시 38분에 첫 번째 전화가 걸려왔다. 4시 1분에 걸려온 두 번째 전화는 빨래방에서 레이가 처음 한 전화였다. 더 많은 전화가 걸려 오고 8시 1분에 걸려온 여섯 번째 전화를 받고 코리 형제는 몸값을 전하러 갔다. 레이나 그 파트너는 플랫부시와 패러것 로드 사이에 있는 공중전화를 볼 수 있는 위치에 있다가 캐넌 형제가 그 전화기에 접근하자 그 전화로 전화를 걸었을 것이다.

아니다. 놈들은 캐넌에게 거기에 8시 반에 있으라고 말했다. 어쩌면 놈들은 약속된 시간이 되기 몇 분 전부터 1분 간격으로 전화를 했을 수도 있다. 언제 코리가 도착해서 전화를 받았든지 그는 자신이 도착했을 때 그자들이 전화를 했다는 인상을 받았을 것이다.

그건 중요하지 않다. 어떻게든 놈들은 전화를 걸었고 캐넌은 그 전화를 받고 베테랑 애비뉴로 갔다. 확실히 그곳에는 납치범 중 하나 혹은 둘 이상이 이미 와 있었을 것이다. 이번에는 코리가 도착하자마자 전화벨이 울렸을 것이다. 놈들은 코리 형제가 돈을 놔두고 걸어가는 것을 볼 수 있는 위치에 있어야 했기 때문이다.

일단 캐넌 형제가 보이지 않게 되고 차를 감시하기 위해 남아 있는 사람이 아무도 없다는 것을 확인하고 나서야 레이와 그 파트너 일당은 돈을 가지고 도망갔을 것이다.

아냐.

최소한 그들 중 하나는 그 자리에 남아 코리 형제가 차를 보고 프랜신이 없는 것을 발견하는 것을 지켜보고 있었을 것이다. 그리고 공중전화로 전화를 걸어서 집으로 가라고, 형제들이 도착하기 전에 프랜신이 집에 도착해 있을 것이라고 말했을 것이다. 그리고 코리 형제가 정말로 콜로니얼 로드에 있는 집에 도착하자 납치범들은 본부로 돌아왔을 것이다. 트럭을 주차하고…….

아냐. 아니다. 그 트럭은 차고에 계속 있었을 것이다. 그들은 아직 트럭 외관을 완전히 바꿔 놓지 않았을 테고 프랜신 코리의 시체는 아마 아직 차에 실려 있었을 것이다. 그놈들은 베테랑 애비뉴로 가기 위해 다른 차를 썼을 것이다.

그 일을 위해 훔친 포드 템포? 그것도 가능했다. 아니면 포드는 단 한 가지 목적인 시체 배달을 위해 숨겨 두고 제3의 차를 몰았을 수도 있다.

가능성은 너무나 많다…….

하지만 어떤 식으로든 그놈들은 프랜신의 도살된 시체가 있는 템포를 밖에 가져다 놓았다. 시체를 여러 조각내서 비닐에 싸고 테이프로 봉하고. 트렁크의 자물쇠를 부숴 버리고 마치 고기 사물함처럼 트렁크를 가득 채워서 두 대의 차를 몰아 콜로니얼 로드로 가서 근처에 세워 놓았다. 템포를 주차시키고 그 차를 몬 놈은 다른 차에 있던 친구와 함께 집으로 갔을 것이다.

40만 달러와 완벽하게 저지른 범죄에 흡족해 하면서.

단 마지막으로 처리해야 할 일이 있다. 코리에게 전화를 해서 근처에 주차된 포드로 가 보라는 말을 하는 것이다. 일을 다 끝냈으니 승리의 감각에 도취되어 있었겠지만 코리의 코를 뭉개줘야 하는 일이 남아 있었다. 얼마나 집 전화를 쓰고 싶었을까. 바로 테이블 위에 있는 그 전화기를. 코리는 경찰에게 신고를 하지도, 도움을 청하지도 않고 기꺼이 돈을 줬는데 이제 와서 이 마지막 전화라고 해서 위치를 찾아낼 수 있겠는가?

그럼 어때…….

하지만 안 돼, 잠깐만. 지금까지 철저하게 프로답게 행동했는데 왜 이제 와서 망치려는 거지? 이래봤자 좋을 건 없잖아?

한편 반대로 생각해보면 지나치게 완벽을 기할 필요도 없다. 지금까지 전화를 할 때마다 매번 다른 전화를 썼고 각각의 전화기들이 최소 여섯 블록 이상씩 떨어져 있었다. 전화를 추적해서 그 전화기 중 하나에서 감시하고 있을 경우에 대비해서였다.

하지만 코리 형제는 그러지 않았다. 이제 모든 게 분명해졌다. 코리 형제가 전화기를 추적할지에 대해서 지나치게 조심할 필요 없다. 공중전화를 쓰자. 그래, 그 정도는 해 주자. 하지만 근처에 있는 가장 편한 전화를 쓰자. 처음에 고른 그 전화기. 처음에도 바로 그런 이유로 그 전화를 썼으니까.

빨래방에 간 김에 빨래도 하자. 피를 봐서 더러워진 옷을 세탁기에 던지는 게 어떨까?

아냐, 그럴 가능성은 거의 없었다. 부엌 테이블에 40만 달러를 쌓아 뒀는데. 그 옷은 빨지 않았을 것이다. 없애 버리고 새 옷을 샀을 것이다.

난 4번과 6번 애비뉴와 48번가와 52번가로 형성된 사각지대 안에서 그 빨래방의 두 블록 내에 있는 모든 거리를 오르락내리락하면서 계속 조사했다. 정확히 뭘 찾고 있는지 나조차 의식하지 못했지만 회사 상호가 옆구리에 박힌 파란색 트럭을 보게 되면 한 번 더 쳐다봤을 건 확실했다. 난 동네를 보면서 특별히 주목할 만한 게 있는지 둘러보고 싶었다.

그 동네는 경제적으로나 인종적으로나 다양한 사람들이 사는 곳이었다. 수리를 하지 않아서 쓰러져 가는 집부터 새로 이사 온 부유한 집주인들이 말쑥하게 단장한 단독주택까지 여러 종류의 집들이 있었다. 알루미늄과 아스팔트로 정신 사납게 메운 벽널을 쓴 연립주택이 있는가 하면 그런 수선도 하지 못하고 벽돌의 메지를 칠할 여유도 없는 집들도 있었다. 조그만 잔디밭이 있는 목조 단독주택들이 모여 있는 구역도 있었다. 어떤 집들은 그 잔디밭을 차고로 쓰고 있었고 어떤 집은 진입로와 차고도 있었다. 동네를 걸어 다니면서 나는 어린 아이들을 데리고 있는 엄마들, 활기차게 뛰어다니는 에너지가 넘치는 꼬마들, 차를 고치고 있거나 현관 계단에 앉아 갈색 종이봉지에서 꺼낸 캔 맥주를 마시고 있는 도시 빈민들의 생활을 봤다.

전기 배관망을 따라 동네를 한 바퀴 돌고 나자 아무런 수확도 얻지 못했다는 것을 깨달았다. 하지만 범행이 일어난 집을 지나쳐 왔다는 확신이 들었다.

60번가와 50번가 사이 남쪽 끝에 있는 공중전화를 보고 온 후 나는 4번 애비뉴로 가서 다고스티노를 지나쳐서 베이 리지로 갔다. 세나토 가에 다다르자 내가 토미 틸러리가 아내를 살해한 곳에서 가까운 곳에 있다는 생각이 불현듯 들었다. 오래전이라 그 집을 찾을 수 있을지 궁금했다. 처음에는 엉뚱한 곳에서 그 집을 찾느라 애먹었다. 그래도 일단 내가 엉뚱한 구역에 있다는 것을 깨닫자 금방 그 집을 찾을 수 있었다.

그 집은 마치 어렸을 때 다녔던 초등학교의 교실처럼 기억했던 것보다 조금 더 작았다. 그 점만 빼놓고는 예전 그대로였다. 나는 집 앞에 서서 3층 다락방 창문을 올려다봤다. 틸러리는 거기에 부인을 감금했다. 나중에 아래층으로 끌고 가서 살해한 뒤 강도가 부인을 살해한 것처럼 위장했다.

부인의 이름은 마가렛이었다. 이제 기억이 났다. 마가렛이었다. 토미는 그녀를 페그라고 불렀다.

살인 동기는 돈이었다. 나에게는 남편이 부인을 살해하기에 돈은 합당하지 않은 이유처럼 보였다. 내가 돈을 너무 가볍게 생각하고 목숨을 너무 중히 생각하는 건지도 모르겠다. 어쨌든 재미로 사람을 죽이는 것보단 훨씬 나은 동기인 것은 확실하다.

그 사건을 조사하다가 드류 카플란을 만났다. 그는 토미 틸러리의 첫 번째 살인 사건에서 변호를 맡았다. 토미가 나중에 다시 여자 친구를 살해한 혐의로 체포됐을 때 카플란은 더 이상 변호를 맡을 수 없다고 말했다.

토미 틸러리의 집은 관리가 잘 된 것 같았다. 현재 집주인이 누구인지, 그가 이 집에 얽힌 사연을 알고 있는지 궁금해졌다. 그동안 주인이 몇 번 바뀌었다면 현 주인은 그 사연을 모를 수도 있다. 하지만 여기는 별로 변화가 없는 동네였다. 대개 한번 눌러 앉으면 떠나지 않는다.

난 거기에 몇 분간 서서 내가 술을 퍼마시던 시절 알고 지내던 사람들과 내 인생을 생각했다.
　아주 오래전 일이었다. 아니면 얼마 전 일이거나. 모든 건 생각하기 나름이다.

## 16

캐넌이 말했다.

"그런 식으로 일할 줄 몰랐어요. 단서를 좀 찾자마자 그걸 그대로 경찰에게 갖다 바치다니."

나로서는 그런 결정을 내릴 수밖에 없었으며 선택의 여지가 없었다는 것을 다시 설명했다. 나보다는 경찰이 다각도에서 훨씬 더 효과적으로 사건을 조사할 수 있는 단계에 도달했으며 캐넌이나 죽은 부인에 대해서는 이야기하지 않고도 내가 발견한 사실을 경찰에 알릴 수 있었다고 말했다.

"아니, 그건 다 이해해요."

그가 말했다.

"왜 그랬는지 알아요. 경찰들이 수사하면 좀 어떠냐? 그러라고 경찰이 있는 거 아니냐? 내 말은 경찰이 중간에 개입할 거라는 걸 예상하지 못했다 이 말이에요. 당신이랑 나랑 둘이서 놈들을 찾아내서 종국엔 차로 추격전을 벌이면서 총으로 갈겨 주거나 뭐 그런 상황을 기대했는데. 텔레비전을 너무 많이 봤나 봐요."

그는 비행기를 너무 오래 탔거나, 집 안에만 처박혀 있었거나, 커피를 너무 많이 마신 사람처럼 보였다. 수염도 깎지 않았고 머리는 텁수룩하고 길었다. 지난번 본 이후로 살도 많이 빠지고 근육도 축 늘어진 듯 보였다. 캐넌은 눈 밑에 다크 서클이 생긴 잘생긴 얼굴을 찡그리고 있었다. 밝은 색 리넨 바지와 청동색 실크 셔츠를 입고 맨발에 간편화를 신고 있었다. 평상시라면 꽤 우아해 보였을 차림이었지만 오늘은 구겨져서 초라해 보이기까지 했다. 그가 말했다.

"경찰이 그놈들을 잡는다고 칩시다. 그럼 그 다음엔 뭐죠?"

"어떤 식으로 사건을 끌고 가느냐에 따라 달라지겠죠. 이상적으로 말하면 그 자식들이 저지른 살인사건의 확실한 물증을 찾게 될 거요. 그런 증거가 없다면 형량을 좀 줄여보려고 둘 중 하나가 공범을 상대로 불리한 증언을 하는 경우도 있을 거고."

"배신을 때리는 거군요."

"맞아요."

"왜 그런 놈에게 기회를 주는 거요? 그 여자가 증언하면 되잖아요?"

"그 여자는 자신이 당한 범죄에만 증언을 할 수 있고 그건 살인 혐의보다 약해요. 강간과 강제 항문 성교는 B급 중죄로 형을 받아봤자 6년에서 25년 사이가 될 거예요. 만약 살인 두 건으로 놈들을 잡아넣을 수 있다면 최소 무기징역이죠."

"그 여자의 가슴을 도려낸 건 어쩌고요?"

"그래봤자 일급 상해죄로 강간과 항문 성교보다 죄목이 낮아요. 최대 형량은 고작해야 15년이요."

"뭔가 아귀가 맞지 않는데요. 난 그 자식들이 그 여자에게 한 짓은 살인보다 더 심한 짓이라고 보는데. 한 사람이 다른 사람을 죽였다. 아마 어쩔 수 없는 일이었을 수도 있고 그럴 만한 이유가 있을 수도 있겠죠. 하지만 사람을 재미로 그런 식으로 상하게 하다니, 어떤 인간들이 그런 짓을 합니까?"

"미친놈들이거나 사악한 놈들이겠죠, 맘대로 생각하구려."

"그놈들이 프랜신에게 어떤 짓을 했을지 생각하면 돌아버리겠어요."

그는 일어서서 왔다갔다 걸어 다니다가 방 반대편으로 가서 창문을 내다봤다. 나에게 등을 돌린 채 그가 말했다.

"생각하지 않으려고 하지만, 계속 혼자 생각하곤 하죠. 그 자식들이 프랜신을 그 자리에서 죽였다. 프랜신이 반항하니까 입을 다물게 하려고 쳤는데 너무 세게 쳐서 그 자리에서 죽었다라고. 그런 식으로 갑자기 죽어 버렸다고."

그는 몸을 돌려서 나를 봤다. 그의 어깨가 축 쳐져 있었다.

"그래봤자 무슨 차이가 있겠어요? 그 자식들이 어떤 짓을 했던 이젠 끝났는데. 고통도 끝났고 그녀의 모든 것은 한줌 재로 사라져 버렸는데. 재가 되지 않고 남은 부분들은 하느님과 같이 있겠죠. 죽음이 그런 거라면. 평화롭게 지내고 있거나 한 마리 새나 꽃으로 다시 태어나거나 그러겠죠. 아니면 그냥 영원히 사라진 건지도. 사후에 어떤 일이 일어나는지 난 모르니까요. 아무도 모르잖아요."

"그렇죠."

"그런 이야기 있잖아요. 사후의 경험 같은 헛소리. 터널을 지나가면 예수님이나 생전에 가까웠던 삼촌을 만나서 그간 살아 왔던 전 생애를 다시 죽 보게 된다는 이야기. 아마 그런 식으로 될지도 모르죠. 모르겠어요. 그건 죽기 직전에 살아난 사람들만 겪는 일일지도 모르겠어요. 정말로 죽으면 다른 일이 벌어질지도 모르죠. 누가 알겠어요?"

"나도 모르겠소."

"그렇죠, 누가 신경이나 쓰나요? 우리도 죽을 때가 돼야 걱정하겠죠. 강간 최고형은 몇 년인가요? 25년이라고 했나요?"

"법에 따르면 그렇소."

"그리고 항문 성교는, 그건 법적으로 어떤 죄목에 해당하죠?"

"항문 성교나 구강성교나 똑같아요."

그는 얼굴을 찡그렸다.

"이제 그만 하죠. 이야기를 할 때마다 곧장 프랜신이 떠올라서 돌아버릴 것 같아요. 자, 그래서 여자 엉덩이에 강간하면 25년형을 받고 가슴을 도려내면 15년 형을 받는다는 거죠. 뭔가 단단히 잘못됐군요."

"법을 바꾸긴 힘들 거요."

"그렇겠죠. 난 체제 자체가 잘못됐다고 주장하고 싶은 것뿐이에요. 그게 다에요. 어쨌든 25년형으론 어림없어요. 무기징역도 부족해요. 그 자식들은 짐승이에요. 죽어 마땅한 놈들이라고요."

"법으로는 어쩔 수 없어요."

"그렇겠죠. 괜찮아요. 법이 할 일은 그놈들을 잡는 것뿐이니까.

그 다음에는 가능성이야 무궁무진하잖아요. 만약 놈들이 감방에 가면 거기에서 사람을 구하는 거야 어렵지 않아요. 죄수들 중에서도 돈 좀 만지고 싶어 하는 사람은 많으니까. 아니면 놈들이 재판에서 이기거나 보석으로 풀려나서 바깥바람을 쐬게 되면 일이 더 쉬워지죠."

그는 머리를 흔들었다.

"내 말투 좀 봐요. 대부가 폼 잡고 앉아서 암살 지령을 내리는 것 같지 않아요? 아마 그 때쯤 되면 진정 되서 감옥에서 25년 정도 썩는 것으로도 충분하다고 생각할 지도 모르죠, 누가 알겠어요?"

"운이 좋으면 경찰이 잡기 전에 우리가 잡을 수도 있어요."

"어떻게요? 누굴 찾는지도 모르는 채로 선셋 파크를 무작정 걸어 다니면서?"

"경찰이 발견한 단서를 이용하겠죠. 경찰은 모든 단서를 FBI에 보내서 연쇄 살인범에 대한 프로파일을 작성하게 합니다. 우리 증인인 그 여자가 기억을 좀 더 해내면 내가 참고할 수 있는 사진이 나올 수도 있어요. 아니면 사소한 신체적 특징이라도 알아낼 수 있겠죠."

"그래서 계속 이 사건을 맡겠다는 겁니까?"

"물론이요."

그는 내 말을 생각해 보더니 고개를 끄덕였다.

"얼마를 계산해야 할지 다시 말해 줄래요?"

"그 여자에게 1000달러를 줬어요. 변호사는 무료로 해 주겠다고 했구요. 전화 회사 기록을 입수해 준 컴퓨터 해커들에게 1500달러를 줬고 우리가 묵었던 호텔 방 숙박료로 150달러가 들었어요. 호텔에다 전화 보증금으로 50달러를 선불로 줬는데 환불받지 않았어요. 다 해서 2700달러면 맞을 것 같은데."

"그렇군요."

"다른 비용도 좀 썼지만 그건 내가 내도 될 것 같아요. 예상치 못한 비용이 들었는데 당신 허락을 받을 때까지 기다리고 싶지 않았거든요. 뭔가 내키지 않은 부분이 있으면 이야기해 봐요."

"이야기할 게 뭐가 남았나요?"

"뭔가 마땅치 않아 보이는군요."

그는 땅이 꺼져라 한숨을 쉬었다.

"그렇게 보여요? 요전에 내가 도착했을 때 당신이 내 형에게 뭔가 부탁했다는 이야기를 한 것 같은데요."

"그랬죠. 피터가 돈이 없다고 해서 내 돈을 썼어요. 왜 그러죠?"

"돈이 없다고 했나요, 아니면 내게 허락을 받을 때까지 기다리라고 했나요?"

"돈이 없다고 그랬어요. 사실 당신이 확실히 돈을 내주겠지만 지금 자기한테는 돈이 없다고 집어서 말했죠."

"그렇게 말한 게 확실하죠?"

"물론이죠. 왜 그래요? 무슨 문제가 있나요?"

"형이 당신에게 돈을 좀 내줄 수 있다고 말하진 않던가요? 그런 말은 전혀 안 했어요?"

"아뇨, 사실……."

"뭐죠? 사실 뭐요?"

"집에 틀림없이 당신 돈이 있겠지만 자기는 그 돈을 꺼낼 수가 없다고 당신 형이 그랬소. 덧붙여서 당신은 자기 형이라고 해도 마약 중독자에게 금고 번호를 가르쳐 주진 않을 거라는 말까지 하더군요."

"형이 그런 말을 했단 말이죠, 흠."

"당신을 염두에 두고 그런 말을 했는지는 모르겠군요. 내 느낌으론 제정신을 가진 사람이라면 그런 걸 마약 중독자에게 알려 주진 않을 거라는 거였어요. 믿을 수 없으니까."

"형이 일반적인 의미로 말했다는 거죠."

"난 그렇게 받아들였죠."

"날 두고 하는 말일 수도 있어요. 형 말이 맞아요. 차라리 고양이에게 생선을 맡기지. 목숨이라면 또 모르지만 몇 십만 달러나 되는 돈을? 어림없어요."

난 아무 말도 하지 않았다. 그가 말했다.

"요 전날 형과 통화를 했죠. 여기 오기로 했는데, 안 왔어요."

"그랬군요."

"사실 출장 가던 날 형이 공항에 데려다 줬죠. 그때 형에게 5000달러를 맡겼어요. 비상사태에 대비해서. 그래서 당신이 형에게 2700달러를 부탁했을 때……."

"그보다 훨씬 적은 액수죠. 피터와 토요일 오후에 통화했는데 그때는 캐시디에게 줄 1000달러가 아직 필요하지 않았으니까. 얼마나 달라고 했는지 기억이 안 나는데. 아마 1500이나 2000 정도 말했을 걸요."

그는 고개를 흔들었다.

"이해할 수 있어요? 난 이해할 수가 없어요. 당신이 형에게 전화했더니 내가 월요일까지 안 온다고 하면서 당신 돈으로 먼저 일을 처리하고 나중에 나에게서 받으라고 했다면서요?"

"그래요."

"왜 그랬을까요? 만약 내가 반대할 거라고 생각해서 돈을 내주지 않으려고 했다면 납득이 돼요. 그 자리에서 거절하면 깐깐하게 보이니까 돈이 없다고 둘러댔을 수도 있어요. 하지만 조사하라고 허락하면서 돈은 주지 않았단 말이죠. 내 말이 맞죠?"

"그랬죠."

"당신에게 돈이 넉넉히 있다는 인상을 풍겼나요?"

"아니요."

"그랬다면 당신 돈으로 할 수 있다고 생각했을 수도 있으니까. 하지만 그렇지 않다면…… 매튜, 말하긴 싫지만 느낌이 안 좋아요."

"동감이오."

"형이 그 돈에 손을 댄 것 같아요."

"그렇게 보이는군요."

"형이 날 피하고 있어요. 여기 온다고 하더니 오지도 않고, 전화를 걸어도 받지 않고. 상황이 어떤 것 같아요?"

"지난 열흘 동안 모임에서도 피터를 보지 못했소. 항상 같은 모임에 가는 건 아니지만……."

"하지만 가끔씩은 얼굴을 마주칠 경우가 있겠죠."

"그렇소."

"급할 때 쓰라고 5000달러를 줬더니 막상 일이 생기니까 빈털터리라고 그러고. 도대체 돈을 어디다 썼을까요? 거짓말을 했다면 뭐하려고 돈을 꿍쳐 뒀을까요? 질문은 두 개인데 답은 하나군요. 마약이죠. 그거 말고 또 뭐가 있겠어요?"

"다른 이유가 있을 수도 있어요."

"그 이유 한번 들어봅시다."

그는 수화기를 들어서 번호를 돌리고 전화벨이 울리는 동안 진정하려고 애썼다. 전화벨이 열 번이나 울리자 그는 결국 포기했다.

"받지 않아요. 하지만 그걸로는 몰라요. 예전에 방구석에 틀어박혀서 술을 마실 때는 며칠 동안 안 받은 적도 있으니까. 한번은 왜 전화 코드라도 빼놓지 않았냐고 물어봤어요. 그러면 자기가 거기 있는 걸 알게 아니냐고 형이 그러더군요. 잔머리 하나는 잘 굴리죠."

"그건 병이에요."

"중독을 그렇게도 부르는군요."

"우린 일반적으로 병이라고 하죠. 병이나 중독이나 같은 거겠지만."

"형은 마약도 끊었어요, 알죠. 심하게 빠져 있었지만 끊었는데 그러다 알코올 중독자가 돼 버렸어요."

"피터가 말해 줬어요."

"형이 술을 끊은 지 얼마나 됐죠? 1년 좀 넘었나요?"

"1년 반."

"그렇게 오래 참았으면 영원히 참을 수 있을 거라고 생각하지 않나요."

"누구든 하루 견디면 가장 오래 견디는 거예요."

"그렇죠."

그는 초조하게 말했다.

"한 번에 하루씩. 나도 알아요. 그런 구호를 귀에 딱지가 앉게 들었어요. 형이 처음 술을 끊었을 때 여기에서 살다시피 했어요. 프랜신과 나는 형에게 커피를 끓여 주고 끝도 없이 주절거리는 소리를 다 들어 줬어요. 모임에서 들은 말은 죄다 떠들어댔지만 우린 귀찮아하지 않았어요. 형이 회복되고 있었으니까. 그러다 하루는 더 이상 나랑 어울릴 수 없다고 선언하더군요. 내가 술을 끊는 데 방해가 된다면서. 형은 지금 어딘가에서 약 한 봉지와 위스키 한 병을 들고 있을 테니 금주는 이걸로 물 건너 간 거죠?"

"그건 아직 모르는 거예요, 캐넌."

그는 고개를 들어 나를 봤다.

"그럼 그거 말고 도대체 뭐가 있어요? 빌어먹을. 그 5000달러로 복권이라도 사고 있답디까? 형에게 그런 큰돈을 주는 게 아니었는데. 참기 힘들었을 거예요. 형에게 무슨 일이 생기든 그건 다 내 잘못이에요."

"그렇지 않아요. 당신이 피터에게 헤로인이 잔뜩 든 담배 상자를 하나 주고 '돌아올 때까지 이걸 맡아 줘.'라고 했다면 그건 당신 잘못이죠. 누구라도 견디기 힘든 유혹일 테니까. 하지만 그는 1년 반 동안 술을 완전히 끊었고 금주 방법에 대해서도 알고 있었어요. 큰돈을 맡아서 불안했다면 은행에 넣어 둘 수도 있었고 모임에 나오는 다른 회원에게 대신 맡아달라고 할 수도 있었어요. 피터가 밖에 나갔을지, 안 나갔을지 아직 모르지만 그가 무슨 짓을 했든 당신 책임이 아니예요."

"나 덕분에 일이 쉬워졌죠."

"원래 그렇게 어려운 일도 아니에요. 요즘 마약 한 봉지에 얼마나 하는지 모르겠지만 술 한 잔은 2달러밖에 안 해요. 그렇게 한 잔 마시면 그걸로 끝이고."

"하지만 한 잔 가지고 얼마나 마시겠어요. 5000달러는 꽤 오래 동안 마실 수 있는 돈이에요. 집에서 마신다면 얼마나 쓸까. 한 20달러 정도? 술집에서 마신다 해도 두세 배 정도 들겠죠? 헤로인이 더 비싸긴 하지만 그렇다 해도 하루에 200달러어치 이상은 팔뚝에 꽂기도 힘들어요. 예전 습관대로 다시 돌아가면 한동안 걸리겠죠. 물 쓰듯이 쓴다 해도 5000달러를 주사 바늘에 쓰려면 한 달은 걸리겠죠?"

"피터는 주사기를 쓰지 않아요."

"형이 그렇게 말했죠?"

"사실이 아닌가요?"

그는 고개를 흔들었다.

"형은 항상 그렇게 말하죠. 그냥 코로 마시기만 하던 시절도 있었어요. 하지만 한동안은 주사기로 마약을 했어요. 거짓말을 하면 형의 버릇이 덜 심각해 보이니까 그렇게 말하는 거죠. 그리고 주사기를 쓴다는 걸 여자들이 알면 자기랑 자지 않을까 봐 두려워한 거죠. 물론 형이 변강쇠처럼 여자들을 자빠뜨렸다는 건 아니지만. 작업하는데 지장이 있을까 그랬겠죠. 주사기를 돌려쓰고 에이즈에 걸렸다고 남들이 생각할까 걱정했어요."

"설마 주사기를 같이 쓴 건 아니겠죠?"

"안 그랬다고 하더군요. 검사도 받았는데 에이즈 바이러스도 없다고 했고."

"그럼 뭐가 문제죠?"

"이건 그냥 내 생각인데. 형은 다른 중독자들과 바늘을 같이 쓰고 검사를 받지 않았을 수도 있어요. 그것도 거짓말일 수 있다는 거죠."

"당신은 어때요?"

"내가 어떻다니요?"

"당신도 주사기를 쓰나요? 아니면 그냥 코로 마시기만 하나요?"

"난 중독자가 아니에요."

"피터가 당신이 한 달에 한 번 마약 한 봉지를 마신다고 했어요."

"그게 언제였죠? 토요일 전화로 그런 이야기를 했어요?"

"일주일 전. 모임에 같이 갔다가 저녁을 먹었죠."

"그때 형이 그랬군요."

"며칠 전에 집에 들렀더니 당신이 뿅 가 있었다고. 그래서 야단치니까 당신이 부인했다고 하더군요."

그는 눈을 내리깔고 목소리도 낮춘 채 말했다.

"그래요, 사실이에요. 형이 야단쳤는데 내가 아니라고 했죠. 형이 믿은 줄 알았는데."

"아니었어요."

"그랬군요. 마약을 해서가 아니라 거짓말을 해서 마음이 편치 않았어요. 그동안은 형 보는 앞에서 마약을 하지도 않았고. 형이 온다는 걸 미리 알았다면 그때도 하지 않았을 거예요. 하지만 내가 마약을 한다고 해도 누구에게 피해를 주는 것도 아니잖아요. 가끔 한 번씩 하는 건데."

"퍽이나 그러겠소."

"내가 한 달에 한 번 한다고 말했단 말이죠? 사실 그 정도도 아넌데. 1년에 일곱, 여덟, 열 번 정도. 그보다 더 자주 하진 않아요. 형을 속이지 말아야 했어요. '그래, 기분이 엿 같아서 좀 했다. 그런데 어쩌라고?' 이렇게 말하고 끝냈어야 했는데. 난 자제할 수 있지만 형은 맛만 봐도 예전으로 돌아가 버릴 거예요. 그러다가 지하철에서 졸면서 신발을 도둑맞을 수도 있단 말이에요. 예전에 그런 일이 한 번 있었어요. 형이 D 열차(뉴욕 지하철 D 라인을 의미. D 라인은 브롱크스에서 출발하여 맨해튼을 지나 브루클린으로 들어가는 급행 노선이다.—옮긴이)를 탔는데 잠에서 깨 보니 양말만 신고 있었죠."

"중독자들에게는 흔한 일이에요."

"당신도 그랬나요?"

"아뇨, 하지만 그럴 수 있었죠."

"당신은 알코올 중독자죠? 당신이 도착하기 전에 난 한 잔 했어요. 물어봤다면 마셨다고 했을 거예요. 거짓말은 안 했을 텐데. 왜 형에게는 거짓말을 할까요?"

"형이니까."

"아, 그렇기도 하지만. 에잇, 어쨌든 형이 걱정돼요."

"지금으로선 당신이 할 수 있는 게 하나도 없어요."

"그렇죠, 내가 뭘 할 수 있겠어요. 형을 찾으러 차를 타고 거리를 돌아다닐까요? 같이 가죠. 당신은 내 마누라를 죽인 놈들을 찾아 왼쪽을 보고 난 형을 찾아 오른쪽을 보면서 가는 거예요. 끝내주는 계획이죠?"

그는 얼굴을 찡그렸다.

"어쨌든 당신에게 빚을 졌군요. 2700달러라고 했나요?"

그가 주머니에서 지폐 뭉치를 꺼내서 2700달러를 꺼내 주자 지폐 뭉치가 홀쭉해졌다. 그가 준 돈을 내 주머니에 넣었다. 그가 말했다.
"이제 뭐할 거죠?"
"계속 조사해야죠. 경찰 조사를 보면서 어떻게 할지 결정해야 하지만."
"그게 아니라."
그가 말문을 막았다.
"지금 뭘 할 거냐고요? 저녁 약속이 있거나 시내에서 할 일이 있어요?"
"아."
난 생각했다.
"호텔로 돌아가겠죠. 하루 종일 걸어 다녔으니까 샤워도 하고 옷도 갈아입고."
"걸어 갈 거요? 아님 지하철을 타거나?"
"걸을 생각은 없소."
"그러면 내가 데려다 줄게요."
"안 그래도 되는데."
그는 어깨를 으쓱했다.
"나도 뭔가 할 일이 필요해요."

차에서 그는 그 유명한 빨래방을 한 번 보고 싶다고 말했다. 우리는 거기로 차를 몰고 갔다. 그는 빨래방 맞은 편에 뷰익을 주차하고 엔진을 껐다.

"우리 정찰 나온 거죠. 이걸 정찰이라고 하는 거 맞죠? 아니면 그건 텔레비전에서만 나오는 건가요?"

그가 말했다.

"정찰은 보통 몇 시간씩 걸리죠. 그러니 지금 이건 정찰이 아니길 빌겠소."

내가 말했다.

"아뇨, 그냥 잠깐 앉아 있고 싶을 뿐이에요. 내가 여길 얼마나 자주 지나쳤는데. 한 번도 여기 와서 전화를 걸어 볼 생각은 못했어요. 매튜, 그 두 여자를 죽이고 다른 아가씨에게 칼질을 한 놈들이 우리가 쫓는 놈들인 게 확실해요?"

"그렇소."

"이놈들은 돈을 노렸지만 다른 사람들은 엄밀히 말하자면, 뭐냐, 그걸 뭐라고 하죠? 쾌락 살인? 오락 살인?"

"나도 알아요. 하지만 우연으로 치기엔 너무 공통점이 많아요. 동일범이 틀림없어요."

"왜 나죠?"

"무슨 말이에요?"

"왜 나를 골랐냐고요."

"마약 거래상은 이상적인 목표물이기 때문이죠. 현금도 많고, 경찰을 꺼릴 이유도 충분하고, 전에 이야기 했잖소. 그리고 놈들 중 하나가 마약에 관심이 많았소. 그자가 계속해서 팸에게 아는 마약 거래상이 있는지, 그녀가 마약을 하는지 물어봤어요. 마약에 집착하고 있는 게 분명해요."

"그건 마약 거래상을 고른 이유고. 날 고른 이유는 아니잖아요."

그는 앞으로 몸을 내밀어서 운전대에 팔을 괴었다.

"내가 마약 거래상인지 누가 알죠? 난 체포된 적도 없고 신문에 기사가 난 적도 없어요. 전화도 도청 불가고 집 전체가 그런 면에서 깨끗해요. 장담하건데 이웃들도 내 직업을 몰라요. 마약 단속국에서 1년 반 전에 날 조사하긴 했지만 수사에 진전이 없어서 그만뒀어요. 내가 알기로 뉴욕 경찰은 내 존재조차 모를 거예요. 당신이 변태 성욕자인데 재미로 여자를 죽이고 그 김에 마약 거래상을 덮쳐서 돈을 벌고 싶다면 어떻게 나란 사람이 있는지 알아낼 수 있죠? 그게 바로 내가 알고 싶은 점이에요. 왜 나였던 거죠?"

"무슨 뜻인지 알겠어요."

"처음엔 내가 목표라고 생각했어요. 누군가 날 해치려고, 죽이려고 작정했다고 생각했죠. 하지만 당신 조사에 의하면 그게 아니잖아요. 이건 강간을 하고 사람을 죽이고서도 유유히 빠져나간 어떤 미친놈들이 시작한 거잖아요. 그러다 돈 좀 만져 보고 싶어서 마약 거래상을 목표로 했는데 내가 당첨된 거잖아요. 그러니 내가 일하다 알게 된 사람들, 나랑 거래하다가 감정이 상해서 복수하려고 생각하는 사람들을 추적해 봤자 헛지랄하는 거죠. 마약 거래상들 중에서도 미치광이는 수두룩하지만."

"아니에요, 이해할 수 있어요. 당신 말이 맞아요. 당신은 완벽한 먹잇감이었어요. 그자들은 마약 거래상을 찾고 있었는데 당신이 뽑힌 거죠."

"하지만 어떻게 나에 대해 알았죠?"

그는 망설였다.

"짐작한 게 하나 있어요."

"한 번 들어 봅시다."

"흠, 내가 생각해도 별로 설득력은 없어요. 내 짐작에 형이 모임에서 자신의 신상에 대한 말을 했겠죠. 사람들 앞에 정색을 하고 이런저런 말을 하다가 동생의 직업에 대해서도 말을 했을 거고. 내 말이 맞죠?"

"그렇지만 난 피터에게 마약을 파는 동생이 있다는 건 알았어도 이름도 몰랐고 어디에 사는지도 몰랐어요. 심지어 피터의 성도 몰랐어요."

"만약 형에게 물었으면 말해 줬겠죠. 그 나머지를 알아내는 것도 별로 어렵지 않았을 테고. '당신 동생은 내가 아는 사람인 것 같은데요. 동생이 뷰익에 살지 않나요?' '아니요. 베이 리지에 살죠.' '아, 그래요?' 이런 식으로. 나도 모르겠어요. 억측일 수도 있죠."

"내가 보기엔 억측인 것 같소. 금주 모임에 별별 사람들이 다 모이고 연쇄 살인범이 들어온다고 해도 막을 방법이 없다는 건 확실해요. 유명한 연쇄 살인범 중에서도 알코올 중독자가 많았고 살인을 했을 때 취해 있었던 것도 사실이오. 그중에서 하나라도 금주 모임 덕에 술을 끊었는지는 모르겠지만."

"하지만 가능성은 있는 거죠?"

"가능성은 있죠. 하지만 이 작자들은 선셋 파크에 살고 있는데 피터는 브루클린 모임에 나가잖아요."

"아, 당신 말이 맞아요. 놈들은 우리 집에서 엎어지면 코 닿을 곳에 사는데 난 그 자식들이 나에 관한 정보를 캐내기 위해 맨해튼으로 쫓아가는 상상을 하고 있으니. 물론 그 말을 했을 때는 그 자식들이 브루클린에서 온 걸 몰랐지만."

"무슨 말을 했다는 거요?"

그는 나를 바라봤는데 꿈틀거리는 이마 주름 위로 고통이 비쳤다.

"형에게 모임에서 내 이야기 하는 것 좀 그만 하라고 했어요. 그 자식들이 그렇게 해서 날 알았을 거라고, 그렇게 해서 프랜신을 납치했을 거라고 말했죠."

그는 몸을 돌려 빨래방에 난 창문을 내다 봤다.

"형이 날 공항에 데려다 줄 때 그 이야기를 했죠. 홧김에 한 소리였는데. 형이 뭔가를 가지고 날 야단 치고 있었는데 그게 뭐였는지는 잊어버렸어요. 어쨌든 난 그 말을 하면서 대들었죠. 형은 잠깐 동안 마치 내가 형의 명치 끝이라도 찬 것처럼 쳐다보더군요. 그러고 나서 뭔가 말했는데, 마치 순식간에 내가 한 말을 잊어버린 사람처럼, 심각하게 받아들이지 않는 것처럼 보였어요. 형도 내가 열 받아서 한 소리라는 걸 알고 있었던 거죠."

그는 시동을 걸었다.

"빌어먹을 세탁소. 전화 걸려고 줄 서서 기다리는 사람들은 여기 없는 것 같은데. 여기서 나갑시다."

"그러죠."

한두 블록쯤 지나서 그가 말했다.

"아마 형은 계속 내가 한 말을 생각하고 있었던 것 같아요. 곱씹어 보면서 고민하고 있었겠죠. 내가 말한 게 사실이었을까 생각하고 있었나 봐요."

그는 나를 봤다.

"뭣 때문에 형이 마약을 사러 갔겠어요? 내가 형이라면 곧장 약을 사러 갔을 거예요."

맨해튼에 돌아와서 그가 말했다.
"형의 집에 가 보고 싶은데, 같이 갈래요?"
피터의 하숙집 자물쇠는 제대로 작동되지 않았다. 캐넌은 자물쇠를 비틀어서 열고 말했다.
"보안이 끝내 주네요. 정말 허접한 곳이군."
우리는 쥐새끼와 더러운 이불보 냄새가 나는 하숙집 계단을 두 계단 올라갔다. 캐넌은 어느 문 앞으로 가서 잠시 귀를 대고 듣고 있다가 형의 이름을 부르면서 문을 두드렸다. 대답이 없었다. 다시 두드렸지만 역시 대답이 없었다. 문을 열어 보려고 했지만 잠겨 있었다.
"안에서 뭐가 나올 지 겁나는군요. 그렇다고 그냥 가기도 걱정되고."
나는 지갑에서 기한이 만료된 비자 카드를 꺼내서 문 틈에 밀어 넣어 문을 열었다. 캐넌이 다시 봐야겠다는 눈빛으로 날 봤다.
방은 비어 있었고 어질러져 있었다. 침대보는 반쯤 바닥에 떨어져 있었고 나무 의자 위에 옷가지가 엉망으로 쌓여 있었다. 오크 책상 위에 성경과 금주 모임 팸플릿이 몇 개 있었다. 술병이나 마약을 하는 도구는 보이지 않았지만 침대 옆 테이블에 물컵이 있었다. 캐넌이 그 컵을 집어서 냄새를 맡았다. 그가 말했다.
"잘 모르겠어요. 어떤 것 같아요?"
안쪽은 말라 있었지만 희미하게 알코올 냄새가 나는 것 같았다.

아직 단정하긴 일렀다. 빈 컵에서 알코올 냄새를 맡은 게 이번이 처음은 아니었다.

"형 방을 이렇게 뒤지고 싶진 않은데. 프라이버시는 지켜 줘야 하는데, 팔뚝에 바늘을 꽂고 얼굴이 새파랗게 변해서 쓰러져 있을 것 같은 상상이 자꾸 돼서. 내 심정 이해하죠?"

길거리로 나오자 그가 말했다.

"형에겐 돈이 있으니까 훔칠 필요는 없겠죠. 코카인에 빠져 있다면 뭐든 다 하겠지만. 형은 코카인은 별로 좋아하지 않았어요. 베이스(마약의 일종—옮긴이)를 좋아했어요. 깊숙이 들이마시곤 했죠."

"이해해요."

"그래요. 게다가 돈이 떨어지면 언제든 프랜신의 캄리를 팔 수 있으니까. 형에게 소유권은 없지만 중고 판매상에 가면 8, 9000달러는 받을 수 있어요. 서류 없이 팔면 아마 몇 백 달러쯤 받겠죠. 그게 바로 마약 중독자의 경제 논리에요, 딱 그 수준이죠."

난 캐넌에게 피터에게 들은 알코올 중독자와 마약 중독자의 차이를 말해 줬다. 둘 다 옆 사람의 지갑을 훔치지만 마약 중독자는 지갑을 찾는 것을 도와준다는 이야기였다.

"아."

캐넌이 말했다.

"맞는 말이군요."

# 17

그 다음 주에 몇 가지 일이 있었다.

선셋 파크에 세 번 갔는데 두 번은 혼자 가고 세 번째는 티제이와 함께 갔다. 어느 날 오후 심심해서 티제이에게 삐삐를 쳤더니 바로 전화가 왔다. 우리는 타임스 스퀘어 지하철역에서 만나 함께 지하철을 타고 브루클린으로 갔다. 식당에서 점심을 먹고 쿠바 커피숍에서 카페 라떼를 마시고 주변을 같이 걸어 다녔다. 다니면서 이런 저런 이야기를 했다. 티제이는 자신에 대해 말을 아꼈지만 내가 하는 말을 제대로 들었다면 티제이는 나에 관해 좀 알게 됐을 것이다.

시내로 돌아가는 지하철을 기다리는데 티제이가 말했다.

"있죠, 오늘은 저에게 돈 주실 필요 없어요. 한 것도 없는데."

"수고했는데 그럴 순 없지."

"일이라도 했다면 모르겠지만 돌아다니기만 했잖아요. 아저씨,

난 매일 공짜로 돌아 다닌다구요."

어느 날은 집을 나와서 모임에 가려다 대니 보이에게 전화를 받고 코로나에 있는 이탈리아 레스토랑으로 급히 쫓아갔다. 최근에 거기에 나타난 시골뜨기 세 명이 갑자기 정신없이 돈을 써댄다는 소식을 대니 보이가 전해 줬다. 코로나는 퀸즈 북쪽에 있는 곳으로 선셋 파크에서 아주 먼 곳이라 가능성은 없어 보였다. 어쨌든 코로나로 가서 바에 앉아 산 펠레그리노(이탈리아산 탄산수—옮긴이)를 마시면서 실크 양복을 빼입은 삼총사가 들어와서 흥청망청 지갑을 풀기를 기다렸다.

10시가 되자 채널 5번 뉴스에서 최근에 47번가 다이아몬드 상점을 털었다가 막 체포된 삼인조 권총 강도가 화면에 나왔다. 바텐더가 말했다.

"이봐, 저것 좀 봐! 저 자식들 지난 3일동안 여기 와서 돈을 뿌렸는데. 어디서 그런 돈이 났는지 난 예전에 감 잡았지."

내 옆에 앉아 있던 남자가 말했다.

"항상 있는 일이잖아. 훔친 거지 뭐."

내가 있는 곳은 시스타디움(미국 프로야구팀 뉴욕 메츠의 홈구장—옮긴이)에서 몇 블록 밖에 떨어지지 않았지만 뉴욕 메츠 팀은 나와는 몇백 킬로미터 떨어진 곳에 있었다. 메츠 팀은 그날 오후 리글리필드(미국 프로야구팀 시카고 컵스의 홈구장—옮긴이)에서 아슬아슬하게 져서 우승하지 못했다. 양키스는 홈구장에서 인디언스를 상대로 경기하고 있었다. 나는 지하철을 타고 집으로 갔다.

드류 카플란이 전화로 브루클린 강력계가 팸에게 워싱턴에 있는 FBI의 폭력 범죄 분석 센터를 방문해 달라는 요청을 했다고 전했다. 나는 팸이 언제 출발하는지 물었다.

"팸은 안 가."

"가기 싫다는 건가요?"

"변호사가 가지 말라고 했다지."

"잘한 일인지 모르겠군요. FBI가 항상 말만 번지르르하긴 해도 듣기로 연쇄 살인범들에 대한 프로파일링만큼은 예술이라고 하던데. 가는 게 좋을 것 같아요."

내가 말했다.

"글쎄. 애석하게도 팸의 변호사는 자네가 아니라 나잖아. 난 팸의 이익을 보호하도록 고용된 사람이라고, 친구. 어쨌든 마호메트가 가지 않는다면 산이 마호메트에게로 와야지. FBI에서 내일 요원 하나를 여기로 보낸다네."

그가 말했다.

"상황이 어떻게 진척되는지 알려 줘요. 고객의 이익에 반하지 않는 선에서 말이에요."

그는 웃었다.

"괜한 의심하지 말라고, 매튜. 왜 팸이 힘들게 워싱턴을 가야 하나? 거기서 사람이 오면 되는데."

FBI 요원과 만난 후 그는 다시 전화를 걸어와서 별로 인상 깊은 만남은 아니었다고 소감을 전했다.

"좀 쌀쌀맞아 보이는 작자야. 여자 두 명을 죽이고 세 번째 여자에게 칼질을 하는 놈들을 조사하는 건 시간 낭비라고 생각하는 사람 같았어. 살인자가 피해자를 더 만들어야 FBI에서 조사할 게 많아질 거란 생각이 들더군."

드류가 말했다.

"나도 그 생각은 했어요."

"음, 피해자들에겐 분통 터질 일이지. FBI 데이터베이스에 들어갈 흥미로운 내용을 추가하는 것보단 범인을 일찍 잡는 게 피해자들을 도와주는 일일 텐데. 그 사람이 서부 해안에 있는 범인에 대해 켈리에게 말해 주더군. 그놈에 대한 꽤 구체적인 프로파일을 작성했다는 거야. 그 범인이 어렸을 때 우표를 수집한 것도 알고 몇 살 때 처음 문신을 했는지도 안대. 하지만 그 썩을 놈을 아직도 못 잡았는데 현재까지 그 놈이 살해한 피해자가 모두 42명에 그놈이 저질렀다고 의심 가는 사건으로 4건이 더 있다더군."

"왜 레이와 그 공범을 하수로 치는지 이해가 되는군요."

"그 남자는 레이의 범죄 주기도 실망스럽대. 그 사람 말로는 연쇄 살인범은 좀 더 자주 범죄를 저지른다는 거야. 몇 달씩 기다려서 살인하지 않는다는 거지. 아마 레이 패거리가 물이 오르지 않았거나 아니면 뉴욕에는 가끔 들르고 홈그라운드는 다른 곳일 수도 있다던데."

"그건 아니에요. 그러기엔 뉴욕을 너무 잘 알고 있어요."

내가 말했다.

"왜 그런 말을 하지?"

"네?"

"그 자식들이 뉴욕을 다 꿰고 있는지 어떻게 아냐고?"

그 자식들이 코리 형제가 브루클린 사방을 헤매고 다니게 만들었으니까 라는 말은 할 수 없었다.

"그 자식들은 2개의 다른 독립 구에 있는 묘지에 시체를 유기했어요. 그리고 포레스트 파크도 갔죠. 뉴욕 토박이가 아닌데 렉싱턴 애비뉴에서 여자를 납치해서 퀸즈에 있는 묘지에 시체를 버릴 수가 있겠어요?"

내가 말했다.

"누구든 할 수 있지. 팔자가 사나운 여자를 골랐다면. 그리고 그 작자가 또 뭐랬더라. 그 레이 패거리가 30대 초반이고 어렸을 때 학대를 받았을 거래. 그런 소리는 나도 하겠더만. 마지막으로 해 준 이야기가 하나 있는데 그건 좀 오싹했어."

"뭐라고 했는데요?"

"그게, 이 남자가 그 부서가 생길 무렵에 입사해서 일한 지 20년이 됐대. 이제 곧 은퇴하는데 그렇게 기쁠 수가 없다는 거야."

"완전히 신물 났단 이야기인가요?"

"더 심각해. 그 사람이 그러는데 이런 사건이 기분 나쁠 정도로 빠르게 증가하고 있다는 거야. 이런 사건의 발생률을 그래프로 그려 보면 지금부터 20세기 말까지 이런 사건이 끝도 없이 증가하고 있다더군. 이런 사건을 오락 살인이라고 한대. 90년대가 되니 오락으로 이런 미친 짓을 하는 게 유행이라는 거야."

처음 갔을 때는 없었지만 요즘 금주 모임에서는 술을 끊은 지석 달이 채 안 되는 신입 회원들을 초대해서 자기소개를 하면서 금주 기간을 밝히는 시간을 마련하고 있다. 대부분의 모임에서는 소개가 끝나면 모두 박수를 친다. 그러나 성 바오로 모임에서는 이전에 한 회원이 두 달 동안 매일같이 같은 말만 늘어놔서 이 절차를 생략해 버렸다.

"전 캐빈이고 알코올 중독자입니다. 금주한 지 하루 됐습니다. 어젯밤에 마셨지만 오늘 끊었습니다!"

매번 이 말을 들으면서 박수를 쳐야 하는 것에 사람들은 넌더리를 냈고 결국 격렬하게 논의를 한 끝에 다음 번 모임에서 이 박수 의식을 완전히 없애 버렸다.

"내 이름은 알입니다. 술을 끊은 지 11일이 됐습니다."

누군가가 이렇게 말하면 우리는 그냥 이렇게 대답한다.

"안녕, 알."

브루클린 하이트에서 내내 걸어서 베이 리지로 가서 캐넌 코리에게서 조사비를 받은 것이 수요일이었다. 그 다음 화요일 8시 반 모임에 나갔을 때 방 뒤쪽에서 귀에 익은 목소리가 들렸다.

"내 이름은 피터입니다. 난 알코올 중독자이고 마약 중독자이며 술을 끊은 지 이틀 됐습니다."

"안녕, 피터."

모두 대답했다.

나는 쉬는 시간에 피터를 보려고 했지만 옆에 있던 여자에게 잡혀 이야기를 나누게 됐다. 그를 찾았을 때 그는 이미 가고 없었다. 호텔로 가서 그에게 전화를 했지만 받지 않았다. 나는 캐넌의 집에 전화를 했다.

"피터는 멀쩡한 것 같소. 한 시간 전에는 그랬어요. 모임에서 피터를 봤어요."

"아까 통화했어요. 돈도 별로 안 썼고 차도 가지고 있다고 하더군요. 내가 걱정하는 건 돈이나 차가 아니라 형이라고 했더니 자긴 괜찮다고 하더군요. 형이 어때 보이던가요?"

"보진 못했어요. 그냥 목소리만 들었는데 찾으려고 봤더니 가 버렸더군요. 피터가 살아 있다는 걸 알려 주려고 전화했어요."

그는 고맙다고 말했다. 이틀 후 캐넌이 전화를 걸어서 호텔 아래층 로비에 있다고 말했다.

"호텔 앞에 이중주차를 했어요. 저녁 먹었어요? 아래층으로 내려와요. 밖에서 봅시다."

차에서 그가 말했다.

"맨해튼은 빠삭하죠? 어디 가고 싶은 데 있어요? 거기로 모시겠습니다."

우리는 9번 애비뉴에 있는 파리스 그린으로 갔다. 브라이스가 아는 척을 하며 창가 쪽 자리를 줬고 개리는 바에서 열렬하게 손을 흔들면서 인사했다. 캐넌은 와인을 한 잔 주문했고 나는 페리에 생수를 주문했다.

"좋은 곳이군요."

저녁을 주문하고 나서 그가 말했다.

"어째야 할 지 모르겠어요. 무작정 시내로 나와 버렸어요. 차를 끌고 나오긴 했는데 갈 곳이 한 군데도 없더군요. 예전에는 그냥 싸돌아다니면서 기름도 펑펑 쓰고 환경오염에도 일조했는데. 그런 적 있어요? 아, 차가 없어서 그럴 수가 없었겠군요. 주말에 어디 가고 싶으면 어떻게 하죠?"

"렌트하죠."

"아, 그렇지. 그건 생각 못했네. 자주 렌트해요?"

"날씨가 좋으면. 여자 친구랑 북부 지방이나 펜실베이니아 같은 곳으로 바람 쐬러 가죠."

"아, 여자 친구가 있군요? 궁금했는데. 만난 지 오래됐나요?"

"그렇게 오래되진 않았어요."

"여자 친구가 뭘 하는지 물어봐도 돼요?"

"미술 사학 전공이에요."

"멋지다. 아주 흥미롭겠어요."

"여자 친구는 재미있어 하더군요."

"내 말은 여자 친구가 흥미로운 사람일 것 같다는 거죠. 심심하지 않을 것 같은데요."

"아주 재미있는 친구죠."

오늘 밤 그는 한결 나아 보였다. 머리를 깎고 면도도 했다. 하지만 아직 피곤해 보였고 초조한 기색을 감추지 못하고 있었다.

"도대체 뭘 해야 할지 모르겠어요. 집에서 가만히 앉아 있는데 환장할 것 같아요. 마누라는 죽었고 형은 도무지 무슨 짓을 하고 있는지 모르겠고 사업은 엉망이 됐고. 뭣부터 손을 대야 할지."

"일이 뭐가 잘못됐나요?"

"아무 일도 아닐 수도 있고 어쩌면 완전히 망한 걸 수도 있어요. 얼마 전 출장 가서 한 건 했어요. 다음 주쯤 배로 물건을 하나 받을 거예요."

"나에게 그런 말은 안 하는 게 좋을 것 같은데."

"아편이 든 해시시 해 본 적 있어요? 술만 마셨다면 모르겠지만."

"없어요."

"그게 이번에 들어와요. 터키 동부에서 재배해서 키프로스를 통해 들여 온다고 업자가 그러더군요."

"뭐가 문제예요?"

"손을 뗐어야 했는데. 찜찜했지만 할 일이 필요해서 그냥 거래를 해 버렸어요."

내가 말했다.

"난 부인을 살해한 놈들을 쫓고 있어요. 당신의 직업과 상관없이 그 일을 맡았습니다. 그러다 필요하면 법을 약간 어길 수도 있죠. 하지만 당신과 동업하거나 그 일에 엮일 생각은 없어요."

"형은 나랑 같이 일하면 다시 마약을 하게 될 거라고 하더군요. 당신도 그게 걸리나요?"

"아니요."

"그냥 내키지 않다 이건가요?"

"그렇소."

그는 잠시 생각해보다 고개를 끄덕였다.

"이해해요. 당신도 자기만의 철학이 있겠죠. 그래도 같이 일하면 좋을 텐데. 탐정님이 내 뒤를 봐 준다면 든든할 거요. 수지맞는 일이기도 하고. 그건 알죠?"

"물론이오."

"하지만 지저분한 일이죠, 그렇지 않나요? 나도 다 알아요. 눈 가리고 아웅 할 것도 아니고. 아주 더러운 일이죠."

"그러니까 그만 둬요."

"생각중이에요. 평생 하려던 건 아니었어요. 항상 2년만 더 하자, 몇 건만 더 하고 해외 계좌가 조금 더 튼실해지면 뜨자. 다 하는 말이죠, 그렇죠? 마약을 합법화 해 버리면 모든 게 쉬워질 텐데."

"며칠 전 경찰 입에서 그런 말을 들었소."

"하늘이 두 쪽 나기 전에는 그러지 않겠죠. 그렇게 된다면 난 대환영이에요."

"그럼 뭘 할 거요?"

"다른 걸 팔죠."

그가 웃었다.

"이번 출장에서 알게 된 사람이 하나 있어요. 나처럼 레바논 인인데 파리에서 그 남자 부부랑 같이 다녔죠. 이 친구가 이러더군요. '캐넌, 이 사업은 이제 때려 치워. 이 일은 영혼을 타락시키는 일이야.' 그러면서 자기랑 동업을 하자더군요. 그 남자가 무슨 사업을 하는지 알아요? 염병할 무기상이에요. 무기를 판다고요. 그래서 내가 그랬죠. '이봐, 내 고객들은 내 물건으로 혼자 죽지만 자네 고객들은 딴 사람을 죽이잖아.' '같은 게 아니지.' 그 친구가 고집을 부리더라고요. '난 일류만 상대해, 존경할 만한 사람들이지.' 그리고는 CIA, 외국의 비밀 정보국 요원들 같은 거물 거래처에 대해 이야기를 해주더군요. 마약 파는 일을 집어치우면 죽음을 파는 장사치로 업종 전환을 할지도 몰라요. 그건 마음에 들어요?"

"달리 선택할 여지가 없소?"

"미쳤어요? 물론 아니죠. 난 뭐든 사고 팔 수 있어요. 우리 집 노인이 페니키아 이야기를 했을 때 좀 허풍을 떨긴 했지만 우리 선조가 전 세계를 주무른 대상들이란 말은 맞아요. 대학을 중퇴하자마자 여행을 다닌 적이 있었어요. 친척 집을 돌아다녔죠. 레바논 인들은 전 세계에 흩어져 산답니다. 유카탄에 숙모랑 삼촌이 살고 중미와 남미에 사촌들이 있어요. 아프리카에도 갔는데 외가

쪽 친척이 토고라는 나라에 살아요. 거기 가기 전까지는 토고란 나라가 있는 줄도 몰랐죠. 친척들은 토고의 수도 로메라는 곳에서 암시장으로 화폐를 거래하고 있더군요. 로메 시내의 빌딩에 사무실이 하나 있었는데 로비에 표지판도 달려 있지 않더군요. 에스컬레이터도 없어서 층계를 걸어 올라가야 했지만 하루 종일 사람들이 달러, 파운드, 프랑, 여행자 수표 등 온갖 종류의 돈을 가지고 거기로 와요. 금도 있는데 무게를 달아서 가격을 매긴 다음에 사고팔더군요.

하루 종일 사무실에 있는 긴 테이블 위에서 막대한 돈이 왔다 갔다 했어요. 천문학적인 금액을 만지고 있더군요. 그렇게 돈을 많이 본 건 머리털 나고 처음이었는데 글자 그대로 현금이 산더미처럼 쌓여 있었어요. 그 거래에서 1~2퍼센트 정도 수수료를 먹었지만 워낙 거래 규모가 커서 남는 것도 많았죠.

친척들은 동네 끝자락에 떨어진 저택에서 하인들을 거느리고 떵떵거리며 살고 있었죠. 난 버전 가에서 형이랑 한 방을 쓰면서 살고 있던 시절이었는데 여기 내 사촌들은 한 명당 시중들어주는 하인들만 대여섯 명이더군요. 아이들도 다 그렇게 주렁주렁 하인들을 데리고 다니고. 뻥 치는 게 아니에요. 처음에는 좀 불편했죠. 돈지랄하는 것 같아서. 하지만 나중에 친척들이 설명해 줬어요. 거기서는 부자들이 사람들을 많이 고용해야 할 의무가 있다더군요. 일자리를 창출해서 사회에 기여를 해야 한다나 뭐라나.

'여기서 같이 살자.'고 친척들이 그러더군요. 가업을 이으라고 하더군요. 토고가 싫으면 말리에 같은 일을 하는 친척들이 있다고 했어요. '하지만 토고가 훨씬 낫지.' 그러더군요."

"아직도 갈 수 있소?"

"외국에서 인생을 개척하는 건 스무 살짜리나 하는 짓이죠."

"몇 살이요, 서른두 살?"

"서른셋이요. 밑바닥부터 시작하긴 늦었죠."

"수습부터 시작해야 하는 건 아닐 텐데."

그는 어깨를 으쓱했다.

"웃기게도 프랜신과 나도 그런 의논을 했어요. 프랜신은 흑인들이 무섭다면서 달가워하지 않았어요. 흑인들만 우글거리는 곳에서 백인으로 산다는 게 두려웠던 거죠. 이렇게 물어보더군요. '만약 흑인들이 그 나라를 접수하면 어떡해?' 내가 그랬죠. '여보, 접수할 게 뭐가 있어? 이미 자기들 나라이고 자기들 땅인데.' 하지만 프랜신은 그 문제를 이성적으로 생각하질 않았어요."

그의 목소리가 갑자기 거칠어졌다.

"그렇지만 봐요, 마누라를 트럭에 채 가서 죽인 놈들은 누구죠? 백인이었어요. 내내 뭔가를 두려워하며 살아가는데 막상 우릴 놀래는 건 상상 밖의 존재죠."

그의 눈이 나와 마주쳤다.

"놈들은 단순히 그녀의 목숨을 앗아간 게 아니라 존재 자체를 지워버렸어요. 그녀는 이제 없어요. 난 시신도 못 봤어요. 내가 본 건 토막 난 덩어리뿐이죠. 난 한밤중에 사촌이 하는 병원에 가서 그 덩어리를 재로 만들었어요. 그녀는 사라져 버렸고 내 인생은 공허해져 버렸죠. 이제 뭐로 그 공허감을 채워야 할지도 모르겠어요."

"시간이 약이라고 하잖아요."

"시간이라면 얼마든 있어요. 주체하지 못할 만큼. 하루 종일 집에 있으면서 이젠 혼자서 시부렁거리기까지 한답니다. 그것도 큰 소리로."

"자연스런 반응이죠. 극복할 거예요."

"극복 못하면 또 어때요? 혼잣말을 해도 듣는 사람도 없는데?"

그는 와인 잔을 들어 한 모금 마셨다.

"욕구불만도 생겼어요. 도대체 섹스를 어떻게 해야 할지 모르겠어요. 알겠지만, 나도 성욕이란 게 있는데. 팔팔한 놈이 당연하잖아요."

"1분 전만 해도 아프리카에서 새 인생을 시작하기에 너무 늦었다더니."

"무슨 뜻인지 알면서 그러네. 나도 욕구가 있는데 그걸 어떻게 해소해야 좋을지 모르겠다는 거예요. 그런 욕구가 생긴다는 것 자체가 프랜신에게 미안한 마음이 들어요. 실제로 그 짓을 하건 하지 않건 다른 여자랑 잠자리에 드는 게 프랜신을 배신하는 기분이 든다는 거죠. 그리고 설령 내가 원한다고 해도 누구랑 잘 수 있겠어요? 바에서 만난 여자에게 작업을 걸까요? 마사지 하는 곳에 가서 사팔뜨기 한국 여자에게 돈을 주고 한바탕할까요? 빌어먹을 데이트를 해서 여자랑 영화를 보러 가고 대화를 나눠야 하나요? 그런 생각을 하면 차라리 그냥 집에서 딸딸이나 치는 게 낫겠다 싶지만 그것마저도 프랜신에게 못할 짓인 거 같아서 그러지도 못해요."

그는 어색하게 의자에 몸을 기대면서 쑥스러워했다.

"미안해요. 이런 식으로 퍼부을 작정이 아니었는데. 이런 말을 하려던 게 아니었는데. 그냥 나와 버렸어요."

나는 호텔로 돌아가서 미술 사학을 전공하는 친구에게 전화를 했다. 그녀는 그날 밤 수업이 있었는데 아직 돌아오지 않았다. 나는 전화 응답기에 메시지를 남기면서 일레인이 전화를 할지 궁금해졌다.

며칠 전 우리는 다퉜다. 저녁을 먹은 후 비디오를 하나 빌렸는데 일레인이 고른 영화였지만 좀 마뜩찮았다. 아마 그것 때문에 기분이 나빴던 것 같다. 나도 잘 모르겠다. 이유가 뭐였든 우리 사이는 어딘가 어긋나 있었다. 영화가 끝난 후 일레인이 상스러운 말을 내뱉었고 난 그녀에게 창녀 같은 천한 말은 하지 말라고 쏘았다. 보통 때 같았으면 그냥 지나칠 말이었지만 난 정색을 하고 말았다. 게다가 그녀도 거기에 못지않게 신경질적으로 반응했다.

우린 둘 다 사과하면서 별일 아닌 척 했지만 분위기가 껄끄러웠다. 끝내 난 호텔로 가서 자고 말았다. 다음 날 통화했을 때 그 일에 대해선 서로 아무 말도 하지 않았다. 아직도 모른 척 하고 있지만 둘 다 잊지 않고 있는 건 분명했다.

일레인은 11시 반 경에 전화를 했다.

"방금 들어왔어. 수업 끝나고 몇 명이 같이 나가서 한 잔 했어. 자긴 오늘 어땠어?"

"괜찮았어."

우리는 잠시 이야기를 했다. 나는 일레인의 집에 들려도 괜찮겠냐고 넌지시 물었다.

"아, 글쎄. 자기가 보고 싶긴 한데."

"너무 늦었지?"

"그래. 피곤해서 얼른 샤워하고 자고 싶은 생각밖에 없어. 그래도 괜찮아?"

"물론이지."

"그럼 내일 전화해."

"그래, 잘 자."

난 전화를 끊고 말했다.

"사랑해."

사랑이란 단어가 빈 방에서 공허하게 울렸다. 둘이 함께 있을 때 사랑이란 단어를 입에 올리지 않는 것에 익숙해져서 지금 혼자 말을 듣고 있으려니 과연 그게 사랑인지 궁금해졌다.

뭔가 마음속에 느껴졌지만 그게 뭔지 알 수 없었다. 샤워를 하고 수건으로 얼굴을 닦았다. 목욕탕 세면대 위에 있는 거울에 비친 내 얼굴을 보자 그 감정의 정체를 깨달았다.

매일 밤 모임은 두 곳에서 열린다. 호텔에서 가까운 곳이 서쪽 46번가에 있는데 모임이 시작되는 순간 도착했다. 커피 한 잔을 마시고 자리에 앉아 있는데 몇 분 후 아는 목소리가 들렸다.

"내 이름은 피터입니다. 난 알코올 중독자이며 마약 중독자입니다."

파이팅, 피터.

"술을 끊은 지 하루 됐습니다."

그건 별로군.

그는 화요일에 술을 끊은 지 이틀 됐다고 했는데 오늘은 하루 됐다고 했다. 구명보트에 다시 올라타려고 하는데 그 배를 꽉 붙

들지 못하는 게 얼마나 힘든지 알기 때문에 피터의 마음을 이해할 수 있었다. 그러나 피터 코리는 잊어버리기로 했다. 내가 그 모임에 간 건 그가 아니라 날 위해서였기 때문이다.

난 연사가 하는 설명을 집중해서 들었다. 설명이 끝난 후 토론을 시작했을 때 난 손을 번쩍 들었고, 지명을 받고 나서 말했다.

"내 이름은 매튜이고 알코올 중독자입니다. 술을 끊은 지 2년 됐습니다. 여기 온지 오래됐는데 가끔 내가 아직도 부족하다는 점을 잊곤 합니다. 최근 여자 친구와 문제가 있었는데 얼마 전까지는 문제가 있다는 것조차 몰랐습니다. 오늘 여기 오기 전에 샤워기 밑에 5분 정도 서서 내 감정을 파악하려고 했습니다. 그러다 내가 무서워하고 있다는 것을, 두려워하고 있다는 것을 알았습니다.

도대체 뭘 두려워하는지조차 모르겠어요. 솔직하게 내면을 바라보면 모든 것을 다 두려워하고 있다는 걸 알아 버릴 것 같습니다. 난 관계를 맺는 것도, 끊는 것도 두렵습니다. 어느 날 잠을 깨서 거울을 보면 늙은 남자가 쳐다보고 있을까 봐 무섭습니다. 언젠가는 내 방에서 혼자 죽어 버리고 썩는 냄새가 사방으로 퍼지기 전까지 아무도 내가 죽은 걸 모를까 봐 그것도 무섭습니다.

그래서 옷을 입고 여기에 왔습니다. 술을 마시고 싶지도 않지만 이런 구질구질한 기분도 싫으니까요. 오래 모임에 다녔지만 아직도 이런 식으로 떠벌이는 게 왜 도움이 되는지 모르겠어요. 하여튼 이렇게 털어놓고 나면 기분이 한결 나아집니다. 고맙습니다."

내가 찌질한 놈처럼 보일 거라는 생각을 했다. 하지만 남들이 날 어떻게 보건 신경 쓰지 말라는 원칙을 여기에서 배웠다. 사실 그렇게 보여도 상관없었다. 피터 코리를 빼놓고는 날 아는 사람도 없다. 피터도 술을 끊은 지 하루밖에 되지 않아서 내 말을 찬찬히 듣지도 않았을 테고 들었다 해도 5분도 지나기 전에 잊어버릴 것이다.

어쨌든 내 고백이 그렇게 형편없진 않았나 보다. 모임이 끝나고 기도를 마치자 두 줄 앞에 있던 남자가 와서 내 전화번호를 물었다.

그와 잠깐 이야기를 나눈 후 피터를 찾았지만 이미 피터는 가버린 후였다. 모임이 끝나기 전에 나간 건지 아니면 모임이 끝나자마자 도망간 건지 알 수 없었지만 어쨌든 가 버렸다.

그가 나를 피한다는 느낌이 들었다. 나는 그를 충분히 이해할 수 있었다. 며칠 참았다가 다시 마시고 처음부터 다시 시작해야 했던 어려운 초기 시절이 기억났다. 그로서는 한동안 술을 끊는 것에 성공한 경험이 있기 때문에 더욱 가진 걸 모두 잃었다는 패배감이 들 것이다. 그런 상태에서 최소한의 자긍심이라도 찾으려면 한동안 기다려야 할 것 같았다.

어쨌든 그는 술을 마시지 않았다. 단 하루지만 어떤 의미에서 보면 하루가 전부다.

토요일 오후에 난 텔레비전에서 스포츠 프로그램을 보다가 전화 교환원에게 전화를 걸었다. 교환원에게 콜 포워딩 서비스를 등록하고 해지하는 방법을 알려 주는 카드를 잃어 버렸다고 말했다. 나는 그녀가 기록을 체크하고 나서 내가 그 서비스를 신청한 사실이 없다는 걸 확인한 뒤 911에 연락해서 순찰차로 호텔을 포위하라고 지시하는 모습을 상상했다.

"전화기 내려 놔, 스커더. 손들고 나와!"

미처 그 상상이 끝나기도 전에 교환원이 컴퓨터로 녹음된 지시사항을 틀어 줬다. 방송이 너무 빨리 나와서 제대로 받아 적지 못한 바람에 다시 전화를 걸어서 그 과정을 반복해야 했다.

일레인의 집에 가기 직전에 그 지시사항에 따라 내 전화기로 걸려 온 전화는 자동적으로 그녀의 전화기로 연결되도록 처리했다. 하라는 대로 다 하긴 했지만 별로 믿음이 가진 않았다.

일레인이 맨해튼 극장 클럽에서 하는 연극 표를 사두었는데 유고슬라비아 출신 작가가 쓴 음침하고 우울한 희곡이었다. 번역이 서툴러 원작을 제대로 표현하지 못했을 거란 느낌이 들었다. 어쨌든 무대에 오른 연극은 처절하고 비통했다. 시종일관 불도 켜지지 않은 채 내면을 탐색하는 그런 내용이었다.

중간 휴식 시간이 없이 공연이 계속 되서 괴로움은 한층 더 가중됐다. 연극이 끝나자 10시 15분이었다. 짧지 않은 공연이어서 더욱 철저하게 괴로운 시간이었다. 배우들은 커튼콜(공연이 끝난 후 박수갈채로 관객이 배우를 앞으로 불러내는 일—옮긴이)을 받았고 조명이 켜지자 우리는 좀비처럼 비틀거리며 밖으로 나왔다.

"독하군."

"정말 독약 같은 연극이네. 미안해, 요즘 내가 계속 꽝인 것만 고르네, 그렇지? 지난번 자기가 싫어한 영화도 그렇고, 이번 것도 그렇고."

"싫진 않았어. 그냥 연속으로 권투 시합을 10 라운드 뛰었는데 얼굴만 집중적으로 맞은 것 같아."

"이 연극의 메시지는 뭐라고 생각해?"

"아마 크로아티아 어로 연극을 했더라면 더 나았을 텐데. 메시지? 나도 모르지. 세상은 말세다, 이런 거겠지."

"그런 메시지를 보려고 극장까지 갈 필요는 없는데. 신문만 읽어도 알 수 있잖아."

"하긴. 유고슬라비아에서는 사정이 다른가 보지."

우리는 극장 근처에서 저녁을 먹었지만 기분이 계속 가라앉아 있었다. 밥을 반쯤 먹다가 내가 말했다.

"있지. 지난번에는 미안했어."

"다 끝난 일이야, 자기."

"끝나지 않았어. 요즘 기분이 이상했어. 이번 사건 때문이기도 하지만. 몇 번이나 큰 단서를 잡아서 잘 나간다고 느끼는 순간에 또 일이 막히고 풀리지 않아서 답답해. 하지만 이 사건 때문에 우리 관계를 망치고 싶지 않아. 당신은 내게 소중한 사람이고 우리 관계도 내겐 중요해."

"나도 그래."

연극의 우중충한 분위기가 완전히 사라진 건 아니지만 조금 더 이야기를 하면서 한결 기분이 가벼워진 것 같았다. 일레인의 집으로 가서 내가 화장실에 있는 동안 그녀는 전화 메시지를 체크했다. 화장실에서 나오자 일레인이 궁금한 표정으로 기다리고 있었다.

그녀가 말했다.

"월터가 누구야?"

"월터?"

"그냥 인사하려고 전화했대. 중요한 일은 아니고, 잘 지낸다는 말을 하려고 했대. 조금 있다 다시 전화한다는군."

"아. 지난번 모임에서 만난 친구야. 신참이야."

"그 사람에게 이 번호를 알려 준 거야?"

"아니. 내가 왜 그러겠어?"

"나도 그래서 궁금해 하잖아."

"이런."

그 생각이 떠올랐다.

"그게 작동되는군."

"뭐가 작동된다는 거야?"

"콜 포워딩 서비스 말이야. 콩 브라더스가 전화 회사랑 씨름을 벌이던 그 날 내 전화에 콜 포워딩 서비스를 해 놨다는 말을 했잖아. 오늘 오후에 그걸 해 봤지."

"당신 전화가 여기로 걸려오도록 한 거군."

"맞아. 잘 될 거라고 생각하지 않았는데 되긴 되는군. 맘에 안 들어?"

"아냐."

"정말?"

"물론. 그 메시지 들어 볼 거야? 다시 틀어 줄 수 있는데."

"아까 그 내용이 전부라면 됐어."

"그럼 지워도 되는 거지?"

"그래."

그녀는 메시지를 지우고 나서 말했다.

"그 사람이 당신 번호로 전화를 했는데 여자 목소리의 전화 응답기가 나오면 무슨 생각을 했을지 궁금하군."

"글쎄, 잘못 걸었단 생각은 안 했으니까 메시지를 남겼겠지."
"내가 누구라고 생각했을까."
"섹시한 목소리의 신비로운 여인이라고 생각했겠지."
"자기가 혼자 사는 걸 모르면 우리가 동거한다고 생각하겠지."
"그가 나에 대해 아는 거라곤 내가 술을 끊었고 미쳤다는 것뿐이야."
"왜 미쳐?"
"내가 모임에서 헛소리를 많이 했거든. 아마 나는 신부고 당신은 사제관에서 일하는 가정부라고 생각했을 거야."
"그건 우리가 안 해 본 게임이잖아. 신부와 가정부라. '용서해 주세요, 신부님, 못된 짓을 했어요, 벌로 엉덩이를 때려 주세요.'"
"어려운 일도 아니지."

활짝 웃는 그녀를 안기 위해 팔을 벌리는데 바로 그 순간 전화벨이 울렸다. 그녀가 말했다.

"당신이 받아. 아마 그 월터일거야."

전화를 받자 굵은 목소리의 남자가 마델 양을 바꿔 달라고 말했다. 나는 한 마디 말도 하지 않은 채 그녀에게 수화기를 건네고 옆방으로 갔다. 창문 앞에 서서 이스트 리버의 반대편에서 반짝이는 불빛을 바라봤다. 잠시 후 그녀가 와서 내 옆에 섰다. 우린 둘 다 그 전화에 대해 아무 말도 하지 않았다. 그러다 10분 후 다시 전화벨이 울려서 그녀가 받았는데 이번에는 내 전화였다. 월터였다. 신참들이 자주 전화를 하도록 모임에서 권장하기 때문에 하는 의례적인 전화였다. 짧게 통화를 끝내면서 내가 말했다.

"미안해, 내가 잘못 생각한 것 같아."

"괜찮아, 당신은 여기 자주 오니까. 통화할 수 있어야지."
몇 분 후 그녀는 말했다.
"전화 코드 빼 버려. 오늘 밤은 우리끼리만 있자."

아침에 나는 조 더킨 사무실에 들렀다가 그와 강력반 동료 두 명과 함께 점심을 먹으러 갔다. 호텔로 돌아와서 나에게 온 메시지가 있는지 체크했지만 하나도 없었다. 나는 2층으로 올라가서 책을 한 권 들었다. 20분 후 전화벨이 울렸다.

일레인이었다.

"자기 콜 포워딩 끄는 걸 잊어버렸어."

"아, 이런. 그러니 메시지가 하나도 없었지. 방금 막 왔어. 내내 밖에 있었는데 깜박했어. 집으로 곧장 가서 콜 포워딩을 끄려고 했는데 잊어버렸네. 하루 내내 짜증났겠구나."

"아니, 하지만."

"그런데 어떻게 우리가 통화를 할 수 있는거야? 당신이 여기로 걸면 다시 당신 전화로 돌아가 버리잖아."

"처음에는 그랬지. 내가 아래층에 있는 데스크로 전화를 걸어서 거기서 연결해 준 거야."

"그랬군."

"아래층 스위치보드를 통해서 오는 전화는 포워딩이 안 되나 봐."

"그런 것 같군."

"티제이가 아까 전화했어. 중요한 건 아니었고. 매튜, 캐넌 코리가 방금 전화했어. 지금 전화해 봐. 급한 일이라고 그랬어."

"그랬어?"

"생사가 달린 문제라고 했는데 죽는 쪽에 가깝다고 하던데. 당최 무슨 말인지 모르겠지만 아주 심각했어."

곧장 전화를 하자 캐넌이 말했다.

"매튜, 하느님 감사합니다. 끊지 말고 있어요, 지금 형과 통화 중이라. 알았죠, 끊지 말아요. 금방 끝낼 테니."

딸각 소리가 난 후 1분 정도 있다 다시 딸각 소리가 나더니 그가 돌아왔다.

"형이 가는 중이에요. 형이 호텔로 가는데 금방 앞에 도착할 거예요."

"형에게 무슨 문제가 있는 거요?"

"형이요? 아니, 괜찮아요. 형이 브라이튼 비치로 데려다 줄 거예요. 오늘은 지하철 타고 빈둥거릴 시간이 없어요."

"브라이튼 비치에 뭐가 있는데?"

"러시아 인들이 왕창 몰려 있죠. 이걸 어떻게 말해야 하나? 그 러시아 인중 하나가 방금 전화를 걸었는데 내가 겪은 사업상의 문제를 자기도 겪고 있다는 군요."

그건 한 가지 뜻밖에 없었지만 난 확인하고 싶었다.

"그 사람의 부인이?"

"더 심각해요. 빨리 가야 하니까, 거기서 만나요."

18

지난 8월 일레인과 나는 브라이튼 비치에서 목가적인 오후를 보낸 적이 있었다. 우리는 Q 열차(뉴욕 지하철의 Q 라인—옮긴이)를 종점까지 타고 가서 브라이튼 비치 애비뉴를 따라 걸으면서 야채 시장을 구경하고 상점을 둘러보다 소박한 연립 주택 단지가 있는 뒷골목과 작은 산책로, 골목길, 오솔길, 도로가 복잡하게 얽혀 있는 옆 골목을 탐험했다. 그곳 주민은 태반이 러시아 계 유대인들로 이곳에 정착한 지 오래되지 않아서 이 동네는 뉴욕 분위기를 풍기는 동시에 이국적인 맛이 나는 곳이었다. 우리는 조지 왕조 풍의 레스토랑에서 점심을 먹고 판자 산책로를 걸어 코니아일랜드로 가서 체격 좋은 사람들이 물놀이 하는 것을 구경했다. 그리고 수족관에서 한 시간 정도 놀다가 집으로 왔다.

그 날 그곳에서 유리 란듀와 마주쳤더라도 그냥 지나쳤을 것이다. 그는 키예프나 오데사 거리에서 흔하게 볼 수 있는 러시아 인처럼 브라이튼 비치에서도 눈에 띄지 않은 얼굴이었다. 그는 소비에트 연방 시절에 유행한 벽화에 나오는 노동자처럼 생긴 얼굴에 키가 크고 넓은 가슴을 가진 남자였다. 날카롭게 각이 진 윤곽에 넓은 이마와 높은 광대뼈, 튀어나온 턱을 가지고 있었다. 머리칼은 갈색으로 여윈 편이었다. 얼굴을 가리고 있는 머리카락을 넘기기 위해 머리를 뒤로 제치는 습관이 있었다.

그는 40대 후반으로, 부인과 4살짜리 딸 루드밀라와 함께 미국에 온 지는 10년이 됐다. 소비에트 연방에 살 때는 암거래 상이었다. 브루클린에서도 다양하게 불법적인 사업을 벌이다가 이내 마약에 손을 대서 돈을 꽤 벌었다. 대체로 이 업종에서는 손해를 보지 않는다. 죽거나 감옥에 가지 않는 한 큰돈을 만질 수 있는 사업인 것이다.

4년 전 부인이 난소암이 전이됐다는 진단을 받았다. 화학 요법 치료로 그녀는 2년 반을 더 살았다. 딸의 중학교 졸업식 때까지 만이라도 살아 있고 싶어 했지만 결국 가을에 죽고 말았다. 루드밀라(딸은 루시아라고 불러 달라고 하지만)는 봄에 졸업했고 치체스터 아카데미의 1학년이다. 치체스터 아카데미는 브루클린 하이트에 위치한 작은 사립 여고이다. 학비는 비싸지만 엄격하게 공부를 시키는 학교로 아이비리그 계열 대학이나 브린마워 스미스 같은 명문 여대에도 진학률이 높았다.

캐넌이 마약 거래상들에게 전화해서 납치 가능성을 경고했을 때 유리 란듀는 그냥 지나쳤다. 잘 알지도 못하는 사이인데다 부인과 사별했기 때문에 란듀 가족이 공격을 받을 거란 생각을 하지 못했다.

딸에 대해서는 생각조차 하지 않았다. 하지만 란듀는 캐넌의 전화에 루시아를 처음 치체스터 아카데미에 보냈을 때 미리 조치를 취하길 잘했다고 생각했다. 그는 버스나 지하철로 루시아를 통학시키는 대신 카 서비스를 신청해서 매일 아침 7시 반에 루시아를 등교시키고 오후 2시 45분에 집으로 데려오게 했다. 루시아가 친구 집에 놀러가고 싶어 하면 그 차로 데려다 주었고 집에 돌아오고 싶으면 카 서비스에 전화를 걸도록 가르쳤다. 동네를 산책하고 싶어할 땐 개를 데려가게 했다. 그 개는 로디지아 리지백 종으로 순했지만 겉모습은 아주 사나워 보여서 보디가드로 쓸 만했다.

그날 오후에 치체스터 아카데미 교무실의 전화벨이 울렸다. 예의 바른 신사가 자신은 란듀 씨의 비서로 집에 급한 일이 생겨서 그러니 루드밀라를 30분 빨리 보내 달라고 설명했다.

"차는 준비했습니다."

그는 통화하고 있는 교사를 안심시켰다.

"2시 15분에 학교 앞에 차를 대기시킬 겁니다. 아침에 온 차와는 다른 차입니다."

질문이 있다면 란듀 씨의 자택으로 연락하지 말고 지금 그가 부르는 전화번호로 페티본 씨에게 문의를 하라고 말했다.

별달리 이상한 점이 없었으므로 그 교사는 확인하지 않았다. 그녀는 루시아를 교무실로 불러서 오늘 일찍 집에 갈 거라고 말해줬다. 2시 10분이 지나서 교사가 창을 내다보자 짙은 초록색 트럭인지 밴인지가 파인애플 가에 위치한 학교 대문 앞에 주차되어 있었다. 그 차는 아침저녁으로 루시아를 데려다 주는 최신형 GM 세단과는 달랐지만 그녀를 데리러 온 차인 것은 확실했다. 카 서비스 상호와 주소가 트럭 옆구리에 하얀 글자로 선명하게 박혀 있었다. 루시아에게 문을 열어 주기 위해 트럭 옆으로 걸어 나온 남자는 다른 기사들처럼 파란색 블레이저를 입고 모자를 쓰고 있었다.

루시아는 주저하지 않고 차에 올라탔다. 차가 윌로우 가 모퉁이를 지날 때쯤 그 교사는 안으로 들어갔다.

2시 45분에 학교 수업이 끝났고 몇 분 지나서 항상 오는 루시아의 운전기사가 그날 아침 루시아를 태운 회색 올즈모빌 리전시 브라우햄을 타고 나타났다. 그는 루시아가 보통 때처럼 15분 정도 늦는 것으로 생각하고 모퉁이에서 끈기 있게 기다렸다. 불평없이 더 오래 기다렸을 수도 있지만 루시아의 같은 반 친구 중 하나가 그의 얼굴을 알아보고 뭔가 착오가 있는 것 같다고 말했다.

"루시아는 벌써 갔어요. 30분 전에 차를 타고 갔는걸요."

"그럴 리가."

그 여자아이가 장난을 치고 있다고 생각하면서 그가 말했다.

"정말이에요! 루시아 아빠가 사무실로 전화해서 아저씨 회사 차로 데려갔어요. 못 믿겠으면 세버런스 선생님에게 물어보세요."

그 기사는 학교에 가서 확인하지 않았다. 그랬다면 그때 바로 그 교사가 란듀 집에 전화를 하고 경찰에 신고할 수도 있었겠지만, 대신 그는 차에 있는 라디오로 오션 애비뉴에 있는 배차원에게 어떻게 된 일인지 물었다.

"루시아를 일찍 데려갈 거였으면, 나를 보내지 그랬어. 나랑 연락이 안 됐다면 오늘 오후는 쉬라고 연락을 해 주든지."

그 배차원은 물론 그 기사가 무슨 소리를 하는 건지 이해하지 못했다. 마침내 그 기사가 이야기한 요점을 파악하자 그녀는 어떤 이유에선지 란듀 씨가 다른 카 서비스를 불렀을 것으로 추측했다. 그냥 그렇게 생각하고 지나쳐 버릴 수도 있었다. 급한 일이 있어서 란듀 씨가 직접 아이를 데려오면서 회사의 모든 회선이 통화중이라서 픽업 서비스를 취소하지 못했을 수도 있었다. 하지만 뭔가 마음에 걸렸던 게 분명하다. 그녀가 유리 란듀의 전화번호를 찾아서 전화를 했기 때문이다.

처음에 유리는 왜 그리 난리법석을 떠는지 이해하지 못했다. 카 서비스 회사에서 누군가가 실수를 했다. 차 한 대가 아닌 두 대가 갔고 덕분에 두 번째 운전기사가 헛수고를 했다. 그게 뭐 그리 대단한 일이라고 그에게 전화를 하는 건가. 그러다 그는 뭔가 이상한 일이 벌어지고 있다는 것을 깨달았다. 그는 배차원에게 이것저것을 물어보고 수고롭게 해서 미안하다고 하면서 전화를 끊었다.

그 다음에 그는 학교에 전화를 걸어 세버런스 선생님과 통화를 했다. 교사와 그의 비서 페티본이란 자 사이의 통화 내용을 듣고 유리는 더이상 의심할 여지가 없다는 것을 깨달았다. 누군가 자신의 딸을 학교에서 꾀어내서 밴을 타고 사라진 것이다. 어떤 죽일 놈이 딸을 유괴한 것이다.

상황이 이렇게 되자 세버런스 선생님 역시 상황이 어떻게 돌아가는지 눈치 챘다. 유리는 그녀가 경찰에 신고하지 않도록 설득했다. 직접 이 일을 처리하겠다고 하면서 즉석에서 이야기를 꾸며냈다.

"루시아 외가에 정통파 유대인인 친척이 있는데 광신도라고 할 수 있죠. 그 친척들이 루시아를 치체스터 아카데미에서 빼내서 버로우 파크에 있는 너절한 유대교 학교에 보내려고 하고 있어요.

걱정하지 마세요. 내일이면 루시아가 학교에 다시 나올 겁니다."

그렇게 말하고 전화를 끊자 온몸이 떨리기 시작했다.

놈들이 딸을 데리고 있다. 도대체 뭘 원하는 걸까? 그 망할 놈들이 원하는 것이라면 뭐든 줄 것이다. 가진 건 뭐든 줄 수 있다. 하지만 그 자식들은 누구인가? 그리고 도대체 뭘 원하는 걸까?

몇 주 전 누군가가 납치 이야기를 하지 않았었나?

그는 캐넌을 기억해 내고 전화를 걸었다. 그리고 캐넌은 나에게 전화했다.


유리 란듀는 브라이트워터 코트에 벽돌로 지은 공동 주택 12층의 펜트하우스에 살고 있었다. 건장한 체구에 트위드 재킷을 입고 모자를 쓴 두 명의 러시아 청년들이 우리가 타일을 깐 로비에 들어가자 차려 자세를 취했다. 피터는 유니폼을 입은 도어맨을 무시하고 그 러시아 인들에게 이름을 밝히면서 란듀 씨를 찾아왔다고 말했다. 그 중 한 남자가 우리와 함께 엘리베이터를 탔다.

4시 반경 우리가 거기에 도착했을 때 유리는 막 납치범과의 통화를 끝내고 아직도 충격에서 헤어나지 못하고 있었다.

"100만 달러라니."

그는 신음 소리를 냈다.

"어디서 100만 달러를 구해 온단 말이야? 누가 이런 짓을 하는 건가, 캐넌? 깜둥이들이야? 아니면 자메이카에서 온 미친놈들이야?"

"백인들이에요."

캐넌이 말했다.

"루시카, 내 새끼. 어떻게 이런 일이 생길 수 있지? 무슨 이런 망할 나라가 다 있어?"

그는 나와 피터를 보자 말을 하다 멈췄다.

"자넨 캐넌의 형이고."

그는 피터에게 말했다.

"당신은 누구지?"

"매튜 스커더입니다."

"캐넌을 위해 일한다는 친구군. 좋아. 이렇게 와 줘서 고맙소. 하지만 어떻게 들어왔소? 그냥 걸어 들어왔나? 로비에 두 명을 세워 뒀는데, 걔들이."

그는 우리와 함께 온 사내를 발견했다.

"아, 거기 있구나, 대니, 잘 했다. 다시 로비로 내려가 있어."

특별히 누구에게랄 것도 없이 그가 말했다.

"이제 난 보디가드를 세워 두네. 소 잃고 외양간 고치는 셈이지. 하긴 무얼 위해서 이래야 하지? 이제 나에게서 더 무얼 훔칠 수 있겠나. 염병할 하느님이 내 마누라를 데려가 버렸고 다른 썩을 놈들이 내 루디, 루시카를 훔쳐 갔는데."

그는 캐넌을 돌아봤다.

"자네가 처음 경고했을 때부터 바로 아래층에 애들을 세워 뒀어도 소용없었겠지? 다들 멀쩡하게 보고 있는 코앞에서 딸내미를 채 가 버렸어. 나도 자네처럼 할 걸 그랬어. 부인을 외국에 보냈다고 했지?"

캐넌과 내 눈이 마주쳤다.

"왜 똥 씹은 표정이야? 부인을 외국으로 보냈다고 그랬잖아."

캐넌이 말했다.
"그건 우리가 만든 스토리에요, 유리."
"스토리? 왜 스토리가 필요한데? 어떻게 된 거야?"
"그녀는 납치됐습니다."
"자네 부인 말이지."
"그렇습니다."
"그 놈들이 얼마나 불렀어?"
"100만 달러. 협상을 해서 좀 낮췄어요."
"얼마나?"
"40만 달러."
"그래서 돈을 줬어? 다시 부인을 찾은 거야?"
"돈은 줬죠."
"캐넌."
그가 캐넌의 어깨를 잡았다.
"말해 줘. 제발. 부인을 다시 찾은 거지, 그런 거지?"
"시체만 찾았죠."
캐넌이 말했다.
"아, 안 돼."
유리가 말했다. 그는 한 대 맞은 사람처럼 비틀거리면서 한 팔로 자신의 얼굴을 가렸다.
"안 돼. 제발 그 말만은 하지 마."
"란듀 씨."
그는 나를 무시하고 캐넌의 팔을 잡았다.
"하지만 자넨 돈을 줬잖아. 다 준 거야? 다른 수를 쓴 거 아냐?"

"돈은 다 줬어요, 유리. 그래도 마누라를 죽였어요."

그의 어깨가 처졌다.

"왜?"

그는 우리에게가 아니라 자신의 부인을 데려간 그 빌어먹을 하느님에게 물었다.

"왜?"

내가 끼어들었다.

"란듀 씨, 이자들은 아주 위험하고 잔인한데다 예측을 할 수 없는 놈들입니다. 코리 부인 말고도 이미 죽인 여자가 두 명이나 됩니다. 현재로선 그 자식들은 따님을 살려 보낼 의도가 전혀 없습니다. 유감이지만 아이가 이미 죽었을 가능성도 커요."

"안 돼."

"만약 아이가 살아 있다면 우리에게 기회가 있습니다. 하지만 어떻게 대처해야 할지 당신이 결정해야 합니다."

"무슨 뜻이지?"

"경찰에게 신고할 수도 있다는 뜻입니다."

"경찰은 부르지 말라고 했는데."

"당연히 그렇게 말하죠."

"경찰이 여기 와서 내 일에 참견하는 건 나도 원치 않아. 내가 몸값을 가져오는 즉시 돈이 어디에서 난 건지 캐물을 거야. 하지만 그래서라도 딸을 찾을 수 있다면…… 어떻게 생각하나? 경찰을 부르는 게 나을까?"

"유괴범을 잡을 가능성은 커지죠."

"젠장, 그건 상관없어. 아이를 되찾는 건 어떤가?"

아이는 죽었어요. 난 생각했지만 그건 내 생각일 따름이고 그걸 유리에게 말할 필요도 없었다.

"이 시점에서 경찰이 개입한다고 해서 따님을 산 채로 찾을 가능성이 높아지는 것은 아닙니다. 오히려 역효과만 날 것 같아요. 경찰이 왔는데 놈들이 알게 되면 도망쳐 버릴 겁니다. 아이를 살려둔 채로 두고 가진 않겠죠."

"그럼 경찰은 관두고. 우리끼리 하지. 이제 어떻게 하지?"

"전화를 한 통 해야겠어요."

"그럼 그렇게 해. 잠깐, 이 전화는 쓰면 안 될 것 같은데. 아까 통화하면서 물어볼 게 많았는데 그냥 끊어 버리더군. '전화를 쓰지 마시오. 곧 다시 전화 하겠소.' 라고 하면서. 딸 전화를 쓰도록 하게. 저 문 뒤에 있어. 아이들이 항상 전화질을 해 대서 집에 통화가 돼야 말이지. '통화중 대기 서비스' 라는 것 땜에 모두 환장하려고 하더군. 매번 딸각거리는 소리가 나면서 기다리라고 그러곤 한없이 기다리게 만들지. 끔찍해. 그래서 그것도 없애 버리고 실컷 전화하라고 딸내미에게 전화를 한 대 놔줬지. 제발, 뭐든 써서 내 새끼만 찾아 줘!"

나는 란듀의 딸이 쓰는 스누피 모양 전화기의 번호를 티제이의 삐삐에 남겼다. 루시아는 마이클 잭슨과 스누피의 팬인 모양이었다. 방은 둘을 테마로 한 장식품들로 꽉 차 있었다. 나는 방 안을 왔다갔다 걸어 다니면서 전화를 기다리다가 유리와 검은 머리의 여자와 어깨에 물결치듯 흘러내린 곱슬머리의 여자 아이가 있는 가족사진이 에나멜을 입힌 화장대 위에 있는 것을 발견했다. 사진에서 루시아는 열 살 정도로 보였다. 또 다른 사진은 그녀 혼자 찍은 것으로 그 사진에서 그녀는 더 나이 들어 보였는데 지난 6월 졸업식 때 찍은 사진인 것 같았다. 최근 사진에서는 머리가 더 짧았고 나이에 비해 표정이 진지하고 성숙해 보였다.

전화벨이 울렸다. 수화기를 들자 티제이가 말했다.

"여보쇼, 누가 티제이를 찾는 거지?"

"매튜다."

"아, 아저씨! 웬일이세요?"

"중요한 일이다. 비상이야. 네 도움이 필요해."

"분부만 내리세요."

"콩 브라더스와 연락할 수 있니?"

"지금이요? 가끔 연락이 안 되는데. 지미 형이 호출기가 있지만 항상 가지고 다니는 건 아니예요."

"연락해서 이 번호를 전해 줄 수 있는지 해 봐."

"그러죠. 그게 다예요?"

"아니. 우리가 지난주에 갔던 빨래방 기억나니?"

"그럼요."

"어떻게 가는지 알아?"

"R 열차(뉴욕 지하철의 R 라인—옮긴이)를 타고 45번가로 가서 한 블록 걸어서 5번 애비뉴로 가서 네다섯 블록 걸어가면 짠."

"눈썰미 있네."

"젠장. 아저씨, 난 뭐든 집중해서 봐요. 집중력 하면 티제이라구요."

"수완만 좋은 게 아니고?"

"눈썰미도 있고 수완도 좋죠."

"곧장 거기로 갈 수 있니?"

"지금이요? 아니면 콩 브라더스부터 연락하고?"

"전화부터 하고 가라. 지하철역 근처에 있니?"

"아저씨. 나는요, 지하철역 죽돌이라구요. 콩 브라더스가 공짜로 쓰게 해 준 43번가와 8번가 사이에 있는 그 전화기로 전화하는 거예요."

"거기 도착하면 곧바로 전화해라."

"오케이. 큰 건이 터진 거죠, 그죠?"

"왕창 큰 건이다."

 나는 침실 문을 열어서 전화벨이 울리면 들을 수 있도록 하고 다시 거실로 돌아갔다. 피터 코리가 창문에 서서 바다를 내다보고 있었다. 그는 지난 번 모임 이후로 술도 마시지 않고 마약도 하지 않았다고 자진해서 말했다.

"지금이 5일째에요."

"잘 했어요."

"그건 접대용 멘트죠, 그렇지 않나요? 하루가 됐건, 20년이 됐건 날짜를 말하면 사람들은 항상 잘했다고 하죠. '오늘 술을 마시지 않았다는 게 중요해요.' 라고. 뭐가 중요한지 알게 뭐예요."

 나는 캐넌과 유리에게 가서 이야기를 했다. 침실 전화는 울리지 않았지만 약 15분 정도 지나서 거실에 있는 전화벨이 울렸고 유리가 받았다.

"여보세요, 란듀입니다."

그는 말하면서 나를 향해 눈짓을 하고 눈가에 떨어진 머리카락을 넘기기 위해 머리를 뒤로 제쳤다.

그가 말했다.

"딸과 통화하고 싶소. 아이를 바꿔 주시오."

내가 다가가자 그가 수화기를 건넸다. 내가 말했다.

"아이가 살아있길 빌겠어."

침묵이 흐르고 나서 그가 말했다.

"넌 또 어떤 새끼야?"

"난 아이와 돈을 바꿀 수 있는 유일한 카드다. 아이를 건드리지 않는 게 좋을 거야. 지금 게임을 할 거라면 비가 오니까 당장 중단해. 거래가 성사되려면 아이가 건강하게 살아 있어야 하니까."

"지랄하네."

그가 말했다. 침묵이 흘렀고 난 그가 뭔가 더 말할 것이라고 생각했지만 전화가 끊겼다.

나는 유리와 캐넌에게 대화 내용을 보고했다. 유리는 불안해하면서 내가 강경하게 나가서 일을 망치는 게 아닌가 걱정했다. 캐넌은 내가 다 알아서 할 테니 걱정하지 말라고 했다. 캐넌 말이 맞는지 모르겠지만 내 편이 있다는 게 기뻤다. 내가 말했다.

"지금 중요한 건 아이를 살리는 겁니다. 아이가 살아 있다는 것을 확인도 안 해주면서 지들 맘대로 거래 조건을 가지고 장난칠 수 없다는 걸 각인시켜야 합니다."

"하지만 자네가 놈들을 열 받게 만들면."

"그 자식들은 이미 돌대로 돈 놈들이에요. 란듀 씨의 말이 무슨 뜻인지 잘 압니다. 아이를 죽일 구실을 주고 싶지 않으시겠죠. 하지만 그 자식들에겐 그런 이유는 필요 없어요. 이미 죽이려고 작정하고 시작한 거니까. 그 자식들에겐 아이를 살려 둘 이유가 필요해요."

캐넌이 거들었다.

"난 그놈들이 하라는 대로 다 했어요. 죽는 시늉까지 다 했죠. 그런데 놈들이 마누라를……."

그는 머뭇거렸다. 나는 마음 속으로 그 문장을 끝냈다. 조각내서 보냈죠. 하지만 그는 유리에게 프랜신이 어떻게 죽었는지 말해 주지 않았다. 그가 말했다.

"죽여서 보냈어요."

"현금이 필요할 겁니다."

내가 말했다.

"얼마나 있어요? 얼마나 더 모을 수 있죠?"

"아, 나도 모르겠어. 현금은 별로 없는데. 코카인은 필요 없대? 여기서 10분 거리에 코카인이 15킬로그램 있는데."

그는 캐넌을 쳐다봤다.

"자네가 좀 사겠어? 얼마 줄 지 말해 봐."

캐넌은 고개를 흔들었다.

"금고에 있는 돈을 빌려 줄게요, 유리. 난 이미 해시시 거래가 망하길 기다리는 중이에요. 선금을 좀 줬는데 판단착오였어요."

"어떤 해시시?"

"터키에서 재배해서 키프로스를 거쳐서 오는 물건이죠. 아편과 짬뽕이에요. 그게 뭐 중요해요, 그래 봤자 성사되지도 않을 거래인데. 금고에 아마 10만 달러쯤 있을 거예요. 시간되면 집에 가서 가져올게요. 분부만 하세요."

"얼마든 고맙지."

"걱정하지 말아요."

란듀는 눈물을 참으려고 애썼다. 목이 멘 듯 말을 잇지 못하던 그가 간신히 말을 이었다.

"이 자식 하는 수작 좀 들어 봐. 나랑 이 빌어먹을 아랍 놈은 잘 알지도 못하는데 10만 달러를 빌려 주겠다니."

그는 캐년을 껴안고 흐느껴 울었다.

루시아의 방에서 전화벨이 울렸다. 내가 가서 받았다.

브루클린에서 티제이가 하는 전화였다.

"빨래방에 왔어요. 이제 뭐 해요, 백인 남자가 들어와서 전화하는 걸 기다려요?"

"맞아. 조만간 그놈이 올 거야. 빨래방 건너편에 있는 레스토랑에 있다가 빨래방 출입구를 감시하고 있으면……."

"뭐 할라고 그런 것까지 해요, 아저씨. 나도 여기서 빨래하는 척 하면서 기다리면 되지. 여긴 다양한 색깔의 사람들이 사는 동네니까 눈에 띄지 않을 거예요. 콩 브라더스가 전화했어요?"

"아니. 걔들이랑 통화했니?"

"삐삐에 아저씨가 준 번호를 남겼는데 지미 형이 삐삐를 안 가지고 있으면 소용없죠, 뭐."

"말짱 도루묵이라는 거군."

"뭐라고요?"

"아무 것도 아니다."

"또 연락 할게요."

두 번째로 전화가 왔다.

"잠깐 기다리시오."

유리가 받아서 수화기를 나에게 건넸다.

이번에 들린 목소리는 처음 건 전화와는 다른 목소리로 더 부드럽고 세련된 목소리였다. 사악한 기운이 느껴졌지만 지난번 남자처럼 화난 목소리는 아니었다. 그가 말했다.

"이 게임에 새로운 선수가 왔다더군. 정식으로 소개받은 적이 없는 것 같은데."

"난 란듀 씨 친구야. 내 이름은 중요하지 않아."

"누구든 자기가 누굴 상대로 싸우고 있는지 궁금하지 않겠어."

"어떤 면에선 우린 다 같은 편이지, 안 그래? 우리 둘 다 이 교환이 무사히 끝나길 바라잖아."

"그렇담 내 지시만 따르면 될 텐데."

"아니, 그게 또 그렇게 간단하지 않거든."

"아니, 간단해. 내가 너에게 지시하면 넌 그대로 하면 돼. 그 계집애를 다시 보고 싶다면 말이지."

"아이가 살아 있다는 걸 확인시켜 줘야 해."

"내가 약속했잖아."

"미안하군."

"그 결론 충분하지 않다는 건가?"

"코리 부인을 그렇게 돌려보냈을 때 넌 신용을 잃었어."

정적이 흘렀다. 그러다가 다시 말이 들렸다.

"정말 재미있군. 넌 러시아 인 같지 않은데. 너도 알지. 그렇다고 브루클린 억양이 섞인 것도 아니고. 코리 부인 경우는 좀 특별

했지. 남편이 값을 깎으려고 했거든. 물론 아랍 인종들이 하는 짓이 다 그렇지만. 가격을 깎았으니 우리도 그에 상응하는 대우를, 나머지는 상상에 맡기겠어, 해 줬지. 그렇지 않은가?"

그리고 팸 캐시디가 있었지. 그녀는 무슨 잘못을 했는데 그런 짓을 한 거야? 하지만 내 생각을 말하진 않았다.

"부른 대로 주겠어."

"100만 달러를 내겠다는 거군."

"아이가 건재할 때만."

"그렇다고 말했잖아."

"그보다 더한 게 필요해. 아이를 바꿔 줘, 아버지와 통화할 수 있게."

"유감이지만 그럴 순……."

그가 말을 시작하는데 뉴욕 전화국에서 기계로 녹음한 음성이 끼어들어서 동전을 더 넣으라고 요구했다. 그가 말했다.

"다시 걸지."

"동전이 없어? 번호를 알려 줘, 내가 하지."

그는 웃고 나서 전화를 끊었다.

다시 전화가 왔을 때 아파트에는 나와 유리밖에 없었다. 캐넌과 피터는 아래층에 있던 보디가드 중 한 명과 현금을 모으러 나갔다. 유리가 이름과 전화번호가 적힌 명단을 줬고 그 형제도 나름대로 부탁할 사람들이 있었다. 아파트에서 전화를 걸어 돈을 모으는 편이 더 간단했을 것이다. 하지만 집에는 전화가 두 대 뿐이었고 난 두 대 다 전화선을 열어 놓기를 원했다. 유리가 말했다.

"자네도 우리 같은 일을 하는 건 아니겠지. 짭새 비슷한 건가?"
"사립 탐정이에요."
"사립 탐정이라, 그래서 그동안 캐넌 일을 해 주고 있었군. 이제는 내 일을 봐 주는 건가?"
"난 그냥 할 일을 하는 겁니다. 당신에게서 돈을 받을 생각은 없어요. 그걸 묻는 건가요?"
그는 그 문제는 접어두기로 했다. 그가 말했다.
"이건 수지맞는 장사야. 좀 더럽긴 하지만, 알지?"
"나도 그렇게 생각해요."
"나도 이 바닥을 뜨고 싶어. 그래서 현금이 없어. 돈은 많이 벌지만 현금으로 놔두기도 싫고 마약으로 가지고 있기도 꺼림칙해. 지금 주차장이랑 레스토랑이 하나씩 있지. 재산을 분산시키는 거야. 그거 아나? 얼마 안 있으면 완전히 손 씻을 수 있어. 자네도 알겠지만 많은 미국인들이 조폭으로 시작했다가 합법적인 사업가로 변신한다네."
"다 그런 건 아니죠."
"어떤 치들은 영원히 양아치로 살아가지. 하지만 난 아니야. 데보라만 아니었으면 예전에 이 짓을 그만뒀을 거야."
"부인 말인가요?"
"병원비에 징그럽게 돈이 들어갔어. 보험도 없었고. 신출내기 이민자들이라 블루 크로스(비영리적 건강 보험 조합—옮긴이)가 뭔지 알았어야지. 치료비로 얼마를 부르든 줬어. 기꺼이 줬지. 살릴 수만 있다면 더 줬을 거야, 뭐든 줬을 거라고. 마누라의 목숨을 하루만 더 벌 수 있었다면 내 이빨의 충전재라도 팔았을걸. 수십만 달러를 들여서 억지로 버티면서 살았지만 끔찍한 시간이었지. 불쌍한 마누라가 얼마나 고생을 했는데. 하지만 하루라도 더 살려고 발버둥을 쳤어."

그는 이마를 한 손으로 쓰윽 닦았다. 뭔가 더 말하려고 했지만 전화벨이 울렸다. 아무 말도 하지 않고 그는 수화기를 가리켰다.

나는 수화기를 들었다.

아까 그 남자가 말했다.

"자, 다시 시작해 볼까? 유감이지만 아이랑 통화를 할 수는 없어. 불가능해. 다른 방법으로 아이가 건재하다는 것을 증명해 줄게."

나는 수화기를 손으로 가렸다.

"뭔가 따님만 아는 게 있나요?"

그는 어깨를 으쓱했다.

"개 이름?"

전화기에 대고 나는 말했다.

"아이에게 물어봐…… 아냐, 잠깐."

나는 전화기를 가리고 말했다.

"그놈들이 이름을 알지도 몰라요. 아이를 1주일 정도 미행했을 테니 당신 스케줄도 알고 아이가 개를 데리고 산책하면서 이름을 부르는 것도 들었을 겁니다. 다른 걸 생각해 봐요."

"그 전에도 개를 한 마리 키웠지."

그가 말했다.

"까만색과 하얀 색이 섞인 작은 놈이었는데 차에 치였어. 그 개를 키웠을 때 딸아이도 아주 어렸지."

"아이가 그걸 기억할까요?"

"그런 걸 누가 잊겠어? 그 개를 아주 예뻐했는데."

내가 전화기에 대고 말했다.

"지금 키우는 개 이름. 그리고 예전에 키우던 개 이름. 아이에게 개 두 마리에 대해 설명하고 이름을 대라고 해."

그는 감탄했다.

"개 한 마리론 안 된다는 거군. 두 마리를 대라고."

"그래."

"그래야 안심을 하시겠다. 정말 재미있단 말씀이야."

나는 그가 어떻게 할지 궁금해졌다.

그는 공중전화로 전화를 했을 것이다. 그 점은 확실했다. 통화를 길게 하지는 않았지만 지금까지 잘 먹힌 수법을 이제 와서 바꿀 리는 만무했다. 공중전화로 통화하고 이제 그 두 마리의 개 이름과 특징을 알아낸 다음에 나에게 다시 전화해야 한다.

그가 빨래방 전화기에서 전화를 하는 게 아니라고 잠깐 가정해 보자. 거리에 있는 전화기에서 전화를 하는데 집에서 멀리 떨어진 곳에 있는 전화기라 차를 가지고 나왔다고 추측하는 거다. 이제 그는 다시 차를 몰고 집으로 가서 주차하고 안으로 들어가서 루시아 란듀에게 개 이름을 물을 것이다. 그리고 다시 차를 타고 나와 또 다른 공중전화로 가서 그 정보를 나에게 전해줄 것이다.

나라면 그렇게 했을까?

글쎄, 아마도. 아마 그러지 않을 수도 있다. 시간도 절약하고 쉽게 일을 처리하기 위해 집에서 아이를 지키고 있는 파트너에게 전화를 할 수도 있다. 잠깐 아이 입에 물린 재갈을 빼고 대답을 들은 다음 그에게 전하라고 시키는 것이다.

여기에 콩 브라더스만 있었다면.

지미와 데이비드가 스누피 전화기에 모뎀을 꽂고 화장대에 컴퓨터를 설치해서 아이 방에 세팅을 해놓고 대기하고 있었더라면 좋았을 것을. 콩 브라더스는 루시아의 전화기를 사용해서 유리의 전화기를 감시하면서 누가 전화를 걸든 즉각 추적할 수 있었을 것이다.

만약 레이가 집으로 전화를 걸어서 그 개의 이름을 알아내려고 했다면 레이가 개 이름을 알아내기 전에 우리가 먼저 아이가 어디에 있는지 알아냈을 것이다. 그러면 레이가 우리에게 다시 전화하기도 전에 레이도 잡고 아이도 구출할 수 있었을 것이다.

하지만 여기엔 콩 브라더스가 없다. 선셋 파크에 있는 빨래방에서 누군가 공중전화를 쓰기를 기다리는 티제이밖에 없었다. 티제이가 내가 준 수고비의 절반을 투자해서 삐삐를 장만하지 않았더라면 그것마저도 없었을 것이다. 유리가 말했다.

"사람 환장하게 하는군. 꼼짝없이 앉아서 전화기만 쳐다보면서 벨이 울리길 기다려야 하니."

시간은 감질나게 흘렀다. 그 자식이 레이라는 분명한 확신이 생겼다. 이젠 그냥 이름으로 부를 만큼 진절머리 나게 익숙해진 그가 어떤 이유에선지 집으로 전화를 하지 않은 것은 확실했다. 집으로 차를 몰고 가는 데 10분, 아이에게서 답을 듣는 데 10분, 공중전화로 돌아와서 우리에게 전화를 거는 데 10분이 걸린다고 치자. 서둘렀다고 가정했을 때 그 정도였다. 담배라도 한 갑 사려고 가게에 들렀거나 아이가 의식이 없어서 깨우려고 한다면 계산은 또 달라지겠지만.

30분으로 잡자. 더 걸릴 수도 있고 덜 걸릴 수도 있지만 30분으로 잡자.

아이가 죽었다면 더 걸릴 수도 있었다. 아이를 유괴한 즉시 죽였다면, 아버지에게 전화를 하기 전에 죽였다고 한다면. 확실히 그 방법이 가장 간단하긴 했다. 도망갈 염려도 없고. 아이의 입을 다물게 하려고 걱정하지 않아도 된다.

만약 이미 아이가 죽었다면?

그들은 그렇다고 인정할 수 없을 것이다. 그러면 몸값은 사라진다. 캐넌에게서 40만 달러를 빼앗아 간 게 한 달도 되지 않았다. 딱히 궁한 상태는 아니겠지만 그렇다고 돈 욕심이 나지 않을 리 없다. 돈이란 가질수록 더 목마른 법인 것이다. 놈들이 돈 욕심이 없었다면 이런 납치를 꾸밀 리가 없다. 단지 스릴을 느끼기 위해서였다면 길거리에서 아무 여자나 낚아채는 게 낫다. 이렇게 영악하게 일을 꾸밀 필요가 없었다.

그래서 그들은 어떻게 할까?

뻔뻔하게 밀고 나갈 것이란 생각이 들었다. 아이가 말을 못 한다거나, 약을 먹고 의식이 혼미해져서 대답을 못한다는 변명을 늘어놓을 것이다. 아니면 가짜 이름을 지어서 그녀가 한 말이라고 주장할 것이다.

그러면 그자들이 허풍을 치고 있다는 걸, 루시아가 죽었다는 걸 십중팔구 확신할 수 있다. 하지만 사람들은 자신이 믿고 싶은 것을 믿는 법이다. 우리는 아이가 살아 있다는 실낱같은 가능성이라도 믿고 싶은 것이다. 그래서 몸값을 줄지도 모른다. 몸값을 치르지 않으면 그 가능성마저 사라지니까.

전화벨이 울렸다. 급히 전화기를 들었는데 어떤 얼간이가 잘못 건 전화였다. 끊었지만 30초 후에 다시 걸려왔다. 몇 번으로 걸었는지 물었다. 번호는 맞았지만 맨해튼으로 건 전화였다. 나는 그에게 지역 번호를 먼저 돌려야 한다는 것을 일깨워 줬다. 그가 말했다.

"아, 이런. 항상 이런다니까. 정말 죄송합니다."

유리가 말했다.

"나도 오늘 아침에 그런 전화를 받았어. 잘못 건 전화였지. 귀찮아 죽겠어."

나는 고개를 끄덕였다. 내가 그 얼간이를 제거하는 동안 레이가 전화를 했을까? 그랬다면 왜 다시 전화를 하지 않는 거지? 이제 전화를 쓰는 사람도 없다. 도대체 뭘 기다리는 걸까?

아마 증거를 요구한 게 실수였는지도 모르겠다. 처음부터 아이가 죽은 상태였다면 그걸 밝히라고 강요한 꼴밖에 되지 않는다. 허세를 부려 속여 넘기려고 하는 대신 레이는 유괴를 없었던 일로 하고 숨어 버리기로 작정을 한 건지도 모른다.

전화벨이 울릴 때까지 영원히 기다릴지도 모른다. 레이가 다시는 전화를 하지 않을 거니까.

유리가 옳았다. 앉아서 전화기를 쳐다보는 것은 사람을 돌게 만들었다. 이 처절한 기다림이라니.

어림잡아 30분이라고 예상했던 것에 비해 실제 전화가 걸려 올 때까지 걸린 시간은 12분이었다. 내가 전화를 받았다. 여보세요 라고 말하자 레이가 말했다.

"왜 당신이 이 게임에 끼어들었는지 아직도 궁금하군. 넌 마약상일 거야. 거물인가?"

난 그에게 상기시켜 줬다.

"대답해야 할 질문이 있을 텐데."

그가 말했다.

"이름을 좀 말해 봐. 내가 아는 이름일지도 몰라."

"내가 네 이름을 알아 볼 수도 있겠지."

그는 웃었다.

"아, 난 그렇게 생각하지 않는데. 왜 그렇게 서두르나, 친구? 내가 전화를 추적할까 봐 겁나나 보지?"

나는 팸을 조롱하고 있는 그를 떠올릴 수 있었다.

"하나를 골라, 패미. 하나는 네 거, 다른 하나는 내 거, 어느 쪽을 고를 거야, 패미?"

내가 말했다.

"내 돈 들어가는 것도 아니니 상관 안하겠어."

"그건 그래. 아, 알았어. 개 이름, 맞지? 어디 보자, 그 옛날 개 이름이 뭐더라? 피도, 타우저, 킹. 로버는 어때, 이런 이름들이 흔하잖아."

난 생각했다. 젠장, 아이는 죽었군.

"스팟은 어때? '달려, 스팟, 달려!' 로디지아 리지백에 잘 어울리는 이름이지."

353

지금 키우고 있는 개 이름 정도는 아이를 미행하면서도 알 수 있는 것이었다.

"개 이름은 왓슨이야."

"왓슨."

거실 건너편에 있던 큰 개가 귀를 쫑긋하면서 자세를 바꿨다. 유리가 고개를 끄덕이고 있었다.

"또 한 마리는?"

"정말 알고 싶은 것도 많지. 얼마나 더 알고 싶어?"

나는 기다렸다.

"개가 무슨 종인지는 모르더군. 어렸을 때 개가 죽었다면서. 개를 재워야 했다고 아이가 그랬어. 웃긴 표현이지, 그렇지 않나? 뭔가 죽일 때는 최소한 죽인다고 말할 용기가 있어야지. 이건 너무 비겁하잖아. 아직 듣고 있나?"

"듣고 있어."

"내 생각에 그 개는 잡종인 거 같아. 다들 그렇긴 하지만. 그 이름이 좀 말썽인데. 러시아 어라서 제대로 못 들었을 수도 있어. 자네는 러시아 어 좀 하나, 친구?"

"조금 녹슬었지."

"그것도 개 이름으로 좋군. 녹슬이, 아마 그걸지도 모르겠어. 자넨 정말 까다롭군, 친구. 유머 감각이 제로란 말이야."

"나라고 좋아서 듣고 있는 게 아니거든."

"아, 그랬단 말이지. 우린 아주 정다운 대화를 할 수도 있는데. 둘이 말이야. 아, 어쨌든 담에 하지 뭐."

"두고 보지."

"그렇게 될 거야. 개 이름을 알고 싶다고 했지? 그 개는 죽었다네, 친구여. 그러니 이름이 무슨 소용인가? 개에게 죽은 이름을 지어 주고, 죽은 개에게 형편없는 이름을 지어 주라고."

나는 기다렸다.

"내 발음이 정확하진 않을 거야, 발랄라이카."

내가 말했다.

"발랄라이카."

"악기 이름 같은 거라던데. 어때? 이런 말 들어 봤어?"

나는 유리 란듀를 봤다. 그는 미친 듯이 고개를 끄덕이고 있었다. 레이가 뭐라고 지껄이고 있었지만 들리지 않았다. 현기증이 나서 부엌 조리대에 몸을 기대지 않았다면 쓰러졌을 것이다.

아이가 살아 있었다.

# 19

레이와 통화를 끝내자마자 유리가 힘껏 나를 껴안았다.
"발랄라이카."
그는 마법의 주문이라도 외우는 것처럼 그 단어를 읊었다.
"살아 있어, 내 루시카가 살아 있어!"
문이 열리고 코리 형제와 함께 란듀의 부하인 대니가 들어왔을 때까지도 난 유리의 품 속에 있었다. 캐넌은 지퍼가 달린 구식 가죽 손가방을 들고 있었고 피터는 크로거(대형 식료품점—옮긴이)에서 주는 하얀 비닐 봉지를 들고 있었다.
유리가 말했다.
"루시카가 살아 있어."
"직접 통화했어요?"
그는 고개를 흔들었다.
"놈들이 개 이름을 말해 줬어. 루시카가 발랄라이카를 기억해

냈어. 내 새끼가 살아 있다니까."

아이의 생존 여부를 확인하는 질문을 하고 있을 때 돈을 걸으러 자리를 비웠던 캐넌 형제가 이 말을 듣고 얼마나 이해했을지 모르겠지만 요점은 파악한 게 분명했다. 캐넌이 말했다.

"이제 100만 달러만 있으면 되는군요."

"돈은 언제든 구할 수 있지."

"맞아요."

캐넌이 말했다.

"사람들은 모르고 있지만 그 말이 맞아요."

그는 가죽 가방을 열어서 종이로 싼 지폐 뭉치를 꺼내 마호가니 테이블 위에 여러 줄로 세우기 시작했다.

"좋은 친구들을 뒀더군요, 유리. 그 친구들이 대부분 은행과 별로 안 친한 덕도 봤고. 사람들은 국가 경제가 얼마나 많은 현금에 의존하고 있는지 깨닫지 못하고 있어요. 현금이란 말을 들으면 대부분 마약이나 도박만 떠올리죠."

피터가 말했다.

"그래봤자 빙산의 일각인데."

"맞아. 검은 돈만 생각해선 안 돼. 세탁소, 이발소, 미용실을 생각해 봐. 현금을 받는 곳이라면 어디든 이중장부를 가지고 버는 돈의 절반만 국세청에 신고하고 있어."

피터가 말했다.

"커피숍을 생각해 보라고. 유리, 당신이 그리스 인이었더라면 좋았을 텐데."

"그리스 인? 왜?"

"그리스에는 길모퉁이마다 커피숍이 하나씩 있잖아요, 그렇죠? 그런 커피숍에서 한 번 일해 본 적이 있어요. 나랑 같은 조에 직원이 모두 열 명 있었는데 그 중 여섯 명이 현금으로 월급을 받았어요. 왜 그랬냐고요? 가게에 소득 신고하지 않은 현금이 많은데 장부상 경비 계산이 맞아야 했으니까요. 버는 돈의 30퍼센트만 신고해도 정말 양심적인 거죠. 케이크에 올리는 프로스팅(설탕 장식—옮긴이) 알죠? 케이크 하나 팔 때마다 거기에 8.25퍼센트의 판매세를 세금으로 때려요. 하지만 소득세를 70퍼센트나 뺑땅치고 있는데 판매세라고 제대로 내겠어요? 그래서 그것도 슬쩍하죠. 세금 한 푼 안내고 돈을 긁어 모으는 거죠."

유리가 말했다.

"그리스 인만 그런 건 아니지."

"그렇죠. 하지만 그리스 인들의 탈세는 거의 예술의 경지예요. 그리스 인이 하는 커피숍을 스무 군데만 털어 봐요. 거기 금고나 침대 매트리스 밑에, 아니면 장롱 판자 사이에 5만 달러쯤 없을 거라고 생각해요? 스무 군데만 털면 100만 달러가 나와요."

"하지만 난 그리스 인이 아니야."

캐넌은 그에게 아는 다이아몬드 상인이 없냐고 물었다. 캐넌이 말했다.

"그 사람들도 현금이 많은데."

많은 보석상들이 약식 차용 증서를 많이 가지고 있다고 피터가 말했다. 캐넌은 현금을 쟁여 놓은 다이아몬드 상인이 어딘가 있을 거라고 했지만 유리는 아는 곳이 하나도 없으니까 포기하라고 말했다.

나는 입씨름을 계속 하게 놔둔 채 다른 방으로 갔다.

나는 티제이와 통화하기 위해 콩 브라더스가 캐넌의 전화번호로 걸려 온 번호를 다 적어 놓은 종이를 꺼냈다. 빨래방 전화번호를 발견했지만 잠시 망설였다. 티제이가 알고서 전화를 받을까? 빨래방에 사람들이 많은데 티제이가 전화를 받아서 정체가 드러나는 건 아닐까? 그리고 레이가 전화를 받는다면? 그럴 가능성은 희박하지만……

그러다 나는 더 간단한 방법이 있다는 걸 기억해냈다. 내게 전화하도록 티제이를 호출하면 된다. 난 구제 불능의 기계치였다. 편리하고 새로운 방식으로는 결코 생각하지 못한다.

노트에 적어 놓은 티제이의 삐삐 번호를 찾아냈지만 다이얼을 돌리기도 전에 전화벨이 울렸다. 티제이였다.

"그 남자가 방금 여기 있었어요."

티제이가 흥분한 목소리로 말했다.

"방금 이 전화를 썼어요."

"다른 사람이었을 거야."

"그럴 리 없어요, 아저씨. 그 남자를 보면 대번에 나쁜 놈이란 느낌이 온단 말이에요. 방금 그 남자랑 통화하지 않았어요? 이 남자가 지금 아저씨랑 통화하는구나 하는 느낌이 들었단 말이에요."

"그랬어. 하지만 끊은 지 10분도 넘었다. 15분 쯤 됐을걸."

"맞아요, 대강 그 때쯤이었어요."

"그럼 그때 전화하지 그랬어."

"그럴 수 없었어요. 그 남자를 미행해야 했으니까."

"그 남자를 따라갔어?"

"그럼 어쩔 거라고 생각했어요? 그 자식이 오는 걸 보고 냅다 토낄 거라고 생각했어요? 뒤에 딱 붙진 않고 나가자마자 한 1분 있다가 뒤따라 나왔죠."

"위험해, 티제이. 그 자식은 살인자야."

"아저씨, 내가 그 정도에 겁먹을 것 같아요? 난 살인자들이 우글거리는 듀스에 산단 말이에요."

"그 남자는 어디로 갔니?"

"왼쪽으로 돌아서 모퉁이로 걸어갔어요."

"49번가구나."

"그러다 길 건너 반대편에 있는 식당으로 갔어요. 안으로 들어가서 1~2분 쯤 있다가 다시 나왔어요. 거기 오래 있지 않았으니까 샌드위치를 샀다거나 그러진 않았을 거예요. 여섯 개들이 맥주 한 팩을 샀을 수도 있어요. 그 정도 크기의 봉투를 들고 나왔으니까."

"그리고 어디로 갔지?"

"온 길로 돌아갔죠. 그 자식이 바로 내 옆을 지나쳐서 다시 5번 애비뉴로 간 다음에 곧장 빨래방으로 가더라고요. 내가 생각했죠. 젠장, 거기로 다시 따라 들어갈 수는 없잖아. 그 자식이 전화를 다 할 때까지 밖에서 기다려야 했어요."

"여기에는 다시 전화하지 않았는데."

"아무데도 전화하지 않았어요. 왜냐면 빨래방에 들어간 게 아니니까. 차를 타고 가 버렸어요. 차에 타기 전까진 차가 있는 것도 몰랐어요. 빨래방 반대편에 주차되어 있었는데 내가 앉아 있는 자리에서는 볼 수가 없었죠."

"차야, 아니면 트럭이야?"

"차라고 그랬잖아요. 놓치지 않으려고 했지만 방법이 없었어요. 반 블록쯤 떨어져서 쫓아가고 있었는데 빨래방으로 가길래 들키지 않으려고 더 거리를 뒀죠. 그랬더니 차에 타고 부리나케 가 버리는데 방법이 없었어요. 내가 모퉁이에 갔을 때는 이미 사라져 버렸어요."

"그 남자는 잘 봐 뒀겠지."

"그 남자? 네, 봤어요."

"다시 보면 알아볼 수 있겠니?"

"아저씨, 아저씨는 엄마를 알아볼 수 있어요? 무슨 질문이 그래요? 그 남자는 180센티미터 키에 85킬로그램 정도 몸무게로 옅은 갈색 머리에 갈색 뿔테 안경을 썼어요. 까만 가죽 구두를 신고 파란색 바지와 재킷을 입었고요. 진짜 허접한 남방을 입었는데요, 파란색과 하얀색 체크무늬였어요. 다시 알아볼 수 있냐고요? 아저씨, 초상화라도 그릴 수 있어요. 아저씨가 말하던 그 화가를 붙여 주면 사진보다 더 완벽한 그림이 나올 걸요."

"감동이다, 티제이."

"그래요? 차는 파란색과 회색이 섞인 혼다 시빅인데 좀 낡았어요. 거기 타기 전까진 집까지 미행하려고 했는데. 그 남자가 누굴 납치한 거죠, 그죠?"

"그래."

"누구?"

"14살짜리 여자아이."

"쌍놈의 새끼. 그럴 줄 알았으면 좀 더 가까이 붙을걸. 더 빨리 달릴 걸 그랬어요."

"그만하면 잘한 거야."

"이젠 근처를 한 바퀴 돌아볼게요. 어디다 차를 주차시켰는지 한 번 찾아보죠."

"할 수 있으면 그렇게 해 줘."

"번호를 봐 뒀어요. 혼다는 많겠지만 같은 번호를 가진 혼다는 많지 않겠죠."

그가 불러 주는 번호를 받아 적은 다음 나는 그를 칭찬하기 시작했다. 그는 나의 열성적인 공치사를 중단시켰다.

"아저씨."

그는 조금 화난 목소리로 말했다.

"얼마나 더 이럴 거예요, 내가 뭔가 제대로 할 때마다 미친 듯이 감탄하는 짓 좀 그만 둬요."


"돈을 다 준비하려면 시간이 좀 걸려요."

그가 다시 전화했을 때 내가 말했다.

"당신이 워낙 거액을 요구했고 이 시간에 그만한 돈을 준비하는 건 쉽지 않소."

"몸값을 깎자는 수작은 아니겠지?"

"그렇지 않소. 하지만 다 받으려면 인내심을 발휘해야 할 거요."

"지금 얼마나 있지?"

"세보지 않았소."

"한 시간 있다 전화하지."

"이 전화기를 쓰셔도 됩니다. 한 시간 동안은 전화를 하지 않을 거예요. 이제 얼마나 모았죠?"

나는 유리에게 물었다.

"40만이 조금 못 돼요. 절반도 안 되네."

캐넌이 대신 대답했다.

"턱없이 부족하군요."

"그럴까요. 그렇다고 그 자식들이 아이를 어디 팔아넘기겠어요? 그 자식에게 이게 우리가 가진 전부니까 갖든지 말든지 맘대로 하라고 하면 뭐라고 할까요?"

캐넌이 말했다.

"문제는 그 자식이 무슨 짓을 저지를지 모른다는 겁니다, 캐넌."

"아, 그 자식이 미친놈이라는 걸 자꾸 까먹어요."

"그 놈은 아이를 죽일 이유를 찾고 있어요."

유리 앞에서 이런 말을 하고 싶지 않았지만 확실하게 인지시켜야 했다.

"바로 그래서 이 사단을 벌인 거요. 놈들은 살인을 즐기고 있소. 돈을 받을 수 있는 한 아이를 살려 두겠지만 도망갈 수 있다고 생각하거나 돈을 받을 가능성이 없다고 생각하는 바로 그 순간 아이를 죽일 거요. 그러니 반밖에 없다고 말하고 싶지 않아요. 차라리 그냥 50만 달러라도 가져가서 100만 달러라고 뻥을 치고 아이를 찾을 때까지 돈을 세어 보지 않기를 빌겠소."

캐넌은 찬찬히 내 말을 생각했다.

"문제는 그 망할 놈이 이미 40만 달러가 어떻게 생겼는지 안다는 겁니다."

"돈을 더 걸을 수 있는지 봅시다."
나는 그렇게 말하고 스누피 전화기를 쓰기 위해 침실로 갔다.

교통 관리국에 내가 아는 전화번호가 하나 있었다. 내 배지 번호를 대고 조회하고 싶은 자동차 번호를 말하면 거기에서 관련 정보를 찾아서 알려 주곤 했다. 이젠 그 번호가 기억나지도 않지만, 설사 난다고 해도 이미 오래전에 없어졌을 것이다. 교통 관리국으로 등록된 번호로 전화를 해도 아무도 받지 않았다.

더킨에게 전화를 했지만 자리에 없었다. 켈리도 자리에 없었다. 하긴 켈리를 삐삐로 호출해서 통화가 된다고 해도 날 도와줄 수 없으니 전화할 필요가 없었다. 나는 더킨에게 갓스카인드 파일을 받으러 경찰서에 갔을 때 옆 자리에 앉은 벨라미가 컴퓨터 단말기에 대고 혼잣말을 하고 있었던 것을 기억해냈다.

미드타운 노쓰 경찰서로 전화를 하자 그와 통화를 할 수 있었다.
"매튜 스커더입니다."
"아, 그러시군요. 안녕하세요? 조는 자리에 없는데요."
"괜찮아요. 부탁이 하나 있어서요. 친구랑 차를 타고 가는데 혼다 시빅을 타고 가던 어떤 작자가 내 친구 차의 펜더를 치고는 그냥 내빼 버렸어요. 정말 황당했죠."
내가 말했다.
"이런. 차 사고가 났단 말이죠? 그 놈 참 겁 대가리 없는 놈이네, 범죄 현장에서 그런 식으로 뺑소니 치다니. 술이나 마약을 했을 것 같군요."
"그랬을 거 같아요. 그래서……"

"번호판을 봤어요? 내가 찾아봐 줄게요."

"정말 고마워요."

"별 거 아닌데요 뭘. 그냥 컴퓨터에 물어보면 되는데. 잠깐만요."

나는 기다렸다.

"빌어먹을."

그가 말했다.

"뭐 문제가 있나요?"

"글쎄, 교통 관리국 데이터베이스로 들어가는 비밀 번호가 변경됐네요. 하던 대로 번호를 쳤더니 들어갈 수가 없어요. 계속 비밀번호가 일치하지 않는다고 뜨네요. 내일 다시 전화를 주시면 확실히……."

"오늘 밤에 알아냈으면 하는데. 그 자식이 술이 깨기 전에요, 내 말 아시겠죠?"

"아, 그렇죠. 도와 드릴 수만 있다면……."

"혹시 전화 걸어서 물어볼 곳은 없나요?"

"아."

그는 감정이 서린 목소리로 대답했다.

"기록과에 여직원이 하나 있긴 한데 말해 줄 수 없다고 할 겁니다. 워낙 깐깐한 여자라서."

"그 여자에게 5급 비상령이라고 말해 보세요."

"뭐라고요?"

"그냥 그 여자에게 5급 비상령이라고만 하세요. 그리고 클리블랜드까지 시스템이 모두 다운되기 전에 그 비밀 번호를 알려주는 게 좋을 거라고 말해 봐요."
"그런 말은 못 들어 봤는데. 잠깐만요. 한번 해 보죠."

나는 잠시 그를 기다렸다. 방 맞은편에는 마이클 잭슨이 흰 장갑을 낀 손가락 사이로 날 훔쳐보고 있었다. 벨라미가 다시 돌아와서 말했다.
"와, 정말 끝내주는데요. 이 5급 비상령이라는 거. 그 여자가 찍소리도 못하더군요. 곧장 비밀 번호를 알려 주던데요. 자, 입력해 볼까요. 나왔어요. 그 자동차 번호가 뭐라고 했죠?"

난 그에게 티제이가 알려준 번호를 불러 줬다.
"어디 봅시다. 오케이, 금방 나오는군요. 차량은 88년형 혼다 시빅으로 문이 두 개고 백랍색…… 백랍색? 이런, 회색이라고 하면 어디가 덧나나? 뭐 상관할 바는 아니지만. 차량 소유주는…… 연필 있어요? 캘린더, 레이몬드 조셉."

그는 성의 철자를 불러줬다.
"주소는 페넬로페 애비뉴, 34번지. 퀸즈에 있다는데 퀸즈 어디라는 거지? 페넬로페 애비뉴라고 들어 봤어요?"
"금시초문인데요."
"흠, 난 퀸즈에 사는데도 새롭군요. 잠깐만요, 여기 우편 번호가 있어요. 1, 1, 3, 7, 9. 거기라면 미들 빌리지 아닌가? 페넬로페 애비뉴는 들어 본 적이 없는데."
"내가 찾아보죠."
"아, 그러세요. 직접 잡고 싶으시겠죠. 다친 사람이 없어야 하는데."

"다친 사람은 없어요. 차체만 조금 망가졌죠."

"뺑소니 친 놈은 확실하게 잡아넣으세요. 그런데 신고하면 당신 친구 보험료도 올라갈 텐데. 당사자들끼리 해결하는 게 최선일 거예요. 물론 그 점도 생각하고 계시겠지만, 그렇죠?"

그는 킬킬 웃었다.

"5급 비상령이라. 그 말을 했더니 그 여자가 꽁지에 불이 붙은 것 마냥 쩔쩔매는데. 신세 한 번 크게 졌습니다."

"별 것도 아닌데요 뭐."

"아니, 진심이에요. 그 여자 때문에 열 받은 적이 한두 번이 아닌데, 앞으로는 편하게 일하겠어요."

"정말 신세졌다고 생각한다면……"

"말해 봐요."

"그 차주에게 혹시 전과가 있는지 알아볼 수 있을까요, 그 캘린더라는 양반."

"그건 누워서 떡먹기죠. 5급 비상령을 들먹일 필요도 없고. 비밀 번호를 알고 있어요. 잠깐 기다려요. 아, 없군요."

"깨끗해요?"

"뉴욕 주 기록만 보면 모범 시민이군요. 5급이라. 그런데 도대체 그게 무슨 뜻이죠?"

"많이 알려고 하면 다치는 수가 있죠."

"그렇군요."

"어려운 일이 생기면."

나도 모르게 말이 나왔다.

"그냥 상대방에게 5급 비상령은 현 명령 체제보다 상위 명령이라는 것만 일깨워주세요."

"상위 명령이라는 점을 일깨워 주란 말이죠."

"그렇죠."

"상위 명령이라……."

"그래요. 하지만 일상 업무에는 써 먹지 말아요."

"아, 물론이죠. 약발이 없어지면 안 되죠."

잠시 동안 난 그자를 잡았다고 생각했다. 이름도 알았고 주소도 알아냈다. 그러나 아뿔싸, 그 주소는 내가 찾는 주소가 아니었다. 그자들은 브루클린의 선셋 파크 어딘가에 있는데 내가 받은 주소는 퀸즈의 미들 빌리지였다.

퀸즈 정보국에 벨라미에게 받은 번호로 전화를 했다. 전화기에서 삑 소리가 나더니 내가 건 번호는 통화정지 되었다는 내용의 녹음된 목소리가 흘러나왔다. 다시 한 번 정보국에 전화를 해서 상황을 설명했다. 교환원이 체크하더니 최근에 그 번호가 해지돼서 아직 전화번호부에서 삭제되지 않았다고 설명했다. 나는 새 번호가 있는지 물었다. 새 번호는 없다는 대답이 나왔다. 언제 전화가 해지됐는지 묻자 알려 줄 수 없다고 했다.

나는 브루클린 정보국으로 전화를 해서 레이몬드 캘린더나 R 캘린더나 RJ 캘린더라는 이름으로 된 전화번호를 문의했다. 교환원이 성을 다른 방식으로 쓰는 방법도 있다고 하면서 내가 생각할 수 있는 것보다 더 많은 경우를 조사해 줬다. 그런 식으로 해서 R 캘린더라는 이름으로 주소 두 개가 나왔고 RJ 캘린더라는 이름으로 한 개가 더 나왔다. 다들 엉뚱한 곳에 있었는데 하나는 그린포

인트에 있는 메서롤에 있었고 다른 하나는 브라운스빌에 있었다. 선셋 파크 근처에 있는 곳은 하나도 없었다.

김새는 일이었지만 사건 전체가 처음부터 이런 식이었다. 계속 질질 끌려 다니면서 결국엔 별다른 소득도 거두지 못할 단서만 찾아냈다. 팸 캐시디를 찾아낸 것이 좋은 예였다. 천신만고 끝에 살아 있는 증인을 찾아냈더니만 결국에는 경찰이 3건의 미해결 살인 사건을 취합해서 하나의 사건으로 통합하고 수사를 재개한 것밖에 없었다.

팸이 그 자의 이름은 기억해 냈다. 이제 내가 티제이와 벨라미의 도움을 받아 거기에 맞는 성과 가운데 이름을 찾아냈다. 주소도 있었지만 전화가 해지된 시기에 맞춰 주소도 유명무실해졌을 것이다.

그를 찾는 게 그렇게 어렵진 않을 것이다. 목표물을 알아냈을 때는 찾기 쉽다. 날이 밝을 때까지 기다린다면, 시간을 며칠 더 들이면 놈을 잡을 수 있다. 그럴 만한 충분한 정보를 확보했다.

하지만 시간이 없다. 지금 당장 찾아야 했다.

거실에서 캐넌은 통화 중이었고 피터는 창밖을 보고 있었다. 유리는 보이지 않았다. 피터에게 가자 유리가 돈을 더 모으기 위해 나갔다고 했다.

"돈을 보고 있을 수가 없어요."

그가 말했다.

"공황 발작을 일으킬 것 같아요. 심장 박동이 빨라지고 손에 식은 땀이 차고 기분도 불쾌해요."

"두려워요?"

"두렵냐고요? 모르겠어요. 그냥 이런 분위기에서는 마약이 땡겨요. 그게 다예요. 지금 단어 연상 퀴즈를 풀어라 하면 묻는 족족 헤로인이라고 답할 거예요. 로르샤흐 테스트(잉크의 얼룩 같은 무의미한 무늬를 해석시켜 사람의 성격을 알아내는 시험—옮긴이)를 하면 모든 잉크 얼룩이 뽕쟁이가 정맥에 주사기를 꽂고 있는 모습으로 보일 거예요."

"지금 마약을 하는 것도 아니잖아요, 피터."

"엎어치나 메치나 그게 그거 아닌가요? 곧 하게 될걸요. 시간 문제죠. 여기 장관이죠?"

"바다 말이오?"

그는 고개를 끄덕였다.

"바다가 보이는 곳에 산다면 좋겠어요. 예전에 사귀던 여자 친구가 점성술에 빠져 있었는데 나는 물 기운이 강하다고 하더군요. 그런 거 믿어요?"

"글쎄요."

"내 기운이 물로 이루어져 있다는 말은 맞아요. 다른 건 별로 좋아하지 않아요. 비행기 타는 것도 싫고. 화장 당하거나 땅에 묻히는 것도 싫어요. 하지만 바다는 모든 것을 품어 주죠, 그런 말 들어 봤어요?"

"그런 거 같소."

"저기 밖에도 바다가 있어요. 강이나 만이 아닌 바다가. 지금은 잘 안 보이지만. 아무것도 없이 물만 저 먼 곳까지 흐르고 있죠. 난 바다를 보고만 있어도 정화되는 기분이 들어요."

나는 그의 어깨를 두드려 주고 바다를 혼자 보도록 놔뒀다. 캐 넌이 막 통화를 끝내기에 얼마나 모았는지 물었다. 그가 말했다.

"50만 조금 안 돼요. 내가 아는 곳은 모두 전화로 부탁했고 유리도 그러고 있어요. 더 모을 수 있을 것 같진 않아요.

내가 부탁할 만한 친구라곤 하나밖에 없는데 지금 아일랜드에 있어요. 제발 이 돈이 100만 달러처럼 보여야 할 텐데, 그것만 바래야겠군요. 그자들이 언뜻 봐서 속아 넘어갈 정도만 있으면 될 것 같은데.

여기다 공기를 좀 넣으면 어떨까요? 100달러짜리 뭉치 하나마다 다섯 장씩 빼면 몇 뭉치를 더 만들 수 있을 거예요."

"그 자리에서 아무 뭉치나 집어서 세 보지만 않는다면 그것도 괜찮은데."

"예리한 지적이군요. 그냥 보기엔 내가 놈들에게 준 돈보다 훨씬 많아 보이긴해요. 난 모두 100달러짜리로 줬는데 이건 50달러 지폐가 4분의 1 들어갔어요. 실제 액수보다 더 많아 보이게 하는 방법이 하나 있긴 한데."

"종이 다발을 끼우자는 건가요?"

"1달러 지폐를 쓸까 생각 중이었어요. 종이랑 색깔이랑 다 같은데 액면 가격만 다르잖아요. 100달러 지폐를 50장씩 한 다발로 묶으면 5000달러죠. 그걸 맨 위와 바닥은 10장씩 100달러 지폐로 깔고 중간에는 1달러 지폐로 30장을 채워요. 그럼 5000달러 대신 5000달러처럼 보이는 2000달러 조금 넘는 돈을 받는 거죠. 부채처럼 쫙 펴도 파란 배춧잎만 보일 거예요."

"그래도 문제는 같아요. 돈 다발 중 하나를 세 보지 않아야 통하지. 그렇게 해서 약속했던 액수가 아니란 걸 그 자리에서 알아 버리면 손쓸 여지도 없이 수 쓰려고 한 게 들통 나잖아요. 상대방이 처음부터 미친놈들인데다 사람을 못 죽여서 안달난 놈들인데. 그럼 아이를 죽이고, 짠, 파토 나는 거예요. 그러니 눈에 띄는 수법은 쓸 수 없어요. 꼼수 쓴 것처럼 보이면……."

그는 고개를 끄덕였다.

"감정적으로 반응하겠죠. 돈을 세지 않을 수도 있어요. 50달러와 100달러를 섞어 놓고 5000달러를 한 뭉치로 만들어서 그런 뭉치가 50개면 50만 달러가 되잖아요? 만약 그게 100달러짜리라면 다하면 120개나 130개쯤 되나요?"

"그 정도 되는 것 같군요."

"난 모르겠어요, 당신이라면 세겠어요? 마약 거래로 받은 돈이라면 세겠죠. 시간이야 남아도니까. 발 쭉 펴고 앉아서 돈을 세고 물건을 검사해 보겠죠. 거물급 마약상들이 돈을 어떻게 세는 줄 알아요? 거래 한 번 할 때마다 100만 달러 넘게 버는 치들은 어떻게 세는지 알아요?"

"은행에서는 손으로 세는 것만큼 빠르게 돈 세는 기계가 있다던데."

"가끔 그 기계도 써요. 하지만 주로 무게를 달죠. 돈 액수에 따라 무게가 얼마나 나가는지 아니까 무게를 재죠."

"토고에 있는 당신 친척들은 그런 식으로 하나 보죠?"

그는 그 생각을 하면서 웃었다.

"아뇨, 거긴 또 달라요. 거기선 일일이 다 세죠. 거기선 사람들이 다 느긋해요."

전화벨이 울렸다. 우리는 서로를 마주보았다. 전화를 건 사람은 유리였다. 그는 카폰으로 전화를 걸었다고 했다. 전화를 끊었을 때 캐넌이 말했다.

"전화벨이 울릴 때마다……."

"알아요. 나도 같은 생각을 하니까. 당신이 나가 있을 때 잘못 걸린 전화를 받았어요. 그 남자는 맨해튼에 전화를 할 때 212 지역 번호를 먼저 눌러야 한다는 걸 두 번이나 잊어 먹더군요."

"그럴 땐 짜증 제대로 나죠. 어렸을 때 우리 집의 전화번호가 프로스팩트와 플랫부시 사이에 있는 피자 가게의 전화번호와 한 자리가 달랐어요. 우리가 얼마나 많은 피자 주문을 받았을지 상상할 수 있겠죠."

"정말 귀찮았겠군요."

"부모님은 그랬지만 나와 형은 신났죠. 장난으로 주문을 많이 받았어요. '치즈 반에 페퍼로니 반이라고요? 멸치는 넣지 말고요? 알겠습니다. 금방 갑니다.' 그리고 엿 먹어라 였죠. 남이야 굶든 말든. 정말 악동들이었어요."

"피자 가게에서 애먹었겠군요."

"아, 그랬죠. 요즘에는 별로 그런 전화가 없었는데……. 언제 그런 전화를 받은 줄 알아요? 프랜신이 납치되던 날이었어요. 그날 아침에 하느님이 메시지를 보내신 것 같아요. 일종의 경고가 아니었을까. 아, 그녀가 당한 일을 생각하면 끔찍해요. 아이는 또 어떤 일을 당하고 있을지."

"그자의 이름을 알아냈소, 캐넌."

"누구 이름?"

"전화 건 작자. 그 무식하게 성질내는 놈하고 느물느물한 악당 이인조 중에 무식한 놈 말고. 주로 통화하는 놈 있잖소."

"레이라고 전에 말했잖아요."

"레이 캘린더. 퀸즈에 있는 그 자식의 옛날 주소도 알아냈소. 그 자식이 타는 혼다의 번호도 알고."

"트럭인 줄 알았는데."

"문 두 개가 달린 시빅도 있어요. 우리가 놈을 잡을 거요, 캐넌. 오늘 밤은 아닐지 모르지만 잡게 될 거요."

"잘 됐군요."

그가 천천히 말했다.

"하지만 있잖아요, 알다시피 난 내 아내 때문에 이 일에 뛰어들었고 당신도 고용했죠. 그러다 여기까지 오게 됐지만 지금으로선 아무래도 좋아요. 지금은 아이가 최우선이에요. 이 루시안지, 루시카인지, 루드밀라인지, 이름도 헷갈리고 얼굴도 모르는 아이지만 지금은 그 애가 제일 중요해요. 지금은 아이를 찾아야겠다는 생각밖에 없어요."

고맙소. 난 생각했다.

흔히 하는 말처럼 악어가 꽉 찬 늪에 있을 때는 늪의 물을 빼기 위해 거기 들어갔다는 애초의 목적을 잊어 먹기 십상이다. 지금으로서는 그 두 악당이 선셋 파크에 숨어 있다는 것도 중요하지 않았다. 그 놈들을 오늘 밤 아니면 내일, 아니면 결코 찾지 못한다 해도 상관없었다. 아침이 오면 난 그간 밝혀낸 모든 것을 존 켈리에게 넘겨주고 그가 사건을 맡도록 할 것이다. 누가 레이를 잡을 것인지, 그가 15년 형이든 25년 형이든 종신형이든간에 얼마나 긴 감옥살이를 하게 될지, 혹은 어딘가 뒷골목에서 캐넌 코리나 나의 손에 죽게 될지 아무튼 그런 것들은 아무 상관없었다. 돈을 가지고 가든, 맨몸으로 무사히 도망치든 개의치 않았다. 내일 밤엔 중요해질지도 모르지만 오늘 밤에는 상관없었다.

이제 모든 게 분명해졌다. 사실 처음부터 그랬어야 했는지도 모른다. 아이를 찾는 것이 급선무다. 다른 것은 중요하지 않았다.

유리와 대니는 8시가 조금 못 돼서 돌아왔다. 유리는 양손에 항공 여행 가방을 들고 있었는데 가방에는 합병으로 사라진 한 항공사의 로고가 찍혀 있었다. 대니는 쇼핑백을 들고 있었다.

"드디어 게임이 시작됐군."

캐넌이 감탄하자 피터가 박수를 쳤다. 난 박수는 치지 않았지만 같은 심정이었다. 다른 사람이 보면 우리가 그 돈을 가지는 거라고 생각했을 것이다. 유리가 말했다.

"캐넌, 이리 좀 와 보게. 이걸 좀 봐 줘."

그는 항공 가방 하나를 열어서 내용물을 쏟아 냈는데 100달러 지폐를 밴드로 묶은 지폐 다발로 모두 체이스 맨해튼 은행 상표가 찍힌 종이끈으로 묶여 있었다. 캐넌이 말했다.

"기가 막히네. 도대체 어떻게 한 거죠, 유리? 불법 인출이라도 했어요? 이 시간에 털어가라고 문을 연 은행이 있었어요?"

유리는 그에게 지폐 한 뭉치를 내밀었다. 캐넌은 종이끈 너머로 그 지폐를 넘겨 보고 맨 위에 있는 지폐를 바라보다 말했다.

"볼 필요도 없을 것 같은데. 그렇죠? 만약 이 돈이 진짜 돈이었다면 보라고도 하지 않았을 테니까. 위조죠, 그렇죠?"

그는 자세히 들여다보면서 지폐를 엄지손가락으로 꾹욱 눌러

봤다가 다른 지폐를 봤다.

"짝퉁이군."

그가 확인했다.

"하지만 정말 정교하군요. 모두 일련번호가 같나요? 아니네, 이건 다르군."

"일련번호는 세 개가 있어."

유리가 말했다.

"은행이라면 통과할 수 없었을 텐데. 거긴 스캐너가 있잖아요. 스캐너로 읽어서 금방 찾아내죠. 그것만 빼면 내 눈엔 완벽해 보이는군요."

그는 지폐 한 장을 꺼내서 구겼다가 다시 펴서 눈을 가늘게 뜨고 불빛에 비춰 봤다.

"종이 질도 좋군. 잉크도 괜찮고. 상태가 좋은 중고 종이를 사용해서 커피 찌꺼기에 담갔다가 세탁기에 돌렸을 거야. 얼룩도 없으면서 재질이 더 부드러워지라고. 매튜도 볼래요?"

나는 내 지갑에서 진짜 지폐(진짜 지폐라고 굳게 믿고 있는)를 하나 꺼내서 캐넌이 건넨 지폐와 비교했다. 내가 보기엔 위조지폐에 있는 프랭클린이 덜 점잖고 조금 더 경박해 보였다. 하지만 평상시에 이 지폐를 받았더라면 전혀 의심하지 못했을 것이다.

캐넌이 말했다.

"좋아요. 할인율이 얼마죠?"

"양이 많아서 60퍼센트 할인 받았어. 달러당 40센트 줬지."

"비싸군요."

"물건이 좋으니 그만한 값을 치러야지."

유리가 말했다.

"그건 그래요. 마약보다 더 깨끗하고. 위조를 한다 해도 남에게 피해줄 일도 없잖아요?"

"화폐 가치가 하락하잖아."

피터가 말했다.

"정말 그럴까? 그래봤자 새 발의 피야. 금융 기관 하나 망하면 20년 위조한 양보다 더 화폐 가치가 떨어지게 돼."

"이건 빌린 거야. 돌려주면 공짜야. 돌려주지 못하면 달러당 40센트를 지불해야 해."

유리가 말했다.

"괜찮은 조건이군요."

"내 사정을 봐준 거지. 그런데 놈들이 과연 알아볼까. 눈치 까면……."

"모를 거예요. 어두운 곳에서 급하게 볼 텐데. 위조지폐라고는 상상도 못할걸. 은행에서 발행한 끈을 가져오니 정말 진짜 같네요. 거기서 이것도 만드나요?"

내가 말했다.

"그렇지."

"이걸 다시 싸죠. 체이스 맨해튼 은행에서 준 지폐 끈은 그대로 쓰고 포장해 놓은 지폐 뭉치에서 지폐를 6장씩 꺼내서 진짜 지폐를 위에 3장, 바닥에 3장 깔아요. 얼마나 가져왔죠, 유리?"

내가 말했다.

"짝퉁이 25만 달러. 친구 놈에게서 대니가 빌려온 게 6만 달러."

나는 셈을 했다.

"그럼 대략 80만 달러 정도 모았어요. 그 정도면 충분해요. 이제 일을 치러도 될 것 같아요."

"오, 신이시여."

유리가 말했다.

피터는 위조지폐 다발의 끈을 벗긴 후 서서 지폐를 넘겨 보다가 고개를 흔들었다. 캐넌은 의자를 바싹 당겨 앉아서 뭉치에서 지폐를 6장씩 꺼내기 시작했다.

전화벨이 울렸다.

20

"슬슬 피곤해지는군."
그가 말했다.
"나도 마찬가지요."
"이건 해도 너무 하지 않나. 형씨도 알겠지만 마약상은 여기 말고도 많고 마누라나 딸래미가 있는 마약상도 많다구. 아무래도 그냥 칼질 해 버리고 빠지는 게 나을 것 같아. 다음번 고객은 좀 더 고분고분하겠지."
유리가 항공 가방 두 개에 위조지폐를 잔뜩 넣어 가지고 돌아온 후 세 번째로 하는 통화였다. 그는 30분 간격으로 전화했다. 처음에는 먼저 거래 조건을 내걸었다가 그 다음부터는 내가 하는 모든 제안에 사사건건 꼬투리를 잡고 있었다.
"다음번 고객이 우리의 칼 솜씨를 알면 아주 협조적으로 나올 걸. 루시아를 한 입 크기로 썰어 줄게, 친구. 그리고 다른 곳을 알아봐야겠어."

"나도 협조하고 싶어."

"행동으로 보여야지."

"직접 만나야 해. 자넨 돈을 검사하고 우린 아이가 괜찮은지 확인해야 하니까."

"그 다음엔 당신네들이 우리를 치겠지. 만나는 장소에 똘마니들을 심어 놓았을 지도 모르잖아. 무장까지 한 똘마니들이 몇이나 덤빌지 내가 어떻게 아냐고. 우리 쪽수가 절대적으로 딸려."

"하지만 당신도 만만치 않아. 아이 목숨을 쥐고 있잖아."

난 반박했다.

"목구멍에 칼을 대고 있을 거야."

"원한다면 그렇게 해."

"턱 밑에 칼날을 바짝 대 주지."

"그리고 우리가 돈을 가져오는 거지."

나는 계속 설명했다.

"당신 그룹의 한 명이 아이를 잡고 있는 동안 다른 한 사람은 돈이 제대로 왔는지 확인하고. 그 다음에 하나가 돈을 차에 가져다 두는 동안 다른 사람은 아이를 잡고 있을 수 있지. 그동안 자네 팀의 세 번째 선수가 우리가 볼 수 없는 곳에서 우리를 향해 라이플을 겨누고 있겠지."

"누군가 그의 뒤에 붙을 수 있잖아."

"어떻게?"

내가 반문했다.

"당신들이 먼저 거기에 올 거잖소. 거기 와서 우리가 도착하는 걸 모두 보고 있을 건데. 우리에게 권총을 들이대면서 선수 칠 수 있으니 수적으로 밀리는 것도 벌충할 수 있고. 당신 저격수가 당신이 후퇴하는 동안 엄호해줄 거고. 우리가 아이를 찾았을 땐 당신 파트너가 차에 돈을 챙겨서 멀리 있을 테니 어차피 당신도 안전하지 않소."

"이렇게 만나는 게 마음에 들지 않아."

네 놈이 퇴각할 동안 라이플로 엄호해 줄 저격수가 없으니 그러겠지. 제3의 남자는 처음부터 없었고 단 둘이서 이 일을 저지른 것이 확실하다는 확신이 들었다. 하지만 우리가 그쪽을 세 명이라고 믿고 있다고 레이가 생각하게 만들면 그는 조금 덜 불안해 할 것이다. 제3의 저격수는 호신용이 아니라 심리전에서 그 진가를 발휘하는 것이다.

"그럼 50미터씩 떨어져 있기로 하지. 당신이 돈을 가지고 절반쯤 앞으로 나온 다음 다시 당신네 쪽으로 돌아가는 거야. 그 다음에 우리가 아이를 그 절반 되는 지점까지 데려온 다음 우리 중 한 명이 거기에서 아이 목에 칼을 대고 당신이 말한 대로……"

당신이 말한 대로라. 난 생각했다.

"……그동안 다른 한 명이 돈을 가져가는 거지. 그 다음 내가 아이를 풀어 주고 가는 동안 아이는 당신네 편으로 달려가는 거야. 맘에 안 들어. 당신은 돈과 아이를 둘 다 가지고 있는데 우리는 반대편에 멀뚱하게 서 있어야 하잖아."

계속 같은 이야기의 반복이었다. 녹음된 음성이 나와서 동전을 더 넣으라고 요구하자 그는 즉시 동전을 넣었다. 이제 그는 추적을 당할까 봐 걱정하지 않았다. 점점 더 통화가 길어지고 있었다.

좀 더 일찍 콩 브라더스와 연락이 됐더라면 그와 통화하고 있었을 때 잡을 수 있었을 텐데.

내가 말했다.

"좋아, 이런 식으로 해 보지. 당신이 말한 대로 50미터씩 떨어져서 있는 거야. 당신이 먼저 와서 우리가 도착하는 걸 보게 될 거야. 당신이 아이를 보여주면 우린 아이가 온 걸 알 수 있겠지. 그 다음 내가 돈을 가지고 당신 쪽으로 가겠어."

"당신 혼자?"

"그래, 맨몸으로."

"권총을 숨겨 올 수도 있잖아."

"양손에 현금이 잔뜩 든 가방을 들고 있을 건데 권총을 숨겨도 써 먹을 수나 있을까."

"계속해 봐."

"돈을 체크해 보고 만족하면 아이를 놔 줘. 아이는 아빠와 다른 사람들이 있는 쪽으로 가겠지. 당신 파트너는 돈을 운반하고. 당신과 나는 기다리는 거야. 그 다음에 당신이 가면 난 집으로 가는 거지."

"당신이 날 잡을 수도 있잖아."

"난 맨손이지만 당신은 칼도 있고 원하면 권총도 가지고 있을 수 있잖아. 그리고 당신편 저격수가 나무 뒤에 숨어서 날 노리고 있을 텐데. 모든 일이 당신 뜻대로 되어 가고 있잖아. 어떻게 이런 상황에서도 불만을 품을 수 있는지 이해가 안 되는군."

"당신이 내 얼굴을 보게 되잖아."

"마스크를 써."

"그럼 시야가 좁아져. 그리고 자세히 보진 못해도 날 묘사할 수 있을 거야."

난 생각했다. 빌어먹을, 모험을 해 보는 수밖에. 내가 말했다.

"난 이미 당신이 어떻게 생겼는지 알고 있어, 레이."

그가 숨을 들이키는 소리가 들리고 나서 한동안 정적이 흘렀다. 그가 그대로 전화를 끊고 도망갈까 봐 짧은 순간 불안해졌다.

그가 말했다.

"뭘 알고 있지?"

"당신 이름. 당신 생김새도 알아. 당신이 죽였던 여자들에 대해서도 알고 있어. 그리고 죽일 뻔 했던 여자도 알고."

"그 쬐끄만 창녀. 그년이 내 이름을 들었군."

"당신 성도 알고 있어."

"증명해 봐."

"왜 내가 그래야 하는데? 당신이 직접 찾아봐, 바로 캘린더(달력—옮긴이)에 나와 있잖아."

"당신 누구야?"

"그것도 혼자 못 알아내나?"

"말하는 투가 경찰 같은데."

"내가 경찰이라면 지금쯤 당신 집 앞에 경찰차가 한 부대는 몰려 와야 하지 않나?"

"우리 집이 어딘지 모르겠지."

"그럼 미들 빌리지 페넬로페 애비뉴에는 누가 살고 있을까?"

나는 그가 안도하는 소리를 들을 수 있었다.

"이거 감명 깊은데."

"어떤 경찰이 이런 식으로 작업하지, 레이?"

"당신은 란듀의 끄나풀이군."

"비슷해. 우린 함께 잠자리에 드는 파트너야. 난 그의 사촌과 결혼했지."

"그 작전이 실패했던 게 당연하군."

"뭘 성공하지 못했다는 거야?"

"아무것도 아니야. 아무래도 손을 떼는 게 낫겠어. 그 계집애 목을 따 버리고 떠야지."

"그럼 넌 죽은 목숨이야. 몇 시간 안에 전국적으로 지명 수배가 떨어질 거야, 갓스카인드와 알바레즈 사건도 같이 연루된 채로. 이 거래를 하면 일주일, 그 이상이라도 침묵을 지키지. 어쩜 영원히 입을 다물지도 몰라."

"왜?"

"나도 귀찮은 일은 싫거든. 넌 그냥 다른 지방에 가서 다시 재미 보면 되잖아. 로스앤젤레스에도 마약 거래상들은 많아. 예쁜 여자들 천지고. 그런 쭉쭉빵빵한 여자들에게 새로 뽑은 미끈한 차에 타라고 하면 환장할걸."

그는 오랫동안 대꾸하지 않다가 말했다.

"다시 말해 봐. 처음부터 끝까지."

나는 설명하면서 가끔씩 그가 물어볼 때마다 답을 해 줬다. 마침내 그가 말했다.

"당신을 믿을 수 있으면 좋을 텐데."

내가 말했다.

"환장하겠군. 지금 믿음이 필요한 사람은 나야. 양손에 돈 가방을 든 채 맨몸으로 당신에게 걸어가야 할 사람은 바로 나라구. 날 못 믿겠으면 언제든 죽일 수 있잖아."

"그렇지, 죽일 수 있지."

"하지만 그러지 않는 게 나을 거야. 계획대로 순조롭게 거래를 마무리하는 게 좋잖아. 이게 바로 윈윈이라는 거야."

"당신은 100만 달러를 손해 보는데."

"그것도 다 계산한 일이야."

"어떻게?"

"그건 네가 알아낼 문제고."

난 그렇게 말을 흐리면서 그 비밀 병기에 대해 그 자식이 궁금해 뒈지라고 내버려 뒀다. 이건 유리한 고지를 선점하고자 하는 나만의 전략이었다.

그가 말했다.

"흥미롭군. 어디서 만나고 싶나?"

나는 그 질문을 기다리고 있었다. 앞서 한 통화에서 여러 곳을 제안하면서 여기는 남겨 뒀다.

"그린우드 묘지."

"어디 있는지 알 것 같군."

"그러시겠지. 거기는 네가 레일라 알바레즈를 버린 곳이잖아. 미들 빌리지에서 좀 멀긴 하지만 전에 한 번 가 봤겠지. 지금은 9시 20분이야. 5번 애비뉴에 출입구가 두 개 있는데 하나는 25번가에 있고 또 하나는 거기서 서쪽으로 열 블록 떨어진 곳에 있어. 25번가에 있는 출구로 와서 담장 안을 따라서 20미터쯤 서쪽으로 와. 우린 35번가에 있는 출구로 들어와서 서쪽으로 와서 당신들을 만

나도록 하지."

나는 게티즈버그 전투를 재현하는 전쟁 게임의 참모처럼 작전을 설명했다.

"10시 반으로 하지. 도착하기까지 한 시간이 남잖아. 이 시간엔 차도 안 막히니까 괜찮겠지. 아니면 시간이 더 필요해?"

한 시간이면 차고도 넘쳤다. 그가 있는 선셋 파크에서 묘지까지는 차로 5분 거리였다. 하지만 내가 그 사실을 알고 있다는 것을 그 자식에게 알려 줄 필요는 없었다.

"충분하겠군."

"됐어."

"당신이 돈을 가지고 혼자 오는 거야."

"그래."

"코리 때가 훨씬 좋았는데. 내가 죽으라고 하면 죽는 시늉까지 했지."

"훨씬 편했겠지. 하지만 이번에는 돈이 두 배잖아."

"그건 그래."

그가 말했다. 그의 목소리가 꿈을 꾸는 것처럼 아득해졌다.

"레일라 알바레즈. 잊어버리고 있었는데. 그 여자 정말 섹시했어. 최고였지."

나는 아무 말도 하지 않았다.

"어찌나 겁에 질려 있던지. 불쌍한 계집이었어. 숨넘어가게 무서워했지."

마침내 통화가 끝났다. 나는 자리에 주저앉고 말았다. 캐넌이 괜찮은지 물어서 그렇다고 대답했다.
 캐넌이 말했다.
 "안색이 안 좋아요. 술 한 잔 해야 할 표정인데, 마실 생각은 없겠죠."
 "그래요."
 "유리가 방금 커피를 탔어요. 내가 한 잔 갖다 줄게요."
 캐넌이 커피를 갖다 줬을 때 난 말했다.
 "난 괜찮아요. 그 망할 놈의 자식과 이야기를 하다 보니 진이 빠진 것뿐이에요."
 "그랬겠죠."
 "그 자식에게 내 의중을 보이면서 아는 걸 좀 흘렸죠. 안 그러면 계속 헛소리만 할 것 같아서. 매사를 자기 뜻대로 하지 않으면 꿈쩍도 않으려고 하니. 그래서 자기가 생각하는 만큼 유리한 상황이 아니란 걸 말해 줬죠."
 유리가 말했다.
 "그 자식이 누구인지 아나?"
 "이름을 알아요. 어떻게 생겼는지도 알고 그 자식이 몰고 다니는 차 번호도 알아냈죠."
 난 잠시 눈을 감고 전화선 반대편에 있던 그의 존재감을 느꼈다.
 "그 자식의 정체를 알아냈어요."
 난 캘린더와 협의한 사항에 대해 설명했다. 나는 그 지역의 약도를 그리다가 지도가 필요하다는 것을 깨달았다. 유리가 아파트 어딘가에 브루클린 거리 지도가 있긴 하지만 어디에 뒀는지 모르겠다고 했다. 캐넌이 프랜신이 도요타의 글러브 박스에 지도를 뒀다고 말해서 피터가 아래층에 가지러 갔다.

　우리는 테이블 위에 있는 물건을 치웠다. 돈은 위조지폐를 숨기기 위해 다시 포장해서 두 개의 여행 가방에 넣었다. 나는 테이블 위에 지도를 펼쳐 놓고 묘지로 가는 길을 보면서 서쪽 끝에 있는 두 개의 출입구를 알려 줬다. 어떻게 상황이 진행될 것인지, 어디에 자리를 잡을 것인지 그리고 어떻게 교환할 것인지에 대해 설명했다.

　"당신이 맨 앞에 나서게 되잖아요."

　캐넌이 지적했다.

　"난 괜찮아요."

　"만약 그 자식이 허튼 짓이라도 하면."

　"그럴 것 같지 않소."

　당신은 언제라도 날 죽일 수 있잖아. 난 그에게 말했다. 그렇지, 그럴 수 있지. 그가 대꾸했다.

　"가방을 들고 가야 할 사람은 나야."

　유리가 말했다.

　"별로 무겁지 않아요. 나 혼자서도 거뜬해요."

　내가 말했다.

　"농담하나. 난 심각한데. 그 앤 내 딸이야. 내가 나가야 해."

　나는 머리를 흔들었다. 유리가 캘린더 근처에 간다면 이성을 잃고 덤벼들 게 뻔했다. 하지만 그보다 더 좋은 이유가 생각났다.

　"루시아가 안전한 곳으로 가야 해요. 만약 당신이 가면 루시아는 거기서 움직이려 하지 않을 거예요. 난 당신이 여기 있어 주길 원해요."

나는 지도의 한 지점을 가리켰다.

"여기서 루시아를 불러 줘요."

"벨트에 권총을 쑤셔 넣고 나가요."

캐넌이 말했다.

"그렇게 하긴 하겠지만 그게 얼마나 쓸모가 있을지 모르겠군. 그 자식이 수작을 부리면 총을 꺼낼 시간도 없을 거요. 그러지 않는다면 총을 쓸 필요도 없고. 케블라 조끼가 있었으면 좋았을걸."

"방탄조끼 말하는 건가요? 그건 칼로 찌르는 건 막을 수 없다던데."

"그럴 때도 있고 아닐 때도 있어요. 총알도 항상 막는 건 아니지만 확률은 반반이니까."

"어디서 그 조끼를 구할 수 있는지 알아요?"

"이 시간에는 무리지. 신경 쓰지 말아요, 중요한 것도 아니니."

"중요하지 않다고요? 내가 보기엔 가장 중요한데."

"그놈들에게 총이 있는지 그것도 모르잖소."

"지금 농담해요? 이 동네에서 총도 안 가지고 다니는 사람이 어디 있어요. 그럼 묘비 뒤에 숨어서 우리를 노리는 그 제3의 저격수는 어쩌고요. 그 자식이 지랄 맞을 새총으로 그 짓을 하고 있겠어요?"

"그건 제3의 사내가 있다는 가정에서고. 그 남자 이야기를 꺼낸 건 나였어요. 캘린더는 내 말을 순순히 따라갈 만큼 영악한 놈이었소."

"그럼 당신 생각엔 이 일엔 두 놈밖에 없다는 거예요?"

"아이를 파크 애비뉴에서 유괴했을 때에는 두 놈밖에 없었소.

이런 범죄에 파트너를 한 명 더 뽑는다는 건 불가능해요. 이런 쾌락 살인에서 시작된 사건은 일반 범죄와는 차원이 달라요. 앞서 발생했던 두 건의 납치 사건에서 제3의 남자를 목격했다는 증인이 몇 있긴 했죠. 하지만 그건 그 사람들이 그냥 추측한 거요. 그런 식으로 납치했을 거라고 가정한 거지. 하지만 처음부터 둘밖에 없었다면 한 사람이 1인 2역으로 운전도 했겠지. 난 그렇게 봐요."

"그럼 제3의 남자는 잊어버려도 되겠군요."

"아니요. 그게 바로 성질나는 점이요. 우린 그가 거기 있다고 가정해야 해요."

나는 커피를 더 마시러 부엌으로 갔다. 돌아오자 유리는 몇 명이나 필요한지 물었다. 유리가 말했다.

"여기 당신, 나, 캐넌, 피터, 대니 그리고 파벨 이렇게 여섯이 있소. 파벨은 여기 들어오다 아래층에서 만났을 테고. 부르기만 하면 달려올 사람이 세 명 더 있소."

"난 한 부대라도 불러올 수 있어요."

캐넌이 말했다.

"나랑 만났던 사람들이 돈을 빌려줬건 안 빌려줬건 같은 말을 하더군요. '도움이 필요하면 말만 해. 제깍 달려올게.'"

그는 지도 위로 몸을 기울였다.

"그 자식들이 먼저 오게 하고 우린 차 세 대나 네 대로 열두어 명쯤 더 데려오죠. 양쪽 출구를 다 봉쇄하고 나머지 사람들은 곳곳에 심어두는 겁니다. 왜 머리를 흔들어요. 안 된다는 건가요?"

"난 그 자식들이 돈을 가지고 도망가길 원해요."

"시도도 한 번 안 해 보고? 아이를 찾은 후에도?"

"안 돼요."

"왜 안 된다는 거죠?"

"밤중에 공동묘지에서 총격전을 벌이는 것과 파크 슬로프 근처에서 차로 달리면서 서로 총질을 해 대는 것 모두 미친 짓이기 때문이오. 상황을 완벽하게 통제하지 않는 한 그런 작전이 성공할 리가 없는데 이 작전엔 허점이 너무 많아요. 봐요, 난 완전히 무승부로 이 작전을 고안해서 놈을 설득했고 이 작전도 나름대로 괜찮아요. 이건 대치상황이에요. 우리는 아이를 찾고 놈들은 돈을 챙기는 거죠. 그리고 모두 목숨이 붙은 채로 집으로 가는 거요. 몇 분 전만 해도 우리가 원하는 건 그게 다였는데. 그새 변심한 거죠?"

유리는 변하지 않았다고 말했다. 캐넌이 말했다.

"아, 물론이죠. 내가 원하는 것도 그게 다에요. 다만 그 자식들이 무사히 내빼는 걸 보자니 속이 꼬여서."

"그러지 못할 거요. 캘린더는 짐을 꾸려서 도시를 뜨는데 일주일을 벌었다고 생각하고 있지만. 그 자식을 찾아내는데 그리 오래 걸리지 않아요. 그나저나 몇 명이 가야 할까? 내 생각엔 지금 있는 사람들로 충분한 것 같소. 차 세 대로 움직입시다. 대니와 유리가 한 차를 타고, 피터와…… 아래층 로비에 있는 사람이 파벨이라고 했나요? 피터와 파벨이 도요타를 타고, 내가 캐넌과 함께 뷰익을 타고 가겠소. 그 정도면 충분해요. 여섯이죠."

루시아의 방에서 전화벨이 울렸다. 티제이였다. 혼다를 찾아 진입로와 모퉁이 길을 보러 다니다 아무런 소득이 없어 빨래방으로 돌아왔다고 했다.

나는 거실로 돌아와서 말했다.
"한 명 더 추가해요."

## 21

 차에서 캐넌이 말했다.
 "쇼어 파크웨이와 고와너스 쪽으로 가면 어떨까요? 그쪽으로 가도 괜찮아요?"
 난 나보다 그가 더 잘 알거라고 대답했다.
 "우리가 태우러 가는 그 아이 말인데, 어떻게 걔가 이번 일에 끼어들게 됐죠?"
 "그 아이는 빈민가에서 자란 아이로 타임스 스퀘어에서 얼쩡거리고 다녀요. 어디서 사는지는 몰라요. 이름도 이니셜로만 알고 있어요. 그 이니셜이 본명인 척 하지만 어디서 그 이름을 지어냈는지도 모르고. 믿기 힘들겠지만 이번 일에 그 아이 도움을 많이 받았소. 컴퓨터 해커들과 만나게 해 준 것도 그 아이고 오늘밤 캘린더를 보고 차 번호를 알아내 준 것도 그 아이요."
 "오늘 밤 그 아이가 묘지에서 힘 좀 쓸 건가요?"

"제발 그러지 않길 빌어야죠. 캘린더 일당을 찾아내려고 그 아이가 선셋 파크를 헤매고 다닐까 걱정스러워서 태우러 가는 거요. 그 아이를 보호해 주고 싶소."

"어리다고 했죠?"

나는 고개를 끄덕였다.

"열다섯이나 열여섯 살 정도."

"커서 뭐가 되고 싶다고 합디까? 당신 같은 탐정?"

"탐정이야 지금 당장 되고 싶어 하죠. 어른이 될 때까지 기다리지 않으려 해요. 뭐라 말하지 못하겠어요. 많은 아이들이 그러지 못하니까."

"뭘 그러지 못한다는 거죠?"

"길거리에서 사는 십대 흑인 아이들 중 얼마가 어른이 될 때까지 살아남을 것 같아요? 파리 목숨과 같은 인생이에요. 티제이는 착한 아이에요. 난 그 아이가 살아남길 원해요."

"그런데 그 아이 성도 모른단 말이죠?"

"그래요."

"좀 우습네요. 탐정님이 금주 모임과 길거리에서 만난 사람들 중에 제대로 성을 아는 사람이 있나요?"

잠시 후 그가 다시 말했다.

"대니에 대해 뭐 좀 느낀 것 없어요? 유리 친척인가요?"

"모르겠는데. 왜 그러죠?"

"그냥 생각한 건데, 유리와 대니가 뒷좌석에 100만 달러를 실은 링컨에 타고 있잖아요. 대니에게 총이 있다는 건 다 아는 거고. 만약 대니가 유리를 총으로 빵 쏘고 튄다면 누굴 잡으러 가야 할지도 모르잖아요. 윗도리가 꽉 끼는 러시아 남자를 찾으러 가야 하나? 여기 성을 모르는 사람이 하나 더 있네. 당신 친구인 게 분명해요, 그렇지 않나요?"

"유리가 꽤 신임하는 사람 같던데."

"아마 친척일 거예요. 그렇지 않고서야 어떻게 그렇게 믿겠어요."

"어쨌든 그건 100만 달러도 아니지 않소."

"80만 달러죠. 고작 20만 달러 모자란다고 날 구라나 치는 놈으로 만들 셈이에요?"

"그리고 3분의 1은 가짜지."

"하긴 그래요. 훔칠 가치도 없는 돈이죠. 만약 그 두 놈팽이들이 기꺼이 그 돈을 챙겨간다면 우리가 고마워해야겠죠. 그렇지 않으면 다시 지하실에 그 돈을 처박아 뒀다가 다음번 작전에 써 먹어야죠. 부탁 하나 들어줄래요? 가방을 들고 거기 가면 그 망할 놈에게 하나 물어봐 줘요."

"뭘?"

"도대체 어떻게 날 고른 거냐고 물어봐요. 아직도 그 생각만 하면 피가 거꾸로 솟으니까."

"아. 그 문제라면 짚이는 데가 있어요."

"정말?"

"그렇소. 처음에는 그자가 마약 거래에 관련된 게 아닐까 하는 생각도 했지만."

"일리가 있는데."

"하지만 아니었소. 거의 확실해요. 아는 사람에게 부탁해서 조사를 좀 해 봤는데 전과가 없었소."

"나도 전과는 없어요."

"당신은 예외요."

"그건 맞아요. 유리는 어때요?"

"소련 연방에서 살 적에 몇 번 체포되긴 했는데 형을 오래 산 건 아니었소. 여기서 장물을 취급한 혐의로 한 번 체포되긴 했지만 기소는 중지됐소."

"마약과 관련된 전과는 없죠."

"그렇소."

"알았어요. 캘린더는 전과가 없고, 마약 거래도 하지 않았다면."

"마약 단속국에서 얼마 전 당신을 노리고 있었죠."

"그래요, 하지만 흐지부지 돼 버렸어요."

"아까 유리랑 이야기를 좀 했어요. 작년에 거래를 하려다 중단한 적이 있었는데 어떤 정부 기관에서 그를 잡아넣으려고 함정 수사를 하고 있다는 걸 눈치 챘기 때문에 그랬다는 거요. 유리 짐작으론 연방 수사 기관이라고 하더군요."

그는 몸을 돌려 나를 보다가 다시 앞을 보면서 집중하려고 애쓰면서 차 한 대를 지나쳤다.

"세상에. 이게 그럼 새로운 정부 정책이란 말이에요? 우리 같은 마약 거래상을 잡을 수 없으니까 대신 마누라와 딸아이들을 죽인단 소리에요?"

"내 생각에 캘린더는 마약 단속국에서 일한 것 같소."

내가 말했다.

"오래 근무하지 않았을 거고 정예 요원도 아니었을 거에요. 한

두 번쯤 비밀 정보원으로 일했을 수도 있지. 어쩜 그냥 사무 보는 직원이었을 수도 있고. 말단 직원으로 잠깐 일했을 거예요."

"왜 그렇게 생각하죠?"

"그자는 또라이니까. 아마 그 일을 하게 된 것도 마약 거래상들에게 집착하고 있어서일 거예요. 그런 기관에서 볼 때 쓸 만한 재능이긴 했지만 도가 지나쳤던 거지. 이건 그냥 내 짐작일 뿐이지만 내가 유리의 파트너라고 말하자 그자가 전화로 한 말이 있었어요. 그냥 말꼬리를 흐렸지만 그때 그는 왜 마약 단속국에서 유리를 잡아들이지 못했는지 그 이유를 말하려던 것 같았어요."

"빌어먹을."

"그건 내일이나 그 다음 날이면 알아낼 수 있는 거예요. 마약 단속국에 손을 써서 캘린더를 알아보는지 물어볼 게요. 아니면 내가 아는 그 해커들을 시켜서 마약 단속국 파일을 훔쳐보든가."

캐넌은 생각에 잠긴 것처럼 보였다.

"그 자식은 경찰 같지는 않았어요."

"그래요."

"어쨌든 그 작자가 정말 경찰은 아니겠죠, 그렇죠?"

"경찰이라기 보단 미치광이에 가깝죠. 연방 수사 기관에서 일했고 마약이란 말만 나오면 맛이 가는 미치광이 말이죠."

"그 자식은 코카인 1킬로그램의 도매가를 알고 있던데. 하지만 그결론 속단할 수 없죠. 당신 친구 티제이도 코카인의 도매가를 알고 있을 거예요."

캐넌이 말했다.

"그렇다 해도 놀랄 일은 아니지요."

"루시아가 다니는 학교의 여고생들도 알걸요. 우리가 그런 세상에 살고 있답니다."

"역시 당신은 의사가 되지 그랬어요."

"우리 아버지 꿈처럼. 아뇨, 내 생각은 달라요. 그것보단 위조지폐나 찍을 걸 그랬어요. 상대하는 사람들 수준이 다르잖아요. 최소한 그 염병할 마약 단속국 걱정은 안 해도 되고."

"위조? 거긴 비밀 검찰국이 노리고 있는 곳인데."

"제기랄. 도무지 발붙일 곳이 없군."

"저기 저 빨래방? 오른쪽으로 돌아서?"

캐넌은 빨래방 앞에 차를 세웠지만 시동은 끄지 않았다. 그가 말했다.

"지금 시간이 어떻게 됐죠?"

그는 자신의 시계를 보다 계기판의 시각을 봤다.

"됐어요. 조금 일찍 왔군요."

난 빨래방을 보고 있었지만 티제이는 길가 반대편에 있는 문에서 나왔다. 티제이가 길을 건너 차 뒤에 탔고 둘을 서로 소개시키자 두 사람은 반갑게 인사를 나눴다. 티제이가 의자에 깊숙이 파묻혀 앉자 캐넌은 다시 차를 출발시켰다. 캐넌이 말했다.

"그 자식들이 거기에 10시 30분에 온다고 했죠? 우리는 10분 늦게 도착해서 그 자식들이 있는 곳까지 걸어가고. 그게 맞나요?"

난 그렇다고 대답했다.

"그럼 우린 11시 10분 전에 완충 지대를 사이에 두고 서로 마주 보겠군요. 그렇게 작전을 짠 거죠?"

"그런 셈이죠."

"그럼 교환을 하고 빠져나가는데 시간은 얼마나 잡았죠? 30분?"

"아마 그보다 빨리 끝날 거예요, 별일이 일어나지 않는다면. 일이 잘못되면 그건 나도 모르겠어요."

"그래요, 잘 되길 바랍시다. 난 묘지에서 다시 나갈 때를 걱정하고 있었어요. 자정까지 묘지 문을 닫진 않겠죠."

"문을 잠그다니?"

"어, 난 묘지가 좀 더 일찍 문을 닫을 거라고 생각했어요. 하지만 그랬다면 당신이 다른 곳을 골랐겠죠?"

"제기랄."

내가 말했다.

"왜 그래요?"

"그건 생각지도 못했어요. 왜 더 일찍 말해 주지 않았죠?"

"그랬음 어쩌려고요? 다시 그 자식에게 전화라도 할 건가요?"

"아니, 그러진 않았겠지만. 묘지 문을 닫는다는 건 생각도 못했네. 밤새 열어두는 거 아니었어요? 왜 문을 닫아야 하지?"

"사람들이 못 들어오게 하려는 거죠."

"사람들이 못 들어와서 안달을 하니까? 빌어먹을, 그 말은 초등학교 4학년 때나 들었던 말인데. '왜 묘지 주변에 담장을 쌓는가?'"

"묘지를 망가뜨리는 사람들이 있겠죠."

캐넌이 말했다.

"아이들이 들어와서 묘비를 넘어 다니거나 꽃병에 똥을 싼다거나."

"아니 아이들은 담을 못 넘을 것 같소?"

"이봐요, 참나. 내가 그렇게 정한 것도 아니잖아요. 내 마음대로 하라면 시내에 있는 묘지를 밤새 열어 두겠어요. 이제 만족해요?"

"난 그냥 일을 망치지 않기를 비는 거요. 그자들이 묘지에 왔는데 문이 잠겨 있다면."

"그래봤자 그놈들이 어떻게 하겠어요? 그 아이를 아르헨티나에 있는 백인 노예 상에게 팔아먹기라도 할까요? 그 자식들도 우리처럼 담을 넘겠죠. 아마 자정 전까진 묘지를 잠그지 않을 겁니다. 사람들이 일이 끝나고 사랑하는 고인을 보러 느지막이 올수도 있으니까."

"밤 11시에?"

그는 어깨를 으쓱했다.

"늦게까지 일하는 사람들도 있으니까. 맨해튼에 있는 사무실에서 일을 하다가 끝나고 한두 잔 걸친 후에 저녁을 먹고 지하철을 30분 정도 기다릴 수도 있죠. 왜 그런 사람들 있잖아요, 짠돌이라 지하철만 타는 사람들."

"젠장맞을."

내가 중얼거렸다.

"그래서 브루클린에 도착했을 때쯤엔 시간도 늦었는데 이러는 거죠. '이봐, 그린우드에 가 봐야겠어. 빅 삼촌을 심어 놓은 데 한번 가 봐야지. 정말 밥맛없었는데. 가서 오줌이라도 갈겨 줘야지.'"

"혹시 흥분했어요, 캐넌?"

"그럼요, 무지 떨리죠. 그럼 뭐 춤이라도 출 기분인줄 알았어요? 맨손에 돈만 가지고 그 흉악한 살인광들과 접선해야 하는 사람은 당신이에요. 당신이야말로 지금 식은땀이라도 흘려야 하는 거 아니에요?"

"긴장되긴 해요. 속도를 줄여요. 출입구가 보여요. 열려 있군요."

"아, 그래 보이는군요. 있죠, 규정상 잠그도록 한다고 해도 제대로 안 지킬 거예요."

"그러겠죠. 다시 한 번 묘지 주위를 돌아보는 게 어떨까요? 그 다음에 우리가 들어갈 출구 주변에 차를 세웁시다."

우리는 아무 말도 하지 않은 채 묘지 주위를 한 바퀴 돌았다. 지나가는 차도 거의 없었고 주위는 조용했다. 마치 묘지 안의 침묵이 근처로 흘러나와 주변 소음을 제압해 버린 것 같았다.

처음 도착했던 곳으로 다시 돌아왔을 때 티제이가 말했다.

"이제 묘지로 들어가는 거예요?"

캐넌은 웃음을 감추기 위해 얼굴을 돌렸다. 내가 말했다.

"넌 차에 있어도 된다."

"왜요?"

"혹시 네가 그게 더 편하면."

"아저씨도 참. 죽은 사람은 무섭지 않아요. 도대체 무슨 생각을 한 거예요? 내가 겁먹은 줄 알았어요?"

"미안. 괜한 걱정이었구나."

"그래요, 아저씨. 난 죽은 사람은 신경 안 써요."

나도 죽은 사람은 신경 안 썼다. 내가 걱정한 것은 산 사람들이었다.

우리는 35번가에 있는 문에서 만나서 사람들로부터 괜한 이목을 끌지 않기 위해 곧장 안으로 들어왔다. 유리와 파벨이 돈을 운반했다. 일곱 명 중 손전등을 가지고 있는 사람은 두 사람 뿐이었다. 캐넌이 하나를 가졌고, 내가 나머지 하나를 가지고 앞장섰다.

난 어디로 가고 있는지 확인하기 위해 잠깐씩 손전등을 켰다 끄곤 했다. 손전등이 필요 없는 밤이었다. 머리 위에는 동그란 달이 떠 있었고 길가에 있는 가로등에서도 불빛이 쏟아지고 있었다. 묘비들은 주로 하얀 대리석으로 만들어져서 침침한 빛에 익숙해지자 잘 보였다. 묘비 사이를 요리조리 헤치고 걸어가면서 문득 누구의 무덤 위를 밟고 가는지 궁금해졌다. 작년에 한 신문에서 부유한 유명 인사들이 묻힌, 5개의 독립 구에 소재한 묘지 명단이 있는 기사를 실은 적이 있었다. 그때는 관심 없이 읽었지만 꽤 잘나가던 뉴요커들이 그린우드에 많이 매장됐다는 내용을 읽은 기억이 희미하게 났다.

그 기사에 따르면 일부 열성 팬들은 묘지를 정기적으로 방문한다고 한다. 어떤 팬들은 사진을 찍고 묘비의 탁본을 뜨기도 한다고 읽었다. 그때는 왜 그런 짓을 하는지 이해할 수 없었다. 하지만 지금 내가 하고 있는 것은 그런 일들보다 더 정신 나간 짓 같았다. 그들은 오로지 낮에만 그런 기행을 저질렀다. 나처럼 어둠 속에서 비틀거리면서 돌덩어리에 걸려 넘어지지 않으려고 안간힘을 쓰는 미친 짓은 절대 하지 않았다.

나는 묵묵히 걸었다. 담장 옆에 바싹 붙어 걸어가면서 거리 표지판을 봤고 27번가에 도착하자 속도를 줄였다. 다른 사람들이 옆으로 다가오자 더 북쪽으로 나가지 말고 한쪽으로 흩어지라고 신호를 보냈다. 그리고 레이 캘린더가 서 있기로 한 곳을 향해 몸을 돌려 내 손전등 불빛을 앞으로 비췄다. 나는 조용히 세 개의 손전등 불빛이 보이길 기다렸다.

오랫동안 아무런 반응도 없이 어둠 속에서 침묵만 흘렀다. 그러다 세 개의 손전등 불빛이 나를 향해 깜박였다. 불빛은 내 머리 바로 위쪽에서 조금 오른쪽에 있었다. 어림잡아 100미터 혹은 더 멀리 떨어진 거리였다. 팔에 축구공을 끼고 달리고 있었다면 그렇게 먼 거리가 아니겠지만 지금은 너무 멀어 보였다.

"거기 멈춰요. 조금 더 가까이 가겠소."

내가 소리쳤다.

"너무 가까이 오지 마."

"50미터. 약속한 대로."

내가 말했다.

내 옆에는 캐넌이 서 있었다. 그리고 다른 쪽에는 유리의 부하 중 한 명이 서 있었고 나머지 사람들은 조금 뒤쪽에 있었다. 나는 레이와 우리 그룹의 절반쯤 되는 거리에 도달했다.

"그 정도면 충분해."

레이가 소리쳤지만 내 판단으론 가당치 않아 무시하고 계속 걸었다. 거래를 하는 동안 누군가 나를 엄호할 수 있을 만한 거리에서 만나야 했다. 우리에게 있는 유일한 라이플은 피터가 맡았다. 그는 방위군에서 반 년 복무하는 동안 명사수로서 인정을 받았다고 했다. 물론 오랜 시간 술과 마약에 찌들어 지내기 전 이야기지만 어쨌든 우리 중에서는 그가 제일 나았다. 그 라이플은 스코프 사이트(렌즈를 사용한 조준기—옮긴이)가 달린 괜찮은 총이었지만 적외선 렌즈가 아니었기 때문에 달빛에 조준을 해야 했다. 나는 피터와 가까운 곳에 서서 혹시 피터가 총을 쏴야 할 경우가 생길 경우 명중하게 되길 바랐다.
 그래봤자 내 상황이 달라지는 건 아니었다. 피터가 총을 쏘게 될 경우라곤 상대편 놈들이 각본에 어긋난 짓을 하는 경우뿐이었다. 그렇다면 사격이 시작되는 동시에 그 자식들이 제일 먼저 쏘게 될 사람은 나였다. 피터가 거기에 맞서 총을 쏜다고 해도 난 그 총알이 어디로 갔는지조차 알 수 없을 것이다.
 참 유쾌한 생각만 하고 있다.
 거리가 절반으로 좁혀지자 난 피터에게 신호를 보냈다. 피터는 옆으로 자리를 이동해서 총을 쏠 자리를 고른 후 라이플 총신을 대리석 묘비 위에 괴었다. 나는 레이와 그 파트너를 찾았다. 어둠 속에서 어슴푸레하게 그들의 형태가 보였다. 그들은 이내 어둠 속으로 몸을 숨겼다. 내가 말했다.
 "우리가 볼 수 있게 나오시오. 그리고 아이를 보여 줘요."
 그들은 빛이 비추는 곳으로 나왔다. 두 개의 형체가 보였는데 불빛이 더 밝아지자 한 남자가 아이를 잡고 있는 모습이 드러났다. 유리의 숨소리가 거칠어지는 것이 들렸다. 나는 그가 냉정을 유지하기를 빌었다.
 "내가 아이 목에 칼을 대고 있어."
 캘린더가 소리를 질렀다.
 "내 손이 미끄러지면."
 "그러지 않는 게 좋을 거야."
 "그럼 냉큼 돈을 가져 와. 허튼 수작은 하지 말고."
 나는 몸을 돌려서 가방을 들면서 우리 그룹을 둘러봤다. 티제이가 보이지 않아서 캐넌에게 어찌된 영문인지 물었다. 그는 티제이가 차로 돌아간 것 같다고 말했다.

"도망친 것 같은데요. 밤의 공동묘지는 별로 마음에 들지 않았나 보죠."

"나도 그래요."

캐넌이 말했다.

"있잖아요. 규칙을 바꾸자고 그 자식들에게 말해 봐요. 한 사람이 들기에는 돈이 너무 무겁다고 해요. 내가 같이 갈게요."

"안 돼요."

"혼자 영웅이 돼 보시겠다!"

영웅이 되고 싶어 환장할 지경이라곤 말하지 못했다. 여행 가방의 무게만으로도 난 의기소침해졌다. 아이를 데리고 있지 않은 남자가 총을 들고 있는 것 같았고 그 총은 나를 겨누고 있는 것처럼 보였다. 하지만 총에 맞지는 않을 것이다. 우리 편 중 누군가가 겁을 먹고 총을 쏴서 모두 미친 듯이 총알을 날리지 않는 한 그럴 일은 없을 것이다. 그 자식들이 날 죽일 거라면 최소한 내가 돈을 가져다 줄 때까지는 기다릴 것이다. 미친놈들이긴 하지만 멍청한 놈들은 아니니까.

레이가 말했다.

"아무 짓도 하지 마. 보일지 모르겠지만 아이 목구멍에 칼을 대고 있어."

"보여."

"그 정도면 충분히 왔어. 가방을 내려놔."

아이 목에 칼을 대고 있는 사람은 레이였다. 귀에 익은 목소리가 아니어도 티제이의 묘사로 레이를 알아볼 수 있었을 것이다.

티제이는 정확하게 레이의 인상착의를 표현했다. 재킷을 채우고 있어서 그 허접한 남방은 볼 수 없었지만 믿을 만했다.

다른 남자는 키가 더 컸는데 갈색 머리가 텁수룩했다. 침침한 조명 아래 백짓장처럼 창백한 피부에 두 눈은 때꾼하게 보였다. 재킷은 입지 않고 플란넬 셔츠와 청바지만 입고 있었다. 눈을 자세히 볼 수 없었지만 나를 보는 시선에서 강렬한 적의를 느낄 수 있었다. 도대체 내가 뭔 짓을 했기에 그런 눈으로 보는 건지 궁금해졌다. 난 놈들에게 100만 달러를 선사하는데도 그 자식은 나를 못 죽여서 안달이었다.

"가방을 열어."

"먼저 아이를 놔 줘."

"아냐, 돈부터 보여 줘."

캐넌이 가져가라고 고집을 부린 피스톨은 내 허리 뒤춤에 꽂혀 있었다. 총신은 벨트 밑에 밀어 넣고 몸통은 내 재킷으로 가리고 있었다. 이런 자세에서 멋을 부리며 총을 빼낼 수는 없겠지만 일단 두 손이 자유로우니 꺼낼 수는 있다. 하지만 총을 빼는 대신 나는 무릎을 꿇고 가방의 스냅을 풀어서 뚜껑을 열어 돈을 보여 주었다. 권총을 가진 남자가 앞으로 나오자 난 한 손을 올렸다. 내가 말했다.

"먼저 아이를 놔 줘. 그 다음에 돈을 검사해도 되잖아. 이제 와서 규칙을 바꾸려고 하지 마, 레이."

그가 말했다.

"아, 귀여운 루시. 널 보내야 하다니 마음이 찢어지는구나, 얘야."

그는 아이를 놔줬다. 난 레이의 몸에 반쯤 가려진 아이를 그때야 간신히 봤다. 어둠속에서도 아이는 창백해 보였다. 아이의 얼굴은 일그러져 있었다. 그녀는 허리 부근에서 양손을 꽉 맞잡고 있었는데 팔을 허리에 붙이고 어깨는 구부정하게 구부리고 있었다. 마치 세상에서 가장 작은 사냥감 같은 모습이었다. 내가 말했다.

"이리 와라, 루시아."

그녀는 움직이지 않았다.

"아버지가 저기 계신단다, 애야. 아버지에게 가거라. 어서."

그녀는 한 발짝 앞으로 나왔다가 다시 멈췄다. 아이는 매우 불안정해 보였고 한 손을 다른 손으로 단단히 감싸 쥐고 있었다.

"가 봐."

캘린더가 그녀에게 말했다.

"뛰어!"

그녀는 그를 봤다가 나를 봤다. 초점이 맞지 않은 공허한 눈동자로 뭘 보고 있는 건지 판단하기 힘들었다. 난 아이를 안아 올려서 어깨 위로 메고 그녀의 아버지가 기다리고 있는 곳으로 달려가고 싶었다.

아니면 재킷을 제치고 권총을 꺼내서 그 빌어먹을 놈들을 그 자리에서 쏴 죽이고 싶었다. 하지만 놈들이 나를 권총으로 겨냥하고 있었기 때문에 어떤 것도 할 수 없었다.

나는 유리에게 아이를 부르라고 소리쳤다.

"루시카!"

유리가 소리쳤다.

"루시카, 아빠다. 아빠에게 와!"

그녀는 아빠의 목소리를 알아들었다. 그 말의 의미를 이해하려고 하는 것처럼 집중하려고 애쓰면서 눈썹을 모았다. 내가 말했다.

"러시아 어로 말해요, 유리!"

그는 내가 알아들을 수 없는 말로 뭔가 대답했지만 루시아는 이해한 듯 했다. 그녀의 손이 풀리더니 한 발, 또 한 발 앞으로 내딛었다. 내가 말했다.

"아이 손이 왜 저런 거야?"

"아무 것도 아냐."

그녀가 내 옆을 지나칠 때 난 그녀의 손을 잡았다. 아이는 재빨리 손을 뿌리쳤다.

아이의 손에 손가락 두 개가 없었다. 난 캘린더를 노려봤다. 그는 미안하다는 표정을 지었다.

"계약 조건을 결정하기 전에 한 거라서."

변명이라도 되는 것처럼 그가 말했다.

유리가 또 다시 러시아 어로 고함을 쳤고 아이는 더 빨리 움직였지만 여전히 달리지는 않았다. 그녀는 엉거주춤하게 발을 질질 끌며 걸어가고 있었는데 그런 식으로 얼마나 더 갈 수 있을 지 확신할 수 없었다.

하지만 그녀는 계속 걸어갔고 난 서서 나에게 겨눠진 두 개의 총구를 바라봤다. 캘린더가 아이를 바라보고 있는 동안 그 갈색 머리 남자는 말없이 적의에 불타는 눈으로 나를 보고 있었다. 총구는 나를 향하고 있었지만 그가 얼마나 총구를 아이에게로 돌리고 싶어 하는지 난 느낄 수 있었다. 그가 말했다.

"정말 맘에 들었는데. 순한 아이였어."

나머지는 쉬웠다. 나는 두 번째 가방을 열고 몇 발자국 뒤로 물러섰다. 레이가 앞으로 나와서 양쪽 가방의 내용물을 살펴보는 동안 그 파트너는 계속 나를 감시했다. 그는 지폐를 슬쩍 둘러보기만 했다. 여섯 뭉치 정도 손으로 넘겨 보긴 했지만 뭉치당 몇 장이 있는지 세지도 않았고 몇 뭉치나 되는지도 세지 않았다. 위조지폐라는 것도 알아차리지 못했다. 어차피 누구든 식별하지 못했을 것이다.

레이가 가방을 닫고 잠근 후 다시 총을 꺼내서 나를 겨냥했다. 갈색 머리가 두 개의 가방을 들면서 힘을 쓰느라 툴툴거렸다. 그가 처음으로 내는 소리였다. 레이가 말했다.

"한 번에 하나씩 운반해."

"별로 안 무거워."

"한 번에 하나씩 운반해."

"나한테 명령하지 마, 레이."

그렇게 말했지만 갈색 머리는 가방 하나를 내려놓고 다른 하나를 가지고 사라졌다.

그는 금방 돌아왔다. 그는 둘째 가방을 들어 올리면서 이전 것보다 더 가볍다고 말했다. 마치 우리가 돈 액수를 속이기라도 한 것 같다는 분위기였다. 레이가 참을성 있게 대꾸했다.

"그럼 들기가 더 쉽겠군. 이제 가 봐."

"이 호모 새끼를 쏴 버려야지."

"다음에."

"마약 파는 짭새 새끼. 대갈통을 날려 버려야 하는데."

그가 가자 레이가 말했다.

"일주일 준다고 약속했지. 그 약속은 지킬 건가?"

"할 수 있다면 더 오래 기다리지."

"손가락 일은 미안하게 됐어."

"두 개야."

"내 파트너가 성질이 좀 더러워서."

하지만 팸에게 철사를 쓴 건 너잖아. 난 생각했다.

"일주일 시간을 줘서 고마워."

그가 계속 말을 했다.

"분위기를 바꿔 볼 때가 된 것 같아. 앨버트는 나랑 같이 가고 싶어 하지 않겠지만."

"그럼 찢어질 건가?"

"말하자면 그렇지."

"그와 어떻게 만났지?"

그는 그 질문을 받고 희미하게 미소를 띠었다.

"아, 그거. 우린 서로 첫눈에 알아봤지. 원래 유유상종 아니겠어."

기묘한 순간이었다. 나는 마스크 뒤에 숨어 있는 살아 있는 인간과 이야기하고 있다는 느낌을 받았다. 얼마 안 되는 희귀한 기회인 것이다. 내가 말했다.

"뭐 하나 물어봐도 될까?"

"해 봐."

"왜 여자들을 건드리는 거지?"

"아, 이런. 그건 심리학자에게나 물어봐야 할 질문이 아닌가? 유년기에 힘들었나 보지. 그런 헛소리 자주 하잖아. 젖을 너무 빨리 뗐거나 너무 늦게 뗐겠지?"

"내가 궁금한 건 그게 아냐."

"그럼?"

"어떻게 그렇게 됐는지를 묻는 게 아냐. 왜 그런 짓을 하는지가 궁금한 거야."

"내가 선택할 수 있다는 건가?"

내가 물었다.

"나야 모르지. 그런 거야?"

"쾌감, 권력욕, 짜릿짜릿한 전율이랄까. 말로는 설명할 수 없어. 내 말뜻 알겠어?"

"아니."

"청룡 열차 타 본 적 있나? 지금은 별로 청룡 열차를 좋아하지 않지. 타 본 지 오래됐어. 타면 토할 것 같아. 하지만 청룡 열차를 좋아했더라면 청룡 열차를 탈 때 느끼는 그런 기분이 아니었을까."

그는 어깨를 으쓱했다.

"말했잖아, 설명할 수 없다고."

"넌 괴물 같진 않은데."

"왜 내가 괴물 같아야 하지?"

"네가 하는 짓은 괴물이나 하는 짓이야. 하지만 넌 인간 같아. 어떻게……."

"어떻게, 뭐?"

"어떻게 그런 짓을 할 수가 있지?"

"아, 그거. 그들은 실제가 아니거든."

"뭐라고?"

"그들은 실제로 존재하는 게 아니라고. 그 여자들 말이야. 그 여자들은 인간이 아니야. 장난감이지. 그게 다야. 당신이 햄버거를 먹으면 소를 먹고 있는 건가? 그건 아니잖아. 당신은 햄버거를 먹고 있는 거지."

레이의 얼굴에 슬쩍 미소가 떠올랐다.

"거리를 걷고 있을 땐 그녀는 인간이지. 하지만 일단 트럭에 타면 그걸로 끝이야. 그냥 몸뚱이인 거지."

소름이 등골을 타고 흘러 내렸다. 내 이모가 그런 기분이 들 땐 무덤 위로 거위 한 마리가 지나간 기분이라고 말하곤 했다. 참 웃긴 말이었다. 어디서 그런 말을 들었는지 궁금해졌다.

"하지만 내가 선택할 수 있는 거냐고? 그런 거 같아. 매번 보름달이 뜰 때마다 움직여야 하는 건 아니었지. 난 항상 선택할 수 있었어. 하지 않기로 하면 안 해. 그러다 어느 날은 해 보기로 마음 먹고.

무슨 선택이 그러냐고 말하겠지? 내 말은, 난 기다릴 수 있지만 때가 되면 더 이상 기다리고 싶지 않다는 거야. 사실, 기다리면서 쾌락이 점점 더 고조되지. 아마 그래서 기다리는 건지도 몰라. 어디선가 읽었는데 성숙이란 쾌락을 지연할 수 있는 능력이라더군. 물론 그 구절과 내 경우가 일치할지는 모르겠지만."

그는 더 고백하려고 하는 것처럼 보였다. 그러나 그 다음 순간 뭔가 마음속에 변화가 일었는지 나와 이야기하던 진정한 그는 그를 보호하고 있던 갑옷 속으로 숨어 버렸다.

오묘한 순간은 끝나 버렸다.

"왜 당신은 두려워하지 않지?"

그는 기분이 상한 것처럼 물었다.

"난 당신에게 총을 겨누고 있는데 당신은 이걸 마치 물총 보듯 하는군."

"고성능 라이플이 너를 겨누고 있어. 넌 한 발짝도 움직이지 못해."

"그렇겠지. 하지만 그게 당신에게 무슨 쓸모가 있나? 겁나지 않았어? 배짱이 두둑한 가 보지?"

"그렇지도 않아."

"흠, 난 쏘지 않을 거야. 내가 쏘면 앨버트가 모든 걸 다 가질 텐데, 그럴 수야 없지. 이젠 내가 퇴장할 시간이군. 돌아서. 네 친구들을 향해 걸어가."

"알았어."

"제3의 저격수는 없었어. 그런 남자가 있다고 생각했나?"

"확신하진 않았지."

"당신도 없다는 걸 알고 있었잖아. 뭐, 용서해 주지. 당신은 아이를 찾았고 우린 돈을 가졌으니까. 이제 다 해결됐어."

"그래."

"날 따라올 생각은 하지 마."

"전혀."

"안 그럴 거라는 건 알지."

그는 더 이상 말하지 않았고 난 그가 사라졌다고 생각했다. 열두 발짝쯤 걸어갔을 때 그가 소리쳤다.

"손가락은 정말 미안했어. 사고였어."

22

"왜 아무 말도 안 해요."
티제이가 말했다.
나는 캐넌의 뷰익을 운전하고 있었다. 루시아 란듀가 유리에게 오자마자 그는 아이를 안아서 어깨에 메고 차로 달려갔고 대니와 파벨이 그를 따라갔다.
"기다리지 말라고 내가 그랬어요."
캐넌이 말했다.
"아이를 의사에게 보여야 할 것 같아서. 근처에 의사가 사는데 집으로 올 거라더군요."
그래서 차 두 대와 네 사람이 남았는데 캐넌이 나에게 뷰익의 열쇠를 던져 주면서 자신은 형과 같이 집으로 가겠다고 말했다.
"베이 리지로 와요. 피자든 뭐든 시킬 테니까. 먹고 나서 내가 당신과 티제이를 바래다 줄게요."

캐넌이 말했다.

왜 아무 말이 없냐고 티제이가 말했을 때 우린 신호를 받고 서 있었다. 나는 티제이에게 뭐라고 대꾸할 말이 전혀 생각나지 않았다. 차에 탄 후로 우린 둘 다 한 마디도 하지 않았다. 나는 아직도 캘린더와 나눈 대화에 사로잡혀 있었다. 나는 아이를 찾아오면서 좀 지쳤다는 뜻으로 몇 마디 중얼거렸다.

"아저씨 짱 멋졌어요. 거기서 놈들이랑 떡 버티고 서 있는데 카리스마가 죽여줬어요."

티제이가 말했다.

"넌 어디에 있었니? 우린 네가 차로 돌아간 줄 알았다."

그는 고개를 흔들었다.

"난 그 자식들 주위를 빙빙 돌았죠. 라이플을 들고 있다는 그 세 번째 선수를 볼 수 있을까 해서."

"세 번째 남자는 없었어."

"그래서 그렇게 찾기 힘들었군요. 난 주변을 돌다가 그 자식들이 온 곳을 가 봤어요. 타고 온 차도 찾았어요."

"어떻게 찾았니?"

"쉬웠어요. 전에 본 혼다였어요. 전선주에 기대서 계속 그 차를 보고 있었는데 재킷을 안 입은 남자가 묘지에서 급하게 나와서 차 트렁크에 가방을 하나 던져 넣더군요. 그리고는 다시 묘지로 달려갔어요."

"다른 가방을 가지러 갔던 거야."

"나도 알아요. 그래서 생각했죠. 그 남자가 두 번째 가방을 가지러 간 동안 트렁크에 있는 가방을 빼낼 수도 있겠구나 하고요.

트렁크는 잠겨 있었지만 그 남자가 한 것처럼 글러브 박스에 있는 버튼을 누르면 열리니까. 차 문은 안 잠겼거든요."

"안 그래서 정말 다행이다."

"흠, 할 수도 있었지만 그 자식이 돌아와서 가방이 없어진 걸 알면 무슨 짓을 하겠어요? 보나마나 돌아가서 아저씨를 쏴 버리겠죠. 그래서 그러지 않는 게 좋겠다고 판단했죠."

"기특해."

"그러다 생각했죠. 이게 영화의 한 장면이라면 난 차에 몰래 들어가서 앞좌석과 뒷좌석 사이에 몸을 구부리고 앉는 거예요. 그 자식들은 트렁크에 돈을 넣고 앞에 앉을 거니까 뒤는 쳐다보지도 않겠죠. 그러다 집이나 다른 곳으로 가서 차를 세우면 내가 살짝 빠져나와서 아저씨에게 내가 있는 곳을 알려주는 거예요. 하지만 다시 생각했죠. 티제이, 이건 영화가 아니거든. 넌 지금 죽기엔 너무 어리잖아."

"그렇게 생각했다니 대견하다."

"게다가 아저씨가 내가 전화건 곳에 없으면 어떡해요? 그래서 그냥 기다렸더니 그 남자가 두 번째 가방을 들고 와서 트렁크에 넣고 차에 타더군요. 전화를 했던 남자가 와서 운전했어요. 그치들은 차를 몰고 사라졌고 난 다시 묘지로 와서 다른 사람들과 합류했죠. 묘지는 참 이상한 곳이에요, 아저씨. 돌멩이 하나 세워두고 그 밑에 누가 있는지 알려주는 건 좋은데 어떤 무덤은 거기다 작은 집을 한 채 지어놨더군요, 살아 있을 때보다 더 폼 나게 해놨어요. 아저씨도 그런 무덤에 묻히고 싶어요?"

"아니."

"나도 싫어요. 그냥 작은 돌 하나 놓고 티제이 이름만 새겨 놓을 거예요."

"날짜도 없이? 성도 안 써 놓고?"

그는 머리를 흔들었다.

"그냥 티제이면 됐어요. 그리고 삐삐 번호 정도."

콜로니얼 로드로 돌아와서 캐넌은 아직 열린 피자 가게를 찾으려고 했다. 문 연 가게는 없었지만 아무래도 좋았다. 식욕을 느끼는 사람은 없었다. 캐넌이 말했다.

"축하해야 하는데. 아이도 무사히 찾았으니. 경사 났지."

피터가 말했다.

"이건 무승부야. 비긴 게임을 축하하는 경우가 어디 있어? 이긴 사람이 없으니 폭죽을 터트릴 것도 없다. 동점으로 끝나니 진 것보다 더 꺼림칙해."

"만약 그 아이가 죽었더라면 기분이 더 끔찍했을 거야."

캐넌이 말했다.

"이건 축구가 아니니까 그렇지. 진짜 게임이니까. 그래도 축하할 일은 아니다, 얘야. 악당들이 돈을 가지고 사라졌어. 그런데 넌 아직도 그렇게 축하를 하고 싶냐?"

내가 말했다.

"완전히 도망치진 못했어요. 하루나 이틀, 그 정도면 찾아낼 수 있어요. 절대로 도망갈 수 없어요."

하지만 나 자신도 결코 축하하고 싶은 기분은 들지 않았다. 동점으로 끝난 게임처럼 이 일도 하지 못했던 일에 대한 미련이 진하게 남았다. 티제이는 혼다 뒤에 숨거나 그자들이 사는 곳을 추적할 수 있도록 차를 미행하는 방법을 찾았어야 했다고 후회했다. 피터는 나나 아이를 위태롭게 하지 않으면서 레이를 라이플로 쏠 수 있는 몇 번의 기회를 놓쳤다고 말했다. 그리고 난 돈을 주지 않을 수 있었던 수십 가지 방법을 생각해 낼 수도 있었다. 계획대로 일이 끝났지만 더 많은 묘수가 있었을 것 같았다. 캐넌이 말했다.
"유리랑 통화를 해 봐야겠어요. 아이가 제대로 걷지도 못하고 엉망이던데. 잃어버린 게 손가락만은 아닐 것 같아요."
"유감스럽게도 그 말이 맞는 것 같소."
"그 자식들이 아이에게 몹쓸 짓을 한 게 분명해요."
그는 전화기의 버튼을 꾹꾹 눌렀다.
"그 얘기를 하면 프랜신이 생각날 테니 하고 싶지 않지만."
그는 말을 하다 그쳤다.
"여보세요, 유리와 통화할 수 있나요? 죄송합니다. 잘못 걸었군요. 정말 죄송합니다."
그는 전화를 끊고 한숨을 쉬었다.
"라틴 아메리카계 아줌마인데, 내가 단잠을 자는 걸 깨운 모양이에요. 아, 난 이런 것 정말 싫은데."
"잘못 걸었군요."
"그래요, 전화를 잘못 거는 게 더 나쁜지, 받는 게 더 나쁜지 모르겠군요. 이런 시각에 전화를 잘못 걸면 정말 남을 괴롭힌 나쁜 놈이 된 것 같은 생각이 들어요."
"부인이 납치됐을 때도 그런 전화를 두 통 받았죠."
"아, 맞아요. 불길한 징조이긴 했지만 받을 당시에는 특별히 그런 느낌은 받지 않았어요. 그냥 좀 귀찮았죠."

"유리도 오늘 아침에 그런 전화를 두 통 받았소."

"그래서요?"

그는 얼굴을 찡그리더니 고개를 끄덕였다.

"그 자식들이 한 짓이라고 생각한 거죠? 누군가 집에 있는지 확인하기 위해서 전화를 했단 말이죠? 그랬을 수도 있지만······ 그게 무슨 의미가 있겠어요?"

"당신이라면 공중전화에서 전화를 했겠어요?"

그들은 당황해서 나를 쳐다봤다.

"그냥 잘못 걸린 전화인 것처럼 전화를 하려고 가정한다면. 아무 말도 하지 않고 끊는 전화는 사람들이 신경 쓰지 않잖아요. 그런데 여섯 블록이나 떨어진 곳으로 차를 몰고 가서 공중전화기에 동전을 넣으면서까지 전화를 하겠어요? 아니면 그냥 집 전화를 쓰겠어요?"

"나라면 집 전화를 쓰긴 하겠지만."

"나도 그럴 거요."

내가 말했다. 나는 노트를 꺼내서 지미 홍이 적어 준 코리의 집에 걸려 온 전화번호 리스트를 찾았다. 그때 필요했던 번호는 몸값을 요구했던 시각부터였지만 지미는 자정부터 코리에게 걸려온 모든 전화번호를 적어 줬다. 그날 그 종이를 챙겼다가 빨래방에 있는 티제이에게 전화를 걸면서 봤는데 도대체 어디에 둔 걸까?

나는 찾아서 종이를 폈다.

"여기 있어요. 전화가 두 통 걸려 왔는데 둘 다 통화시간은 1분도 안 돼요. 하나는 아침 9시 44분에 다른 하나는 2시 30분에 왔어요. 전화번호는 243-7436."

"맞다. 방금 막 잘못 걸린 전화가 두 통 왔다는 게 기억났어요. 몇 시에 왔는지는 모르겠지만."

캐넌이 말했다.

"아는 번호인가요?"

"다시 읽어줘요."

그는 고개를 흔들었다.

"아는 번호가 아닌데. 그 번호로 걸어서 누가 받는지 확인해 보죠."

그는 전화기로 손을 뻗었다. 나는 그의 손을 잡았다.

"잠깐. 그 자식들에게 경고를 해 주면 안 되죠."

"무슨 경고?"

"그들이 어디 사는지 우리가 안다는 것."

"우린 놈들이 어디 사는지 모르잖아요? 우리가 아는 건 전화번호뿐인데."

"콩 브라더스가 지금쯤이면 집에 있을 텐데. 내가 전화해 볼까요?"

티제이가 말했다. 난 고개를 흔들었다.

"이건 내 선에서 해결할 수 있어."

나는 수화기를 들어서 전화번호 서비스를 돌렸다. 교환원이 나오자 말했다.

"경찰인데 전화번호 안내 서비스를 부탁합니다. 내 이름은 알톤 시막이고 배지 번호는 2491-1907입니다. 전화번호가 하나 있는데 그 번호로 나온 이름과 주소를 부탁합니다. 네, 맞아요. 243-7436번이죠. 그래요. 감사합니다."

나는 수화기를 내려놓고 잊어버리기 전에 주소를 적었다.

"그 번호는 A. H. 월렌스라는 사람 소유로 돼 있어요. 당신 친구인가요?"

캐넌은 고개를 흔들었다.

"내 생각에 A는 앨버트의 머리글자인 것 같아요. 레이가 자기 파트너를 앨버트라고 불렀어요."

난 받아 적은 주소를 불렀다.

"51번가 692번지."

캐넌이 말했다.

"선셋 파크."

"선셋 파크. 빨래방에서 두세 블록 떨어진 곳이네요."

"동점을 깰 기회군. 갑시다."

그 집은 판자를 댄 목조 가옥이었다. 달빛에 보기에도 관리를 하지 않고 방치해 둔 집이라는 게 뚜렷이 드러났다. 물막이 판자는 페인트칠을 해야 했고 관목이 무성하게 자라나 있었다. 집 앞쪽에 있는 계단을 따라 올라가면 방충망이 붙은 현관이 나왔는데 방충망의 가운데가 축 늘어져 있었다. 진입로의 한쪽은 콘크리트가 깔려 있었고 또 다른 한 편은 아스팔트가 깔려 있었다. 아스팔트는 집의 오른편을 따라 차 두 개를 주차시킬 수 있는 차고까지 나 있었다. 반쯤 뒤로 돌아가면 옆문이 하나 있었고 뒤쪽에 세 번째 문이 있었다.

모두 뷰익을 타고 와서 7번 애비뉴 모퉁이에 세워 뒀다. 모두 권총을 가지고 왔다. 캐넌이 티제이에게 리볼버를 줬을 때 내가 놀란 표정을 한 게 분명했다. 캐넌이 나를 보면서 이렇게 말했기 때문이다.

"티제이가 따라온다면 무장해야 해요. 보초병으로 오라고 하죠. 이 총을 어떻게 쓰는지 알지, 티제이? 그냥 겨누고 쏘면 돼. 일제 카메라처럼 작동한다고 생각해라."

머리 위쪽에 있던 차고문은 자물쇠가 단단하게 걸려 있었다. 차고 옆으로 작은 나무문이 달려 있었지만 마찬가지로 잠겨 있었다. 내 신용 카드로도 빗장이 열리지 않았다. 유리창을 소리 내지 않고 깰 수 있는 방법을 생각하고 있을 때 피터가 나에게 손전등을 건네줬다. 순간 난 유리창을 손전등으로 깨라는 뜻으로 알아들었다. 그러다 뒤늦게 의미를 깨닫고 손전등의 전구가 달린 쪽을 유리창에 대고 불을 켰다. 차고에는 혼다 시빅이 있었고 번호판도 알아볼 수 있었다. 맞은편은 손전등으로 비춰도 잘 보이진 않았지만 어두운 색의 밴이 하나 있었다. 우리가 있는 곳에서는 밴의 번호판이 보이지 않았고 희미한 불빛으로는 색깔도 알아볼 수 없었지만 그걸로 충분했다. 제대로 찾은 것이다.

집 전체에 환하게 불이 켜져 있었다. 집이 단독 주택이라는 표시는 여기저기에 있었다. 옆문에는 벨이 하나밖에 없었고 현관으로 가는 문 옆에는 우체통이 하나 있었다. 놈들이 어디에 있는지는 모를 일이었다. 우리는 집 주변을 돌아봤다. 집 뒤로 갔을 때 나는 손에 깍지를 끼고 캐넌이 올라갈 수 있게 받쳐 주었다. 그는 창턱을 잡고 그 위로 머리를 올려서 잠시 동안 매달려 있다가 뛰어 내렸다.

"부엌에."

그가 속삭였다.

"그 금발머리가 부엌에서 돈을 세고 있어요. 가방을 열어 놓고 지폐를 세면서 종이에다 센 걸 적고 있더군요. 시간 낭비지. 이미 다 끝난 건데 얼마나 받았는지 왜 신경을 쓰지?"

"다른 한 놈은?"

"안 보여요."

우리는 다른 창문에 올라가서 같은 절차를 반복하고 옆문을 지나치면서 다시 한 번 살펴봤다. 옆문은 잠겨 있었지만 아이라도 발로 차고 들어갈 수 있을 정도였다. 부엌으로 이어지는 뒷문은 별로 단단해 보이지 않았다.

하지만 나는 두 놈이 어디 있는지 다 알기 전까지는 쳐들어가고 싶지 않았다.

피터는 지나가는 사람의 이목을 끌 위험을 무릅쓰고 주머니칼을 써서 현관문의 자물쇠를 칼로 긁었다. 현관에서 집 앞으로 연결되는 문은 더 단단한 자물쇠가 달려 있었지만 깨고 들어갈 수 있는 큰 창문이 달려 있었다. 피터가 유리창을 들여다 본 후 앨버트가 거실에도 없다고 말했다.

그가 돌아와서 이렇게 말하길래 난 앨버트가 이층에 있거나 아니면 맥주를 마시러 나갔다고 추측했다. 그래서 조용히 레이를 공격할 수 있는 방법을 생각하고 있었는데 티제이가 딱 소리를 내면서 손가락을 부딪쳐서 내 주의를 끌었다. 티제이는 쪼그려 앉아서 지하실 창문을 보고 있었다.

나도 옆에 가서 몸을 구부리고 앉아 창문을 들여다봤다. 티제이는 손전등을 가지고 넓은 지하실 내부를 비춰 보고 있었다. 지하실 한 쪽 구석에는 큰 싱크대가 있었고 싱크대 옆에 세탁기와 건조기가 있었다. 반대편 구석에 작업 공작대가 있었고 그 옆에 전동 공구들이 있었다. 작업 공작대 위 벽에는 나무못을 꽂는 판이 있었고 거기에 여러 개의 도구들이 걸려 있었다.

앞에는 탁구대가 있었는데 네트가 늘어져 있었다. 탁구대 위에 속이 빈 돈 가방 하나가 열려 있었다. 묘지에 왔을 때 입고 있던 옷을 아직도 입은 앨버트 월렌스가 탁구대 옆의 등받이를 받친 의자에 앉아 있었다. 가방에 든 돈을 세고 있었던 것 같았다. 가방에 돈이 없는데 어둠 속에서 그런 행동을 한다는 게 좀 이상하긴 했다. 하지만 티제이의 손전등 불빛을 제외하곤 지하실엔 조명이 없었다.

뚜렷하지 않았지만 앨버트의 목에 긴 피아노 줄이 감겨 있는 것을 볼 수 있었다. 그 피아노 줄이 팸 캐시디와 레일라 알바레즈의 가슴을 도려낸 줄일 것이다. 살들을 부드럽게 잘라냈을 때야 아무 저항이 없었겠지만 앨버트의 경우에는 줄이 뼈와 연골 조직에 걸리는 바람에 힘들게 사용한 것 같았다. 하지만 소기의 목적은 달성했다. 앨버트의 머리는 기묘하게 부풀어 있었고 피가 고이긴 했지만 밖으로 흘러내리진 않았다. 그의 얼굴은 보름달처럼 둥글고 퍼렇게 부어 있었고 눈이 튀어나와 있었다. 전에도 교살된 피해자들을 본 적이 있어서 즉시 그의 사인을 알 수 있었다. 하지만 그렇다고 놀라움이 반감된 것은 아니었다. 정말 무시무시한 모습이었다.

어쨌든 일단 한 놈 줄었다.

캐넌이 다시 부엌 창문을 들여다봤지만 총은 어디에서도 보이지 않았다. 캘린더가 총을 치운 것 같았다. 그는 납치 때에도 총을 휘두르지 않았고 묘지에서도 루시아의 목에 대고 있던 칼을 보완하기 위해 총을 들었을 뿐이었다. 앨버트와 파트너 관계를 정리할 때도 총을 사용하는 대신 목을 졸랐다.

이제 남은 문제는 문으로 들어가서 캘린더가 돈을 세고 있는 곳에 도착하기까지 시간이 얼마나 걸리나 하는 문제였다. 만약 뒷문이나 옆문으로 들어가면 계단을 올라가서 부엌으로 가야 했다. 만약 앞으로 들어가면 현관을 통해 들어가서 집 뒤쪽까지 쭉 돌아가야 했다.

캐넌은 앞으로 조용히 들어가자고 제안했다. 앞쪽에는 삐걱거리는 층계가 없고 앞문이 레이가 앉아 있는 부엌에서 가장 먼 곳에 있다. 돈을 세는데 집중하고 있으니 유리가 깨지는 소리를 못 들을 수도 있었다.

"유리에 테이프를 붙이죠. 유리가 깨지긴 하지만 바닥에 떨어지지 않으니까. 소리도 덜 나고."

피터가 말했다.

"뽕쟁이의 상식이군."

캐넌이 말했다.

하지만 우린 테이프가 없었다. 테이프가 있을 만한 근처의 상점은 이미 닫은 지 오래였다. 티제이는 작업대나 그 위에 적당한 테이프가 있을 거라고 했지만 거기 들어가려면 창문을 깨야 했다. 그건 결코 좋은 방법이 아니었다. 피터가 다시 현관으로 가서 거실 바닥에 카펫이 깔려 있다고 보고했다. 우리는 서로 쳐다보고 어깨를 으쓱했다.

"뭐 아무렴 어때."

누군가 말했다.

내가 티제이를 들어 올렸고 티제이가 부엌 창문을 들여다보는 동안 피터가 앞문 유리를 깼다. 우리가 서 있는 곳에서는 깨지는 소리가 들리지 않았다. 레이도 듣지 못한 게 분명했다. 우리는 모두 앞으로 가서 문을 통해 들어갔다. 조심스럽게 깨진 유리를 넘으면서 소리가 나는지 듣다가 천천히 그리고 조용하게 집 안을 돌아다녔다.

부엌문에 도착했을 때 내가 선두에 있었고 캐넌이 내 오른쪽에 있었다. 우린 둘 다 권총을 들고 있었다. 의자에 앉아 있는 레이의 옆모습이 보였다. 한 손에는 지폐 한 뭉치를 들고 다른 손에는 연필을 쥐고 있었다. 유능한 회계사가 치명적인 무기를 들고 있군. 어쨌든 총이나 칼보다는 귀여운 무기였다.

얼마나 기다렸는지 모르겠다. 15초 아니면 20초 이상은 아니었다. 하지만 그 시간은 더 길게 느껴졌다. 우리는 레이의 어깨가 조금 움직이면서 그가 우리의 존재를 알아차렸다는 것을 확인할 때까지 기다렸다.

"경찰이다, 움직이지 마."

내가 말했다.

그는 움직이지 않았다. 심지어는 내 목소리를 향해 눈을 돌리지도 않았다. 그는 자신의 삶의 한 고비가 끝나고 새로운 고비가 시작되는 동안 그냥 거기에 그렇게 앉아 있었다. 그러다 고개를 돌려서 나를 봤는데 두려워하거나 분노하는 표정이 아니라 실망한 기색이 역력한 표정이었다.

"일주일 준다고 했잖아. 약속했잖아."

돈은 그 집에 다 있는 것 같았다. 우리는 가방 하나를 채웠다. 다른 가방 하나가 지하실에 있었지만 아무도 거기 가서 가방을 가져오고 싶어 하지 않았다.

"티제이보고 가져오라고 하고 싶지만. 묘지에서 한 걸 보면 시체가 있는 곳에 가는 건 무리겠죠."

캐넌이 말했다.

"그런 식으로 말해서 날 가게 하려는 거죠. 날 부추기려고."

"응. 그런 의도야."

캐넌이 말했다.

티제이는 어이없어하다가 가방을 가지러 갔다. 가방을 가져와서 그가 말했다.

"아, 저 밑에 냄새가 지독해요. 죽은 사람들은 항상 그렇게 썩는 냄새가 나요? 다음번에 사람을 죽일 일이 있다면 기억해 뒀다가 멀찍이 떨어져서 해야지."

기이한 풍경이었다. 모두 레이 주변에서 볼일을 보면서도 마치 그가 거기 없는 것처럼 행동했다. 그는 잠자코 침묵을 지키고 있었다. 앉아 있는 그는 작고 약하고 무력해보였다. 그가 그런 인간이 아니란 걸 알고 있었지만 저항을 하지 않아서 더 그렇게 보였다.

"다 챙겼어."

캐넌이 말하면서 두 번째 가방의 걸쇠를 잠갔다.

"곧바로 유리에게 가져다 줘도 돼."

피터가 말했다.

"유리는 아이만 찾으면 된다고 했어."

"오늘밤은 유리가 운수 대통한 거야. 아이도 찾고 돈도 찾고."

"돈은 상관없다고 그랬잖아. 중요한 돈이 아니랬어."

"유리는 우리가 여기 올 줄 몰랐잖아."

피터가 꿈을 꾸는 것처럼 말했다.

"그랬지. 그냥 생각해 본 거야."

"제발, 형."

"이건 댑따 많은 돈이다, 동생아. 넌 요즘 손해가 막심하잖아. 지난번에 한 그 해시시 거래도 망했고, 그렇지?"

"그래서?"

"신이 복수하라고 기회를 주셨는데 성의를 무시할 셈이냐."

"형. 아버지가 하셨던 말 기억 안 나?"

캐넌이 말했다.

"그 노인네는 별소리를 다 하셨지. 우리가 언제 제대로 듣기나 했냐?"

"아버진 100만 달러를 훔치지 않는 한 도둑질은 하지 말라고 하셨어, 기억 나?"

"그러니까. 이번이 그 기회야."

캐넌은 고개를 흔들었다.

"땡. 틀렸어. 여기엔 지금 80만 달러밖에 없고 그중 25만 달러가 가짜야. 그리고 13만 달러는 내 거야. 그럼 얼마가 남는 거야? 40만 달러정도잖아. 42만 달러인가? 그 정도라고."

"그러니까 그걸로 딱 맞잖아, 동생아. 이 놈이 네게서 강탈해간 돈이 40만 달러잖아. 게다가 매튜에게 지불한 돈이 만 달러고 거기다 수사 비용도 들었으니 다해서 얼마냐? 42만 달러 정도? 액수가 딱 맞잖아."

"난 돈을 되찾고 싶은 생각 없어."

"뭐라고?"

그는 형을 뚫어져라 쳐다봤다.

"돈을 갖고 싶지 않다니까. 프랜신의 몸값으로 피 묻은 돈을 치렀는데 지금 형은 나보고 유리에게서 그 피 묻은 돈을 훔치라고 하는 거잖아. 형은 생각하는 게 어째 항상 뽕쟁이 사고야. 지갑을 훔쳐 놓고 도둑맞은 사람이 지갑을 찾도록 도와주는 꼴이라고."

"네 말이 맞다."

"제발, 형."

"아냐, 네 말이 맞다. 맞는 말이야."

"그럼 나에게 준 돈이 가짜란 말이야?"

레이가 말했다.

"이 호로 새끼. 네가 여기 있다는 것조차 잊어버리고 있었네. 도대체 뭘 걱정하는데. 그 돈을 쓰다가 잡힐까 걱정이야? 내가 하나 가르쳐 주지. 넌 한 푼도 못 써."

캐넌이 말했다.

"당신이 아랍 인이군. 그 남편."

"그래서?"

"그냥 궁금했어."

"레이, 네가 코리 씨에게서 챙긴 돈은 어디 있지? 40만 달러 말이야."

내가 말했다.

"둘이 나눴어."

"그 다음에 어쨌어?"

"앨버트가 어떻게 했는지는 모르겠어. 집에는 없어."

"그럼 네 몫은?"

"금고에 있지. 뉴 우트레체트와 포트 해밀턴 파크웨이 사이에 있는 브루클린 퍼스트 머켄타일 은행에 있지. 내일 아침 시내를 빠져 나가는 길에 들를 거야."

"내일 갈 거란 말이지, 참나?"

캐넌이 말했다.

"혼다로 갈지, 트럭으로 갈지 아직 결정 못했어."

그는 계속해서 말했다.

"이 자식은 아무래도 정신이 혼미한 것 같군. 매튜, 돈에 관한 말은 사실인 것 같아요. 은행에 있는 절반은 잊어버려야지. 앨버트의 몫은 잘 모르겠지만, 집안을 들었다 놔도 찾을 수 있을 것 같지 않은데. 어떻게 생각해요?"

"찾을 수 없을 것 같군요."

"아마 마당에 묻었을 거예요. 아니면 그 염병할 공동묘지나 다른 곳에 묻었든가. 아무렴 어때. 그 돈은 내 돈이 아니었어. 처음부터 알고 있었어요. 할 일만 하고 여길 빨리 뜹시다."

"당신이 선택해요, 캐넌."

내가 말했다.

"무슨 소리예요?"

"난 이 자식을 감옥에 처넣을 수 있어요. 지금으로선 사방에 증거 천지니까. 파트너는 지하실에 죽은 채로 나자빠져 있고 차고에 있는 트럭에는 섬유 조직과 혈흔과 별의별 증거들이 있을 거요. 팸 캐시디가 자신을 불구로 만든 자로 이 자를 지목할 거고. 다른 증거로도 레일라 알바레즈 사건과 마리 갓스카인드 사건에 이놈을 엮을 수 있소. 3건의 종신 징역형에 추가 보너스로 2, 30년을 더 때릴 수 있소."

"무기 징역을 살 거라고 보장할 수 있소?"

"아니요. 형법 체계에 관해서는 보장할 수 있는 게 하나도 없소. 내 짐작으론 아마 미치광이 범죄자들을 수감하는 매트와나 주립 정신병원에 수감될 겁니다. 뭐, 살아서 그 곳을 나가게 되는 일은 없을 거요. 하지만 세상일이란 모르는 거니까. 당신도 알잖소. 이 자식이 빠져나갈 구멍은 없지만 예전에도 비슷한 사건이 있었는데 범인이 무죄로 풀려난 적도 있었소."

그는 내 말을 곰곰히 생각했다.

"우리 거래부터 짚어 보죠. 우리 거래 조건은 당신이 이 자를 체포하는 건 아니었어요."

"나도 알아요. 그래서 선택하라고 했잖아요. 당신이 다른 선택을 한다면 난 먼저 여길 나가겠소."

"여기 있고 싶지 않다는 말이군요."

"그래요."

"찬성하지 않는군요."

"난 반대도 찬성도 하지 않아요."

"하지만 이런 선택을 하지 않겠죠."

"그래요. 그렇게 하지 않아요. 이전에 그런 선택을 했으니까. 내 자신이 직접 처형자로서 나선 적이 있어요. 두 번 다시 하고 싶지 않은 일이에요."

"그렇겠죠."

"이 사건에서는 내가 그래야 할 이유도 없고. 난 브루클린 강력계에 이 자를 넘겨 주고 발 뻗고 자면 그만이오."

그는 한참을 생각했다.

"난 그렇게 할 수 없어요."

"바로 그래서 당신이 결정해야 해요."

"아, 그렇담, 결정했어요. 내 손으로 직접 처리하겠어요."

"그럼 난 가겠소."

"그래요, 당신과 다른 사람들 모두 나가요. 이렇게 합시다. 차를 두 대 가져 오지 않은 게 유감이군요. 매튜, 당신과 티제이와 형이 유리에게 돈을 돌려줘요."

그가 말했다.

"당신 돈도 있잖소. 유리에게 빌려 준 돈을 꺼내겠소?"

"유리 집에서 돈을 분리해 줘요. 그 위조지폐랑 섞이면 곤란하니까."

"위조지폐는 모두 은행 도장이 찍힌 종이로 묶었잖아."

피터가 말했다.

"그랬는데 여기 있는 이 얼간이가 돈을 세면서 모두 섞었잖아. 그러니까 유리 집에서 다시 골라내 줘. 알았지? 그 다음에 날 태우러 와 줘. 얼마 정도면 될까? 유리 집에 가는 데 20분, 오는데 20분, 거기서 돈 고르는데 20분, 한 시간 정도로 잡지. 지금부터 한 시간

15분 후에 날 데리러 모퉁이로 와 줘."

"알았다."

그는 가방 하나를 들었다.

"서둘러요. 이 가방들을 차로 가져가야지. 매튜, 이 자식 좀 감시해요. 알았죠?"

캐넌과 피터가 나갔고 나와 티제이는 서서 레이몬드 캘린더를 내려다 봤다. 우린 둘 다 총을 가지고 있었지만 레이는 파리채로도 감시할 수 있을 것 같았다. 그는 자신이 다른 세상에 있는 것처럼 행동했다.

그를 보다가 묘지에서 우리가 나눈 대화가 생각났다. 그의 인간적인 내면이 짧게 드러난 순간이었다. 다시 대화를 나누면 이번엔 어떤 정체를 드러낼지 알고 싶어졌다.

"앨버트를 그냥 거기에 내버려 둘 참이었어?"

내가 말했다.

"앨버트?"

그는 쉽게 기억해내지 못했다.

"아니. 떠나기 전에 치울 생각이었는데."

"어떻게 하려고 했는데?"

"조각을 낸 후에 싸서 버리려고 했지. 찬장에 쓰레기봉투가 쌓여 있으니까."

"그 다음엔 어쩔 건데? 차 트렁크에 싣고서 배달이라도 할 셈이었나?"

"그건 아랍 놈을 위해서 그렇게 한 거였고. 이번엔 쉽지. 잘라낸 조각들을 분산시켜서 덤프스터(금속제의 대형 쓰레기통—옮긴이)나 작은 쓰레기통에 버리려고 했어. 눈여겨보는 사람도 없으니까. 레스토랑에서 나오는 음식물 쓰레기와 같이 섞어 놓으면 거기서 나온 고기 덩어리로 다들 생각하니까."

"그전에도 그런 짓을 한 적이 있군."

"아, 물론이지. 당신이 아는 것보다 여자들이 더 많아."

그는 티제이를 봤다.

"흑인도 하나 기억난다. 피부색이 너랑 비슷했던 것 같군."

그는 한숨을 쉬었다.

"난 지쳤어."

"오래 걸리지 않을 거야."

"날 그 자식에게 남겨 두고 갈 거지. 그놈이 날 죽일 거야. 그 아랍 놈이."

페니키아 인이야. 난 생각했다.

"당신과 난 잘 통했어. 당신이 거짓말했다는 걸 알아. 약속을 어겼잖아. 선택의 여지가 없었겠지만. 하지만 우린 대화가 통했다고. 그런데 어떻게 날 죽이라고 그놈에게 넘길 수 있어?"

그가 말했다.

징징 대면서 투덜대는 꼴이라니. 이스라엘의 법정에 선 아이히만(독일의 전범—옮긴이)이 떠올랐다. 이놈을 어떻게 해야 할까? 묘지에서 내가 그에게 했던 질문이 떠올랐다. 그래서 난 그가 했던 그 놀라운 대답을 그대로 돌려줬다.

"넌 트럭에 탔잖아."

내가 말했다.

"무슨 말이야."

"일단 트럭에 타면 넌 그냥 고깃덩어리야."

우리는 약속대로 앨버트 윌렌스 집에서 바로 모퉁이를 돌아 8번 애비뉴에 있는 보석상 앞에서 새벽 2시 45분에 캐넌을 차에 태웠다. 그는 내가 운전석에 있는 것을 보고 형이 어디에 있는지 물었다. 난 몇 분전에 콜로니얼 로드에 있는 피터의 집에 그를 내려줬다고 대답했다. 피터는 도요타를 가지러 갈 생각이었지만 마음을 고쳐먹고 곧장 자겠다고 말했다.

"그랬어요? 난 너무 신경이 곤두서서 눈 좀 붙이려면 뒤통수를 나무 방망이로 한 대 갈겨야 할 지경인데. 아니에요, 그냥 거기 있어요. 매튜, 당신이 운전해요."

그는 차를 돌아와서 내 옆좌석에 앉았다. 뒷좌석에는 티제이가 헝겊 인형처럼 널브러져서 자고 있었다. 캐넌이 말했다.

"아이들이 잘 시간이 지났군. 저 비행 가방 낯이 익은데. 설마 이번에도 위조지폐가 가득 든 건 아니겠죠."

"당신 돈 13만 달러요. 최선을 다해서 분리한 거요. 위조지폐가 섞였을 리는 없을 거예요."

"설령 있다 해도 상관없어요. 진짜랑 똑같으니까. 고와너스로 가지 그래요. 길은 알아요?"

"대충 알 것 같아요."

"그 다음에 다리로 가든 터널로 가든 맘대로 해요. 형이 내 돈을 집으로 가지고 가서 지키고 있겠다는 말은 하지 않던가요?"

"내가 직접 당신에게 전해주는 게 내 임무라고 생각했소."

"아, 그렇게 돌려서 말해 주다니. 형에게 뽕쟁이 사고라고 몰아

붙였던 걸 주워 담을 수 있다면 좋겠어요. 내가 너무 심했어요."

"형도 동의했잖아요."

"그게 사실 더 끔찍해요. 둘 다 그 말이 사실이라는 걸 알고 있다는 게. 유리가 돈을 보고 놀라던가요?"

"기절초풍했어요."

캐넌이 웃었다.

"그랬겠죠. 아이는 어때요?"

"괜찮아질 거라고 의사가 그러더군요."

"많이 다쳤나요?"

"육체적으로나 정신적으로나 충격을 많이 받았으니까. 놈들이 번갈아가면서 아이를 강간했어요. 손가락 두 개를 잃은 것 말고도 내상도 입은 것 같소. 지금 진정제를 맞고 자고 있소. 의사가 유리에게도 약을 좀 줬고."

"우리에게도 의사가 뭔가를 좀 줬어야 해요."

"유리가 사실 뭔가를 좀 주려고 했소. 나에게 돈을 주려고 했죠."

"받지 그랬어요."

"안 받았어요."

"왜 안 받았어요?"

"왜 그랬는지는 나도 모르겠소. 나답지 않았지만 이유는 설명할 수 없군요."

"78구역에서 배운 방식은 아니죠?"

"그건 절대로 아니예요. 유리에게 난 이미 의뢰인이 따로 있고 의뢰비도 다 받았다고 말했소. 아마 당신이 말한 피 묻은 돈이란 말에 나도 공감한 것 같소."

"이런, 그건 아니죠. 당신은 일을 한 거였고 그것도 완벽하게 처리했잖아요. 유리가 뭘 주고 싶어 했다면 받았어야죠."

"괜찮아요. 대신 유리에게 티제이에게 얼마쯤 주라고 했소."

"그래서 얼마나 줬죠?"

"모르겠소. 2달러 정도 줬나?"

"200달러."

티제이가 말했다.

"아, 깼구나, 티제이. 자고 있는 줄 알았다."

"그냥 눈만 감고 있었어요."

"너 여기 매튜 아저씨 잘 따라다녀라. 아저씨만 따라다니면 좋은 일이 생길 거야."

"아저씬 나 없인 못 살아요."

"그게 정말이에요, 매튜? 티제이 없인 못 살아요?"

"물론이죠. 우리 모두 그럴 거요."

BQE(브루클린 퀸즈간 고속도로—옮긴이)와 다리를 건너 맨해튼에 도착했다. 티제이에게 어디에 내려 줄지 물었다.

"듀스에 내려 주세요."

"지금은 새벽 3시야."

"듀스에 문이 있는 것도 아닌데요, 뭘. 듀스는 문 닫는 곳이 아니라고요."

"잘 데는 있는 거니?"

"아저씨, 나 돈 있어요. 프론트넥에 예전에 쓰던 방이 남아 있는지 알아봐야죠. 샤워를 서너 번쯤 하고 룸서비스를 불러야지.

잘 곳 있어요, 아저씨. 내 걱정은 말아요."

"넌 수완이 좋으니까."

"빈말이 아니란 건 아저씨도 잘 알죠."

"그리고 집중력도 뛰어나지."

"둘 다 갖췄죠."

우리는 티제이를 8번 애비뉴와 48번가 사이에 있는 모퉁이에 내려줬다. 44번가를 지날 때 신호에 걸렸다. 난 길 양쪽을 둘러보았다. 보는 사람도 없었지만 어차피 바삐 가는 길도 아니었다. 신호가 바뀔 때까지 기다렸다. 내가 말했다.

"당신이 할 수 있을 거라곤 생각 못했소."

"뭘 말이죠, 캘린더 말예요?"

난 고개를 끄덕였다.

"나도 내가 할 수 있을 거라곤 생각 못했어요. 난 사람을 죽여본 적이 없어요. 한두 번 살의를 느낀 적은 있지만 그러다 진정했죠."

"보통 그렇죠."

"그 놈은 아무것도 아니었어요. 알죠? 있으나 마나 한 놈. 그래서 생각했죠. 이 벌레를 내가 과연 죽일 수 있을까 하고. 하지만 난 해치워야 했어요. 그래서 처리 방법을 찾았죠."

"어떻게 했소?"

"그 자식에게 말을 시켰죠. 몇 가지 물어봤어요. 처음엔 짧게 대답하더니 계속 물어보니까 말을 하기 시작하더군요. 유리 딸에게 무슨 짓을 했는지 털어놨어요."

"그랬군요."

"아이에게 무슨 짓을 했는지, 아이가 얼마나 겁에 질려 있었는지 말해 주더군요. 일단 말문이 트이니까 오히려 이야기를 못해서 안달하더라고요. 그로서는 일종의 재현이었겠죠. 있죠, 이건 사냥과는 다르잖아요. 사냥을 하면 사슴을 쏘고 나서 머리를 박제해 가지고 기념으로 벽에 걸어 놓죠. 이 자식은 여자를 죽이고 나면 남는 건 추억밖에 없으니까 그 추억을 다시 꺼내서 먼지도 떨어내고 그 추억이 얼마나 아름다웠는지 감상할 수 있는 기회가 너무 반가웠던 거예요."

"당신 부인 이야기도 하던가요?"

"아, 했죠. 어찌나 즐거워하면서 이야기를 하던지. 난도질한 그녀를 보내서 나를 모욕하면서 즐거워했던 것처럼 말이죠. 그 자식 입을 닥치게 하고 싶었죠. 결코 듣고 싶지 않았어요. 그러다 말이에요, 이런 생각이 들더라고요. 프랜신은 어차피 죽었다. 내가 그 염병할 불속에 넣어버렸다. 이젠 더 이상 고통 받을 일이 없다. 그래서 원하는 만큼 실컷 떠들게 하면 내가 해야 할 일을 할 수 있을 것 같았어요."

"그래서 그놈을 죽였군요."

"아뇨."

나는 그를 봤다.

"난 살인을 하지 않아요. 난 살인자가 아니에요. 그 자식을 보고 생각했죠. 이 씨발 놈아, 난 널 죽이진 않을 거다."

"그래서 어떻게 했죠?"

"어떻게 내가 살인자가 될 수 있겠어요? 난 의사가 되었어야 할 사람인데. 내가 당신에게 말했죠?"

"부친의 꿈이었다고 했죠."

"난 의사가 될 몸이었다고요. 형은 몽상가라 건축가가 돼야 했지만 난 현실적인 놈이라 의사가 돼야 했죠. '최고의 직업이다.' 아버지가 말하셨죠. 심지어 종목까지 정해 놓으셨어요. '외과의사가 되렴.' 그러셨죠. '그래야 돈을 만질 수 있다. 일류 엘리트가 되는 거다. 외과의가 장땡이다.'"

그는 오랫동안 침묵을 지켰다.

"그래서 그대로 했죠. 오늘 밤 외과의사로서 수술을 한 건 했어요."

비가 내리기 시작했지만 퍼붓지는 않았다. 나는 와이퍼를 켜지 않았다. 그가 말했다.

"난 그 자식을 끌고 아래층으로 갔어요. 그놈 파트너가 있는 지하실로 갔는데 티제이 말이 맞았어요. 정말 끔찍한 냄새가 나더군요. 사람이 그런 식으로 죽으면 똥오줌을 지리는 것 같아요. 토할 것 같았지만 한참 있으니까 적응이 되더군요.

마취제를 쓰지 않았지만 그자식이 곧장 기절해 버려서 괜찮았어요. 그 자식이 가지고 있던 잭나이프를 썼는데 칼날이 15센티미터 정도 되는 긴 잭나이프더군요. 작업대에는 온갖 필요한 도구들이 다 있었어요."

"나한테 말할 필요 없어요, 캐넌."

"아뇨. 그렇지 않아요. 말해야 해요. 듣고 싶지 않다면 안됐지만 난 해야겠어요."

"해 봐요."

"난 그 자식의 눈을 도려냈어요. 그래서 그 자식이 다시는 여자들을 쳐다볼 수 없게 했죠. 그리고 두 손을 잘라 냈어요. 다시는 아무도 만질 수 없게. 지혈대를 써서 피가 흘러내리지 않게 했죠. 철사를 써서 지혈대를 만들었죠. 고기 써는 큰 식칼로 손을 잘라 냈는데 정말 사악한 도구더군요. 내 생각에 그놈들이 그 칼을 써서……."

그는 숨을 깊이 계속해서 들이마셨다 내쉬었다.

"시체를 절단했던 것 같아요."

그는 계속해서 말했다.

"난 그자식의 바지를 벗겼죠. 만지고 싶지 않아서 억지로 해야 했지만. 그 자식의 거시기를 잘라 냈어요. 다시는 쓸 일이 없도록. 어차피 이제는 갈 곳도 없을 테니 그 놈의 못생긴 두 발도 잘라냈죠. 그리고 들을 일도 없을 테니 양쪽 귀를 다 잘라냈어요. 그 다음에 혀를 잘랐는데 다 자르진 못하고 일부만 잘랐어요. 혀를 다 끄집어 낼 수가 없어서 펜치로 잡은 다음에 잡아당겨서 할 수 있는 한 길게 잘랐어요. 누가 그런 놈이 하는 말을 듣겠어요? 누가 그런 헛소리를 듣겠냐구요. 잠깐, 차 좀 세워 줘요."

브레이크를 밟고 차를 세우자 그가 차문을 열고 내려서 도랑에 대고 토했다. 손수건을 주자 그는 입을 닦고 나서 길가에 수건을 버렸다.

"미안해요."

차문을 닫으며 그가 말했다.

"이미 다 토해버린 줄 알았는데. 속이 비었다고 생각했어요."

"괜찮소, 캐넌?"

"그런 것 같아요. 있죠, 난 그 자식을 죽이지 않았다고 했지만 그게 사실인지 모르겠어요. 내가 떠날 때는 살아 있었지만 지금쯤은 죽었을 지도 모르죠. 그리고 죽지 않았다고 해도 남아 있는 게 없잖아요? 어마어마한 칼질을 했으니. 왜 그냥 머리에 총을 한 방 쏴 버리고 끝내지 못했을까? 한 방이면 끝났을 텐데."

"왜 그러지 않았소?"

"나도 모르겠어요. 아마 눈에는 눈, 이에는 이로 갚아주자고 생각했던 것 같아요. 그 자식이 나에게 프랜신을 조각내서 보내 줬으니 나도 고대로 해 주자. 어쩜 그런 심산이었나 보죠. 나도 모르겠어요."

그는 어깨를 으쓱했다.

"상관없어요. 이미 끝난 일인데. 죽었던 살았던 어쩌라고요. 이젠 정말 끝났어요."

나는 호텔 앞에 차를 세웠고 우린 둘 다 차에서 내려서 어색하게 모퉁이 앞에 서 있었다. 그는 여행 가방을 가리키면서 내가 돈을 더 원하는지 물었다. 나는 이미 지불한 돈으로도 충분하다고 말했다. 확실한가? 그랬다, 확실히 그랬다. 그가 말했다.

"그렇담. 편할 대로 해요. 언제 전화 한 번 줘요. 저녁이나 같이 합시다. 연락할 건가요?"

"물론이에요."

"푹 쉬세요."

그가 말했다.

"가서 눈 좀 붙여요."

23

잠이 오지 않았다.
샤워를 하고 누웠지만 잠시도 가만히 있을 수가 없었다. 잠 생각만 해도 마음이 심란해졌다.
난 일어나서 면도를 하고 옷을 갈아입은 다음 텔레비전을 켜서 채널만 돌리다가 다시 껐다. 밖으로 나와서 돌아다니다가 커피를 마실 수 있는 곳을 찾아 들어갔다. 새벽 네 시가 지난 시각이라 술집은 모두 문을 닫았다. 밤새 술 생각은 한 번도 한 적이 없지만 술집이 닫혀 있어서 안심이 되긴 했다.
커피를 다 마시고 다시 좀 더 걸었다. 생각할 게 많을 땐 걸어다니는 게 훨씬 나았다. 결국엔 다시 호텔로 돌아갔다. 7시 조금 넘어서 택시를 타고 시내로 가서 페리 가에 있는 7시 반 모임에 나갔다. 모임은 8시 반에 끝났다. 난 그린위치 애비뉴에 있는 그리스 커피숍에서 아침을 먹었다. 그 커피숍 주인도 피터가 말했던 것처럼 판매세를 뻥땅 칠지 궁금했다. 나는 다시 택시를 타고 호텔로 갔다. 내가 이렇게 택시를 애용하는 모습을 캐넌이 봤다면 아주 흐뭇해했을 것이다.

방으로 돌아와서 나는 일레인에게 전화를 걸었다. 응답기로 전화가 연결돼서 메시지를 남기고 그녀가 전화를 걸 때까지 기다렸다. 일레인은 10시 반쯤 전화를 걸었다.

"그렇지 않아도 자기 전화 기다렸어. 그 급하다는 전화가 도대체 무슨 일인지 궁금했거든."

"일이 많았어. 이야기를 해 주고 싶은데. 지금 가도 될까?"

"지금?"

"다른 계획 없으면."

"별일 없어."

나는 아래층으로 내려가서 그날 들어 세 번째 택시를 탔다. 일레인이 문을 열어주었다. 일레인은 내 얼굴을 보고 충격을 받은 것 같았다.

"들어와. 앉아, 커피를 타 뒀어. 괜찮은 거야?"

"괜찮아. 간밤에 한잠도 못 잤어. 그래서 그래."

"또? 그러다 습관 되는 거 아냐?"

"그러진 않겠지."

일레인이 탄 커피를 가지고 거실 의자에 앉았다. 그녀는 소파에 앉았다. 나는 어제 캐넌과 한 첫 통화부터 시작해서 그가 오늘 아침에 호텔 앞에 내려주면서 한 대화까지 모든 이야기를 말했다. 그녀는 중간에 끼어들지 않은 채 끝까지 집중해서 내 말을 들었다. 난 오랜 시간을 들여 하나도 빼놓지 않고 우리가 나눴던 모든 대화를 이야기했다. 그녀는 단어 하나하나를 빨아들이듯이 듣고 있었다.

말을 마치자 그녀가 말했다.

"말문이 막히는군. 정말 대단한 이야기야."

"브루클린의 또 다른 밤 풍경일 뿐이야."

"그렇군. 그걸 다 말해 주다니 놀랐어."

"나도 좀 놀라긴 했어. 그 이야기를 하려고 여기 온 게 아닌데."

"그래?"

"하지만 당신에게 감추긴 싫었어. 당신에겐 뭐든 다 말하고 싶으니까. 그래서 오늘 이렇게 온 거야. 모임에 나가서 모르는 사람들에게는 별 이야기를 다 하면서 당신에게는 입을 다물고 있는 건 도리가 아니라고 생각했어."

"슬슬 겁이 나는데."

"당신만 겁이 나는 건 아니야."

"커피 더 마실래?"

"아니. 오늘 아침 캐넌과 헤어진 뒤 2층으로 올라가서 누웠어. 그런데 생각나는 거라곤 자기에게 하지 못했던 말 뿐이었어. 당신은 캐넌이 나에게 한 끔찍한 이야기 때문에 내가 잠을 못 잤다고 생각하겠지만 그건 생각도 나지 않았어. 그럴 여지가 없었지. 난 당신과 대화를 하느라고 정신이 없었거든. 당신 없이 나 혼자서 하는 대화였지만."

"가끔은 그런 대화가 더 쉽잖아. 상대방이 해야 할 말도 당신이 다 해 버리면 되니까."

일레인은 얼굴을 찡그렸다.

"상대방이 남자든, 여자든, 나든."

"누군가 당신이 할 말을 생각해야지, 그런 식으로 말한다면. 빌어먹을, 변죽은 그만 울리자. 난 당신 직업이 싫어."

"아."

"전엔 몰랐어. 처음엔 괜찮았지. 우리가 처음 만났던 때를 생각해 보면 오히려 맘에 들어 했던 것 같아. 그 다음엔 신경 쓰인다는 생각을 하지 못했던 시기가 있었어. 그 다음 단계에선 신경이 쓰인다는 걸 깨달았지만 감추려고 했지.

게다가 내가 뭐라 말할 자격이나 있나? 처음부터 모르고 시작한 사이도 아닌데. 당신의 직업 때문에 끌리기도 했으니까. 그런데 이제 와서 이건 바꿔라, 저건 괜찮다 이런 식으로 참견할 수 있겠어?"

나는 창가로 가서 퀸즈를 내다봤다. 퀸즈는 묘지라고는 달랑 그린우드 하나만 있는 브루클린과 달리 묘지가 흔한 지역이다.

나는 다시 몸을 돌려서 일레인을 보며 말했다.

"게다가 겁도 났어. 일단 말을 꺼내면 최후통첩이 될 것 같았지. 모 아니면 도다. 남자를 그만 받든가, 아니면 나를 차라. 그랬는데 만약 당신이 날 차 버리면?

아니면 만약 당신이 나를 선택하면? 그럼 난 또 어떻게 해야 하지? 그럼 당신도 내 인생에 참견할 권리가 생기는 건가?

당신이 더 이상 남자를 받지 않으면 나도 다른 여자랑 잘 수 없다는 이야기일까? 사실 우리가 다시 만난 후 다른 여자를 만난 적은 없어. 하지만 난 나에게는 그럴 권리가 있다고 항상 생각했어. 만난 적도 없고 한두 번 그럴 기미가 보이면 피해 버리고 말았지만 꼭 그래야 한다고 고집하진 않았단 말이야. 아니면 마음속으로 비밀리에 그런 맹세를 한 건지도 모르겠어. 다만 당신과 내 자신에게 그걸 인정할 용기가 나지 않은 건지도 몰라.

 우리 관계는 어떻게 되는 걸까? 그럼 우리는 결혼해야 하나? 내가 뭘 원하는지 모르겠어. 난 결혼을 한 번 해 봤지만 행복하지 않았어. 충실한 가장도 아니었고.

 그렇담 그냥 동거만 할까? 내가 그것을 원하는지도 확신이 서지 않아. 아니타와 아이들을 떠난 이후로 난 줄곧 혼자 살았어. 꽤 오랜 시간이었지. 싱글도 장점이 많아. 그걸 기꺼이 포기할 수 있을지 모르겠어.

 하지만 당신이 다른 남자들과 있다는 생각만 하면 미칠 것 같아. 당신이 하는 건 사랑도 아니고 순수한 섹스도 아니. 그냥 몸으로 하는 마사지와 다를 게 뭐가 있냔 말이야. 이걸 안다고 해도 달라질 건 없지만.

 그러다 인내력의 한계에 도달했어. 오늘 아침에 당신에게 전화를 했는데 한 시간 후에야 당신이 전화를 했잖아. 그동안 당신이 어디에 있었는지 궁금했지만 다른 남자랑 있었다고 할까 봐 물어볼 수가 없었어. 그렇지 않았다고 당신이 대답해도 내가 의심할 수도 있고."

 "미장원에 있었어."

 일레인이 말했다.

 "아, 잘 어울리네."

 "고마워."

 "스타일을 바꿨군, 그렇지? 정말 예뻐. 알아차리진 못했지만.

하긴 한 번도 알아본 적이 없지. 하지만 예쁘군."

"고마워."

"무슨 생각으로 이런 말을 하는지 모르겠지만 이 감정을 당신에게 고백해야 한다는 생각이 들었어. 사랑해. 사랑이란 말은 우리 사이에 금기였지. 사실 도대체 사랑이란 놈이 뭔지 몰라서 말 안 하기도 했지만. 그게 무슨 뜻이든 내가 당신에게 느끼는 이 감정이 사랑이야. 나에겐 우리 관계가 중요해. 사실 너무 소중해서 이 관계가 변할까 봐 여태 내 마음을 숨겼던 거야."

나는 숨을 들이쉬려고 말을 멈췄다.

"다 털어놓은 것 같군. 이렇게 말을 많이 할 줄 몰랐는데. 잘 한 건지 모르겠지만 어쨌든 하고 싶은 말은 다 했어."

그녀는 나를 바라보고 있었다. 그녀의 눈을 쳐다보기가 거북스러웠다.

"자기, 정말 용감해."

"아, 제발."

"'아, 제발.' 이라고. 당신만 겁나는 줄 알아? 나도 겁나, 난 아직 하고 싶은 말은 시작도 안했는데."

"그래. 나 겁먹었어."

"그래서 용감하다고 하는 거야. 무서워도 끝까지 했으니까. 이것과 비교해 보면 총 맞을 각오를 하고 묘지로 기어 들어가는 건 아무것도 아니지."

"웃긴 건 말이지. 묘지에선 그렇게 무섭지 않았다는 거야. 한 가지 든 생각이라면 난 이제 충분히 살았으니까 요절할 걱정은 안 해도 되는구나 뭐 이 정도였지."

"퍽이나 위로가 됐겠군."

"흠, 이상하게도 그러니까 마음이 편해졌어. 유일한 걱정은 내가 뭔가 잘못해서, 아니면 합당한 조처를 취하지 못하고 실수를 해서 아이에게 무슨 일이 생기면 어쩌나하는 거였어. 일단 아이가 무사히 아빠에게 돌아가니까 그때는 마음이 놓이더군. 나에게 무슨 일이 생길 거라곤 애초에 생각을 안했던 것 같아."

"정말 다행히 아무 일도 없었지."

"갑자기 왜 그래?"

"그냥 좀 눈물이 나서."

"난 그러려고 했던 건……."

"뭘 안 하려고 했다는 거야, 날 울리려던 게 아니라고? 사과할 필요 없어."

"알았어."

"마스카라 좀 번지면 어때?"

그녀는 티슈를 눈에 대고 가볍게 문질렀다.

"아, 하느님. 너무 쪽팔리잖아. 정말 바보 같아."

"눈물 몇 방울 흘렸다고?"

"아니, 이제부터 해야 할 말 때문에 그렇지. 이제 내 차례잖아?"

"맞아."

"중간에 끼어들지 마, 알았지? 지금까지 말 안 한 게 있는데 어디서부터 말해야 할지 모르겠지만. 좋아. 해 버리지. 나 때려치웠어."

"뭐라고?"

"때려치웠다고. 제기랄, 그만뒀다니까. 세상에, 자기 표정 죽인다. 다른 남자들 말이야, 이 바보야. 이제 안 한다고."

"그렇게 결정할 필요 없어. 난 그냥 내 심정을 밝히고 싶었을 뿐이야."

"말 자르지 말라고 했잖아."

"미안해, 하지만."

"지금 그만뒀다고 말하는 게 아니야. 석 달 전에 끝났어. 하긴 석 달도 더 됐군. 올해 초였을 거야. 아니지, 크리스마스 전이었던 것 같다. 아냐, 크리스마스 지나서 남자가 하나 있었지. 찾아보면 알 텐데.

하지만 중요한 건 그게 아니잖아. 당신이 마지막으로 술을 마신 날을 기념하는 것처럼 나도 내 기념일을 축하하고 싶으면 찾아볼 수 있지만 그건 중요한 게 아니지. 나도 모르겠다."

입을 다물고 있기가 참으로 어려웠다. 하고 싶은 말도 많았고 수만 가지 질문이 떠올랐지만 묵묵히 그녀의 말을 들었다. 그녀가 말했다.

"당신에게 이런 말 했는지 모르겠지만, 몇 년 전에 매춘이 내 인생을 구원했다는 것을 깨달았어. 이건 진심이야. 내 끔찍한 유년기나 정신 나간 엄마나 힘들었던 사춘기를 떠올려보면 난 이미 자살했거나 아니면 날 죽여줄 사람을 찾았을 거란 생각이 들어. 몸을 팔기 시작하면서 난 비로소 나의 존재 가치를 찾을 수 있었어. 많은 여자들이 몸을 팔면서 망가지지만 난 달랐어. 구원받았지. 왠지는 모르겠지만.

난 잘 살아 왔어. 저축해서 투자도 하고 이 아파트도 샀지. 모든 게 잘 풀렸어.

하지만 작년 여름에 더 이상 이런 식으론 안 되겠다는 것을 깨달았지. 우리 사이 때문에. 당신과 나 말이야. 난 이런 식으로 합리화 했지. 그건 미친 생각이다. 우리 관계와 내 일은 별개다. 하지만 점점 더 분리해서 생각하기 힘들어지더군. 바람피우는 기분이 들었는데, 참 묘한 기분이었어. 게다가 내가 하는 일이 더러운 일이란 생각도 들었어. 예전에는 그런 생각이 든 적이 없는데.

그래서 생각했지. 일레인, 넌 다른 여자들보다 더 오래 이 짓을 했잖아. 이젠 나이도 먹을 만큼 먹었고. 게다가 새로운 직업병도 자꾸 생기고 몇 년 전부터 일도 줄였잖아. 지금 네가 은퇴한다고 해서 목을 맬 사장님들이 몇이나 있겠니 하고.

하지만 차마 자기에게는 말할 수 없었어. 우선 내가 변덕을 부릴 지 누가 알겠어? 난 융통성 있게 하자는 생각을 했지. 그 다음에 단골들에게 은퇴한다고 말했어. 장부를 정리하고 전화번호만 빼고 싹 다 바꿨지. 그러고도 말을 하지 못했던 건 우리 사이에 어떤 영향을 미칠지 두려워서였어. 당신 애정이 식을 수도 있잖아. 자기 눈에 내가 이제 재미도 없고 대학교 강의나 쫓아다니는 늙은 여편네로 보이면 어떡해. 어쩜 발목 잡혔다고 느낄 수도 있고. 내가 자기에게 결혼해 달라고 조르는 것처럼 보일 수도 있잖아. 당신이 청혼하거나 동거하자고 먼저 말할 수도 있다는 것도 생각해 봤어. 하지만 난 결혼 해 본적도 없고 하고 싶었던 적도 없어. 가출한 이후로 혼자 꿋꿋하게 잘 살아 왔고 이젠 혼자 사는데 익숙해졌어. 만약 우리 둘 중 하나가 결혼하고 싶어 하는데 다른 하나는 싫어한다면 그럼 우리는 어떻게 해야 하지?

이게 바로 나의 추잡한 비밀이야, 말하자면. 눈물은 그만 나왔으면 좋겠는데. 이런 순간에 황홀하게는 아니어도 괜찮게는 보여야 하잖아. 그런데 나 너구리같지?"

"얼굴만 그래."

"흥."

그녀가 말했다.

"자기는 어떻고. 자긴 늙은 곰이야. 그거 알아?"

"당신이 그렇게 말했잖아."

"맞아, 사실이야. 하지만 당신은 나의 곰탱이고 그 곰탱이가 난 너무 좋아."

"나도."

"정말 오 헨리 소설에 나오는 크리스마스 선물 같은 이야기다, 그렇지? 이 감동적인 이야기를 누구에게 해야 하나."

"당뇨병 환자는 피하자."

"너무 달콤해서 쓰러지겠지?"

"유감스럽게도. 그럼 매번 그 수상한 약속은 뭐였던 거야? 난……"

"자긴 내가 호텔 방에서 이상한 놈이랑 그 짓하고 있다고 생각했겠지. 가끔은 머리를 하러 미용실에 갔어."

"오늘 아침처럼."

"그래. 또 가끔은 정신과 의사와 상담을 하기도 했지."

"정신과 상담을 받는지 몰랐어."

"아, 2월 중순부터 일주일에 두 번씩 갔어. 내 정체성을 찾자니 그간 내가 해온 일을 떼 놓고 생각할 수 없었고 그러다보니 갑자기 머리가 터질 것 같잖아. 그래서 의사에게 상담을 받는데 꽤 도움이 돼."

그녀는 어깨를 으쓱했다.

"그리고 자기 나가는 알코올 중독자 치료 모임에도 몇 번 갔지."

"그건 또 몰랐군."

"그럼, 어떻게 알았겠어? 내가 말하지도 않았는데. 거기 가면 자기에게 어떻게 맞춰 줘야 할지 그런 요령을 배울 수 있을 줄 알았는데 대신 나란 사람에 대해서만 들입다 파더만. 정말 교활한 모임이야."

"그런 면이 없지 않아 있지."

"어쨌든. 그동안 자기에게 이 모든 것을 털어놓지 않았던 건 어리석었어. 하지만 난 오랜 세월 창녀로 살아왔잖아. 정직이란 건 우리 직업윤리에 없었거든."

"경찰 윤리와 반대군."

"맞아. 이 불쌍한 곰탱이. 밤새 내내 또라이들과 브루클린을 싸돌아다니고. 아직도 몇 시간이나 더 있다 자야 하잖아."

"무슨 말이야?"

"참나. 이젠 자기가 내 유일한 남자라 이 말씀이지. 그게 무슨 뜻이겠어? 난 꽤 밝힌다고."

"한번 확인해 볼까."


조금 시간이 흐른 후 그녀가 말했다.

"우리 다시 만난 이후로 정말 아무도 안 만난 거야?"

"응."

"흠, 나중에는 바람피울 거야…… 남자들은 다 그래. 이건 전문가로서 하는 말이야."

"아마도. 하지만 오늘은 아니야."

"그래, 오늘은 아니겠지. 하지만 바람피운다고 해도 세상이 끝나는 것도 아닌걸 뭐. 끝나고 나서 집에 오는 것만 잊어먹지 마."

"분부대로 합죠, 마마."

"'분부대로 합죠, 마마.' 라고. 자기 정말 졸리는구나. 있지, 우리 결혼하고 동거하는 것에 대해 신경 쓰지 말자. 결혼하지 않고 동거할 수도 있고, 같이 살지 않으면서 결혼만 할 수도 있잖아."

"원하는대로."

"당신도 그렇게 생각하지? 이건 마치 폴란드 농담 같네. 하지만 우리에겐 잘 먹힐 거야. 당신은 그 지저분한 호텔 방에서 계속 살면서 일주일에 며칠은 전화를 우리 집으로 돌려놓고 나랑 같이 있을 수 있잖아. 그리고 우린…… 그거 알아?"

"뭐?"

"이건 차근차근 풀어나가야 할 일인 것 같아."

"차근차근이라, 멋지군. 그 말 기억해 둘게."

# 24

하루가 지난 후 익명의 정보를 받은 브루클린 72구역 경찰들이 앨버트 월렌스가 죽은 어머니에게서 상속받아 3년 전부터 살고 있는 앨버트 월렌스의 집으로 쳐들어갔다. 경찰은 28세의 전직 건설 노동자로 실업 중이며 여러 차례의 성폭행 전과와 폭행 혐의가 있는 웰렌스를 찾아냈다. 월렌스는 목에 긴 피아노 줄이 감긴 채 숨져 있었다. 경찰은 또한 월렌스가 있던 그 지하실에서 온몸이 난도질 된 또 다른 남자의 시체로 보이는 것도 발견했는데, 뉴욕 마약 단속국에서 7개월간 사무직으로 근무한 경력이 있는 레이몬드 캘린더는 아직 숨이 붙어 있었다. 그는 메모니데스 종합 병원으로 이송돼서 의식을 찾았지만 말을 하지 못하고 이틀 후 사망할 때까지 꺽꺽거리는 신음 소리만 냈다.

월렌스의 집과 차고에 있던 두 대의 차량에서 발견된 증거로 두 남자가 브루클린 경찰에서 수사 중인 연쇄 살인 사건의 범인이라는 점이 밝혀졌다. 시체가 발견된 현장을 설명하고자 하는 가설이 여러 가지 있었다. 그 중 가장 설득력 있는 이론으로는 연쇄살인범들이 사실은 세 명으로서 제3의 남자가 파트너들을 살해하고 도망쳤다는 것이다. 캘린더를 자세히 보지 않았거나 캘린더가 입은 부상에 대한 기사를 제대로 읽지 않았음에 분명한 가설도 있었다. 이 엉성한 또 다른 가설에 의하면 캘린더가 홱까닥 돌아서 먼저 파트너를 목 졸라 죽이고 발작해서 광란의 자해 극을 벌였다는 것이다. 캘린더가 고작 발작 정도로 스스로 양손, 발, 귀를 잘라내고 눈을 도려내고 성기마저 잘라냈다는 점을 믿을 수 있다면 그럴듯한 추측이긴 했다.

드류 카플란은 팸 캐시디를 대리해서 전국적으로 배포되는 타블로이드 신문과 계약을 맺었다. 그 신문은 "난 선셋 파크 도살자들에게 한쪽 유방을 잃었다."란 제목의 기사를 싣고 캐시에게 '두툼한 다섯 자리 액수'로 인터뷰 비를 지불했다. 난 드류가 없는 자리에서 팸을 만나 앨버트와 레이가 그녀를 납치한 진짜 범인들이며 제3의 남자는 없다고 말해 줬다.

"그럼 레이가 정말로 그런 식으로 자살했단 말이에요?"

팸이 경악했다. 일레인은 팸에게 세상엔 잠자코 덮어두는 게 좋은 일도 있다고 말했다.

캘린더가 죽은 지 일주일 정도 지났을 때 캐넌 코리가 전화를 해서 호텔 앞에 이중주차를 했다고 말했다. 내려와서 차나 한 잔 할 수 있을까 묻는 전화였다.

우리는 길모퉁이에 있는 플레임에 가서 창가 자리에 앉았다. 캐넌이 말했다.

"근처를 지나가다 인사나 할까 하고 들렀어요. 이렇게 보니 좋네요."

나도 그를 만나서 반가웠다. 그는 신수가 훤해 보였다. 그가 말했다.

"그래요. 드디어 결정했어요. 여행을 좀 다녀오려고요."

"정말?"

"까놓고 말하면 이 나라를 뜨기로 했어요. 며칠 이런저런 뒷정리를 했죠. 집도 팔고."

"그렇게 빨리요?"

"집을 살 때도 현찰로 샀는데 팔 때도 현찰로 팔았어요. 헐값에 넘겼죠. 집을 산 사람이 한국 사람인데 잔금을 치를 때 노인네가 아들 둘을 데리고 쇼핑백에 현찰을 가득 넣어가지고 왔더군요. 형이 저번에 유리보고 그리스 인이었으면 현금을 많이 구할 수 있을 거라고 했잖아요. 한국인도 못지 않더군요. 한국 사람들은 도대체가 수표라든가, 신용카드, 월급, 세금 이런 건 상대를 안 하더군요. 모든 걸 현금으로 처리해요. 그래서 현찰을 받고 팔았는데 경보장치를 작동하는 법을 알려주니까 애 떨어지는 시늉을 하더군요. 어찌나 좋아하던지. 하긴 최첨단 장치인데. 당연히 좋아하죠."

"어디로 가는 거죠?"

"먼저 벨리즈로 가서 친척들을 좀 만나고 그 다음엔 토고로 가요."

"집안일을 돕는 건가요?"

"두고 봐야죠. 당분간은. 내 마음에 드는지, 거기서 참고 살 수 있을지 봐야죠. 알다시피 난 브루클린 토박이잖아요. 여기서 나고 자랐어요. 이 동네에서 멀리 떨어진 곳에서 잘 해나갈 수 있을지 모르겠어요. 아마 한 달도 못 돼서 지겹다고 난리칠 지도 모르죠."

"아니면 금방 적응할 수도 있고."

"해 보기 전까진 모르는 거죠, 그렇죠? 뭐, 언제라도 돌아올 수 있으니까."

"그럼, 그럼."

"지금 떠나는 게 좋을 것 같기도 하고. 지난번에 그 마약 거래에 대해 이야기했죠? 별로 믿음이 안 간다는 이야기. 아, 그래서 엎어버렸어요. 돈도 많이 박았는데 그냥 포기했죠. 안 그랬으면 나 보려고 면회를 와야 했을지도 몰라요."

"경찰이 덮친 겁니까?"

"네, 사실 경찰이 노린 건 나였는데 내가 빠져 버린 거죠. 경찰에 잡힌 놈들이 나를 물고 들어간다고 해도 증거도 없어요. 그렇다고 경찰이 보내는 엿 같은 소환장이나 기다리면서 있을 필요도 없잖아요. 체포된 적도 없는데. 그러니 아직 깨끗할 때 여기를 뜨는 게 좋을 거란 생각이 들었어요."

"언제 출발하죠?"

"JFK 공항에서 6시간 후에 떠나요. 여기서 라커웨이 대로에 있는 뷰익 딜러에게 가서 부르는 대로 받고 차도 넘겨 버리려구요. '공항까지 데려다 주면 팔겠소.' 딜러한테 이래야죠. 그래봐야 거기서 공항까진 차로 5분이면 떡을 치니까. 당신이 차를 원한다면 모르겠지만. 귀찮은데 딜러한테 받는 반값만 주면 차를 넘길게요."

"난 쓸 수도 없어요."

"흠, 어쨌든 난 말은 해 봤어요. 지하철에서 해방시켜 주려고 노력했다구요. 그럼 선물로 받을래요? 농담 아니에요. 케네디 공항까지만 날 데려다 주고 가져요. 그래도 싫으면 매튜가 딜러에게 가져가서 몇 푼 안 되지만 챙기든가요."

"내 성격 알면서 그러시네."

"그러면 또 어때서. 차 싫어요? 이것만 정리하면 되는데. 지난 며칠간 프랜신 친척들을 만나서 프랜신 일을 전했어요. 다는 아니지만, 할 수 있는 한 끔찍한 부분은 빼놓으려고 노력했죠. 하지만 에둘러 말하는 것도 한계가 있고. 착하고 상냥하고 아름다운 여자가 억울하게 죽었다는 사실은 변함없죠."

그는 머리를 손으로 감싸 쥐었다.

"빌어먹을. 다 끝났다고 생각하면 다시 기억나서 숨통을 조인다니까요. 요점만 말하자면 프랜신 친척에게 프랜신이 죽었다고 말했어요. 우리가 베이루트에 있을 때 미치광이 테러리스트들이 프랜신을 죽였다고 했는데 믿는 눈치였어요. 프랜신은 그 자리에서 고통 없이 죽었고 테러리스트들은 기독교 민병대에게 피살됐다고. 이 사건은 쉬쉬하면서 덮어 둬야 해서 장례식도 간소하고 조용히 치렀다고 했죠. 어쨌든 어느 정도는 사실이잖아요. 어떤 부분은 사실이길 바랬고. 빠르게 고통 없이 죽었다는 게 사실이었다면 좋았겠지만."

"그랬을 수도 있지. 당신도 모르잖소."

"난 그 자식과 끝까지 같이 있었어요, 매튜. 기억 안 나요? 레이 그 자식이 그녀에게 무슨 짓을 했는지 다 말해 줬어요."

그는 눈을 감고 숨을 깊이 들이마셨다.

"화제를 바꾸죠. 최근 모임에서 형 본 적 있어요? 뭐, 말하면 안 되나요?"

내가 말했다.

"말하자면 그렇죠. 알코올 중독자 치료 모임은 익명 프로그램이라서. 프로그램에 참여하지 않는 외부인에게 모임에서 무슨 말을 했는지 누가 무슨 짓을 했는지 누가 참석을 했는지 등은 밝히지 않는 게 규칙이에요. 전에는 모두 함께 사건을 조사하고 있었으니까 규칙을 좀 어겼지만 평상시엔 이런 질문에는 답할 수 없어요."

"정말로 물어보려고 한 건 아니었어요."

"무슨 뜻이요?"

"어느 정도나 알고 있는지 의중을 떠보고 싶었나 봐요. 염병할, 정말 말 꺼내기 힘드네요. 그저께 밤에 경찰에게서 전화를 받았어요. 내가 도요타 차주니까 경찰이 전화를 한 거죠."

"무슨 일로?"

"경찰이 브루클린 다리 한가운데에 도요타가 서 있는 걸 발견했어요."

"아, 이런."

"그래요."

"정말 유감이에요."

"알아요, 매튜. 정말 가슴 아픈 일이에요."

"그렇소."

"형은 선한 사람이었는데. 진짜에요. 단점도 있었지만 완벽한 사람이 어디 있나요?"

"확인은 확실히 한 거예요?"

"형이 뛰어내리는 걸 본 사람도 없고 시체도 찾지 못했어요. 시체는 아마 영영 찾지 못할 거라고 했어요. 나도 찾는 걸 바라지 않아요. 이유를 짐작해요?"

"알 것 같소."

"아, 그러시겠죠. 형이 당신에게도 바다에 묻히고 싶다고 말했군요?"

"구체적으로 그렇게 말한 건 아니지만. 자기는 물 기운이 강하다고 화장이나 매장은 싫다고 그랬거든요. 말하는 걸로 봐서 무슨 뜻인지 잘 알 수 있었어요."

"마치 그러고 싶어서 안달이 난 것 같았죠."

"맞아요. 그러고 싶어 했어요."

"아, 빌어먹을. 형이 자살하기 전날인가 이틀 전날인가 전화를 했어요. 만약 형에게 무슨 일이 생기면 바다에 묻어 달라고 하더군요. 내가 그래서 그랬죠. 그래 줄게, 형. 내가 호화 여객선에다 특등실을 예약해 가지고 현창에서 확실히 밀어 줄게. 그리고 우리 둘 다 낄낄대다가 전화를 끊고 그 이야기는 까맣게 잊어버렸죠. 그런데 경찰이 전화해서 다리 위에서 형 차를 찾았다고 하더군요. 형은 다리를 사랑했어요."

"내게도 말해 줬어요."

"그랬어요? 어렸을 때 형은 다리에 환장했죠. 항상 아버지에게 다리에 데려다 달라고 졸랐어요. 다리가 세상에서 제일 아름답다고 생각하면서 보고 또 봐도 질려하지 않았죠. 형이 뛰어내린 브루클린 다리도 정말 근사하죠."

"그래요."

"하지만 그래봤자 다리 밑으로 흐르는 물은 다 똑같은데. 불쌍한 형도 지금쯤은 평화롭겠죠. 생각해보면 형이 원한 것도 그거였을 거예요. 형은 팔뚝에 헤로인을 꽂고 있을 때만 편안했을 거예요. 맛이 가는 걸 빼고 마약의 제일 좋은 점은 죽음과 같다는 거죠. 잠깐 죽었다가 다시 살아나는 거예요. 사람에 따라 그걸 좋아할 수도 있고 아닐 수도 있지만."

며칠 뒤 자려고 하는데 전화벨이 울렸다. 믹이었다. 내가 말했다.

"일찍 일어났네."

"그래?"

"거긴 새벽 6시일 거 아냐. 여긴 밤 1시야."

"그렇군."

그가 말했다.

"내 시계가 서 버렸어. 그래서 시간 좀 물어볼까 하고 전화를 걸었지."

"흠, 통화하기 좋은 시간대 같다. 목소리가 아주 선명하게 들려."

"선명하단 말이지?"

"마치 옆방에 있는 것 같아."

그가 말했다.

"그러길 바랬어. 지금 그로간네 술집이야. 로젠스타인이 뒷정리를 다 끝냈어. 비행기가 연착되지 않았으면 몇 시간 전에 도착했을 거야."

"돌아와서 기쁘다, 임마."

"나보다 더 기쁘진 않을걸. 아일랜드는 멋진 곳이긴 하지만 살 곳은 못 돼. 그나저나 어떻게 지냈어? 버크가 그러는데 요즘 통 못 봤다던데."

"응, 별로 안 갔지."

"그럼 냉큼 오지 그래?"

"잽싸게 달려가지."

그가 말했다.

"기특한 놈. 커피 타 줄게. 난 제임슨을 한 병 따야지. 할 이야기가 무지 많아."

"나도 해 줄 이야기가 있지."

"그래, 그럼 간만에 밤 좀 새워 보지. 그리고 아침에 백정들의 미사에 가는 거야."

나는 말했다.

"그래야지. 예전처럼."

## 무덤으로 향하다

1판 1쇄 펴냄 2009년 1월 16일
1판 3쇄 펴냄 2014년 10월 6일

**지은이** | 로렌스 블록
**옮긴이** | 박산호
**편집인** | 김준혁
**발행인** | 김세희
**펴낸곳** | 황금가지

**출판등록** | 2009. 10. 8 (제2009-000273호)
**주소** | 135-887 서울 강남구 신사동 506 강남출판문화센터 5층
**전화** | 영업부 515-2000 편집부 3446-8774 팩시밀리 515-2007
**홈페이지** | www.goldenbough.co.kr

한국어판 ⓒ 황금가지, 2009. Printed in Seoul, Korea

ISBN 978-89-6017-187-9 04840

㈜민음인은 민음사 출판 그룹의 자회사입니다.
황금가지는 ㈜민음인의 픽션 전문 출간 브랜드입니다.